은하수의 저주

은하수의 저주

제1판 1쇄 2022년 7월 7일

지은이   김정금
펴낸이   이경재

펴낸곳   도서출판 델피노
등록   2016년 8월 11일 제2020-000082호
주소   서울시 양천구 신정중앙로 86, 덕산빌딩 5층
전화   070-8095-2425
팩스   0505-947-5494
이메일   delpinobooks@naver.com
ISBN   979-11-91459-29-6(03810)

은하수의 저주

김정금 장편소설

그날 밤, 신은 어디에도 없었다. 자정이 가까워진 캄캄한 밤, 해수는 하얀 등대 아래 앉아 어둠이 내려앉은 밤바다를 바라봤다. 바다는 시커먼 아스팔트를 깔아놓은 듯 잔잔했고, 바다 위를 가로지르는 은하대교 아래는 불씨만 남은 검은 물체가 시커먼 연기를 내뿜었다. 연기는 바람 한 점 불지 않는 여름 바다를 뒤덮은 채 서서히 방파제로 밀려들었고, 곧이어 매캐한 냄새가 짠내와 함께 훅 들이닥쳤다. 조금 전부터 내린 소슬비로 습하고 후덥지근해진 공기로 짙어진 연기와 냄새가 주변을 맴돌았다. 모든 것이 불쾌할 만큼 눅눅하고 스산했다. 지금 이 순간, 해수는 그의 인생이 어떻게 바뀔지 미처 알지 못했다. 남은 인생을 떠올리기엔 그는 고작 열다섯 살에 불과했다.

해수는 무릎 사이에 얼굴을 파묻었다. 빗물이 뒷덜미를 타고 얼굴로 흘러내렸다. 등 뒤에선 경광등 불빛이 번쩍였고, 사이렌과 무전기 소리가 바다 상공을 날아다니는 헬리콥터 프로펠러 소리와 뒤섞여 파도 소리를 집어삼켰다. 사람들의 울부짖는 소리와 무전기 너머로 다급하게 지시하는 목소리가 여기저기서 들려왔다.

그가 그 누구의 관심도 받지 못한 채 홀로 외로운 시간을 보내던 그때, 먼 곳에서 발소리가 들려왔다. 발소리는 점점 가까워지더니 그의 옆에서 멈추었다. 해수는 고개를 들어 멈춰 선 두 다리를 보았다. 두 다리 주변에 음산한 기운이 에워쌌다. 온몸의 솜털이 스르르 곤두섰다. 곧이어 낮게 깔린 남자 목소리가 허공에 울렸다.

"의사가 되어 사람을 살려라. 신이 너에게 주는 벌이다. 신은 너의 행복을 허락하지 않는다. 네가 가장 행복할 때, 네가 사랑하는 세 사람이 네 앞에서 죽게 될 것이다."

해수는 고개를 들어 남자를 올려다봤다. 그 순간, 하늘이 우르릉거리더니 천둥과 함께 하늘이 번쩍이고 비가 억세게 내리기 시작했다. 비는 우산을 쓰지 않은 그의 몸을 세차게 내리쳤다. 거센 빗줄기를 이겨내며 눈을 치켜뜨고 남자를 바라봤지만, 눈물인지 빗물인지 알 수 없는 물이 눈에 고여 남자의 형체가 흐릿하게 보였다.

그때였다.

삐삐삐삑 ─ 삐삐삐삑───

고막을 찢을 듯한 시끄러운 알람 소리에 해수는 벌떡 일어났다. 꿈이었다. 잠이 든 모양이었다. 그는 이마에 맺힌 땀을 닦으며 달력을 봤다. 2월 29일이었다.

그는 한여름날 밤이 되면 늘 같은 꿈을 꾸었다. 꿈에서 깨면 다음 해엔 꼭 남자의 얼굴을 보리라 다짐했지만, 역시나 오늘도 남자의 얼굴을 보지 못했다. 처음 몇 년은 개꿈이겠거니 지나쳤고, 그다음 몇 년은 왜 같은 꿈을 꾸는 걸까 이상한 기분이 들었다. 그리고 그다음 몇 해부터는 무섭고 소름이 돋아 한동안 아무것도 할 수 없을 정도로 무기력했다. 그러다 의사가 된 후부터는 꿈으로 세뇌당해서 의사가 된 건지, 아니면 그의 의지로 의사가 된 건지 혼란스러웠다.

1

저
주
의

시
작

***

운수 좋은 날이었다. 어떤 날은 무수히 많은 사람이 실려 오고, 죽어 나가는 날이 있는가 하면 또 어떤 날은 응급환자라고 해봐야 급성충수염 환자가 다인 그런 날도 있었다. 오늘 밤은, 그러니깐 조금 전까지는 복통이나 가벼운 외상을 입은 환자만 드나드는 그런 날이었다. 주취 환자도 난동을 부리는 환자도 없었다. 그렇다고 해도 한가한 건 아니었다. 평소보다 많은 환자로 응급실은 밤새 북적였다.

그렇게 정신없는 밤을 지내는 사이 어느덧 사위가 밝아졌다. 이른 새벽 창가로 스며드는 아침 햇살은 폭풍우가 몰아친 밤을 버틴 자에게 찾아오는 한 줄기 광명 같았다. 퇴근 시간이 다가오고 있었다.

해수는 스테이션에 앉아 낮 근무자들에게 인계할 환자들의 진료기록을 훑어봤다.

"선생님. 오늘 아침은…."

3년 차 전공의 현무가 실실 웃으며 다가왔다. 해수는 눈살을 찌푸렸다. 응급실에서는 해서는 안 되는 금기어가 몇 가지 있었다. 한가하다. 조용하다. 등등……. 그런 말을 하고 나면 꼭 누군가가 듣고 있기라도 한 것처럼 응급환자가 줄지어 실려 왔다.

현무가 입방정을 떤 지 정확히 십 분 후, 먼 곳에서 사이렌이 들려왔다. 현무의 입단속도 시켰고, 퇴근까지 한 시간도 채 남지 않았는데, 이 무슨 머피의 법

칙이란 말인가.

그는 점점 가까워져 오는 사이렌에 신경을 곤두세우며 구급차의 위치를 가늠했다. 구급차는 빠른 속도로 달려오고 있었다. 예감이 좋지 않았다. 해동시 주민뿐만 아니라 인접한 서천시 공단에서도 사고가 일어나면 천명 대학교 병원으로 실려 왔는데, 공단에서 사고가 일어나면 대부분 중증 외상을 입기에 긴장을 늦출 수 없었다.

해수는 출입문 앞으로 다가갔다. 응급실 출입문 밖 환자대기실에는 자동문 세 개가 있는데 그가 서 있는 응급실 출입문과 그 맞은편엔 구급차 전용 출입문, 그리고 오른쪽으로는 병원 건물 내부와 연결된 문이 있었다. 구급차 전용 출입문 밖은 건물 외부로 바로 앞에 구급차 정차구역이 있었다.

이제 사이렌은 귀에 갖다 댄 것처럼 시끄럽고 일정하게 들려왔다. 구급차가 구급차 정차 구역에 멈춰 선 것이다. 응급실은 순식간에 어수선해졌다.

철컹- 철컹- 철컹--

이동용 침대가 알루미늄으로 된 문지방을 넘어 달려오는 소리와 여러 발소리가 한데 뒤엉킨 소리가 점점 가까워지더니 환자를 실은 침대가 응급실 출입문으로 들어왔다. 해수는 마른침을 삼켰다. 침대는 한 대가 아니라 두 대였다. 침대와 함께 딸려온 매캐한 냄새가 금세 응급실에 가득 찼다.

"폭발 사고입니다."

주황색 방수복을 입은 구급대원이 다급하게 외쳤다. 해수는 곧장 환자의 상태를 확인했다. 두 사람은 입고 있던 옷이 모두 불에 타버렸는지 헐벗은 채 누워있었다. 남자였다. 두 남자는 등을 침대에 대고 팔과 다리를 앞으로 쭉 뻗은 채 파르르 떨고 있었다. 피부가 불에 타버려 무언가가 몸에 닿게만 해도 극심한 고통이 이는 듯 보였다.

그가 고통에 신음하는 두 남자를 데리고 서둘러 처치실로 들어가려는데 구급대원이 뭔가 할 말이 있는 듯 그를 붙잡았다.

은하수의 저주

"저기, 선생님."

해수는 처치실로 들어가려다 말고 뒤돌아봤다. 구급대원의 눈시울이 붉어져 있었다.

"무슨 일이시죠?"

"저희 동료들입니다. 서천공단 화재 현장에 출동해 건물 안으로 진입하려는데 폭발이 일어났습니다. 잘 좀 부탁드립니다."

구급대원이 울먹이며 말했다. 해수는 고개를 까딱이며 처치실로 들어갔다. 처치실은 두 남자가 품고 온 폭발의 열기로 후끈했다. 남자들은 그을음을 뒤집어쓴 탓에 얼굴을 알아볼 수 없었다. 오직 흰자위만이 살아있는 사람이라고 말해주고 있었다. 그는 이제 선택해야 한다. 누구부터 살릴 것인가.

"괜찮으세요?"

그가 오른쪽 남자에게 말을 건넸다.

"으… 으… 윽……."

남자는 신음으로 대답을 대신했다. 아직 의식은 있었다. 다행이었다.

"인투베이션(intubation, 기도삽관) 준비해주시고요. C-line(중심정맥관) 잡고, 링거스 락테이트(화상치료용 수액)도 준비해주세요."

그의 지시에 현무가 밖으로 달려 나갔다. 해수는 하얀 라텍스 장갑을 끼며 뒤이어 말했다.

"포터블(portable x-ray, 이동식 엑스레이) 불러주시고, 항생제, 파상풍 주사도 준비해주세요."

이번에는 2년 차 전공의 원효가 밖으로 달려 나갔다.

"따뜻한 물이랑 비눗물로 오염 제거하고 화상연고 발라서 드레싱(dressing, 소독) 할 준비도 해주세요."

마지막으로 남아있던 최 간호사까지 모두 밖으로 달려 나갔다. 혼자 남겨진 해수는 앞으로 해야 할 일을 머릿속으로 그려보았다. 단 한 차례 실수도 없이 빠르게 움직여야만 환자를 살릴 수 있었다. 귓가에서 시계 초침 소리가 울려댔다. 그의 마음도 초조했다. 의사 가운을 입은 지도 어느덧 십 년이 되었지만, 화재 사고로 실려 온 환자를 마주할 때면 그는 은하대교 아래서 불씨만 남은 검은 물체를 보고 있던 꿈속의 열다섯 살 소년으로 끌려갔다.

잠시 후, 준비를 마친 이들이 하나둘씩 나타났다. 현무와 원효가 두 사람 곁에 달라붙어 비눗물로 환자 몸의 그을음을 닦아내는 동안, 그는 두 남자의 기도를 확보하고 중심정맥관을 삽입했다. 바닥은 순식간에 검은색 물이 고였고, 두 남자는 고통에 몸부림쳤다.

그때, 고통에 신음하던 오른쪽 남자가 쉰 목소리로 말했다.

"저 좀… 죽여주세요."

해수는 흠칫 놀랐지만, 어떻게든 환자의 의식을 붙들어놔야 하기에 감정이 섞이지 않은 말투로 대답했다.

"…절대 포기하지 마세요. 최선을 다하겠습니다."

그의 말이 채 끝나기도 전에 남자의 팔다리가 스르륵 힘이 풀리더니 침대 위로 털썩 떨어졌다. 어레스트(arrest, 심정지)였다.

해수는 재빨리 두 손을 모아 남자의 가슴 정중앙을 힘껏 눌렀다. 옆에 있던 현무가 남자의 입에 앰부 백(ambubag, 수동식 인공호흡기)을 연결해 산소를 주입했다. 심폐소생술이 늦어질수록, 심장이 멎은 시간이 길어질수록 남자가 살아날 가능성은 작아진다. 운이 좋아 살아나더라도 후유증이 생길 확률이 높다. 그렇다고 하더라도 멀어져가는 남자의 의식을 다시 붙들어놔야 한다. 그게 그의 일이자 의무였다. 지금 이 순간 처치실에는 죽어가는 자와 살리려는 자만 있었다. 남자의 생이 그의 손에 달려있었다.

남자에게 심폐소생술을 시작한 지 얼마 후, 스르륵 눈이 감기더니 온몸이 나른해졌다. 잠에 빠져들 듯 점점 의식이 멀어지더니 빛 한 점 들지 않는 어두컴컴한 터널이 보였다. 그는 터널 안에서 길을 헤맸고, 얼마 지나지 않아 저 멀리

바늘구멍처럼 작고 어렴풋한 빛을 발견했다. 귀신에 홀린 듯 빛을 따라 걷던 그때, 알 수 없는 힘이 그를 잡아당기더니 빛 속으로 빨려 들어갔다.

얼마나 지났을까. 정신을 차리고 보니 그는 어느 해변의 모래사장에 서 있었다. 그가 안도의 한숨을 내뱉으며 돌아갈 길을 찾던 그때, 어디선가 나타난 한 남자가 구조용 보트에 올라타 시동을 걸었다. 구조용 보트에는 남자 말고도 네 명이 더 타고 있었다. 옷차림으로 보아 남자들은 구조대원이었다.

"최대한 선박 가까이 접근해서 물 위에 떠 있는 요구조자를 구조하도록."

팀장으로 보이는 남자가 보트로 다가오더니 구조대원들을 독려했다. 곧이어 남자와 동료들을 태운 보트가 은하대교로 향했다. 구조대원들은 은하대교 아래의 사고 현장을 바라봤다.

"위험하겠는데요?"

옆에 있던 남자의 후배가 걱정스러운 눈으로 말했다. 구조대원들은 넋이 나간 채 대답이 없었다. 그들은 마치 쓰러진 빌딩 한 채가 불타오르는 것 같은 광경을 바라보고 있었다. 6천 톤급 크루즈에 화재가 발생했다는 신고에 출동하긴 했지만, 이렇게 거대한 배일 줄은 꿈에도 상상하지 못한 것이다. 크루즈가 얼마나 거대한지 백여 미터쯤 떨어져 있는데도 배에서 내뿜는 열기가 느껴졌다.

구조대원들은 이내 정신을 차리고 주위를 둘러봤다. 크루즈 주변에 날아다니는 불씨와 바다로 뛰어드는 사람들로 가까이 접근하기엔 위험해 보였다. 크루즈에 승선한 인원이 352명이라고 했는데, 구명조끼를 입고 바다 위에 떠 있는 사람은 백여 명 남짓이었다. 남자는 마음이 조급해졌다.

"더는 접근이 불가능하겠어. 여기서부턴 수영해서 접근하자."

선배의 지시에 구조대원들은 서둘러 바다에 뛰어들 준비를 했다.

그때였다. 무전기 너머로 팀장의 목소리가 들려왔다.

"전원 철수. 지금 바로 현장에서 철수하도록."

다들 어리둥절한 눈빛으로 서로를 마주 봤다.

"팀장님. 그게 무슨 말씀입니까? 바다 위에 요구조자들이 떠 있는 게 보입니다."

남자가 무전기를 손에 들고서 말했다.

"중앙구조본부에서 철수하라는 명령이 떨어졌어. 지금 바로 철수해."

"왜요? 이 사람들은 어쩌고요? 지금 바다 위에 사람들이 있다고요."

남자가 격앙된 목소리로 말했다.

"그래. 나도 알아. 그런데 어쩌겠어. 우리 말고 해경이 구조한다고 우리 소방청은 철수하래. 그러니 어서 나와."

팀장이 짜증 섞인 목소리로 대답했다. 남자는 미간을 찌푸린 채 말없이 바다를 바라보더니 나지막한 목소리로 말했다.

"가자."

그때였다.

"선생님."

귀에 익은 목소리에 그가 눈을 번쩍 떴다. 그의 눈앞에 조금 전, 보트에 타고 있던 남자가 온몸이 시커멓게 타버린 채 누워있었다. 해수는 숨을 고르며 주위를 둘러봤다. 그 누구도 조금 전 그 장면을 본 사람은 없는 것 같았다. 다들 평소와 다를 것 없는 표정으로 환자를 지키고 서 있었다. 그렇다면 그가 본 그 장면은 뭐란 말인가.

그때, 현무가 난감한 표정을 지으며 말했다.

"선생님. 40분이나 지났습니다."

그가 환영을 본 사이 시간이 40분이나 흘렀다. 당황한 그는 얼김에 사망선고를 내렸다.

"윤해수 님. 3월 1일 오전 7시 39분에 사망하였습니다."

해수는 자신과 이름이 똑같은 남자를 내려다봤다. 조금 전까지 고통스러워하던 얼굴은 사라지고 평온해 보였다. 환자들에게 그는 죽음의 최전선이자 삶

은하수의 저주

의 마지막을 함께한 사람이었다. 그 사실을 깨닫고 나자 그는 그가 입은 가운이 새삼 무겁게 느껴졌다.

그는 아직 치료가 남은 왼쪽 남자에게 다가갔다. 남자의 눈가에 눈물이 번져 있었다. 해수는 화상연고가 덕지덕지 발라진 남자의 몸에 붕대를 감았다. 때맞춰 남자를 이송할 구급차가 도착했다. 전공의들은 일사불란하게 움직여 남자를 구급차에 태웠다. 잠시 후, 남자를 태운 구급차가 사이렌을 울리며 인근 화상 전문병원으로 출발했다. 구급차가 병원 밖으로 빠져나가는 걸 지켜보는데 옆에서 현무가 들릴 듯 말 듯 작은 목소리로 중얼거렸다.

"신이시여, 제발 저 환자만은 살려 주세요."

해수는 콧방귀를 꼈다. 그는 신의 존재를 믿지 않았다. 신이 있다면 왜 그토록 많은 사람이 매일 밤 안타까운 죽음을 맞이하고, 사람들의 간절한 기도는 왜 들어주지 않는가. 신 따윈 존재하지 않는다는 게 그의 오랜 신념이었다.

해수는 현무를 지나쳐 처치실로 돌아갔다. 처치실 안에는 지하 영안실로 내려가지 못한 남자가 침대에 누워있었다. 그 옆에는 원효가 남자를 영안실로 내려보낼 준비를 하고 있었다. 그는 까맣게 타버린 남자의 얼굴을 내려다봤다. 그가 본 그 장면은 뭐였을까. 그는 환영에서 본 남자의 얼굴을 떠올렸다. 남자는 지금보다 젊어 보였지만, 분명히 죽은 남자였다.

그때였다. 그는 어딘가에서 날아든 시선을 느꼈다. 고개를 돌리자, 통유리창 너머로 하얀 옷을 입은 여자가 그를 지켜보고 있었다. 저승사자인가, 아니 처녀귀신인가. 그는 머리를 흔들었다. 밤샘 근무로 지친 탓에 헛것을 본 거겠지.

해수는 처치실에서 나와 간호사 스테이션으로 걸어갔다. 스테이션에는 윤 간호사가 컴퓨터 모니터 앞에 앉아있었다.

"휴. 한 사람은 사망, 한 사람은 생사 불분명…."

윤 간호사는 모니터에 시선을 붙박은 채 한숨을 내쉬었다.

"같은 시간에 같은 곳에서 같은 사고로 같은 외상을 입은 환자인데 누군 살고, 누군 죽고. 뭐 때문일까요? 우리 탓일까요?"

윤 간호사가 물었다.

"우린 최선을 다했으니 그들의 운명이겠죠."

어느새 다가온 현무가 대신 대답했다. 현무 선생은 3년 전 그가 섬마을로 공중보건의로 떠난 직후, 인턴으로 들어와 지금까지 전공의 수련을 이어가고 있었다. 그가 공중보건의 생활을 마치고 병원에 돌아온 게 한 달 전이니 현무와 함께한 시간은 고작 한 달 남짓이었다. 한 달 동안 지켜본 현무 선생은 가끔 의미를 알지 못하는 말들을 중얼거렸는데, 꼭 다른 세상 혹은 다른 차원에서 온 사람처럼 엉뚱한 면이 있었다.

해수는 스테이션에 등을 기대어 침대에 누워있는 환자들을 눈으로 훑었다. 서른 대의 경과 관찰용 침대는 중증도에 따라 세 구역으로 나뉘었는데, 해수와 동료들은 환자의 이름이 아닌 침대에 적힌 번호로 환자를 기억했다. 이를테면, "6번 베드(bed, 침상) 장염 환자"식으로. 물론 그 기억조차도 시간이 지날수록 몇몇만이 남을 뿐이었고, 대부분은 치료가 끝나고 원무과에 수납하는 동시에 컴퓨터 모니터 속에서도, 기억에서도 잊혔다.

"의사라고 이미 죽음의 문턱을 넘은 사람을 어떻게 살리겠어요? 신도 아니고. 그저 그 사람이 죽을 운명이었겠죠."

현무가 덧붙여 말했다.

"그 말은 사람을 살리는 일은 신의 영역이라는 얘기네요."

현무의 말에 윤 간호사가 대꾸했다. 두 사람의 대화를 잠자코 듣던 해수는 의문을 품었다. 그렇다면 사람을 살리려 애쓰는 자신은 신의 영역을 침범하고 있는 걸까.

"저는 개인의 의지라고 봐요. 살고자 하는 의지와 희망."

윤 간호사가 진지하게 말했다. 해수는 동의하지 못했다.

"사람을 살리는 건 오랜 기간 발전해온 의학 덕분이죠."

은하수의 저주

그의 말에 스테이션이 일순간 조용해졌다. 전공의를 거치면서 환자를 향한 감정은 진료에 방해가 될 뿐이라는 걸 깨달은 그는 치료 지침대로 진료할 뿐 환자의 상황에 감정을 싣지 않았다.

"그럼, 의학이 발전하면 죽지 않고 영원히 살 수 있을까요?"

윤 간호사가 물었다.

"죽음은 인간의 숙명인데, 그걸 거스르면 재앙이 닥칠 거예요. 인간이 죽지 않는다면 지구는 포화상태에 이를 테고, 그럼 여러 문제가 발생할 테니까요. 죽는 사람이 있으니 지구가 균형을 이루는 거죠."

현무 말이 맞았다. 삶과 죽음은 어둠과 빛과 같아서 죽음이 없다면 삶은 유지되기 어려웠다.

"선생님. 이거."

원효가 다가와 신발 한 짝을 내밀었다.

"아까 그 환자가 신고 있던 신발이에요. 혹시나 가족들이 찾으실까 봐."

검게 그을린 신발에서 검은 물이 뚝뚝 떨어졌다.

"그냥 버려. 어차피 다 태워버릴 텐데."

현무가 시큰둥하게 말했다.

"그래도 생전에 마지막으로 신었던 신발인데, 가족들한테는 의미가 있지 않을까요?"

원효는 내키지 않은 듯 말했다.

"그런 게 다 뭔 소용이야. 어차피 그 남자마저도 불에 태워버릴 텐데."

아무렇지 않게 내뱉은 현무의 말에 해수는 미간을 찌푸렸다. 고통스러워했던 남자의 얼굴이 떠올랐다. 불 때문에 죽었는데, 죽고 나서도 태워지다니. 불과 삶은 떼려야 뗄 수 없는 걸까.

갑자기 피곤이 몰려들었다. 퇴근까지는 아직도 십 분이나 남았다. 그가 스테이션 바로 옆에 있는 휴게실로 들어가 소파에 앉으려는데, 벽에 걸린 거울에 붉은 피와 검댕으로 얼룩진 가운을 입은 남자가 비쳤다. 왜 이곳에 있는 걸까. 그는 답을 알지 못하는 질문을 몇 년째 되풀이했다.

그는 권위적인 아버지의 말씀을 법으로 여기며 살아왔다. 그가 사춘기일 때, 반항도 하고 사고도 쳐보았지만, 그가 저지른 일을 스스로 책임질 수 없다는 걸 깨닫고 이내 굴복했다. 그 후로 아버지의 말씀에 복종하며 아버지가 시키는 공부만 했다. 마음속에는 여전히 반항심이 남아있었다. 아버지께선 법대에 가라고 했지만, 의대를 택했고, 외과에 지원하라고 했지만, 응급의학과를 지원했다. 하지만 그게 다였다. 그는 성인이 되어서도 여전히 아버지의 손아귀에서 벗어나지 못한 채 아버지께서 노래 부르시는 '공부'를 계속해야만 했다. 대학교 6년, 인턴과 전공의 5년. 질리도록 공부한 끝에 3년 전 전문의 시험에 합격하며 이제 벗어나나 싶었다. 공중보건의로 3년간 근무할 때 만해도 그런 줄 알았다. 하지만 공보의 생활을 마친 후, 그는 다시 병원으로 돌아왔다. 2차 병원 응급실에서 봉직의로 일할 수 있는 길 대신 대학병원으로 돌아와 세부 전공을 더 공부하기로 한 것이다. 그 결정엔 아버지의 암묵적인 의사가 반영됐다. 임상강사를 거쳐 조교수, 정교수……, 그렇게 수순을 밟아나가라는. 그는 서른 중반이 되어서도 여전히 아버지의 꼭두각시였다. 그는 종종 자신의 삶이 그의 것이 맞는지 의문을 품었다. 아버지가 정한 대로, 아버지가 시키는 대로 살아가는 삶이 과연 그의 것일까. 아버지의 꼭두각시로 사는 그에게 누군가의 생사에 깊숙이 관여하는 '의사'라는 직업은 과분했다.

어느덧 퇴근 시간이 되자 그는 회의실로 들어갔다. 회의실에는 교대 근무자들이 기다리고 있었다. 그는 아직 집으로 돌아가지 못한 환자들을 교대 근무자에게 인계한 뒤, 서둘러 회의실을 나왔다. 졸음이 쏟아졌다. 그저 침대에 눕고 싶다는 생각뿐이었다. 그가 응급실을 빠져나가려는데 현무가 그를 붙잡았다. 아차 싶었다. 1년 차 전공의 오리엔테이션이 있는 날인 걸 까맣게 잊고 있었다. 말이 오리엔테이션이지 바쁜 응급실 특성상 인사하며 서로 얼굴을 익히는 게

은하수의 저주

다이지만.

해수는 회의실로 돌아갔다. 곧이어 전공의 두 명이 차례로 들어왔다. 오늘부터 함께 사선을 지킬 얼굴들이었다. 새 얼굴들이 먼저 인사했다. 인사가 길어질수록 그의 의식은 점점 무의식을 향해 가고 있었다.

그가 막 무의식의 세계에 발을 들여놓으려는데 두 번째 차례가 한 발짝 앞으로 나왔다. 아직 솜털이 가시지 않은 하얀 두 볼에 복숭앗빛 홍조를 띤 여자 전공의였다. 해수는 전공의 얼굴을 보자 흠칫 놀랐다. 조금 전, 처치실 유리창 너머로 눈이 마주친 여자였다. 귀신이나 헛것을 본 건 아니었나 보다. 소녀 같이 단발머리를 한 전공의는 당찬 목소리로 인사했다.

"안녕하십니까? 전공의 한연화입니다. 이렇게 만난 것도 인연인데, 선생님들과 함께 천명 대학교 병원 응급실을 책임지는 의사가 되도록 열심히 해보겠습니다."

한 연 화(蓮花).

복숭아를 닮았다고 생각했는데 이름을 듣고 나니 연꽃 그 자체였다. 연화는 이제야 세상에 발을 디딘 사회초년생답게 티 없이 맑고 순수해 보였다.

"이것만 명심해요. 응급실은 생과 사가 나뉘는 곳입니다. 응급실에 들어온 이상 환자는 자신이 들어왔던 출입문으로 다시 나가든지 아니면 저 문을 지나 지하로 내려가든지 두 가지 방법밖에 없습니다."

해수는 검지로 지하 장례식장으로 내려가는 문을 가리켰다.

"우리에겐 환자가 어떤 사람인지, 누구인지, 병원에 오기 전에 무슨 일을 한 사람인지는 중요하지 않습니다. 어떻게 응급실에 오게 됐는지, 어떻게 해야 살릴 수 있는지 두 가지만 생각하면 될 뿐이죠."

새로 온 1년 차 전공의 연화와 동혁이 고개를 끄덕였다.

"최선을 다해 수련에 임해주시고, 끝까지 살아남을 수 있도록 합시다."

해수는 인사말을 끝내고 회의실을 빠져나왔다.

* * *

연화는 회의실을 빠져나오며 가슴에 달린 명찰을 손으로 더듬었다.

'응급의학과 한연화.'

가슴이 벅차올랐다. 그녀에게 명찰은 훈장과도 같았다. 부모님 없이 꿋꿋이 살아남아 마침내 꿈을 이뤄낸 훈장. 이 훈장을 얻으려 힘겹게 살아온 지난날이 주마등처럼 머릿속을 스쳐 지나갔다.

땅거미가 막 내려앉을 무렵, 구름이 바다 위에 낮게 깔렸고, 구름 사이로 새어 나오는 빛은 그 주변을 황금빛으로 물들여 바다와 구름 사이를 메웠다. 바다가 액자 속 그림처럼 바라다보이는 달동네 어느 집 마당에 한 여인이 무릎을 꿇고 앉아 눈물을 흘렸고, 그 앞에는 백발의 노인이 서 있었다.

"넌 어찌 옥황궁으로 돌아올 생각을 하지 않는 게냐?"

백발노인이 다그쳤다. 노인의 목소리가 어찌나 우렁찬지 바다까지 울려 퍼졌다.

"날개옷을 잃어버려 갈 수가 없사옵니다."

여인은 울먹이며 말했다.

"뭣이라. 남자에 빠진 것도 모자라 날개옷을 잃어버렸단 말이냐."

노인은 들고 있던 부채를 '탁' 소리 나게 접었다. 그 순간, 하늘이 갈라질 듯 와르릉거리더니 번개가 번쩍였다.

"너는 그자가 누군지 알고 사랑을 하는 게냐?"

노인이 눈살을 찌푸리며 물었다. 여인은 옥반지를 낀 손으로 눈물을 닦으며 고개를 저었다.

"그런데 어찌 그자를 사랑한단 말이냐?"

은하수의 저주

"진심으로 사랑하면 그뿐, 저를 만나기 전 그가 누구였는지는 중요하지 않습니다."

"쯧쯧. 그자와 아이 셋을 낳을 때까지 옥황궁으로 올라올 생각일랑 하지 말거라. 행여 마음이 변하거든 셋째 아이를 낳은 해 음력 7월 7일 밤, 옥반지를 끼고 북두칠성을 올려다보거라. 단, 네 손을 잡은 자만이 옥황궁으로 올라올 수 있으니 사랑하는 이의 손을 꼭 붙잡고 있어야 한다. 날개옷 없이 옥황궁으로 돌아올 수 있는 날은 오직 그날뿐이니 명심하도록 해라."

노인이 눈에 힘을 주며 말했다. 여인은 노인의 말에 아랑곳하지 않고 속으로 다짐했다. 남편을 사랑한 대가를 기꺼이 받아들이겠노라고. 그리고 사랑하는 남편과 오래도록 인간 세상에서 살겠노라고.

"만약 그날 옥황궁으로 돌아가지 않으면요?"

"그럼 영영 돌아가지 못한 채 지금 모습 그대로, 죽지 않고 영원히 살게 될게다."

"영원히요?"

"인간 세상을 동경하는 신은 평생 늙지 않고 살아가는 벌을 받게 된다."

바로 그때, 하늘에서 눈부신 빛줄기가 내려오더니 눈 깜짝할 사이 노인이 사라져버렸다. 그리고 그 모습을 여인의 남편이 몰래 지켜봤다.

연화는 하품을 하며 책을 덮었다. 그녀의 아빠는 매일 밤 동화책을 읽어주었는데, 연화는 잠들기 전 아빠가 동화책을 읽어주는 그 시간이 좋았다. 아빠는 동화책을 읽어주는 건 물론이고, 연화가 원하면 어디든 데려다주었다. 아빠의 사랑 덕분인지 연화는 어딜 가든, 무슨 일을 하든 두렵지 않았다. 늘 아빠가 지켜주리라 믿었으니까.

다음 날 오후, 연화는 현관문을 힘차게 열어젖히며 집으로 들어갔다.

"학교 다녀왔습니다."

집안에선 아무런 기척이 없었다. 가방을 벗어 방으로 향하던 연화는 열린 방문 틈으로 아빠를 발견했다. 아빠는 연화가 온 줄도 모르고 몸을 웅크린 채 무언가에 열중하고 있었다.

"뭐 하시는 거지?"

연화는 문틈으로 아빠를 지켜봤다. 아빠는 옷장 깊숙이 손을 넣어 커다란 상자를 꺼내더니 심호흡을 하며 상자를 열었다. 열린 상자에서 영롱하고 황홀한 빛이 뿜어져 나왔다. 빛은 어찌나 눈이 부신 지 두 눈이 질끈 감겼다. 시간이 지나자 눈이 빛에 적응한 건지, 아니면 빛이 누그러진 건지 눈꺼풀이 조금씩 열렸다. 아빠는 상자를 활짝 열어젖혀 바닥에 내려놓더니 상자 속에서 뭔가를 들어올렸다.

"와. 날개옷이다."

영롱한 빛의 정체는 날개옷이었다. 아빠는 그녀의 목소리를 듣지 못했는지 날개옷을 매만졌다. 연화는 알 수 없는 힘에 이끌려 날개옷으로 다가갔다.

그때였다. 인기척에 놀란 아빠가 날개옷을 부리나케 집어넣으며 뒤돌아봤다.

"연화 왔구나?"

연화는 아빠와 눈이 마주쳤다. 그 순간, 그녀는 소스라치게 놀랐다. 아빠의 눈이 마치 뱀눈처럼 날카롭게 빛나고 있었다.

"그거… 날개옷이야?"

그녀가 떨리는 목소리로 물었다. 아빠의 얼굴에 당황한 기색이 스쳤다.

"연화야. 놀라지 말고 잘 들어."

아빠는 머뭇거리며 입을 열었다.

"사실은 말이야. 엄마는 하늘에서 내려온 선녀란다."

"그럼 동화 속 이야기가 엄마 얘기란 말이야?"

연화는 화들짝 놀랐다. 머릿속에선 동화와 현실이 뒤죽박죽 뒤섞였다.

은하수의 저주

"날개옷을 봤다는 건 엄마에게 비밀이야. 날개옷이 있다는 걸 알면 엄마가 우리 곁을 떠날 거야."

아빠가 그녀의 두 팔을 붙잡고 말했다. 아빠의 눈은 어느새 원래대로 돌아와 있었다. 연화는 땀에 젖은 손을 아빠 몰래 바지에 쓱 문질러 닦았다.

"꼭 비밀 지켜야 해. 알았지?"

아빠가 새끼손가락을 내밀었다. 연화는 아빠의 손가락에 새끼손가락을 걸었다. 아빠의 손가락에서 전해진 서늘한 기운이 그녀의 몸을 타고 흘렀다.

"약속을 지키면 연화 생일에 크고 멋진 배에서 열리는 불꽃 축제에 데려갈게."

연화는 방긋 웃었다. 마당에서 보던 불꽃 축제를 눈앞에서 볼 수 있다니. 생각만 해도 마음이 들떴다.

"그런데 엄마는 어디 갔어?"

"참. 아침에 연화 동생이 태어났어. 오늘부터 누나가 된 거야."

연화는 오늘 아침에 본, 터질 것 같던 엄마의 배를 떠올렸다.

"자, 동생 보러 가자."

그해 생일날, 아빠는 잊지 못할 생일파티를 해주겠다던 약속을 지켰다. 그날 엄마는 하늘로 날아가 버렸고, 아빠는 그녀의 눈앞에서 바다로 뛰어내렸다. 그녀가 고아가 된 날이었다.

그 후, 그녀의 삶은 부서진 뗏목처럼 파도에 휩쓸린 채 바다 위를 떠다녔다. 부모 없이 눈칫밥을 먹으며 사는 삶에 스스로 결정하고 선택할 수 있는 건 아무것도 없었다. 그저 다른 사람 눈에 띄지 않게 조용히 숨만 쉬며 살아갈 뿐이었다. 한 살 두 살 나이를 먹을수록 자의식이 고개를 내밀었고, 이 지리멸렬한 삶에서 벗어나야 한다고 그녀를 채근했다. 지긋지긋한 삶에서 벗어날 방법은 오직 공부밖에 없었다.

수능시험을 앞둔 저녁, 연화는 평상에 앉아 두 손 모아 기도했다.

"엄마. 하늘에서 보고 계신 거라면, 저 내일 수능시험 잘 치게 도와주세요. 제발요."

그때, 녹슨 대문이 끼익 소리를 내며 열렸다. 연화는 실눈을 뜨고 대문을 바라봤다. 문을 열고 들어온 사람은 바로 지난 십 년간 부모를 잃은 그녀를 거둬준 삼촌이었다. 삼촌은 매일 저녁 하루도 빠짐없이 술에 취해 비틀거리며 집으로 돌아왔다. 연화에게는 지옥 같은 시간이었다.

"연화. 너 이년. 잘 만났다."

연화는 조심스레 일어나 슬금슬금 뒷걸음질 쳤다.

"가족들 다 죽고 혼자만 살아남은 년. 어서 돈 가지고 와. 너희 네 식구 죽고 나온 보상금, 보험금. 다 가지고 와. 어서."

연화는 어느새 문간방 앞에 다다랐다.

"십 년 동안 먹여주고 재워주고 키워줬으면 돈을 줘야 할 거 아냐."

연화는 삼촌이 비틀거리는 틈을 타 방으로 들어갔다. 방 안에선 어린 동생들이 그녀를 노려보고 있었다.

"연화 네 이년."

밖에서 삼촌의 고함과 함께 양철 세숫대야가 나뒹구는 소리가 들려왔다. 뒤통수가 따가웠다. 동생들의 눈초리를 견디지 못한 그녀는 주섬주섬 외투를 꺼내 입고 방문을 빼꼼히 열었다. 삼촌이 땅바닥에 쓰러져 허우적대고 있었다. 연화는 이때다 싶어 운동화를 구겨 신고 대문 밖으로 내달렸다. 뒤도 돌아보지 않고 달리고 또 달린 끝에 간신히 골목을 빠져나오자 더는 삼촌의 고함은 들리지 않았다.

연화는 숨을 몰아쉬며 골목 입구에 있는 구멍가게 앞에 놓인 평상에 걸터앉았다.

"또 야?"

구멍가게에서 손님을 받던 천희가 나와 콜라를 내밀었다. 연화는 말없이 콜

은하수의 저주

라 뚜껑을 따서 벌컥벌컥 들이켰다.

"천천히 마셔. 저승사자는 뭐 하나 몰라. 저런 술주정뱅이 안 잡아가고."

천희가 그녀 대신 푸념했다.

"그러지 마. 좋은 분이셔."

연화는 쓴웃음을 지었다. 술주정뱅이이긴 해도 부모를 잃은 그녀를 먹여주고 키워주었다는 사실은 변함이 없었다.

연화는 팔베개하고 평상에 누웠다. 밤하늘에 별들이 반짝였다.

"우리, 정말 의사가 될 수 있을까?"

그녀가 혼잣말하듯 말했다.

"의대에 합격하면 입학금은 있고?"

천희가 그녀 옆에 따라 누우며 이죽거렸다.

"합격만 하면 무슨 수를 써서라도 학교에 다닐 거야. 과외도 하고 장학금도 받으면서."

"아무튼, 한연화. 대단해. 그런 마음이라면 넌, 할 수 있을 거야."

연화는 별을 바라보며 다짐했다. 어떻게든 의사가 되어 지난한 현실에서 벗어나겠다고. 또, 그녀의 인생 전반을 괴롭힌 '나는 누구인가.' 하는 실존 문제를 사람들 속에 뛰어들어 돌파하겠다고. 사람들과 함께 사는 것만이 그녀가 인간이라는 걸 증명하는 길이었으니까.

하늘을 바라보던 천희가 평상에 놓인 책을 집어 들었다.

"무슨 책이야?"

그녀가 천희를 힐끔 보며 물었다.

"이무기의 사랑."

천희가 의미심장한 미소를 지으며 대답했다.

"넌, 열아홉 살에도 전래동화나? 순수하다. 순수해."

연화의 빈정거림에도 천희는 아랑곳하지 않고 속삭이듯 말했다.

"옛날 옛적에 이무기가 인간의 얼굴로 인간 세상에서 살았대. 인간 세상에서 지낸 지 오백 년이 되는 날에 사랑하는 여인이 들고 있는 여의주를 들고 용궁으로 돌아가면 용으로 승천할 수 있었거든. 단, 조건이 있었어. 자신이 이무기인 걸 들키면 용이 될 수 없었대. 그러던 어느 날, 이무기는 사랑하는 여인이 하늘에서 내려온 선녀인 걸 알게 됐어. 그러자 이무기는 선녀가 하늘로 올라가지 못하게 날개옷을 꼭꼭 숨겨 버렸대. 선녀가 떠나지 못하게 말이야. 그렇게 선녀가 영원히 옆에 있을 줄만 알았는데….'

'선녀'라는 말에 연화가 흠칫 놀라 물었다.

"그래서? 이무기는 어떻게 됐어? 용이 됐어?"

"나도 몰라. 아직 거기까진 못 읽었어."

천희가 머리를 긁적이며 어색하게 웃었다.

"뭐야, 너. 김빠지게."

연화는 벌떡 일어나 앉았다. 그녀는 어째서 엄마가 동화 속에서나 존재하는 선녀일 수 있는지 믿고 싶지 않았지만, 엄마가 떠나던 그날 그녀가 본 것을 부인할 순 없었다.

"아, 나도 모르겠다. 내일 시험 잘 치려면 이만 들어가자."

천희는 급하게 이야기를 마무리 지었다. 연화는 그런 천희를 바라보며 헛웃음을 지었다. 천희는 아홉 살에 고아가 된 그녀의 외로운 삶을 버티게 해준 등대 같은 친구였다. 천희 같은 친구를 만나게 된 걸 보면 죽으란 법은 없다고, 연화는 생각했다. 하지만 그 생각은 하루도 못 가 와장창 깨져버렸다.

다음 날 오후, 시험을 마치고 집으로 돌아온 연화는 믿을 수 없는 광경에 말문이 턱 막혀버렸다. 불과 아침까지만 해도 여느 때와 다름없어 보였던 삼촌네 가족이 온데간데없이 사라져버린 것이다. 집엔 살림살이는 물론이고 마치 오랫동안 사람이 살지 않았던 것처럼 여기저기에 먼지가 쌓여있었다.

"대체 어디에 간 거야?"

연화가 넋을 잃고 집을 둘러보던 그때, 밖에서 인기척이 들리더니 대문이 스르르 열렸다.

"들어오세요."

중년 여성이 신혼부부로 보이는 남녀 한 쌍을 데리고 집으로 들어왔다.

"누구세요?"

연화가 어리둥절한 얼굴로 여자에게 물었다.

"그러는 학생은 누구야?"

당황한 건 상대도 마찬가지였다.

"여기 살던 사람인데요. 이 집에 살던 사람들 어디 갔어요?"

연화는 애써 침착하게 물었다.

"학생. 집 잘못 찾아온 거 아니야? 이 집은 주인 없는 집이야."

절망이 그녀의 손을 낚아챘다. 그길로 연화는 책가방과 짐가방 하나 들고서 길바닥에 내쳐졌다. 캄캄한 밤바다 위에 홀로 남겨졌던 십 년 전처럼 눈앞이 아득했다. 죽음은 언제나 그녀 주위를 맴돌았다.

다행히 천희의 도움으로 해동시에 작은 방 한 칸 마련했다. 문제는 먹고살 생활비와 대학 입학금이었다. 해방을 만끽하는 건 그녀에겐 사치였다. 석 달 동안 다섯 시간만 자고 아르바이트를 했지만, 입학금을 내기엔 턱없이 부족했다. 그런데 이번에도 천희가 도움의 손길을 내밀었다. 아르바이트로 모아둔 돈을 그녀에게 선뜻 내주었다. 천희가 없다면 의대 입학은커녕 길바닥에 나앉았을 것이다.

의대에 입학한 후에도 그녀의 삶은 변함이 없었다. 장학금도 받고 과외 아르바이트도 병행했지만, 졸업까지는 남들보다 일 년이나 더 걸렸다. 그래도 인턴이 되자 주거문제는 해결되었다. 병원에서 내어준 인턴 숙소는 그녀의 한 칸짜리 방보다 아늑했다. 그녀는 지난 일들은 떠올리지 않으려 애썼다. 오직 수련에만 집중했다. 그렇게 일 년이 지나고 전공의가 되었다. 이제 그녀의 집은 천명 대학교 병원 당직실이었다.

***

오리엔테이션을 끝낸 해수는 엘리베이터를 타고 당직실이 있는 12층으로 올라갔다. 병원에 돌아온 후로 그는 줄곧 당직실에서 지냈다. 12층 복도에는 그 많던 하얀 가운들은 다 어디로 갔는지, 개미 새끼조차 보이지 않았다. 그는 복도 제일 끝에 있는 응급의학과 당직실로 걸어갔다. 조용한 복도에 그의 발소리가 울려 퍼졌다.

당직실에는 이층 침대 세 대가 양쪽 벽에, 동그란 탁자가 방 중앙에 놓여있었다. 그는 구석진 침대로 가서 몸을 숨기듯 누웠다. 눕자마자 눈꺼풀이 스르륵 감겨왔다. 복도를 오가는 발소리와 문을 여닫는 소리, 스피커에서 흘러나오는 안내방송 소리…. 고막을 관통하는 모든 소리가 점점 사라지더니 호흡이 나른하고 주위가 평온해졌다. 그의 몸은 한여름 아스팔트 위에 떨어진 아이스크림처럼 침대에 녹아들고 있었다.

그가 무의식의 세계로 걸어 들어가려던 때였다. 번뜩 불쾌한 장면이 의식을 파고들었다. 아까 심폐소생술을 할 때 봤던 환영이었다. 그는 눈을 번쩍 떴다. 그가 본 장면은 남자의 과거 같았다. 남자가 출동했던 화재 사고는 그도 잘 아는 사고였다. 19년 전, 남하도 앞바다에서 일어난 크루즈 화재였는데, 남자는 그때 출동한 구조대원인 듯했다.

심폐소생술을 하다 잠이 들었던 걸까. 그게 아니라면 어떻게 환자의 과거를 볼 수 있는 걸까. 온갖 잡념이 그의 의식을 붙든 탓에 잠이 달아나고 있었다. 꼬리를 문 생각에 그만 자고 싶은 마음이 말을 걸어왔다. 환자의 사생활이라고. 네가 알 필요 없는 거라고. 넌 그냥 치료만 하면 되는 거라고. 해수는 마음에게 설득당했다. 다시 잠을 청해보려 그는 머리를 설레했다. 오랜만의 야간근무로

은하수의 저주

피곤해 잠이 들어버린 거라고. 그러자 마음이 편안해졌다. 그는 다시 무의식의
세계로 걸어 들어갔다.

***

　연화가 전공의가 된 지도 어느덧 보름이 지났다. 응급실은 끊임없이 밀려드
는 환자들로 온종일 바빴고, 1년 차 전공의인 그녀가 해야 할 일은 너무나도 많
았다. 잠은 기껏해야 하루에 서너 시간 남짓 잘 수 있었고, 끼니는 휴게실에 뒹
굴어 다니는 부식들로 해결했다. 어쩌다 한가해진 틈에 컵라면이라도 먹어볼까
하고 물이라도 부으면 어김없이 환자가 몰려왔다.

　"연화 쌤. OR(operation room, 수술실)에 연락했어요?"

　"연화야. ICU(Intensive care unit, 중환자실)에 베드(bed, 병상) 있는지 확인했어?"

　"연화 쌤. 어서 23번 베드 환자 좀 봐주세요. 갑자기 배 아프다고 난리예요."

　"한연화. 뭐해? 빨리 와서 여기 좀 잡아."

　할 일은 점점 쌓여만 가고, 그녀는 강물에 몸을 맡긴 낙엽처럼 이리 치이고
저리 치이며 응급실 안을 흘러 다녔다. 이러다 오늘 밤엔 자신이 지하로 내려갈
지도 모른다고 느끼던 그때, 그녀만큼이나 분주히 움직이던 현무가 그녀를 붙
잡았다.

　"연화야. 너, C-line(Central venous catheter, 중심정맥관) 해봤어? 해봤지? 저기
저, 6번 베드 환자, C-line 잡아."

　현무는 그녀가 대답하기도 전에 사라져버렸다. 연화는 당황한 채 그대로 굳
어버렸다. 중심정맥관 삽입은 인턴 때부터 선배들이 하는 모습을 수없이 봐왔
고, 유튜브 영상을 찾아서 보기도 했다. 또 현장에서 선배의 참관 아래 직접 삽
입도 해보았고, 언젠가 다가올 이날을 기다리며 머릿속으로도 몇 번이나 그려
보았다. 하지만 막상 눈앞에 닥치니 자칫 잘못했다간 기흉이 발생할 수도 있고

최악엔 패혈증으로 사망에 이를 수 있다는 선배들의 경험담이 떠오르면서 두려워졌다.

그렇다고 피할 수는 없는 법. 연화는 스테이션으로 가서 중심정맥관 키트와 마취제인 리도카인, 생리식염수, 10cc 실린더, 그리고 소독약, 소독포 등 중심정맥관 삽입에 필요한 물품들을 들고나와 6번 침대로 다가갔다. 침대에는 술 냄새를 풍기는 중년 남자가 누워있었다. 그녀가 다가가자, 남자가 그녀를 힐끔 올려다봤다. 연화는 쭈뼛거리며, 남자의 빗장뼈를 들여다봤다. 남자의 미심쩍은 눈빛에 왠지 주눅이 들었지만, 자신의 목숨을 맡긴 의사가 '맞아요. 저 초보예요.' 할 순 없는 노릇이므로 태연한 척했다. 무엇보다 중심정맥관 삽입 말고도 그녀가 해야 할 일은 모래사장의 모래알보다도 많아 지체할 시간이 없었다.

연화는 '후'하고 심호흡을 내뱉으며 남자의 빗장뼈를 소독하고, 소독포를 덮었다. 이제 10cm나 되는 길고 두꺼운 주삿바늘을 남자의 빗장뼈 2/3 지점에서 갈비뼈를 피해 주삿바늘을 눕혀서 가슴 쪽으로 정맥에 단번에 찔러넣어야 한다. 입이 바싹 마르고 손이 떨렸다. 마음의 준비를 마치고 주삿바늘을 뽑아 들어 남자의 빗장뼈로 조심스레 향하는데, 누군가가 다가와 그녀의 손목을 잡아챘다. 깜짝 놀라 고개를 들자, 해수가 눈살을 찌푸리며 서 있었다.

"잠깐 이리 와 봐."

해수가 손목을 잡아당겼다. 연화는 영문도 모른 채 휴게실로 끌려갔다.

"너 뭐해? 정신 안 차려?"

해수가 눈을 부릅뜬 채 그녀를 바라봤다. 연화는 어리둥절했다.

"너 지금 뭐 하고 있었어?"

"c-line…이요."

그녀가 기어들어 가는 목소리로 대답했다. 머릿속으론 무슨 잘못을 했는지 찾아 헤맸다.

"왜?"

"현무 선배가 6번 베드 환자에게…."

연화는 해수를 올려다보며 침을 꼴깍 삼켰다.

"너 지금 몇 번 베드에 있었어?

연화는 조금 전 자신이 있던 곳을 곰곰이 떠올렸다. 아뿔싸.

"5번… 베드요."

연화는 고개를 숙였다. 할 말이 없었다. 마치 귀신에 홀린 것 같은 기분이 들었다. 무슨 정신이었을까.

그때, 해수가 두 손으로 그녀의 볼을 감싼 채 눈을 맞췄다. 해수의 눈을 마주보자, 연화는 숨이 멎을 듯 심장이 두근거리고 얼굴이 달아올랐다.

"한연화. 정신 차려."

연화는 대답 대신 눈을 끔뻑였다.

"정신 똑바로 차리지 않으면, 저기에 누워있는 사람들이 죽을 수도 있어. 그러니 침착해. 알겠어?"

해수는 제 할 말만 하고서 휴게실을 나갔다. 연화는 우두커니 서서 조금 전에 있었던 일들을 돌이켰다. 혼나긴 했지만, 마음이 상하진 않았다. 의료행위에는 실수가 용납되지 않았다. 단 한 번의 실수나 오진이 환자의 생사를 갈랐다. 환자에게 해야 할 검사나 처치가 뒤바뀌어 위험에 빠진 사례들을 익히 들어왔기에 해수가 한 말이 무슨 뜻인지 잘 알고 있었다.

응급실은 그녀 없이도 잘 돌아가고 있었다. 연화는 구급차 전용 출입문을 나와 구급차 정차 구역에 멈춰 섰다. 문밖으로 나왔을 뿐인데, 병원 밖은 응급실과는 전혀 다른 세상이었다. 그녀는 깊은숨을 몰아 내쉬었다. 밤새 코에 달라붙었던 각종 냄새가 공기 중으로 흩어지고 그 자리엔 신선한 새벽공기가 스며들었다. 의사면허 시험에 합격해 의사가 된 그녀는 결승선에 선 줄 알았지만, 다시 출발선에 서 있었나.

그때, 등 뒤에서 문이 열리더니 현무가 나왔다.

"혼났구나?"

현무가 그녀 옆에 나란히 섰다.

"괜찮아. 처음엔 다 그런 거지."

연화는 정말로 괜찮았다. 아홉 살에 부모님을 잃고 여태껏 살아남았는데 이런 일로 의기소침할 그녀가 아니었다.

"부모님이라도 계시면 좋을 텐데. 외롭진 않아?"

연화는 흠칫 놀라 현무를 돌아봤다. 그녀에게 부모님이 안 계신 걸 어떻게 알았을까. 그녀는 당황했지만, 인사과에 제출한 서류로 알았겠거니 싶었다.

"서천시에 있는 서천공원에 가면 운명적인 사랑을 만난대."

현무가 엉큼한 미소를 지었다.

"운명적인 사랑이요?"

"믿져야 본전이니 한번 가봐. 혹시 알아? 백마 탄 왕자라도 만날지."

현무는 뜬금없는 말을 내뱉고는 응급실 안으로 들어가 버렸다. 혼자 남겨진 연화는 속으로 피식 웃었다. 운명적인 사랑이라니. 운명…. 피할 수 없는, 이루어질 수밖에 없는 사랑. 과연 그런 사랑이 존재하긴 하는 걸까.

연화는 고개를 절레절레 흔들며 현무를 뒤따라 들어갔다. 그때, 응급실에 들어서던 현무가 눈썹을 찌푸린 채 돌아봤다.

"심상치 않은데?"

응급실에 긴장감이 감돌았다. 심상치 않은 분위기에 연화는 발걸음을 재촉했다. 바닥에 떨어진 검붉은 핏자국이 소생실로 이어져 있었다.

연화는 커튼이 드리워진 소생실 앞으로 다가갔다. 커튼 사이로 해수가 보였다. 해수는 피투성이가 된 남자에게 심폐소생술을 하고 있었다. 남자는 지난밤에 복통을 호소한 환자였는데, 조금 전에 피를 토한 뒤 심장이 멎은 모양이었다. 연화는 해수에게 눈을 돌렸다. 해수는 가운이 땀에 흠뻑 젖을 정도로 심폐소생술에 열중했다. 연화는 눈을 감은 해수를 유심히 지켜봤다.

***

어느덧 3월의 마지막 날이 되었다. 봄이 되자, 응급실은 환자들로 미어터졌고, 해수는 응급실 생활에 점차 적응해가고 있었다.

금요일 저녁 9시, 본능적으로 가벼운 긴장감이 몸을 감싼 시각. 자살 기도로 수면제 한 통을 몸에 쏟아부은 남자의 위세척을 끝내고 한숨 돌리려는데, 의식이 돌아온 남자가 그를 붙잡았다.

"왜 저를 살려내셨어요. 왜. 저는 죽을 자유도, 권리도 없는 겁니까? 자유로워지고 싶었는데, 왜 저더러 다시 살라는 거예요. 왜."

남자는 처절하게 울부짖었다. 해수는 남자의 행동에 진저리를 쳤다. 그는 자살 기도를 한 환자라도 응급실에 들어온 이상 죽게 내버려 둬선 안 된다는 지침대로 진료했을 뿐이었다. 그는 남자에게 정신건강의학과 진료를 권했다. 그렇게 남자가 떠나고 겨우 한숨 돌리려는데, 이번엔 연화가 다가왔다.

"할머니께서 어디가 아프냐고 물어도 대답이 없으세요. 뭐라고 말씀하시기는 하는데…. 겉으로 보기엔 멀쩡해 보이시고요."

해수는 연화를 따라 환자대기실의 환자 분류 구역으로 갔다. 할머니 한 분이 의자에 앉아 끊임없이 중얼거리고 있었다. 그는 할머니 옆에 서서 할머니의 중얼거림 사이사이에 끼어들며 물었다.

"할머니. 어디가 아프세요?"

할머니는 초점 없는 눈으로 알아들을 수 없는 말을 중얼거렸다. "살려주세요. 살려주세요." 하는 것 같았지만, 무의미한 '소리'일 뿐이라고 생각했다. 할머니는 중얼거리는 것 말고도 누군가와 이야기하듯 손을 들어 아는 체하기도 하고, 웃기도 했다. 환장할 노릇이었다. 금요일 밤이라 곧 주취 환자며, 술기운에 여기저기 다친 환자들이 밀려 들어올 텐데 할머니가 떡하니 버티고 있어 떡이 가슴에 들러붙어 체한 것 같은 기분이 들었다.

저주의 시작　　　　　　　　　　　　　　　　　　　　　　　　　　　35

아니나 다를까. 잠시 후 구급차 한 대가 응급실 앞에 멈춰 섰다. 자동문이 열리고 구급대원 두 명이 이동용 침대를 밀며 안으로 뛰어 들어왔다. 뒤이어 접수를 마친 남자 보호자도 따라 들어왔다. 주위를 둘러보니 환자의 상태를 확인하고 분류해야 할 연화와 원효가 바빠 보였다. 그는 하던 일을 멈추고 환자에게 다가갔다. 가까이 가서 보니 출산이 임박한 산모였다. 산모는 마른 수건을 쥐어짜듯 온몸을 비틀고 있었다.

"아기 머리가 보여요."

구급대원이 상기된 목소리로 말했다. 예진할 것도 없이 산모의 두 다리 사이로 시커먼 아기 머리가 보였다. 그는 때마침 지나가던 원효를 불러세웠다.

"OBGY(obstetrics&gynecology, 산부인과의 약어)에 콜 해주세요."

해수는 산모를 산부인과 구역으로 옮겼다. 얼마 지나지 않아 산부인과 당직의가 뛰어 들어왔다. 당직의는 산모를 분만실로 이동시킬 이동 요원을 불러달라고 했다. 산부인과 당직의가 왔으니 그가 산모에게 할 일은 없었다. 막 산모에게서 벗어나려는데 원효와 현무, 그리고 4년 차 세형까지 전공의 세 명이 6번침대로 달려가는 게 보였다.

"무슨 일이에요?"

해수는 전공의들 사이를 비집고 들어갔다. 할머니 한 분이 쓰러져 있었다. 두 시간 전에 섬망을 보이던 그 할머니였다. 그는 어느 순간부터 할머니의 존재를 잊고 있었다. 아까까지만 해도 멀쩡하던 할머니에게 무슨 일이 있었던 걸까. 그는 머릿속으로 할머니의 모습을 떠올렸다. 할머니 모습 속에서 그가 놓친 게 있었을까. 그의 처치가 늦어진 거라면, 그래서 할머니의 심장이 갑자기 멎어버린 거라면……. 눈앞이 아찔했다. 행여나 그의 실수일까 봐 마음이 조마조마했다. 그때, 할머니의 바이탈(vital sign, 활력징후)을 확인하던 현무가 다급하게 외쳤다.

"어레스트(arrest, 심정지)."

은하수의 저주

그는 곧장 아직 온기가 남은 할머니의 가슴을 눌렀다. 점점 눈꺼풀이 무거워지고 눈이 감기더니 환영이 보이기 시작했다. 캄캄한 터널, 그리고 터널 끝의 눈 부신 빛. 빛에 빨려 들어간 곳에 할머니가 있었다. 할머니이긴 한데, 할머니가 아닌 중년의 모습이었다. 할머니의 과거였다.

할머니는 식당 밖으로 달려 나갔다. 식당 앞에는 많은 사람이 은하대교를 바라보고 있었다. 은하대교 아래에 커다란 배가 불타고 있었다.

"이게 무슨 일이래."

할머니는 혀를 끌끌 차며 안타까워했다. 그때였다. 사람들이 웅성거리기 시작했다.

"저기, 구조된 사람들이 내리나 봐요."

사람들의 목소리가 여기저기서 들려왔다. 할머니는 까치발을 들고서 하얀 등대를 바라봤다. '해양경찰'이라 적힌 소형 쾌속선이 하얀 등대가 세워진 방파제에 접안했다. 사람들은 숨죽인 채 해양경찰선을 바라봤다. 해양경찰선에선 들 것 하나와 소년 한 명이 배에서 내렸다. 여기저기서 탄식이 터져 나왔다. 소년은 자리에 풀썩 주저앉았고, 기다리던 가족이 아닌 걸 확인한 사람들은 울부짖었다.

"저희 아이는 어떻게 됐나요? 제발 아이 좀 살려주세요."

울부짖던 목소리가 귀에 익은 목소리로 변해갔다.

"살려주세요. 살려주세요……."

그의 눈앞에 할머니의 얼굴이 나타났다. 두 시간 전에 봤던 할머니의 얼굴이었다. 할머니는 그를 보며 말했다.

"살려주세요. 살고 싶어요."

아까와는 달리 할머니의 목소리가 명확하고 또렷하게 들렸다.

"살려주세요. 살고 싶어요……."

할머니의 목소리가 그의 귓가에 메아리쳤다. 그가 외면해버린 할머니의 목소리였다. 그때, 누군가가 그의 팔을 붙들었다.

"선생님."

놀란 그가 돌아보자, 현무와 세형이 양쪽에서 그의 팔을 붙잡고 있었다. 정신을 차려보니 할머니의 연약한 갈비뼈가 모두 부러져 가슴이 움푹 내려앉아 있었다.

"선생님. 괜찮으세요?"

현무가 걱정스러운 얼굴로 물었다. 그는 숨을 가쁘게 몰아쉬며 할머니의 상태를 살폈다. 할머니는 여전히 의식이 없었다.

"DNR(Do Not Resuscitation, 연명치료거부) 작성 환자예요. 차트 확인해 보니까 작년 가을에 폐암 말기 진단받고 석 달 전에 호스피스 병동 권유했는데, 가족들이 마지막 남은 시간은 가족들과 보내겠다고 집으로 모셔갔나 봐요. DNR은 그때 작성하셨고요."

현무가 난처한 얼굴로 속삭였다.

"그걸 왜 이제야 얘기해요?"

해수는 부서져 내린 할머니의 갈비뼈를 내려다보며 물었다.

"선생님을 몇 번이나 불렀는데 정신없이 CPR 하셔서."

현무는 입을 꾹 다물었다.

"익스파이어(expire, 사망). 김경화 님. 3월 31일 23시 59분에 사망하였습니다."

해수는 두 눈을 질끈 감고서 사망선고를 내렸다. 그때, 어디선가 고양이 울음소리 같은 게 들려왔다. 주위를 둘러보니 산부인과 당직의가 처치실에서 나오고 있었다. 뒤이어 신생아실 간호사가 신생아 카트를 밀고 나왔다. 산모는 분만실까지 올라가지 못하고 처치실에서 아이를 낳은 모양이었다. 해수는 지나가는 카트 속에 누워있는 아기를 보았다. 같은 시각 한쪽에선 죽음을 맞이하고, 다른 한쪽에선 새 생명이 태어났다. 아무리 의학이 발달했다 하더라도 세상에

첫발을 내디딘 아기는 자신의 삶이 시작될 거란 걸 알지 못했을 것이고, 할머니 역시 지금이 자신의 삶이 끝나는 순간이란 걸 예상하지 못했을 것이다. 인간의 생사는 인간의 의지대로 결정할 수 없는 법이었다. 반면에 살아가는 동안에는 인간의 의지대로 선택하고 결정할 수 있었다. 물론 의지대로 살아간다 하더라도, 앞날을 예상할 수 없는 게 인생이고, 한 치 앞도 보이지 않는 인생을 어떻게든 살아보려 발버둥 치는 게 인간의 삶이었다. 하지만 이 역시도 모든 사람에게 해당하는 건 아니었다. 그의 삶이 그랬다. 그의 삶은 철저히 아버지의 의지대로 흘러가고 있었다.

아이러니한 상황을 뒤로한 채 그는 스테이션으로 걸어가 할머니의 의무기록(chart, 차트)을 확인했다. 할머니는 6개월 전에 폐암 4기 진단을 받았는데, 병원에 처음 내원했을 때 암세포가 뇌와 림프절 등 여러 장기로 전이되어 이미 손쓸 수 없는 상태였다. 따라서 완치를 목적으로 한 치료는 불가능했고, 꺼져가는 삶을 붙들어 놓는 정도의 치료만 받아왔다. 그러니 할머니에게 최근 몇 개월 동안의 삶은 생(生)이라기보다 그저 죽음을 조금 지연시킨 것에 불가했다. 가족들은 할머니를 고통에서 놓아주려 심폐소생술을 거부하는 동의서를 작성했을 테지만, 할머니는 끝내 삶을 놓지 못한 모양이었다. 어쩌면 당연했다.

해수는 휴게실로 들어가 의자에 누운 듯이 몸을 기댔다. 할머니의 살려달란 목소리가 계속해서 귓가에 메아리쳤다. 살려달라는 환청은 그가 외면해버린, 세 시간 전에 들었던 할머니 목소리였다. 해수는 두 손으로 얼굴을 쓸어내렸다. 문제는 할머니의 목소리가 아니라 심폐소생술을 할 때 그가 환영을 본다는 데 있었다. 그리고 그 환영의 정체는 바로 환자의 과거였다.

밤이 어떻게 지나갔는지 모르게 아침이 밝아왔다. 인계를 마치고 응급실을 나오는데 누군가가 그의 어깨를 덥석 잡았다. 깜짝 놀라 뒤돌아보니 현무가 서 있었다.

"괜찮으세요?"

"뭘요?"

해수는 비밀이라도 들킨 양 깜짝 놀랐다.

"어깨가 축 처지신 게…, 설마 아까 그 일 때문에 그런 건 아니죠?"

"그 일은 뭐… 괜찮아요."

해수는 과장되게 고개를 저었다.

"이틀간 휴무인데 한잔 어떠세요?"

현무가 능청스럽게 웃으며 엄지와 검지를 모아 입에 갖다 댄 뒤 턱을 뒤로 젖히는 시늉을 했다. 해수는 말없이 현무를 따라나섰다.

현무를 따라간 곳은 병원 앞 도로 맞은편의 첫 번째 골목이었다. 골목에 들어서자마자 고기 굽는 숯불 냄새가 진동했다. 식당이 줄지어 들어선 첫 번째 골목은 밤새 사람들로 북적였는데, 두 사람이 골목으로 접어들었을 땐 이제 막 영업이 끝났는지 식당 앞에 늘어놓은 둥근 탁자를 안으로 들여놓고 있었다.

현무는 자신의 단골집으로 그를 데려갔다. 현무의 단골집은 둥근 탁자가 듬성듬성 놓인 실내포차였다. 현무가 식당 안으로 들어서자 막 문을 닫으려던 식당 주인이 두 사람을 안으로 안내했다. 해수와 현무는 출입문 바로 앞에 놓인 탁자에 앉았다. 두 사람이 앉자 기다렸다는 듯이 봄비가 내렸다.

"하마터면 비 맞을 뻔했네요."

현무가 히물쩍 웃으며 말했다. 해수는 고개를 돌려 창밖에 내리는 비를 바라봤다. 봄비는 며칠째 하늘을 뒤덮은 황사를 씻어내리듯 답답했던 그의 마음도 씻어버릴 것만 같았다.

주인이 주문한 고기를 내어와 불판에 고기를 얹었다. 지글거리는 소리를 들으며 현무가 소주잔에 술을 채웠다. 알코올은 목을 타고 머리로 흘러 들어가는 것 같았다. 오늘따라 유난히 술이 달았다. 밤새 그를 괴롭힌 할머니 목소리도 잊을 수 있을 것만 같았다. 한잔 두잔 마시다 보니 어느새 탁자 위에 소주 다섯 병이 놓여있었다. 그가 말없이 소주병을 들어 소주잔을 채우려는데 현무가 그를 저지하며 말했다.

"너무 많이 마셨어요."

"윤 선생님은 의사가 뭐라고 생각해요?"

해수는 술잔에 담긴 술을 입에 털어 넣으며 물었다.

"사람의 생명을 다루는 일을 업으로 삼는 사람이죠."

현무는 감정이 섞이지 않은 목소리로 대답했다.

"사람의 생명을 다루는 일이라…. 우리가 신도 아니고 그게 가능한 걸까요?"

해수가 쓴웃음을 지으며 물었다.

"무슨 일 있으세요? 실수하신 것 때문에 그러세요?"

현무는 요 며칠 잦았던 그의 실수를 들춰냈다. 아닌 게 아니라 "6번 베드, 장염 환자"로 불리던 환자들이 이제는 '자원봉사자', '헌신적인 아버지', '주취폭력범', '음주 운전자'가 돼 버렸고, 환자의 과거가 그의 감정을 지배하기 시작하면서 그의 실수도 잦아졌다.

"환자의 과거를 궁금해 본 적 있어요? 오늘 우리가 살린 환자가 지독한 살인범이라면? 우리의 부족함으로 살리지 못한 환자가 안타까운 과거를 가진 선량한 사람이라면요?"

해수가 진지하게 물었다.

"의사 윤리. 의사는 환자를 인종과 민족, 나이와 성, 직업과 직위, 경제상태, 사상과 종교 등을 초월하여 성심껏 돌보며 의료 혜택이 온 인류와 국민에게 공정하고 평등하게 베풀어지도록 최대의 노력을 기울인다."

현무는 담담하게 의사 윤리강령을 읊었다.

"그렇죠. 물론… 그래야 하죠."

그는 얼굴을 떨구며 한숨을 내뱉었다. 알싸한 알코올 내음이 코로 뿜어져 나왔다.

"선생님은 어떤 의사가 되고 싶으세요? 꿈이나 포부 같은 거 말이에요."

이번에는 현무가 물었다.

"어쩌다 보니 의사가 된 거지, 원대한 포부나 야망 따윈 없어요."

해수는 씁쓸한 표정을 지으며 고개를 저었다. 그러자 현무가 넌지시 말했다.

"정 힘드시면 정신건강의학과에 가보세요. 혹시 알아요? 도움이 될지."

그는 고개를 저었다. 썩 내키지 않았다.

"아니면 바람이라도 쐬고 오시던가요. 서천시에 서천공원이라고 있는데, 거기 절벽 끝에 서면 답답한 마음이 뻥 뚫릴 거예요."

해수는 쓴웃음을 지었다. 공원이라. 어쩐지 그와는 어울리지 않는 곳 같았다. 역시 그를 위로해줄 수 있는 건 술 말고는 없는 걸까. 그는 창밖을 바라보며 봄비를 안주 삼아 술을 들이켰다.

"휴. 무슨 큰 죄를 지었기에 이렇게 저주를 퍼부어?"

현무가 혼잣말로 중얼거렸다.

"저, 비 말이에요."

현무는 창밖에 내리는 비를 손가락으로 가리켰다.

"비를 내리게 하는 것도 신의 뜻이래요. 이렇게 비가 많이 오는 날은 누군가가 신에게 벌을 받는 거라고요."

해수는 콧방귀를 끼며 고개를 저었다. 그놈의 신 타령은.

"그나저나 우리 예전에 만난 적 있지 않아요? 어디서 들어본 목소린데."

그가 고개를 갸웃거리며 물었다. 현무는 뭔가를 숨기는 사람처럼 입술을 실그러뜨렸다. 현무의 목소리는 언젠가 들어본 것처럼 귀에 익었는데, 어디서 들었는지 기억나지 않았다.

은하수의 저주

***

    전공의가 된 지 한 달 만에 갖게 된 첫 휴무일이었다. 연화는 늦은 오후가 되어서야 병원을 나섰다. 지난번에 현무가 말한 서천공원에 가볼 셈이었다. 서천공원이 있는 서천시는 천명 대학교 병원이 있는 해동시의 옆 도시로, 서천시에 가려면 남하도라 불리는 섬을 지나야 했다. 남하도는 행정구역상으로는 해동시에 속했지만, 지리적으로는 해동시와 서천시 사이에 끼어있어, 남하도를 기준으로 서쪽이 해동시, 동쪽이 서천시였다.

    버스가 병원 앞에 멈춰 서자 연화는 뒷문 맞은편 자리로 가 앉았다. 십여 분쯤 지났을까. 버스는 해안도로 종착점에서 은하대교 진입로로 접어들었다. 두 개의 아치형 주탑이 마치 날아가는 갈매기의 날개 형상 같은 은하대교는 남하도 앞바다를 가로질러 서천시로 이어져 있어 남하도를 거치지 않고 곧장 서천시로 갈 수 있었다.

    창밖으로 남하도가 보였다. 면적 절반이 산인 남하도는 섬 한가운데 자리 잡은 나지막한 산에 산복도로를 따라 작고 허름한 집들이 다닥다닥 붙어있었다. 그녀가 스무 살이 되기 전까지 살았던 집도 남하도 산복도로 위 달동네 어딘가에 있었다.

    어느새 버스는 은하대교에서 내려와 서천시 요금소를 통과했다. 요금소를 지나 해안도로로 접어들자, 도로 입구에 '어서 오세요. 여기서부터 서천시입니다.'라 적힌 이정표가 세워져 있었다. 서천공원은 해안도로로 접어든 지 채 십 분도 되지 않는 거리에 있었다.

    연화는 하차 벨을 누르고 자리에서 일어났다. 버스는 공원 입구에서 멈춰 섰다. 버스에서 내려 공원 입구로 걸어 들어가자 다정하게 손을 잡은 연인들이 그녀를 스쳐 지나갔다. 하늘은 구름 한 점 없이 화창했고, 살랑이는 봄바람에는 향긋한 꽃내음이 실려 왔다.

연화는 공원 입구와 이어진 나지막한 비탈길을 내려갔다. 비탈길 양옆으로는 야트막한 동산이 있었는데, 왼편에는 빨간색 튤립이 흐드러지게 피어있었고, 오른편에는 푸른 잔디가 드넓게 펼쳐져 있었다. 그녀의 눈길을 끈 건 따로 있었다. 튤립 꽃밭 한가운데에는 빨간색 지붕에 초록색 몸통의 우체통이, 잔디밭에는 파란색 지붕에 하얀색 몸체의 풍차가 세워져 있었다. 풍차와 우체통은 웬만한 등대만큼이나 거대해서 마치 동화 속 난쟁이 마을에 들어온 것 같았다.

비탈길은 동산이 끝나는 지점에서 두 갈래로 나뉘었다. 연화는 왼쪽 길로 발길을 돌렸다. 길이 끝나는 지점은 방파제로 이어져 있어 많은 사람이 드나들었다. 멀리서 보기엔 방파제 끝에 우뚝 솟은 빨간 등대 말고는 특별한 건 보이지 않았다.

그녀는 방파제를 따라 걸어 들어갔다. 그때, 사람들의 들뜬 목소리가 들려왔다. 주위를 둘러보니 등대 뒤편에 사람들이 모여있었다. 연화는 사람들이 모인 곳으로 걸어갔다. 그곳에는 안내판이 세워져 있었다.

〈사랑의 등대〉

〈사랑의 등대 프러포즈 방법 – 사랑하는 사람과 등대 앞에 그려진 하트 위에 나란히 서면 사랑이 이루어집니다.〉

안내문에 적힌 글을 따라 읽고 있던 그때, 등 뒤에서 익숙한 목소리가 들렸다.

"한연화?"

연화는 화들짝 놀라 뒤돌아봤다. 등 뒤에는 백마 탄 왕자, 아니 해수가 서 있었다. 백마가 아니라 백의(白衣)였던 걸까.

"선생님이 왜 여기에…."

은하수의 저주

"그러는 넌, 여기 어쩐 일이야?"

해수는 퉁명스럽게 물었다.

"저기… 그게….."

연화는 운명적인 사랑을 찾으러 왔다는 말은 차마 하지 못하고 두 눈만 끔뻑였다.

그때였다. 어디선가 낯간지러운 노랫소리가 흘러나왔다. 결혼행진곡이었다. 노랫소리에 모여든 사람들이 두 사람을 에워싸더니 "키스해. 키스해." 하고 외치기 시작했다. 뒤늦게 알아차린바, 두 사람은 하트 위에 서 있었다. 연화는 가슴이 콩닥콩닥 뛰기 시작했다. 고개를 들어보니 해수의 귀도 빨갛게 달아올라 있었다. 곁눈질로 주위를 살피던 두 사람은 눈이 마주쳤다. 그 순간, 아무것도 들리지 않고 세상이 멈춰버린 듯했다. 해수의 비쩍 마른 몸과 구부정한 어깨도, 쌍꺼풀 없는 예리한 눈매도 지금 이 순간만큼은 런웨이의 모델처럼 멋져 보였다.

연화는 자기도 모르게 해수의 입술에 입을 맞췄다. 그녀의 무의식이 시킨 일이었다.

"너… 뭐… 하는 거야?"

당황한 해수가 더듬거리며 물었다. 연화는 사람들 틈에서 도망쳐 나왔다. 뒤늦게 정신을 차렸을 땐 튤립이 흐드러지게 핀 꽃밭에 와있었다. 튤립은 바람에 나불거렸고, 꽃밭에 세워진 형형색색의 바람개비는 속없이 돌아갔다.

"미쳤어. 미쳤어."

연화는 혼잣말을 중얼거리며 우체통 앞으로 다가갔다. 우체통은 거북이가 등에 업고서 기어가는 형상으로, 우체통 옆에는 하늘로 승천하는 용을 등에 업은 거북이 조형물이, 우체통 앞에는 안내문이 세워져 있었다.

〈느리게 가는 우체통〉

〈가슴 속 이야기를 엽서에 써서 우체통에 투함하면 느리지만 빠르게 배달해 드립니다.〉

연화는 돌아섰다. 그녀는 엽서를 써서 전해줄 사람이 없었다.

꽃밭을 빠져나와 비탈길 오른쪽으로 난 해안 산책로로 접어들었다. 해안산 책로 끝은 바다로 돌출된 땅인 곳으로 이어져 있었는데, 땅끝에는 전망대가 있었다. 전망대로 걸어가 난간 아래를 내려다보자, 아찔한 절벽이 내려다보였다. 연화는 오금이 저린 나머지 뒷걸음질 치다 그만 누군가와 부딪쳤다. 돌아보니 해수가 서 있었다.

깜짝 놀란 연화는 휘파람을 불며 딴청을 부렸다. 그때, 해수가 나지막한 목소리로 말했다.

"좋다."

"네?"

돌아보니 해수가 바다를 바라보고 있었다. 연화도 해수를 따라 수평선으로 눈을 돌렸다. 물마루와 맞닿은 푸른 하늘이 붉게 물들어가고 있었다. 이따금 바다 내음을 품은 봄바람이 불어와 코끝에 베인 피비린내와 알코올 냄새가 흩어지고, 여기저기 찢기고 다친 사람들의 모습과 붉은 핏물이 낭자한 응급실 모습이 씻겨나갔다.

그녀가 넋을 잃고 바다를 바라보는 사이, 하늘은 오렌지빛으로 변해있었다. 그리고 보니 조금 전부터 해수가 보이지 않았다.

"선생님."

그녀의 목소리가 바다에 메아리쳤다. 대답은 돌아오지 않았다. 연화는 해수를 찾으러 왔던 길을 되돌아갔다. 가는 길에 보니 바다로 내려가는 좁은 계단이 있었다. 계단을 따라 내려가자 커다란 바위 위에 앉은 낯익은 뒷모습이 보였다. 해수였다.

　　　　　　　　　　　　　　　　　　　　　은하수의 저주

연화는 반가운 마음에 큰 소리로 해수를 불렀다.

"선생님."

***

연화는 바다에 정신을 빼앗긴 듯했다. 해수는 연화의 시간을 방해하고 싶지 않아 혼자서 공원을 둘러봤다. 해안 산책로를 따라 걷다 보니 마침 바다로 내려가는 계단이 있었다. 해수는 계단을 따라 내려갔다. 계단 아래에는 동그랗고 매끈한 자갈이 지천으로 깔려있었다.

그는 자갈밭을 걸어 파도가 닿는 곳까지 다가갔다. 성인 남성 한 명쯤은 거뜬히 앉을 수 있는 커다란 바위가 있었다. 그는 바위에 올라가 앉아 먼바다를 바라봤다. 파도가 수평선에서부터 점점 그에게 다가오더니 바위에 부딪혀 하얗게 부서졌다. 파도를 보고 있으니 요즈음 그를 괴롭히던 문제와 걱정이 파도에 씻겨나갈 것만 같았다. 지금 이 순간만큼은 환자의 과거를 보는 일 따윈 생각나지 않았다.

그가 파도 소리에 빠져들던 그때였다. 등 뒤에서 그를 부르는 소리가 들려왔다.

"선생님."

그가 뒤돌아보자, 연화가 아이처럼 해맑은 미소를 지으며 양팔을 흔들었다. 엉겁결에 그도 손을 흔들자, 연화가 그에게 성큼성큼 달려왔다. 그 순간, 그의 눈엔 연화만 보였고, 그의 귀엔 심장 소리만 들렸다.

반짝이는 햇살처럼 눈부시게 아름다운, 넌.
수평선에서부터 달려와 하얀 물보라를 일으키는 파도처럼, 넌.
내 마음에 다가와 하얀 물보라를 일으켰다.

사랑이다.

넌 나를 만나러 저 먼바다에서부터 달려왔구나.

해수는 가슴을 움켜쥐었다. 이전에는 느껴본 적 없던 통증이 온몸을 훑고 지나갔다. 심장이 터질 것 같았다.

"괜찮아요?"

어느새 다가온 연화가 동그랗게 눈을 뜨고서 물었다. 연화의 손이 그의 어깨에 닿자 통증은 더 심해졌다. 그의 마음을 알 리 없는 연화가 그의 얼굴 가까이 다가왔다. 볼록한 이마와 동그란 눈, 작은 코와 입술. 달빛 아래 연화는 하늘에서 내려온 선녀처럼, 예뻤다.

***

연화는 해수 옆에 나란히 앉았다. 잠깐 사이에 해는 자취를 감췄고, 해가 사라진 하늘에는 별들만이 반짝였다. 바다는 어둠에 잠겼고, 아무것도 보이지 않는 캄캄한 바다에는 등대 불빛만이 바다를 비췄다.

철썩. 자그르르.

파도가 바위에 부딪치는 소리와 자갈이 서로 부딪히는 소리가 밤바다에 메아리쳤다. 그녀의 뱃속에도 꼬르륵 소리가 메아리쳤다.

"그만 가자."

해수가 자리에서 일어나 앞장서서 계단을 올라갔다. 그녀도 해수를 따라 비탈길을 올라갔다. 비탈길이 끝나는 곳에 아까 미처 보지 못한 배 모양의 건물이 세워져 있었다.

"따라와."

해수는 건물 안으로 들어갔다. 안으로 들어서자 맛있는 냄새가 물씬 풍겼다.

은하수의 저주

"배고프지?"

해수가 창가 쪽 탁자 앞에 앉으며 말했다.

"오면서 봐뒀어."

해수가 멋쩍게 웃었다. 그녀는 어색해하는 해수가 왠지 귀여워 보였다.

잠시 후, 주문한 파스타가 나왔다. 한 달 만에 마주한 병원 밖의 음식에 군침이 돌았다. 연화는 파스타를 한입 가득 입에 넣었다.

"어때? 견딜만하니?"

해수가 물었다. 연화는 오물거리며 고개를 끄덕였다.

"힘들진 않니? 현무 선생한테 들었어. 부모님이 안 계신다고."

연화는 깜짝 놀라 포크를 내려놨다. 현무가 동네방네 떠벌리고 다닌 걸까. 연화는 불쾌한 기분이 들었다.

"그럼. 여태 어떻게 산 거야? 혼자 살진 않았을 테고."

해수가 그녀를 측은하게 바라봤다.

"남하도에 계신 삼촌네 식구와 함께 살았어요."

"남하도. 그렇구나."

해수는 파스타를 입에 넣으며 고개를 끄덕였다. 연화도 그동안 궁금했던 이야길 꺼냈다.

"혹시, 예전에 우리 만난 적 있나요?"

"글쎄. 왜? 날 본 적 있어?"

해수의 얼굴에 당황한 기색이 스쳤다.

"그냥. 어디서 만난 것처럼 낯이 익어서요."

"글쎄."

해수는 고개를 갸웃거렸다. 연화는 언제인지 몰라도 언젠가 해수를 본 것 같았는데, 그게 언제였는지 기억나질 않았다.

"그건 그렇고, 여긴 어쩐 일이야?"

해수가 물었다.

"여기에 가면 백마 탄 왕자를 만날 수 있다고 해서요."

연화가 수줍게 웃으며 말했다.

"뭐? 백마 탄?"

해수가 피식 웃었다.

"그래서 만났어?"

"네. 만난 것 같아요."

연화는 해수의 눈을 뚫어지게 바라보며 대답했다.

"어디?"

해수가 주위를 두리번거리며 물었다.

"지금 제 앞에 있잖아요."

연화가 코를 찡긋거리며 말했다. 그러자 해수는 사레에 걸린 듯 기침하더니 벌떡 일어났다.

"그만 가자."

해수가 황급히 레스토랑을 빠져나갔다. 연화는 해수를 뒤따라 레스토랑을 나오다 입구에 놓인 간판을 발견했다.

「카리브레스토랑」

***

서천공원에 다녀온 후로 해수는 연화와 입을 맞추던 그 순간이 머릿속에서 떠나지 않았다. 눈을 뜰 때부터 잠자리에 들기 전까지 연화를 생각했고, 응급실에 함께 있을 때도 그의 눈은 연화를 따라다녔다. 그런 와중에도 환자의 과거를 보는 일은 계속됐고, 그는 연화를 생각하는 것과 동시에 그에게 일어난 골치 아픈 일을 신경 쓰지 않을 수 없었다. 그는 응급실 출입문에 온 신경을 곤두세웠

은하수의 저주

고, 무언가를 하다가도 문이 열리는 소리가 들리면 고개가 돌아갔다. 심정지 환자가 실려 오진 않을까 조마조마한 날들이 계속 이어졌다. 떨쳐내려 할수록 두려움은 더욱 깊이 스며들었다. 이러다간 언젠가 큰 실수를 저지를지도 모른다는 불안감이 서서히 얼굴을 내밀었다.

퇴근 후, 해수는 엘리베이터를 타고 5층에서 내렸다. 외래 진료실이 있는 5층 복도에는 외래진료를 받으러 온 환자들로 발 디딜 틈이 없었다. 그는 진료받으러 온 환자들을 지나 어느 진료실 앞에서 걸음을 멈췄다. 지난번 현무가 권유한 정신건강의학과 진료실이었다.

잠시 후, 그의 차례가 되어 긴장한 채로 진료실에 들어서는데, 아는 얼굴이 앉아있었다. 그의 대학 동기 신재하였다. 그는 당황한 나머지 문 앞에 엉거주춤 서 있었다.

"강해수. 오랜만이다?"

재하가 먼저 아는 체했다. 그는 쭈뼛거리며 환자용 의자에 앉았다.

"어쩐 일이야?"

재하가 모니터로 시선을 옮기며 물었다.

"…어쩐 일이긴 진료받으러 왔지."

그는 검지로 이마를 긁으며 말했다. 재하의 얼굴에 놀란 기색이 스쳤다.

"무슨 일인데?"

재하가 물었다. 그는 문득 재하라면, 그의 얘길 아무렇지 않게 들어줄 수도 있겠다는 생각이 들었다. 의과대 재학시절, 재하는 모든 동기에게 평이 좋았다. 재하가 화내는 걸 한 번도 본 적 없고, 다른 이의 비밀을 떠벌리거나 남의 뒷말을 하고 다니는 것도 본 적이 없었다.

"CPR 할 때 말이야. 환자의 과거가 보여."

재하의 얼굴에는 또나시 놀란 기색을 스쳤으니, 이내 의사의 본분을 되찾았다.

"과거라니? 음. 뭔가가 보인다는 거지?"

재하가 침착하게 되물었다.

"정말, 환자 과거."

해수는 자신 없는 투로 대답했다.

"네가 본 게 환자의 과거인 건 어떻게 알아?"

"보호자가 말해준 것과 같았으니까."

대답을 마친 그는 재하를 곁눈질로 살폈다. 재하는 그의 예상대로 그의 얘길 진지하게 들어주었다.

"언제부터니? 이전에는 이런 적 없었고?"

해수는 고개를 저었다. 재하는 천천히 고개를 끄덕이더니, 처방을 내놓았다.

"약 처방해줄게. 약 먹어봐. 그리고 쉬고 나면 괜찮아질 거야. 물론 힘들겠지만."

해수는 실망했다. 약 처방을 원한 게 아니었다. 약으로 해결될 일이 아니었다. 게다가 휴식은 불가능했다. 그는 내년에 임상조교수 임용을 앞두고 있었다.

"그런데 넌, 여기에 웬일이야?"

그는 명운 대학교 병원에서 전공의 수련을 한 재하를 천명 대학교 병원에서 보리라곤 꿈에도 생각지 못했다.

"아버지 죽음에 숨겨진 진실을 알아내려고."

재하는 씁쓸한 미소를 지으며 대답했다.

***

진료 준비를 마치고 책상 앞에 앉은 재하는 긴장한 채 애꿎은 마우스만 만지작거렸다. 교수님 뒤에서 참관만 해오다 혼자서 외래진료를 본지 이제 겨우 두 달 남짓 되었다. 그마저도 일주일에 두 번뿐이라 진료실 문이 열릴 때마다 긴장이 되었다.

이제 환자 두 명의 진료만이 남은 그때, 진료실 문이 열리고 낯익은 얼굴이 들어왔다. 그의 대학 동기 강해수였다. 말 그대로 동기일 뿐 친한 사이는 아니었다. 해수는 학창 시절 늘 혼자 다닐 뿐만 아니라 워낙 곁을 내주지 않아 그와 친하다는 사람을 본 적이 없었다. 해수는 차가워 보이는 모습 하며, 어성버성한 모습까지도 십 년 전 모습 그대로였다.

해수가 진료실을 나간 후, 재하는 해수의 마지막 물음을 떠올렸다. 천명 대학교 병원에 온 이유라…. 그는 컴퓨터 모니터 아래 놓인 탁상액자를 바라봤다. 사진 속의 아버지를 보자 아버지의 마지막 모습이 떠올랐다.

교복을 단정하게 차려입은 재하는 머리카락을 매만지느라 이십 분째 거울 앞을 떠날 줄 몰랐다.

"재하야. 뭘 그렇게 꾸물대니? 그러다 졸업식 늦겠어."

엄마의 애타는 목소리가 방문 너머로 들려왔다. 그제야 벽에 걸린 시계를 올려다본 그는 서둘러 거실로 나갔다. 지금 집을 나서지 않으면 지각이었다. 3년간 지각 한번 한 적 없었는데 졸업식에 지각하는 건 안 될 일이었다.

"재하야. 먼저 가 있어. 엄마 아빠도 곧 따라갈게."

재하는 "알겠어요."라고 대답하며 현관으로 향했다. 그때, 소파에 앉아 멍하니 허공을 바라보시는 아버지가 눈에 들어왔다. 아버지는 2년 전에 일어난 사고에서 살아 돌아오신 후로 소파에 멍하니 앉아계시는 일이 잦았다. 주변 어른들은 그런 아버지를 걱정하며 "저러다 큰일나제."라고 말씀하셨다. 재하 역시 아버지가 저러다 '큰일'이 나는 건 아닌지 걱정되었지만, 중학생인 그가 할 수 있는 일은 아무것도 없었다.

그가 신발장을 열어 신발을 꺼내는 소리에 아버지가 고개를 돌렸다.

"학교 가니?"

아버지는 언제 그랬냐는 듯 미소를 지으며 다가왔다.

"오늘 졸업식이잖아요."

재하는 아버지에게 졸업식임을 알렸다. '졸업식에 오실 거죠?' 하는 눈빛과 함께. 아버지는 최근 들어 많은 것들을 깜빡하셨다.

"수고했다. 내 아들."

아버지는 그를 끌어안아 등을 두드려주셨다. 아버지 품에 안기자 웬일인지 눈물이 왈칵 쏟아질 것만 같았다. 눈물을 꾹 참으며 집을 나선 그는 학교에 가는 내내 실체를 알 수 없는 불길한 기분이 들었다.

다행히 늦지 않고 도착했고, 졸업식도 무사히 마쳤다. 강당에서 진행된 졸업 행사를 마치고 교실로 돌아오자, 친구 부모님들이 꽃다발을 들고 교실로 들어왔다. 재하는 교실 뒷문을 힐끔 돌아봤다. 곧 뒤따라 오시겠던 부모님은 보이지 않았다.

그때였다. 등 뒤에서 누군가가 외쳤다.

"신재하. 어서 집에 가봐."

그를 찾아온 사람은 부모님이 아닌 선생님이었다. 재하는 아버지에게 '큰일'이 벌어졌다는 걸 직감했다.

재하는 친구들과 마지막 인사조차 나누지 못하고 집으로 달려갔다. 골목 입구에 구급차가 떠날 준비를 하고 있었다. 불안한 마음은 실체 없는 그의 직감일 뿐, 구급차에 아버지가 타고 있으리란 보장은 없었다. 그는 가슴 속에 일말의 희망을 품고서 집으로 달려갔다.

"엄마. 아버지."

집은 텅 비어 있었다. 허탈한 마음을 뒤로한 채 구급차로 뛰어갔으나, 구급차는 이미 떠나고 없었다. 재하는 주위를 둘러봤다. 구급차를 따라가려 해도 어디로 갔는지 알 수가 없었다.

그때였다.

"쯧쯧. 천명 대학교 병원으로 간다고 했어."

은하수의 저주

마을 입구에 놓인 평상에 앉아있던 마을 주민이 혀를 차며 말했다. 헐레벌떡 뛰어다니는 모습이 누가 봐도 조금 전 구급차에 실려 간 사람의 아들로 보였던 모양이었다.

재하는 주머니 속 돈을 탈탈 털어 모아 택시에 올라탔다. 택시 기사는 룸미러로 그를 힐끔 보더니 그의 초조한 마음을 눈치채고서 빠르게 차를 몰았다. 잠시 후 저 멀리 천명 대학교 병원이 보이기 시작했다. 웅장한 병원 건물을 보자 해동시 최고 상급병원인 천명 대학교 병원이라면 아빠를 꼭 살려낼 수 있을 거란 믿음이 스멀스멀 피어올랐다.

택시가 응급실 앞에서 멈춰 섰다. 응급실 앞에는 구급차가 막 떠나고 있었다. 재하는 택시에서 내려 곧장 응급실로 달려갔다.

"엄마. 아빠."

그는 응급실 안으로 뛰어 들어갔다.

"학생. 응급실 안에서 뛰어다니면 안 돼요."

간호사 스테이션에 앉아있던 간호사가 그를 보며 외쳤다. 재하는 숨을 헐떡이며 물었다.

"혹시 조금 전에 신선도라는 남자…."

그의 말이 채 끝나기도 전에 간호사는 출입문 맞은편에 있는 유리 벽을 가리켰다. 빨간색으로 '소생실'이라고 적힌 유리 벽은 커튼이 닫혀있어 안이 보이지 않았다. 소생실. 죽어가는 사람을 다시 살려내는 곳. 그곳에 아버지가 계셨다.

재하는 소생실로 다가갔다. 소생실 앞에는 엄마가 주저앉아 울고 있었다.

"엄마…."

엄마는 재하를 보자 부둥켜안으며 흐느꼈다.

"엄마. 어떻게 된 거야?"

재하가 울먹이며 물었다. 엄마에게서 아버지의 죽음에 대해 들은 건, 장례식을 마치고 아버지의 유품을 정리할 때가 처음이자 마지막이었다.

"책임감이 강한 분이셨다. 모든 책임을, 미안한 마음을 떠안고 가셨다."

여기까지가 그가 기억하는 아버지의 마지막 모습이었다. 그날 아버지는 어딘가 모르게 다른 날과 달라 보였다. 그게 아버지의 마지막 모습이 될 거란 걸 알았더라면 아버지의 죽음을 막을 수 있었을까. 재하는 한숨을 내쉬었다. 아버지의 죽음을 둘러싼 진실을 밝히는 일. 그게 바로 그가 천명 대학교 병원으로 오게 된 이유였다.

재하는 모니터 속 대기 환자 명단을 확인했다. 이제 한 사람만 진료하면 오늘 진료도 끝이었다. 피로가 물밀듯 몰려왔다. 누군가의 감정을 듣는 건 고된 일이었다. 그 감정이라는 건 즐거움이나 기쁨 등이 아니라, 주로 분노, 슬픔, 좌절 등이어서 온종일 듣고 있노라면 환자들의 정신적 고통이 그에게 차곡차곡 쌓이는 것 같았다. 선후배들은 감정 쓰레기통으로 운동이나 악기연주, 전시회나 공연 관람 등등 각종 예체능을 섭렵했지만 별다른 취미가 없는 그는 얼마 전부터 퇴근 후에 할 수 있는 취미를 찾아다녔다.

해수가 나가고 나이가 지긋한 한 남자가 진료실로 들어왔다. 옷을 아무렇게나 걸쳐 입은, 남루한 행색의 남자는 멀리서도 술 냄새가 풍길 것처럼 얼굴이 벌겋게 달아올라 있었다. 거기다 남자는 자신을 돌보지 못하는 사람들에게서 나는 자릿내까지 풍겨 남자의 얘기를 듣지 않고도 아프다는 걸 알 수 있었다.

남자는 그늘이 드리워진 얼굴로 의자에 앉았다.

"살아도 산 것 같지가 않아요."

남자의 첫 마디였다.

"그날 이후로 제 삶은 죽은 거나 다름없어요."

남자는 두 손으로 얼굴을 감싼 채 말했다.

"그날이요? 무슨 일 있으셨나요?"

"오래전에 아들 녀석이 타고 있던 배에 불이 났어요. 아이는 연기가 가득 찬 선실에서 빠져나오지 못하고 죽었죠."

재하는 속으로 움찔했으나, 태연한 척 남자의 얘길 들었다.

"아이의 마지막 얼굴이요…. 겁에 질린 얼굴, 눈동자…."

말을 멈춘 남자는 한참 동안 아무 말도 하지 못했다.

"그날 이후로 밤이면 밤마다 아들 녀석 얼굴이 눈앞에 아른거려서 잠은커녕 아무것도 할 수가 없어요. 제겐 하나밖에 없던 혈육이었거든요."

남자가 목이 멘 목소리로 말했다. 남자는 하나밖에 없는 아들이 세상을 떠난 후 긴 세월을 고통 속에 살고 있었다. 자식을 잃은 고통이 얼만큼인지 그로선 가늠할 수 없었다. 남자의 고통은 오롯이 남자의 몫이었다.

"떠나기 전날 밤에 수학여행 간다고 들떠서 어찌나 신나 했는지……."

남자의 주름진 눈가에 눈물이 흘러내렸다. 재하는 책상 위에 놓인 티슈 한 장을 뽑아 남자에게 건넸다. 남자는 얇은 티슈 한 장에 얼굴을 묻고서 흐느꼈다.

"차라리 죽어서 고 녀석한테 가버리면 얼마나 좋을까요. 죽고 싶은데 죽는 것도 제 맘대로 되질 않네요."

재하는 모니터로 눈을 돌려 진료기록을 살폈다. 남자는 불과 일주일 전에 자살 시도로 응급실에 실려 와 위세척을 받았다. 또다시 자살 시도를 할 가능성이 있었다.

"며칠 동안 입원을 하시는 게 어떨까요? 입원해있는 동안 약물치료도 하고, 마음도 추스르는 게 좋겠어요."

남자는 썩 내키지 않아 보였지만, 가타부타 말없이 진료실을 나갔다. 아마도 그런 것조차도 논할 마음의 여유나 의지조차도 없는 듯했다. 그는 입원 처방을 내린 후, 두 팔을 뻗어 기지개를 켰다.

***

재하에게 진료를 받은 후로 해수는 한결 마음이 편안했다. 그 후로 심폐소
생술을 해야 할 환자를 마주할 일이 없었기 때문에 처방 약이 어느 정도 효과가
있을지는 알 수 없었지만, 약이 있다는 사실은 마음에 평온함을 가져다주었다.

그가 술에 취해 넘어진 남자의 찢어진 이마를 봉합하고 막 처치실을 나오던
그때였다. 통화를 끝낸 윤 간호사가 그를 보며 말했다.

"곧 어레스트(arrest, 심정지) 온답니다."

잠시 후 사이렌과 함께 구급차 한 대가 응급실 앞에 멈춰 섰다. 해수는 쭈뼛
거리며 출입문 앞으로 걸어갔다. 환자를 태운 이동용 침대가 응급실 안으로 미
끄러지듯 들어왔다. 구급대원 한 명은 이동용 침대를 밀고, 다른 구급대원은 앰
부 백으로 환자에게 산소를 공급하고, 또 다른 구급대원은 환자의 가슴을 누르
고 있었다. 현무는 환자의 상태를 확인하며 소생실로 들어갔다.

"바다에 빠지셨어요."

구급대원이 다가와 말했다. 해수는 침대가 지나간 바닥에 떨어진 물을 물끄
러미 바라봤다.

"심정지가 온 지는 얼마나 됐죠?"

"구조해서 물 밖으로 나왔을 땐 이미 심정지 상태였고요. 따님 말로는 저희
가 도착하기 20분 전부터 보이지 않았답니다."

소방대원이 병원을 나설 채비를 하며 대답했다. 소생실 유리창 앞에는 환자
의 딸로 보이는 여자가 발을 동동거리고 있었다.

"빠진 겁니까? 아니면 뛰어든 겁니까?"

그가 병원을 나서려는 구급대원을 붙잡고 물었다.

"글쎄요."

구급대원은 어색한 미소를 지으며 고개를 흔들었다.

해수는 구급대원을 보내고 소생실로 들어갔다. 소생실 안에선 현무가 여인의 가슴을 누르고 있었다. 그 모습을 지켜보던 그에게 불순한 생각이 파고들었다. 이대로 현무의 손에 여인이 깨어났으면 좋겠다고. 그의 차례까진 오지 않았으면 좋겠다며. 암만 생각해도 의사답지 못한 비겁한 생각이었다. 그는 죽음의 문턱에 선 환자를 걱정하는 게 아니라 또다시 환자의 과거를 보게 될까 봐 두려워하고 있었다. 누군가가 그의 생각을 알아챌까 봐 부끄러웠다.

"선생님."

현무가 숨이 찬 목소리로 그를 불렀다. 교대해달라는 뜻이었다. 해수는 잠시 머뭇거리다 환자의 가슴에 손을 얹었다. 축축하게 젖은 옷 탓인지 서늘한 기운이 느껴졌다. 마치 마네킹이 누워있는 듯한 기분이 들었다.

그는 환자의 가슴을 눌렀다. 그의 손이 환자의 심장에 가까워질수록 알 수 없는 힘이 그의 몸을 끌어당겼다. 저절로 눈이 감겼다. 환자의 과거가 보이기 전 그의 몸에서 일어나는 전조는 늘 똑같았다. 몸은 뻣뻣하게 굳었고 온몸의 털들은 쭈뼛 섰다. 눈을 뜨려 안간힘을 썼지만, 그는 이미 캄캄한 터널에서 빛을 따라 걷고 있었다.

한여름 밤, 여인은 하늘을 수놓는 형형색색의 불꽃을 보며 탄성을 질렀다. 모래사장 위에는 여인뿐만 아니라 불꽃놀이를 보러온 수많은 사람으로 발 디딜 틈이 없었다.

"아름답다. 그렇지, 다은아?"

여자가 내려다본 곳엔 어린 소녀가 눈 앞에 펼쳐진 마법 같은 불꽃에 눈을 떼지 않고 바라보고 있었다. 여인은 흐뭇한 얼굴로 남편을 바라봤다. 여인의 남편도 덩달아 미소를 지었다.

세 식구가 행복에 젖어갈 때쯤이었다. 은하대교 아래를 지나던 배에서 갑자기 불길이 치솟았다. 그 순간, 모래사장에는 정적이 흘렀다. 속절없이 시간이 흐르고, 상황을 인지한 사람들이 발을 동동 구르기 시작했다. 조금 전까지 황홀한 눈으로 불꽃놀이를 보던 사람들의 눈엔 공포가 어렸고, 눈 앞에 펼쳐진 끔찍한 장면에 아연실색한 사람들로 해변은 아수라장이 되었다.

"여보. 저기 저 사람들 어떡해요?"

여인의 말에 남편은 어디론가 전화를 걸었다.

"거기 119죠?"

잠시 후 구급차와 소방헬기가 모습을 드러내자, 해변에 있던 사람들은 승선객 대부분이 구출되리라 믿었다.

"선생님. 선생님."

현무가 그를 흔들었다.

"괜찮으세요?"

연화가 다가와 속삭이듯 물었다. 해수는 거친 숨을 몰아 내쉬며 주위를 둘러봤다. 다들 이상한 눈으로 그를 바라보고 있었다. 무슨 일이 있었던 걸까. 그는 그에게 달라붙은 시선을 의식하며 물었다.

"지금 어레스트(arrest, 심정지) 몇 분째죠?"

"'발견된 어레스트 환자'라서 발견된 시간부터 지금까지 한 시간은 넘었겠네요."

현무가 대답했다. 해수는 시계를 올려다봤다. 환자가 병원에 온 지 40분이 지나고 있었다. 해수는 땀에 흠뻑 젖은 가운을 벗으며 소생실을 나갔다. 그는 2분마다 교대해야 하는 심폐소생술 수칙을 어겼고, 전공의들이 그 모습을 지켜봤다. 살릴 수 있었던 환자였을까. 그의 잘못으로 환자를 살려내지 못한 건 아닐까. 그는 주머니 속 종이를 만지작거렸지만, 이내 주머니에서 손을 뺐다.

하얀 시트가 덮인 침대가 그의 앞을 지나갔다. 침대 밖으로 물에 퉁퉁 불은 하얀 발이 삐져나왔다. 발톱에 칠해진 빨간색 매니큐어가 유난히 빨갛게 보였다.

은하수의 저주

똑. 똑. 똑.

침대에서 흘러내린 물이 장례식장으로 내려가는 문 앞까지 이어졌다. 잠시 후 여인은 흔적 없이 사라졌고 응급실은 아무 일도 없었던 것처럼 원래의 모습을 되찾았다. 여인의 흔적은 그의 머릿속에서만 존재한 채 아침이 밝아올 때까지 그를 괴롭혔다.

퇴근 후, 해수는 10층으로 올라갔다. 햇살이 내리쬐는 복도를 지나 인사과 앞에서 멈춰 섰다. 그는 가운 속에 넣어둔 사직서를 꺼냈다. 재하의 권유대로 하기로 했다. 만에 하나 의료사고라도 발생하면 더는 의사 생활을 할 수 없을지도 몰랐다.

사직서를 내고 인사과를 나온 해수는 벽에 기대섰다. 차마 발길이 떨어지지 않았다. 이제 그에게 남은 시간은 보름이었다. 보름 후면 병원을 떠나야 한다. 정말 떠나야 하는 걸까. 다른 방법은 없었을까.

***

4월도 일주일밖에 남지 않았다. 응급실은 매일 다른 것 같으면서 똑같이 유지됐다. 밤이 깊어지면 환자들은 약속이라도 한 것처럼 응급실에 모여들었고, 새벽이 되면 집으로 돌아갔다.

새벽이 되자 겨우 한숨 돌린 연화는 응급실을 둘러봤다. 조금 전까지 무질서했던 응급실이 어느샌가 고요해졌다. 해수는 어딜 갔는지 아까부터 보이지 않았고, 스테이션에선 현무가 간호사들과 대화를 나누고 있었다.

"요즘 강 선생님 좀 이상하지 않아요?"

최 간호사가 윤 간호사를 보며 물었다.

"뭐가?"

"이미 가망 없는 환자에게 CPR을 해대질 않나. CPR을 하느라 다른 처치를 놓치질 않나. CPR 기본 수칙조차도 어기질 않나.”

최 간호사는 고개를 좌우로 흔들며 말했다.

“글쎄.”

윤 간호사는 어색한 미소를 짓더니 고개를 숙였다.

“그럴 분이 아닌데, 무슨 일이 있는 것 같아.”

윤 간호사가 혼잣말하듯 말했다.

“CPR 하실 때 꼭 뭐가 보이는 것 같아요. 저주라도 걸린 사람처럼.”

현무가 거들었다. 윤 간호사는 컴퓨터 모니터에 눈을 떼지 못한 채 뭔가를 골똘히 생각했다.

“혹시… 퇴사와 관련이 있을까요?”

윤 간호사가 조심스레 말했다.

“퇴사요? 강 선생님. 퇴사하신대요?”

연화가 세 사람의 대화에 끼어들었다.

“몰랐어요? 강 선생님 이번 달까지만 근무하시는 거?”

연화는 울상을 지으며 고개를 저었다.

“걱정하지 마. 곧 다시 돌아오실 테니까.”

현무는 의미심장한 눈빛으로 미소를 지으며 돌아섰다.

“그 날이 다가오는구나.”

현무는 기지개를 켜며 하품을 하더니 휴게실로 걸어갔다. 그때, 응급실 출입문이 열리고 해수가 들어왔다. 안 그래도 마른 몸이 휘청거리며 걸었다. 연화는 서천공원에서 만난 후로 해수가 남다르게 느껴졌다. 알 수 없는 무언가가 두 사람 사이를 연결하는 듯했다. 미운 오리 새끼 같은 그녀의 삶에 해수가 한 줄기 빛이 되리라 기대했건만 그냥 이렇게 끝이 나는 걸까. 천희도 떠났고, 해수마저 떠난다고 생각하니 연화는 괜스레 울적해졌다.

***

진료실 문이 열리고 반가운 얼굴이 들어왔다. 그의 오랜 지인, 연화였다. 재수하는 연화가 사고로 부모님을 잃은 것부터, 삼촌네 가족이 소리소문없이 사라진 일, 그리고 의과대학에 입학 후 지금까지 연화에 관해서 모르는 게 없는 19년 지기였다.

"어서 와. 연화야."

연화는 맞은편에 놓인 환자용 의자에 앉았다. 그는 연화가 입고 있는 하얀 가운을 바라봤다. 왼쪽 가슴에 파란색 실로 '응급의학과 한연화'라 수놓아져 있었다. 연화는 아홉 살에 부모님을 잃은 아이답지 않게 언제나 밝고 씩씩해서 의사의 꿈을 이룰 거라는 걸 믿어 의심치 않았는데, 바로 오늘, 보란 듯이 천명 대학교 병원 전공의가 되어 나타났다.

"1년 차 전공의 생활은 어때?"

"뭐, 이 정도쯤이야."

연화는 두 손을 올리며 어깨를 으쓱했다. 연화다운 모습이었다. 연화는 부모님 없이 커왔음에도 구김살이 없었다.

"오늘부터 선생님 전시회 열리는 데 같이 보러 가요."

"선생님?"

그가 눈을 번쩍 뜨며 물었다.

"오빠가 소개해준 미술 선생님이요."

"맞아. 그랬었지."

그는 그제야 오래전에 연화에게 미술 선생님을 소개해준 일이 기억났다. 9년 전, 수능시험을 앞두고 연화에게 미술 선생님을 소개해주었는데, 사실 그도 미술 선생님이 누군지 알지 못했다. 친구의 친구, 그 친구의 누나, 그 누나의 후배라며 소개받아 연화에게 연락처를 건넸을 뿐 그와는 일면식도 없는 사람이었다.

"그나저나 너, 그 이후로도 계속 그림 그렸구나?"

"선생님이 좋아서 시간 날 때마다 작업실에 가요. 최근에는 못 갔지만. 좋은 언니가 생겼어요. 다 오빠 덕분이에요."

연화가 상그레 웃었다. 재하는 가끔 연화가 주변 사람들의 영혼마저 정화하는 능력을 지닌 게 아닐까 생각했다. 연화와 있으면 마음속 분노와 슬픔과 외로움은 어느샌가 잊어버리고 그에게도 '밝음'이 스며들었다.

"그럼, 말 나온 김에 오늘 가자. 너 바빠지기 전에."

재하는 퇴근 후 차를 몰고 미술관으로 향했다. 미술관은 남하도 해안가에 있었는데, 남하도로 가려면 남하도와 해동시 사이 바다 위에 놓인 길이 200여 미터 남짓의 칠성교를 지나야 했다.

칠성교 초입에 들어서자, 차들이 움직일 생각을 하지 않았다. 재하는 시계로 눈을 돌렸다. 6시 20분. 퇴근 시간이었다. 움직이지 않는 차에 앉아 앞차 뒤꽁무니만 하염없이 바라보던 그때, 핸드폰에서 짧은 알림음이 울렸다.

"갑자기 호출이 와서 못 갈 것 같아요."

발신인은 연화였다. 메시지에서 1년 차 전공의의 다급함이 느껴졌다. 차를 돌리기엔 바다 위에 꼼짝없이 갇혀 오도 가도 못하는 처지였다. 그는 하는 수 없이 혼자서라도 다녀오기로 했다.

차들은 어쿠스틱 팝송 세 곡이 끝날 때쯤에야 제 속도를 내기 시작했다. 재하는 해안도로를 따라 남쪽으로 차를 몰았다. 그로부터 십 분 후 그는 남하도 해안가에 다다랐다. 남하도 남쪽 해안가에는 해안선을 따라 서쪽부터 미술관, 음식점과 호텔, 크루즈터미널, 방파제가 차례대로 줄지어 있었다. 그 때문에 해안가에는 언제나 젊은 사람들로 활기찼다.

재하는 미술관 옥외 주차장에 주차를 마치고 미술관으로 들어갔다. 미술관

은하수의 저주

에는 환한 조명이 그림을 비추고 있었고, 그 앞에는 사람들이 멈춰 서서 그림을 감상했다.

그는 그림 앞으로 다가갔다. 바다를 배경으로 그린 그림들은, 같은 바다라도 제각기 다른 감정이 느껴졌다. 그 때문에 그는 그림에 빠져들었고 시간은 타임머신을 타고 공간 이동을 한 것처럼 흘러 마지막 그림 앞에 멈춰 섰다. 재하는 마지막 그림 앞을 떠나지 못하고 한참을 머물렀다.

"마음에 드시나요?"

아까부터 그의 주변을 맴돌던 젊은 여자가 말을 걸어왔다. 재하는 그림에서 눈을 떼고 고개를 돌렸다. 오뚝한 코와 커다란 눈, 또렷한 이목구비를 가진 미모의 여성이 그에게 다가왔다. 그 순간, 미술관 조명이 여자에게만 집중된 듯 여자에게서 빛이 났다.

"아까부터 계속 이 그림만 보고 있네요."

여자의 목소리는 차분하면서도 자신감이 넘쳤다. 한눈에 봐도 오늘 전시회 주인공이자 연화의 미술 선생님이었다.

"멋진 그림이네요. 이 그림, 뭐랄까…"

그는 그림으로 고개를 돌렸다. 그림을 보자 알 수 없는 감정이 솟구쳤지만, 그 감정을 설명할 단어가 선뜻 떠오르지 않았다.

"마음에 드시면 선물로 드릴까요?"

재하는 고개를 돌려 여자를 마주 봤다. 그 순간, 귀에서 종이 울리고 머리에선 징이 울렸다. 가슴은 터질 듯이 두근거렸고, 눈앞에선 불꽃이 터졌다. 여자의 표정을 보니 여자도 그와 같은 감정을 느끼는 것 같았다.

"전, 그쪽이 더 마음에 드는데요."

그는 떨리는 마음을 애써 억누르며 말했다. 여자는 묘한 미소를 지으며 사람들 속으로 사라졌다. 무례했던 걸까. 재하는 여자가 사라진 쪽을 멍하니 바라봤다. 여자는 다신 나타나지 않았다. 아쉽지만, 마냥 기다릴 수만은 없어 이만 돌아가기로 했다.

그가 미술관을 막 나서려는데 한 남성이 그를 불러 세웠다.

"작가님께서 이걸 전해드리라고 하셨습니다."

남자는 포장지로 감싼 그림을 들고 서 있었다.

"이거……."

재하는 당황한 나머지 눈만 끔뻑였다. 살갗을 에는 듯한 소소리 바람이 불어와 콧등을 스치고 지나갔다. 바다의 청량한 내음이 콧속을 파고들었다. 그녀가 느껴졌다.

그림을 들고 차에 올라탄 그는 미술관을 빠져나오며 룸미러에 비친 전시회 현수막을 바라봤다.

「그날을 기억하다. 정해인」

재하는 왔던 길을 되돌아 해동 신도시로 향했다. 그의 집은 천명 대학교 병원에서 십 분 거리에 있는 단독주택단지에 있었다. 집으로 가는 내내 그의 신경은 조수석에 놓인 그림으로 향했다. 전시된 그림을 준다는 건 무슨 의미일까. 그것도 전시회 첫날에. 그녀의 의도를, 마음을 좀처럼 이해할 수 없었다. 명확하게 설명할 수는 없지만, 그가 그녀에게 한눈에 반한 것처럼 그녀도 그에게 호감을 느낀 것 같았다. 마음이 통한 느낌이었다. 그런데 달라는 연락처는 주지 않고, 그림을 주다니. 거절당한 건 아닌 것 같은데.

그가 상념에 사로잡힌 사이 어느새 집에 도착했다. 차고지에 주차를 마친 그는 그림을 꺼내 들고 현관으로 들어갔다. 현관에는 엄마가 서 계셨다.

"그게 뭐니?"

"그림이요."

재하는 그림을 들고 방으로 들어갔다. 그는 옷도 벗지 않고 그림을 걸어둘

　　　　　　　　　　　　　　　　　　　　　　은하수의 저주

곳을 찾아 방을 둘러봤다. 그의 시선은 침대 발치의 빈 벽면에서 멈췄다. 침대에 누우면 그림이 정면으로 보일 것 같았다. 얼른 그림을 감싼 포장지를 뜯어보았다. 그가 오랫동안 감상한 마지막 그림이었다. 등대 아래 앉아 밤바다를 바라보는 소년의 뒷모습을 그린 그림이었다. 소년을 둘러싼 주변은 파도가 잔잔한 밤바다와 캄캄한 밤하늘로 온통 검게 칠해져, 그림 속에서 어둠을 밝히는 건 서쪽 하늘에 떠 있는 상현달과 등대 불빛뿐이었다. 그는 뒤돌아서 가던 해인의 뒷모습에서 소년의 뒷모습을 보았다. 외롭고 쓸쓸해 보였던 그 뒷모습. 그림을 보고 있으니, 마치 그녀의 마음을 꿰뚫어 본 것처럼 해인이 친근하게 느껴졌다. 그는 잠깐 본 여자에게 이 정도로 마음이 움직였다는 사실이 내심 놀라웠다.

그때였다. 엄마가 노크를 하며 방문을 열었다.

"재하야. 뭐해? 어서 나와서 밥 먹어."

재하는 엄마를 따라 식탁으로 갔다.

"무슨 일 있니?"

엄마가 걱정스러운 얼굴로 그를 바라봤다. 재하는 고개를 저었다. 17년 전, 아버지가 돌아가신 후로 그와 그의 엄마, 둘만 세상에 남겨졌다. 엄마는 그 후로 한 번도 아버지의 죽음을 입 밖에 내지 않았는데, 그래서인지 그는 아버지의 갑작스러운 죽음을 받아들이지 못했다. 아버지가 왜 갑자기 돌아가셨는지, 죽음의 진실을 알지 못하는 현실은 늘 그를 괴롭혔다. 언젠가는 엄마가 진실을 말씀해 주시리라 기다렸지만, 엄마는 여전히 아버지의 죽음에 침묵했다.

***

오지 않을 것 같던 4월의 마지막 날이 되었다. 해수는 스테이션에 앉아 응급실을 둘러봤다. 유난히 조용한 밤이 지나가고 응급실을 떠날 시간이 다가왔다.

해수는 무거운 발걸음으로 회의실로 들어갔다. 회의실에는 동료들이 모여

있었다.

"선생님. 정말 오늘이 마지막이에요?"

"다시 돌아오실 거죠?"

"선배님 따라 응급의학과에 지원한 거 아시죠? 꼭 돌아오셔야 합니다."

전공의들의 아쉬움 섞인 이별 인사에 해수는 어떤 대답도 할 수 없었다. 다시 돌아올 수 있을지 그 자신도 알지 못했다. 계속해서 환자들의 과거가 보인다면 진료를 할 수 없을 것 같았다.

"가볼게요. 수고하세요."

아름다운 이별 인사는 그에게 어울리지 않았다. 해수는 다시 돌아올 것처럼 여느 때와 다름없는 인사를 한 뒤, 응급실을 나왔다.

그는 의국이 있는 11층으로 올라갔다. 책상 위에 그의 물건들이 여기저기 흩어져 있었다. 그는 의자에 털썩 앉아 의국을 둘러봤다. 이제부터 뭘 해야 할지, 어디로 가야 할지 막막하기만 했다. 아버지가 시키지 않은 삶은 생각해 본 적이 없었다. 그가 병원을 관뒀다는 사실을 알게 되면 아버지는 가만있지 않을 것이다. 서른을 훌쩍 넘긴 나이에 또다시 반항하려는 게냐고 고래고래 역정을 내시겠지. 그래도 아버지를 만나고 나면 앞으로 어떻게 해야 할지 해답을 찾을 수 있으려나. 나는 법을 잊은 새처럼 그가 의국에 앉아 시간을 보내는 사이, 어느덧 날이 저물었다.

해수는 짐을 싸 들고 복도로 나왔다. 터덜터덜 복도를 지나 엘리베이터로 향하는데 엘리베이터 앞에 반가운 뒷모습이 서 있었다.

"연화야."

연꽃 같던 얼굴은 온데간데없고 피로에 찌든 얼굴이 뒤돌아봤다.

"이제 가시는 거예요?"

연화의 시선이 그의 손에 들린 상자로 향했다.

"나가자."

연화는 어디에 가냐고 묻지도 않고 순순히 그를 따라왔다. 병원 밖으로 나오자 서쪽 하늘이 붉게 물들고 있었다. 연화와 두 번째 보는 노을이었다.

해수는 연화를 데리고 지난번에 현무와 갔던 실내포차로 갔다. 저녁때가 되어서인지 몇 개 되지 않는 둥근 탁자가 사람들로 꽉 차 있었다.

"뭐 좋아해?"

해수가 마지막 남은 탁자 앞에 앉으며 물었다.

"질문이 늦은 거 아니에요?"

연화가 맞은편 의자에 앉으며 대답했다.

"왜? 여기 마음에 안 들어?"

그는 가게를 둘러봤다. 다시 고개를 돌렸을 땐, 연화가 그의 등 뒤를 유심히 바라보고 있었다.

"뭘 그렇게 봐?"

"스님이 계셔서요."

연화가 눈썹을 찌푸리며 대답했다. 연화의 시선은 여전히 그의 등 뒤를 향해 있었다.

"스님?"

그가 등을 돌려 뒤로 돌아봤다. 바로 그때, 식당 주인이 둘 사이를 가로막고 서서 주문한 음식을 내려놓았다. 잠시 후 주인이 사라지자, 연화는 다시 그의 등 뒤를 살폈다.

"어? 조금 전까지 계셨는데?"

연화는 스님을 찾아 식당 안을 두리번거렸다. 불판 위에 고기를 올려놓던 해수도 연화를 따라 두리번거렸다.

"스님 못 보셨어요?"

해수는 고개를 가로저었다.

"헛것이 보이는구나? 어서 먹어."

해수는 고기 두어 점을 집어 연화의 앞접시에 내려놨다.

"많이 먹어. 먹을 수 있을 때 잘 먹어둬야 해."

연화는 마지못해 고기를 입에 넣었다. 그도 연화를 따라 고기 한 점을 입에 넣고 질겅거렸다. 질긴 고무를 씹는 듯 아무 맛도 느껴지지 않았다.

그때, 연화가 고기를 먹다 말고 말했다.

"병원 관두는 거 말이에요."

그가 고개를 들어 연화를 바라봤다.

"CPR 할 때 무슨 문제가 있는 거죠?"

"네가 그걸 어떻게 알아?"

해수가 깜짝 놀라 물었다.

"선생님 모습이 이상해 보였어요."

연화가 그의 두 눈을 뚫어지게 쳐다보며 말했다.

"그게 무슨 말이야?"

연화의 두 눈은 그의 비밀을 다 알고 있다고 말했다.

"이마에 이거."

연화가 그의 이마를 손가락으로 가리켰다.

"초승달이 떴어요."

"아. 이거."

해수는 이마를 문질렀다. 그의 이마에는 초승달처럼 생긴 붉은 점이 있었는데, 평소엔 잘 보이지 않다가 신경을 곤두세울 때면 색이 진해져 어릴 땐 친구들에게 놀림을 받았다.

"'연어반'이라고, 진단명은 화염상모반. 태어났을 때부터 있었어. 천사의 키스라나 뭐라나. 보통은 커가면서 없어진다는데 난 아직도 남아있네."

해수는 멋쩍게 웃었다. 성인이 되고 난 후부턴 의식해본 적이 없어서 잊고 지냈는데, 언젠가 붉어졌던 모양이었다.

"그 초승달이요. CPR 할 때 빨갛게 진해졌어요. 그 모습이 뭔가… 괴로워 보였고요. 뭔가를 보는 사람처럼."

그는 뜨끔했다.

"실은 말이야. CPR 할 때 환자의 과거가 보여."

해수는 자기도 모르게 연화에게 말해버리고 말았다.

"환자 과거요? 언제부터요?"

"글쎄. 그게 언제더라…."

해수는 생각에 잠겼다.

"그럼, 그것 때문에 퇴사하시는 거예요?"

연화가 아쉬운 얼굴로 물었다. 해수는 천천히 고개를 끄덕였다.

"우리… 이제 못 보는 거겠지?"

그가 연화를 힐끔 보며 물었다.

"언젠가 다시 만날 거예요."

연화는 싱긋 웃으며 말했다. 그때, 연화의 핸드폰에서 메시지 알림음이 울렸다.

"호출이 와서 이만 가봐야겠어요."

연화는 메시지를 확인하더니 자리에서 일어났다.

"어, 그래. 어서 가봐."

"네. 또 봬요."

'또 봬요.'하고 웃음기 어린 연화의 목소리가 그의 귓가에 메아리쳤다. 또 볼 수 있을까. 해수는 씁쓸한 마음을 소주 한잔으로 대신했다. 그렇게 혼자서 한 잔 두 잔 잔을 채우던 그는 소주 한 병을 다 비운 후에야 식당을 나왔다.

거리로 나오자 골목에 늘어선 식당마다 사람들로 왁자지껄했다. 해수는 터덜터덜 골목을 걸어 나와 발길 닿는 대로 걸었다. 어디로 가야 할지, 이제 뭘 해야 할지 방향을 잃은 기분이었다. 그래도 걷다 보면 어디라도 닿겠지 싶었다.

그러다 발길이 멈춘 곳이 병원 응급실 앞이라는 사실에 그는 고개를 숙였다. 고작 병원 응급실이라니. 새장에서 풀려난 새가 다시 새장으로 돌아온 꼴이었다. 자유를 얻었지만, 자유롭지 않았다. 실은 자유가 뭔지를 몰랐다. 살면서 자유를 느껴본 적이 없었으니까.

해수는 이대로 그냥 돌아가기엔 아쉬워서 쉼터공원으로 걸어갔다. 구급차 정차 구역 바로 옆에 있는 쉼터공원은 응급실 근무자들이 근무 중에 나와서 잠깐씩 숨을 돌리는 그런 곳이었다. 그는 자판기 커피를 뽑아 들고 등나무 아래 앉아 하늘을 바라봤다. 봄날의 밤하늘은 구름 한 점 없이 맑았고, 바람은 몸을 간지럽히듯 살랑였다. 이런 날도 있었나. 병원 밖 밤 풍경은 그가 알던 밤 풍경과 달리 평온했다.

그가 커피 한 모금 마시려는데 어디선가 나타난 고양이가 그에게 다가왔다. 고양이는 그의 다리에 등을 비비더니 그의 발에 배를 대고 누웠다.

"어쩌냐. 난 너에게 줄 게 없는데."

해수는 무심히 고양이를 내려봤다가 다시 고개를 들었다. 손에 든 커피가 식어가고 있었다. 종이컵을 입에 갖다 댄 그가 고개를 뒤로 젖히려는데 언제부턴지 몰라도 스님 한 분이 서 있었다. 깜짝 놀란 그는 눈을 끔뻑였다.

"몹시 괴로워 보이는구나."

스님이 말했다. 해수는 스님을 올려다봤다. 아까 연화가 봤다던 그 스님인가. 보아하니 시주를 받으러 다니는 스님인 모양이었다. 그는 스님에게 머문 눈길을 거두고 커피를 마저 마셨다.

"저주를 받고 있구나."

놀란 그는 커피를 왈칵 뱉어내며 눈을 치켜떴다. 스님의 표정에 아무런 변화가 없었다.

"다른 이의 과거를 보는 일 말이다."

"그걸 어떻게…."

은하수의 저주

해수는 커피를 손에 든 채 그대로 얼어버렸다.

"신이 내리는 저주다."

"저주라뇨? 그게 무슨 말입니까?"

해수는 자신의 귀를 의심했다.

"넌, 가져서는 안 되는 물건을 가졌다. 그 물건에 깃든 저주다."

스님은 표정의 변화도, 목소리의 변화도 없이 침착하게 말했다.

"가져서는 안 되는 물건이라뇨? 그게 뭔가요?"

"넌, 봐서는 안 되는 신을 보았고, 가져서는 안 되는 신의 물건을 손에 넣었다. 인간이 신의 물건을 가지게 되면 저주가 깃드는 법이다."

"제가 신을 보고, 신의 물건을 가졌다고요?"

그의 목소리에 놀란 고양이가 일어나더니 그의 다리 뒤로 몸을 숨겼다.

"인간은 신을 마주한 순간을 기억하지 못한다."

해수는 두 손으로 머리를 쓸어 넘겼다. 도대체 스님이 무슨 말을 하는 건지 도통 이해할 수가 없었다.

"그 물건을 찾는 아이가 있다. 그 아이가 널 찾아왔을 때부터 너의 저주가 시작됐다. 그 아이가 그걸 찾아 떠나면 너의 저주는 풀릴 것이다."

"그 아이가 누구죠? 그 물건은 또 뭐고요."

"그 아이도, 네가 가져간 신의 물건도 네가 기억하지 못하는 그 순간에 그곳에 있었다."

그는 눈앞이 캄캄했다.

"기억하지 못한다면서요. 만약 제가 찾지 못하면요? 그래서 그 아이에게 돌려주지 못하면요?"

"그 아이는 죽게 된다."

스님은 그의 눈을 응시한 채 말했다.

"누군지도 모르는 아이의 죽음을 막으려고, 제가 그 물건을 찾아야 한다고요?"

"물건을 찾는 건, 그 아이를 살리는 일이자 네가 저주에서 벗어나는 일이기도 하다."

"그건 그렇지만….."

해수는 얼굴을 떨궜다. 아이가 찾는 게 뭔지 몰라도 그 물건을 찾아서 돌려준다면 다신 환자의 과거를 보지 않을 수 있었다. 하지만 신을 마주한 순간을 기억하지 못하는데, 어떻게 찾으란 말인가.

"의사를 관둔다면요? 그럼 저주를 받지 않아도 되잖아요."

"넌 관두지 못할 것이다. 계속해서 다른 이를 살려내야 한다. 그게 너의 운명이니까."

스님은 제 할 말만 마치고 눈 깜짝할 사이 사라져버렸다. 그가 스님을 찾아 주위를 두리번거리던 그때, 핸드폰에서 벨이 울렸다. 핸드폰 액정에는 익숙한 전화번호가 찍혀있었다. 병원장이었다.

"강 선생. 날세."

언젠가 한 번은 병원장에게 전화가 오리라 예상했었다.

"지금 병원으로 와주겠나?"

해수는 곧 찾아뵙겠다는 말과 함께 전화를 끊었다. 머리가 깨질 듯 아팠다. 그의 삶인데도 그의 뜻대로 되는 게 아무것도 없었다.

"돌팔이 스님 같으니라고."

그는 종이컵을 구겨 쓰레기통에 던진 후, 병원으로 들어갔다. 스님 말씀이 자꾸만 머릿속에서 맴돌았다. 병원을 관두지 못할 거라니, 대체 그게 무슨 말일까.

해수는 엘리베이터를 타고 14층으로 올라갔다. 조용한 복도에 그의 발소리가 메아리쳤다. 그는 복도 끝에 있는 병원장실 앞에 멈춰 선 뒤, 노크하고 안으로 들어갔다. 그가 들어가자 병원장은 그를 소파로 안내했다.

"강 선생. 몸은 좀 어떤가? 몸이 안 좋다고 들었네만."

은하수의 저주

병원장은 형식적인 인사말로 말문을 열었다. 그를 걱정해서 하는 말이 아니었다. 당연했다. 병원장은 병원의 이윤 창출 외에 직원들의 복지 따윈 관심이 없는 자였다.

"인사과에서는 자네 사표를 받아들였다고 하던데, 내 생각은 다르네."

역시나. 병원장은 곧바로 용건을 말했다. 해수는 손깍지를 끼고 허공을 넌지시 바라봤다. 병원장이 앞으로 할 이야기가 뻔히 눈에 보였다.

"천명 대학교 병원 응급실은 자네 없인 안 된다는 걸 자네도 잘 알 걸세. 그건 병원의 이윤뿐만 아니라 해동시, 남하도, 서천시 시민들의 생명도 직결된 문제이지 않겠나."

해수는 예의상 고개를 끄덕였다. 속뜻은 값싼 인력을 놓칠 수 없다는 얘기였다.

"그래서 말인데 병원과 시민들을 생각해서 사표는 도로 들고 가는 게 어떤가? 물론 자네에게 지금 당장 진료를 하라는 얘기는 아니네. 자네가 오랜 시간 심사숙고해서 내린 결정이 아니겠는가. 그건 아픈 자네에게 내가 강요할 수 없는 문제일세. 다만 내 생각은 그렇네. 자네가 충분히 쉬고 돌아올 수 있도록 휴가를 주는 게 어떤가 싶네."

그는 아무런 대답도 할 수 없었다. 쉬고 돌아온 후에도 환자의 과거를 보지 않으리란 보장이 없었다. 만약 스님의 말씀이 진짜라면, 또다시 과거를 보게 될 테고, 상황은 지금과 똑같을 게 불 보듯 뻔했다. 그의 대답을 기다리던 병원장은 헛기침을 하더니 충고하듯 말했다.

"자네, 내년에 임상조교수 임용을 앞두고 포기하기엔 아깝지 않은가? 자네만 바라보는 아버지 생각도 해야지."

해수는 결국 마지못해 고개를 끄덕였다.

"잘 생각했네. 그럴 줄 알았네. 자네 같은 인재가 어찌 병원을 떠날 수 있겠나."

병원장은 해수의 결정에 만족한 듯 호탕하게 웃었다. 해수는 무거운 발걸음으로 병원을 나섰다.

2

기억의 저편

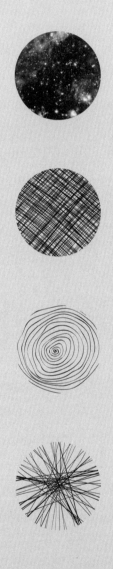

***

늦은 오후, 연화는 노란 프리지어 한 다발을 들고서 미술관으로 향했다. 그동안 바빠서 해인의 전시회에 가지 못하다 오늘에서야 시간이 되었다. 해인은 수능시험을 앞두고 재하에게 소개받았는데, 그 후로 해인의 작업실에 드나들며 가까운 사이가 됐다. 알 수 없는 유대감으로 친자매 못지않은 사이가 되었지만, 두 사람 사이에는 벽이 존재했다. 엄마가 선녀라고 말하지 못하는 것처럼, 해인 역시 그녀가 자라온 얘기나 가족 얘기는 하지 않았다.

미술관에 들어서자, 해인이 미소를 지으며 다가왔다.

"어서 와. 연화야. 와줘서 고마워."

연화는 해인을 보며 싱긋 웃었다. 해인은 언제봐도 예뻤다.

"선생님. 축하드려요."

연화는 들고 있던 꽃다발을 내밀었다. 해인은 프리지어를 보더니 소녀처럼 좋아했다.

"예쁘다. 근데, 넌 대체 언제까지 선생님이라 그럴 셈이야?"

해인의 미소가 평소와 달랐다. 한껏 들뜬 듯하면서도, 수줍은 소녀 같았다.

"으응? 사랑의 향기가 막 뿜어져 나오는 게…. 수상한데요?"

연화는 장난스러운 눈초리로 해인을 흘겨봤다.

"여기에 '저, 봄바람 났어요.'라고 쓰여 있어요."

연화는 해인의 이마를 가리키며 말했다. 흠칫 놀란 해인의 뺨이 발그레 물들었다.

"들켰구나? 사실은 며칠 전에 전시회에 온 어떤 남자랑 눈이 딱. 맞았지 뭐야."

소녀처럼 호들갑을 떠는 해인의 눈이 반짝반짝 빛났다. 연화는 단번에 남자의 정체를 알아차렸다. 평소 해인이 이상형이라고 말하는 남자 스타일에 딱 맞는 남자를 알고 있었다.

"음. 키 크고, 갈색 눈동자에 안경 쓴 남자?"

"뭐야. 너?"

해인이 얼빠진 얼굴로 그녀를 바라봤다.

"그냥 해본 말이에요."

연화는 아무것도 모르는 척 웃어넘겼다. 해인은 입을 삐죽 내밀며 눈을 흘기는 척했다.

"그래서 말인데, 그 남자에게 그림을 선물로 줬어."

해인이 비밀인 양 소곤거리며 빈 벽을 가리켰다. 깜짝 놀라 돌아보니 그림이 걸려있어야 할 벽이 비어 있었다.

"아니, 그렇다고 전시회 도중에 그림을 선물로……."

연화는 차마 말을 잇지 못하고, 헛웃음만 지었다.

"뭐랄까. 귀신에 홀린 것 같았어."

"으응?"

연화는 미간을 찌푸렸다.

"그 남자의 눈을 본 순간, 남자의 생각과 마음이 나와 통한다는 기분이 들었다고나 할까?"

연화는 가만히 고개를 끄덕였다.

"그 후엔 어떻게 됐어요? 연락처라도 알아냈어요?"

"그날 이후로 연락이 없어."

해인은 실망한 얼굴로 고개를 저었다.

"전시회 끝나기 전에 다시 또 오겠지?"

해인은 시무룩한 얼굴로 중얼거렸다.

"인연이라면 다시 만나겠죠. 뭐."

그녀가 웃으며 말했다. 해인은 그녀보다 세 살이나 많았지만, 어떨 땐 동생처럼 느껴지기도 했다.

"넌, 어때? 의사 된 소감 말이야."

해인이 호기심 어린 얼굴로 물었다.

"죽는 사람이 이렇게나 많구나. 죽음 앞에서 인간이 할 수 있는 건 아무것도 없구나. 그런 생각이 들어요."

해인은 진지한 얼굴로 고개를 끄덕였다.

"고마워요. 제겐 선생님이 의사이자 생명의 은인이에요. 선생님이 아니었으면 9년 전 그날 밤, 길에서 떠돌았을 테고, 의사가 되지도 못했을 거예요."

9년 전 삼촌네 가족이 떠나고 길바닥에 내쳐졌던 그날 밤, 그녀를 거둬준 건 해인이었다. 천희의 도움으로 방을 얻기 전까지 그녀는 해인의 작업실에서 신세를 졌는데, 해인은 싫은 내색 없이 친언니처럼 그녀를 대해줬다.

"고맙긴, 내가 더 고맙지. 네가 있어서 나도 외롭지 않았어."

해인과 그동안 하지 못한 얘기를 나누다 보니 어느덧 병원으로 돌아가야 할 시간이 되었다. 해인은 미술관 앞까지 나와서 그녀를 배웅했다.

"작업실에는 언제 놀러 올 거야?"

해인은 아쉬워하며 손을 흔들었다.

"조만간 갈게요."

연화가 손 인사를 하며 미술관 앞 이 차선 도로를 건너던 그때였다. 저 멀리서 커다란 화물 트럭이 경적을 울리며 달려왔다.

"연화야."

놀란 해인이 달려왔고, 트럭은 두 사람 사이를 쌩하고 지나갔다. 그 순간 해인의 모습 위로 환영이 겹쳐 보였다. 달려오는 차에 부딪힌 해인의 몸이 공중으로 붕 떠오르더니 바닥에 고꾸라지는 환영이.

연화는 숨을 몰아쉬며 눈을 깜빡였다. 해인이 점점 가까워졌다.

"연화야. 괜찮아?"

"선생님. 괜찮아요?"

해인은 무사했다. 그렇다면 조금 전에 본 그 장면은 뭘까. 혼란스러워진 연화는 병원으로 돌아가는 내내 가슴이 진정되지 않았다. 그녀는 자신에게 심상치 않은 일이 일어나고 있다는 걸 직감했다.

***

해인은 버스를 타고 떠나는 연화를 지켜보다 미술관으로 돌아왔다. 9년 전, 연화가 그림 그리는 걸 가르쳐 달라며 작업실로 찾아왔다. 선배의 부탁을 거절할 수 없어 받아들였지만, 그녀는 첫눈에 연화가 마음에 들었다. 복숭앗빛 홍조를 띠며 생글생글 웃는 얼굴을 보면 그녀까지도 행복해지는 것 같았다. 해가 거듭될수록 그녀는 때론 철부지 동생처럼, 때론 언니처럼 연화를 의지했다. 연화는 매년 봄이 오면 찾아왔다가 무더위가 시작되면 말도 없이 홀연히 사라졌고, 그 바람에 해인은 매년 봄이 오기만을 기다렸다.

연화도 떠나고 관람객도 거의 떠난 늦은 오후, 해인은 사무실에서 나와 미술관을 둘러보다 텅 빈 벽 앞에서 발걸음을 멈췄다. 그림을 떼어낸 자리였다. 그녀는 자신의 무모했던 행동을 후회하지 않았다. 그 남잔 그림을 보면서 무슨 생각을 그리 오랫동안 했던 걸까. 그림을 감상하던 남자의 옆모습은 오랜 시간 남자를 지배해온 듯한 외로움이 짙게 깔려있었고, 눈물이 고인 듯 반짝이는 남자의 눈은 분명 그녀와 같은 감정을 느꼈던 것 같았다.

　　　　　　　　　　　　　　　　　　　　　은하수의 저주

해인은 안내데스크로 걸어가 직원에게 물었다.

"혹시 안경 쓴 남자가 절 찾아오지 않았나요?"

"아는 분이었어요? 보름 전에 왔다 가셨어요."

직원은 화들짝 놀란 얼굴로 대답했다.

"연락처를 물어보시던데, 혹시나 하고 알려드리진 않았어요."

직원은 미안해하며 말했다. 해인은 실망했지만, 그렇다고 해도 직원의 처사가 잘못된 건 아니었다.

"혹시 메모를 남기거나 한 건 없고요?"

직원은 곤란한 얼굴로 고개를 저었다. 해인은 애써 미소를 지으며 뒤돌아섰다.

미술관 정리를 끝낼 무렵, 그녀는 입구에 놓인 방명록을 발견했다. 두꺼운 방명록은 절반 이상 적혀있었다. 방명록을 한 장씩 넘기던 그때, 그녀는 유난히 눈에 띄는 이름에 손을 멈췄다.

"오빠는 언제 다녀간 거야?"

「해인아, 전시회 축하해. 넌 한국 최고의 화가야. 늘 지금처럼만.」

해인은 오빠가 적어놓은 글귀에 가슴이 뭉클했다. 그녀는 눈물을 흘리지 않으려 눈을 깜빡이며 다시 방명록을 넘겼다. 그리고 몇 장 뒤, 방명록을 넘기던 그녀는 또다시 손을 멈췄다. 섬광이 비치는 듯 다른 이름들보다 유난히 눈길이 가는 이름이 있었다.

"찾았다."

「신재하. 010-9876-5432」

기억의 저편

해인은 그 남자가 '신재하'일 거라고 확신했다. 그리고 핸드폰을 들어 전화번호를 눌렀다.

***

오후 진료가 끝나갈 무렵, 재하는 기지개를 켜다 모니터 아래 놓인 사진 속 아버지와 눈이 마주쳤다. 사진 속에는 아버지가 그의 어깨를 감싸며 웃고 있었다.

"아버지."

재하는 나지막한 목소리로 아버지를 불러보았다. 그는 아버지를 향한 그리움과 슬픔을 책상 위에서 삼키고 또 삼키며 오래전부터 별러왔던 일을 하기로 마음먹었다.

그는 컴퓨터 모니터 속 전자의무기록 아이콘을 클릭했다. 잠시 후 모니터에 전자의무기록 프로그램이 나타나자, 그는 환자명에 아버지의 이름, '신선도'를 입력했다. 모니터에는 신선도란 이름을 가진 수많은 환자가 나타났다. 그는 그중에서 아버지의 주민등록번호를 찾아 클릭했다. 환자 정보가 나타나기를 기다리는 사이, 알 수 없는 긴장감이 그의 몸을 훑고 지나갔다.

역시나. 예상대로 돌아가신 지 십 년이 지난 아버지의 의무기록은 남아 있지 않았다. 실망한 그는 굳은 얼굴로 모니터를 바라봤다. 그날의 응급실 기록지를 확인하면 아버지의 죽음에 한 발짝 다가갈 수 있으리라 생각했던 그의 기대는 산산조각이 났다. 십 년 넘은 의무기록은 폐기 된다는 걸 몰랐던 건 아니나 지푸라기라도 잡고 싶었던 그는 한 가닥 희망을 품었다. 문득, 17년 전에는 전자의무기록이 없었단 사실이 그의 뇌리를 스쳤다.

재하는 책상 유리 사이에 끼어있는 내선번호표에서 차트실 번호를 찾아 전화를 걸었다. 신호음이 두 번 울린 끝에 차트실 직원이 전화를 받았다.

은하수의 저주

"NP(Neuropsychiatry, 정신건강의학과의 약자)의 신재하인데요. 혹시 십 년 넘은 차트 좀 볼 수 있을까요?"

재하는 다시 한번 기대를 걸었다. 17년 전이라면 수기 차트를 사용할 때였기에 혹시 차트실에 종이 차트가 보관되어 있을지도 몰랐다.

"보관된 것도 있고 아닌 것도 있어요. 지금까지 계속 내원한 환자라면 찾을 수 있을 거예요."

머릿속이 하얘졌다. '지금까지 계속 내원한 환자'라는 말이 귀에 가시처럼 박혔다.

"십 년 넘게 내원하지 않은 환자는요?"

재하는 떨리는 목소리로 물었다.

"아마 없을 가능성이 크죠. 하지만 원하신다면 찾아볼 순 있어요. 그런데 왜 그러시죠?"

재하는 뭐라고 대답해야 좋을지 한참을 생각했다. 그러자 차트실 직원은 한마디 말을 덧붙였다.

"의무기록을 열람하시려면 열람신청서 작성하셔야 하는 거 아시죠?"

그도 알고 있었다.

"일단 보관되어 있는지 찾아봐 주세요."

재하는 부탁한다는 말과 함께 아버지의 환자등록번호를 알려준 뒤 전화를 끊었다.

퇴근 후 재하는 약속장소인 카페로 향했다. 상대는 도착 전이었다. 재하는 카페에 앉아 아버지가 겪었던 사고를 검색해보았다. 사고는 세 번째 페이지에서 겨우 찾을 수 있었다. 오래전에 작성된 포스트는 간략하게 한 문장만이 적혀 있었다.

「20xx년 8월 4일. 남하도 앞바다 크루즈 인생호 화재로 304명 사망」

아무런 기록조차 남기지 않은 사고였다. 사고 뒤에 숨겨진 진실이 있는 게 분명했다. 재하는 누군가가 의도적으로 사고를 숨기고 있다고 생각했다.

그때, 기다리던 얼굴이 카페로 들어왔다. 그가 손을 흔들자 한 남자가 그에게로 다가왔다.

"대체 무슨 일이야?"

남자는 의자에 앉기도 전에 물었다.

"요즘 바쁘지?"

재하가 악수를 권하자 남자는 자연스럽게 그의 손을 잡았다. 남잔 재하의 고등학교 동창, '주어진'이었다.

"떠들썩한 사건 때문에 정신없지 뭐."

남자는 '알고 있지?'라는 눈빛으로 그를 바라봤다. 남자가 말한 '떠들썩한 사건'이란 며칠째 인기검색어 1위를 차지하고 있는 사건이었다. 어진은 자신에게 주어진 운명을 받아들인 신문기자였다.

"그나저나 무슨 일이야?"

어진은 숨도 돌리기도 전에 물었다.

"부탁이 있어."

바쁜 어진을 불러낸 게 미안해진 그는 용건부터 말했다.

"무슨 부탁?"

"내가 예전에 말했던 사고 기억나?"

'사고'란 말에 어진의 눈동자가 흔들렸다.

"그럼 알고말고. 해동시 주민 중에 그 사고 모르는 사람이 어디 있어?"

"그 사고 좀 알아봐 줘."

"그 사고라면 인터넷에도 나와 있지 않아?"

어진은 난감한 듯 이마를 긁적였다.

"찾아봤는데, 화재가 일어났다는 사실 말고는 아무것도 없었어."

어진은 눈을 크게 떴다가 고개를 끄덕였다. 뭔가 아는 눈치였다.

"생각해보니까 몇 해 전에 어느 선배가 그 사고 기사를 썼는데, 기사를 내보내지 말라는 암묵적 지시가 있었던 거 같아."

어진은 목소리를 낮춰 말했다.

"왜?"

"글쎄. 그거야 나도 모르지. 나야 관심이 없으니까."

재하는 어진을 이해했다. 오전의 특종도 오후가 되면 묻히는 세상에 19년 전 일을 기사로 낼 기자가 어디 있겠는가.

"그건 그렇고, 네가 알고 싶은 게 뭐야?"

"왜 그 배에 불이 났는지, 왜 아무도 구하러 가지 않았는지, 생존자를 만날 수만 있다면 그날 그 배의 상황이 어땠는지…. 그리고 단순한 사고였던 건지도."

어진은 앞에 놓인 커피를 물처럼 벌컥벌컥 들이켰다.

"단순 사고가 아니었단 걸 알아낸다고 해도 이미 19년이나 지난 일을 네가 뭘 어떻게 할 수 있겠어?"

"부탁이야. 기자 친구 둔 덕 좀 보자."

그의 간절한 부탁에 어진은 마지못해 대답했다.

"알았어. 알아볼게."

재하는 늦은 저녁이 되어서야 집으로 돌아왔다. 방으로 들어온 그는 바닥에 비스듬히 세워진 그림을 발견했다. 그의 마음속에도 한 달 넘게 해인이 비스듬히 기대고 있었다.

재하는 옷도 갈아입지 않고 침대에 걸터앉아 그림을 바라봤다. 소년은 어두운 곳에서 무얼 보는 걸까. 그는 소년의 뒷모습이 낯이 익었다. 재하가 중학생이었던 어느 여름날, 남하도 앞바다에서 화재가 있었던 날. 재하는 아직도 그 날을 잊을 수가 없었다. 또래로 보이는 한 소년이 세상의 모든 짐을 혼자 짊어진 듯 등대 아래 앉아 바다를 바라봤다. 목 놓아 울다가 멍하니 바다만 바라보다가 때론 소리 없이 눈물을 흘리기를 몇 번이나 반복하면서. 그 소년을 그대로 그려놓은 것 같은 해인의 그림. 마치 그와 해인 사이에 같은 감정을 공유하는 선이 연결된 것 같았다.

재하는 망치와 못을 가지러 지하창고로 향했다. 그때, 주방에서 인기척이 들렸다.

"이 밤에 뭐하니?"

자다 말고 물을 마시러 나온 엄마가 주방에 서서 그를 보고 있었다.

"아무것도 아니에요. 들어가서 주무세요."

재하는 미소를 지으며 엄마를 안심시켰다. 엄마는 반쯤 감긴 눈으로 고개를 갸웃거리며 방으로 들어갔다.

그는 지하로 내려가 창고 문을 열었다. 오랫동안 열지 않아 녹슨 문이 날카로운 소리를 내며 열리자, 퀴퀴한 냄새가 안에서 훅 뿜어져 나왔다. 그는 한 손으로 코를 막고서 스위치를 찾아 불을 켰다. 아버지의 손때가 묻은 물건들 위로 거미줄이 엉켜 있었다. 공구함은 낡은 캐비닛 안에 있었다.

재하는 공구함에서 꺼낸 망치와 못을 집어 들고서 방으로 돌아왔다. 그림을 걸 곳은 미리 봐두었으니 적당한 위치에 못을 박기만 하면 됐다. 그가 침대 위에 그림을 내려놓고 못과 망치를 집으려던 그때, 뒤집어놓은 그림 뒷면에 글자가 적힌 걸 발견했다.

「정해인 010-1234-5678」

"여기 있었구나."

재하는 함박웃음을 지었다. 그날 그가 느낀 그 느낌은 틀리지 않았다. 그가 핸드폰에 전화번호를 입력하고 통화버튼을 누르려는데 전화벨이 울렸다. 액정

은하수의 저주

화면에 낯익은 번호가 나타났다. 고개를 돌려 그림 뒷면을 보니 해인의 전화번호였다.

"여보세요?"

재하는 목소리를 가다듬은 뒤 전화를 받았다.

"맞네요. 재하 씨."

수화기 너머로 해인의 카랑카랑한 목소리가 들려왔다.

"해인 씨."

재하도 기쁜 마음에 해인의 이름을 불렀다.

"왜 연락 안 했어요?"

해인이 물었다. 해인은 그의 연락을 기다리고 있었던 모양이었다. 당연했다. 선물을 받아 간 지 한 달 넘게 연락하지 않았으니.

"지금 이렇게 통화하잖아요."

재하가 능청스럽게 대답했다. 수화기 너머로 해인의 웃음소리가 들려왔다.

"실은 이제야 해인 씨 번호를 발견했어요. 계속 바빴거든요."

재하는 이내 진지하게 변명을 덧붙였다.

"그랬구나. 내일 저녁엔 시간 있어요?"

해인이 물었다.

"그럼요. 해인 씨 만나려면 없는 시간도 만들어야죠."

그는 지금 당장 해인을 만나러 달려 나가고 싶었다.

***

한 달째 해수의 소식은 들려오지 않았다. 해수가 없는 응급실은 텅 빈 듯 허전했다. 처음 며칠 동안은 동료들의 입에 해수의 이름이 오르내리더니 어느 순간부턴 말끔히 사라졌다. 사라진 해수의 흔적은 그녀의 기억 속에 차곡히 쌓여

그리움으로 변했다. 그 때문에 연화는 틈만 나면 주머니 속 핸드폰을 만지작거렸고 얼마 지나지 않아 해수의 연락처를 모른다는 걸 깨달았다. 그래도 혹시나 해수에게서 먼저 연락이 오진 않을까 핸드폰을 손에서 내려놓지 못했다. 해수와 지낸 건 겨우 두 달뿐인데 그녀의 마음속에 해수가 차지한 공간은 19년 지기 재하보다 더욱 컸다.

자정을 막 넘긴 무렵, 경과 관찰용 병상 쪽에서 누군가가 그녀를 불렀다.

"저기, 의사 양반."

고개를 돌리자 창가 옆 구석진 침대에 회색 승려복을 입은 스님이 앉아있었다. 스님이 언제부터 있었는지, 어디가 아파서 왔는지 기억나지 않았다. 정신없이 뛰어다니느라 스님을 한없이 기다리게 한 건 아닐까. 진땀이 흘렀다.

"어디 불편하세요?"

연화는 스님에게 다가가 물었다.

"날 알지 않나?"

스님이 그윽한 눈으로 그녀를 바라봤다. 한 달 전 해수와 함께 간 식당에서 본 스님이었다.

"엄마 없이도 잘 커 주었구나. 하지만 앞으론 결코 순탄치 않을게다."

'엄마 없이도.'란 말에 응급실 풍경이 흐릿해지고, 주위의 모든 소음도 사라졌다. 지금 이 순간 그녀에겐 오직 스님의 모습과 목소리만이 존재했다.

"저희 엄말 아세요?"

목소리가 떨려왔다. 엄마라는 이름만 불러도 그녀는 마음이 약해졌다. 그녀 나이 아홉 살에 엄마는 떠났고, 그로부터 19년이나 흘렀다. 엄마 얼굴을 잊지 않으려 애써보았지만, 기억은 점점 희미해졌고, 이제는 그 기억이 어렴풋해서 정말 엄마가 있긴 했던 걸까 싶을 때도 있었다.

"엄마가 기다리고 있다. 엄마에게로 돌아가자꾸나."

스님이 대답 대신 말했다.

은하수의 저주

"돌아가다니요? 대체 어디를요?"

"네 엄마가 있는 곳 말이다."

스님이 나긋한 목소리로 말했다.

"지금 이대로 살면 안 되나요?"

연화는 고개를 저으며 물었다. 이제야 꿈을 이뤘는데, 떠나고 싶지 않았다. 지금 당장 엄마를 만나지 않아도 괜찮았다. 엄마는 언제나 그녀 곁에 있었으니까.

"넌 인간의 자식이 아니지 않느냐. 모든 건 제자리로 돌아가는 게 세상의 이치다."

"제가 왜 인간의 자식이 아니에요? 아빠는… 인간이잖아요."

그녀가 자신 없는 목소리로 물었다. 스님은 아빠에 대해선 아무 말도 하지 않았다.

"선택은 네 몫이다. 하지만 돌아가야 할 날이 다가올수록 위험은 점점 거세질 거고, 돌아가야 하는 날에 돌아가지 않으면 결국 죽게 될 게다."

"위험이요?"

그녀가 큰소리로 물었다.

"모든 걸 제자리로 돌려놓으려는 신의 경고다. 지금껏 너를 지켜왔던 것처럼 내가 널 지킬 거지만, 위험이 나의 힘을 넘어서는 날엔 널 지킬 수 없을지도 모른다."

"그럼 전 어떻게 해야 하죠? 위험이 닥치는 걸 보고만 있어야 하나요?"

연화는 떨리는 목소리로 물었다.

"네게 신의 능력을 있단 걸 명심하거라."

그녀는 할 말을 잃었다. 얼마 전에 해인에게서 본 환영이 떠올랐다. 스님이 말씀하신 신의 능력이란 게 다른 이의 미래를 보는 걸까.

"엄마에게로 가려면 어떻게 해야 하죠?"

그때, 갑자기 스님이 기침을 해대더니 한번 시작된 기침은 좀처럼 멈추지 않았다.

"괜찮으세요? 물 좀 가져다드릴까요?"

스님은 손으로 입을 가리며 힘겹게 고개를 끄덕였다. 연화는 물을 가지러 뒤돌아섰다. 그때, 등 뒤에서 스님의 목소리가 들려왔다.

"네가 선녀 딸인 걸 잊지 말 거라."

연화가 따뜻한 물을 들고 돌아왔을 땐, 스님은 온데간데없이 사라지고 없었다. 스님을 찾아 응급실을 둘러봤지만, 스님은 보이지 않았다. 초능력을 쓰지 않는 다음에야 응급실 밖으로 나가기엔 짧은 시간이었다.

연화는 스테이션으로 다가가 윤 간호사에게 물었다.

"혹시 7번 베드에 계시던 스님 못 보셨어요?"

"스님이요? 환자 중에 스님은 없었는데…."

윤 간호사는 고개를 갸웃거리며 덧붙여 말했다.

"한 쌤 많이 피곤한가 봐요. 가서 좀 쉬어요."

그리고 보니 마지막으로 눈을 감은 지 48시간이 지나고 있었다. 잠결에 헛것을 본 건가. 아니면 선 채로 꿈이라도 꿨던 걸까.

연화는 지친 몸을 이끌고 당직실로 올라갔다. 당직실에는 아무도 없었다. 그녀는 가운을 입은 채로 침대에 누워 스님의 말씀을 떠올렸다. 스님이 말씀하신 위험이란 대체 뭘까. 신의 능력은 또 뭐고. 두렵진 않았다. 어떻게 해서든 위험을 이겨낼 자신은 있었다. 지금껏 시련이 닥쳐올 때마다 누군가가 나타나 그녀를 도와주었고 덕분에 잘 헤쳐나왔다. 연화는 그럴 때마다 엄마가 도와주는 거라고 믿었다. 그러니 이번에도 잘 헤쳐 나갈 것이다. 스님의 말씀을 대수롭지 않게 여긴 그녀는 점점 잠에 빠져들었다.

교복을 입은 연화는 검은 양복을 입은 덩치 큰 남자들에게 쫓기고 있었다.

달동네 좁은 골목은 도시의 밤보다 어두웠고, 그녀를 도와줄 행인은 자취를 감추었다.

젖 먹던 힘을 다해 도망치던 그녀는 저 멀리 보이는 모퉁이로 달려갔다. 모퉁이를 돌아 마을 입구로 나가면 지구대가 있었다. 다리는 힘이 풀리고 숨은 턱까지 차올랐다. 설상가상으로 등 뒤에선 발소리가 점점 가까워지고 있었다. 지구대까지 가기도 전에 따라잡힐 것만 같았다.

겨우 모퉁이를 돌자, 저 멀리 지구대가 보였다. 방심하긴 일렀다. 남자들이 타고 온 검은색 승합차가 코앞에 있었다. 지구대에 가려면 승합차를 지나야 했는데, 승합차 안에 사람이 타고 있는지 아닌지 알 수가 없었다. 두려운 마음에 그녀는 두 눈을 질끈 감고서 승합차 옆을 내달렸다. 다행히도 승합차 안에선 기척이 없었고, 무사히 지구대 안으로 들어갔다.

"도와주세요. 무서운 아저씨들이 따라와요."

목구멍은 가시가 박힌 듯 따끔거렸고, 입에선 뜨거운 숨이 터져 나왔다. 호흡을 가다듬으며 주위를 둘러보니 순경 두 사람이 그녀를 바라보고 있었다.

"학생. 무슨 일이야?"

나이 많은 순경이 다가와 물었다.

"검은 옷을 입은 아저씨들이 쫓아와요."

연화는 다리에 힘이 풀려 바닥에 주저앉았다. 나이 많은 순경이 지구대 밖으로 나가 주위를 둘러보더니 다시 지구대 안으로 들어왔다.

"뭐, 여기까지 쫓아오겠어? 근데 그 남자들이 누군데 그래?"

"십 년 전에 저, 앞바다에서 일어난 배 사고로 가족들이 모두 죽었는데…."

"맞아. 이 앞바다에서 사고 났었지. 해동시에서 수학여행 온 중학생들도 많이 타고 있어서 화제가 됐었잖아. 최 순경. 그때 그 배에 탄 사람들 다 죽었었지?"

나이 많은 순경이 그녀의 말을 싹둑 자르고는 젊은 순경에게 고개를 돌렸다.

"제가 초등학교 6학년 땐가? 듣기로는 그때 다 죽고… 세 명인가? 구조되지 않았나요?"

두 순경은 연화가 앞에 있다는 걸 잊어버렸는지 대화를 이어 나갔다.

"맞아. 네 명인가? 세 명인가? 살았다고 했었어. 그때 가족들 다 죽고 혼자 살아남은 꼬마한테 보상금도 어마어마하게 나왔다지?"

순경의 말은 반은 맞고 반은 틀렸다. 그녀는 생존자 네 명에는 포함되지만, 세 명에는 포함되지 않았다. 사고수습이 끝날쯤에 알게 됐는데, 연화네 가족은 승선자 명단에 없었다. 사고대책본부는 당연하게도 승선자 명단에 적힌 실종자 시신만 수습한 뒤 철수했고, 그녀의 눈앞에서 바다로 뛰어든 아빠의 시신은 수습되지 않았다.

"저기, 순경님. 가족들 다 죽어서 보상금이 어마어마하게 나왔다는 꼬마가 바로 저예요."

순경들의 시선이 일제히 그녀에게로 향했다.

"기자들이 거액의 보상금이 나온다는 기사를 내는 바람에 다들 그렇게 아는데, 보상금은커녕 천 원 한 장 구경 못 했다고요."

"정말 보상금이 하나도 안 나왔다고? 에잇. 거짓말 마. 그때 신문에 어마어마한 보상금이 나온다고 내가 봤는데."

나이 많은 순경이 고개를 갸웃거리며 말했다.

"그 기사 때문에 제가 이렇게 쫓기는 거라고요."

나이 많은 순경이 게슴츠레한 눈으로 그녀를 쳐다봤다.

"그러니 제발 저 좀 도와주세요. 저를 보호해줄 법 같은 건 없나요?"

연화는 그 어느 때보다 간절하게 순경들을 바라봤다.

"학생. 그런 법 같은 건 없어. 그런데… 학생이 지금 한 얘기, 사실이야?"

나이 많은 순경이 의심 가득한 눈초리로 그녀를 쳐다봤다.

"그럼요. 그런 보상금이 있으면 제가 지금까지 삼촌네 집에 얹혀살고 있겠

은하수의 저주

어요?"

"이봐 학생. 근데 뭐가 좀 이상하네. 신문에는 분명 고아라고 했는데…. 가족 친지도 없다고?"

나이 많은 순경은 여전히 그녀의 말을 믿지 않았다.

"어쨌든 경찰도, 국가도 저를 도와줄 수 없다는 거죠?"

연화는 뒤돌아서며 다짐했다. 강해지기로, 울지 않기로, 부모님을 그리워하지도 않기로 했다. 언젠가 엄마가 하신 말씀처럼, 엄마는 언제나 그녀 곁에 있을 거고, 언젠가 다시 만날 테니까.

그때였다.

삐비빅 – 삐비빅––

시끄럽게 울리는 알림음에 연화는 잠에서 깼다. 꿈이었나보다. 그런데 갑자기 웬 꿈일까. 엄마가 떠난 후로는 꿈을 꾸지 않았는데. 연화는 이상한 기분이 들었다. 스님의 말씀처럼 그녀에게 무슨 일이 일어나고 있는 걸까. 연화는 불길한 기분을 떨쳐내려 핸드폰으로 손을 뻗어 메시지를 확인했다.

「코드 블랙(많은 환자로 의료진이 부족한 경우)」

연화는 침대에서 벌떡 일어났다. 아침 7시였다. 허둥대며 엘리베이터 앞으로 달려갔지만, 엘리베이터는 1층에 멈춰 있었다. 마냥 기다릴 수만은 없어 비상계단을 뛰어 내려갔다. 이틀 동안 먹은 거라곤 오며 가며 먹은 빵과 우유가 다여서 몇 번이나 다리가 풀려버렸다. 이러다 심장이 터져버리는 건 아닐까 싶을 때쯤에야 겨우 1층에 도착했다.

그녀는 비상계단 문을 열고 응급실 원무과와 환자대기실을 지나 응급실로 들어갔다. 응급실엔 숨이 멎을 듯한 정적이 감돌았다. 무슨 상황인 걸까.

연화는 긴장한 채로 스테이션 앞으로 걸어갔다. 스테이션 앞에는 선배들이 모여있었다. 그 사이를 비집고 들어가자 현무가 능청스러운 얼굴로 말했다.

"뭐 하다 이제 내려와?"

연화는 대답 대신 응급실 안을 빙 둘러보았다. '코드 블랙'을 떠올리며 뛰어 내려왔건만, '코드 블랙'은커녕 '코드 블루(심정지 환자 발생)'조차 없이 조용했다. 숨 멎을듯한 정적이 아니라 고요함이었다.

"조금 전에 상황종료. 넌 늦었어."

현무는 사실인지 알 수 없는 말을 하며 의미심장한 미소를 지었다. 바로 그 때, 연화는 동료들 사이에서 그녀를 보는 눈과 마주쳤다.

"어?"

해수였다. 해수는 선배들 사이에 둘러싸여 있었다. 연화는 깜짝 놀라 아무 말 도 하지 못했다. 듣자 하니 오늘 복귀했다고 했다. 해수가 병원을 떠난 지 한 달 만이었다. 너도나도 해수에게 한마디씩 건네느라 그녀는 끼어들 틈이 없었다.

차츰 선배들의 이야기가 잦아들고 드디어 그녀가 말을 건네려는데 스테이 션에 기대어 책을 읽던 현무가 책갈피 대신 꽂아둔 종이 두 장을 꺼내며 좌우로 흔들었다.

"불꽃 축제 입장권 하실 분?"

모든 시선이 현무에게로 집중됐다. 불꽃 축제라면 질색인 연화는 현무에게 로 향했던 시선을 거두었다. 그때, 해수가 현무의 손에 쥐어진 입장권을 덥석 낚아챘다.

"선생님이 가시려고요?"

현무가 놀란 듯 물었다.

"왜요? 저는 뭐 이런 데 못 갈 줄 알아요?"

해수는 무심하게 대답하며 입장권을 가운 주머니에 집어넣었다. 현무는 흡

　　　　　　　　　　　　　　　　　　　　　　　은하수의 저주

족한 미소를 지으며 다시 책을 읽기 시작했다.

***

한 달 만의 복귀였다. 의사가 되기 위한 그간의 노력이 무색하게 가운을 벗는 건 생각보다 쉬웠다. 병원에 출근하지 않는 동안 해수는 종종 병원 앞까지 왔다가 쉼터공원에 앉아 자판기 커피만 마시고 되돌아가곤 했다. 그는 자신이 왜 이토록 병원을 떠나지 못하고 맴도는지, 왜 다시 병원에 돌아오려 하는지 오늘 아침까지도 이해하지 못했다. 다만, 병원이 이젠 집처럼 편할 뿐이었다. 내심 돌팔이 스님의 말씀이 진짜인지 아닌지 복귀 후에 알게 될 테니 일단 부딪혀 보고 싶다는 생각도 들었다. 아버지가 시키는 대로만 살아왔던 그에게도 부딪혀 이겨보겠다는 용기가 마음속 깊은 곳에 존재했다.

그가 시험대에 오르는 일은 생각보다 빨리 찾아왔다. 조금 전, 윤 간호사는 119 종합상황실의 연락을 받았고, 심정지 환자가 곧 도착한다고 했다. 이전과는 다른 긴장감이 몸을 감쌌다. 한 달이나 쉬었고, 만약 또다시 환자의 과거를 본다고 해도 이성을 잃지 않을 마음의 준비가 되었다. 그는 준비를 마치고 차분하게 환자를 기다렸다.

잠시 후, 구급대원들이 환자에게 심폐소생술을 하며 응급실 안으로 들어왔다. 이동용 침대에는 잠옷 차림을 한 중년 남성이 누워있었다.

"평소 일어나는 시간이 지났는데도 일어나지 않아서 배우자가 신고하셨어요."

구급대원이 설명하는 사이 현무와 원효가 심폐소생술을 하며 침대를 밀고 소생실로 들어갔다.

"도착했을 때, 체온도 따뜻했고 강직도 없는 상태였습니다. 환자 발견 시각부터 병원 도착 시각까지는 대략 20분쯤 됐겠네요."

구급대원이 거칠게 숨을 내쉬며 말했다. 구급대원의 빠른 출동과 이송으로 남자에겐 아직 희망이 있었다.

해수는 소생실로 들어갔다. 소생실에선 원효가 환자에게 심폐소생술을 하고 있었고, 그 옆에서 현무가 환자에게 앰부 백으로 산소를 주입하고 있었다. 그가 원효에게 다가가자 원효가 교대해 달라는 눈짓을 보냈다.

해수는 환자에게 다가갔다. 이제 돌팔이 스님의 말씀이 진짜인지 아닌지 확인할 때가 왔다. 그는 숨을 고르고 환자의 가슴 정중앙에 손을 포갰다. 남자의 가슴은 아직 따뜻했다. 그는 정신을 잃지 않으려 신경을 곤두세우며 남자의 가슴을 눌렀다. 점점 멀어져가는 남자의 의식을 낚아채서 데려와야 한다는 생각뿐 다른 생각은 들지 않았다. 그렇게 그가 자신을 의식하지 못하는 사이 어느새 눈꺼풀이 눈을 덮었다. 호흡이 나른해지고, 정신은 혼미해졌다. 그가 의식을 차렸을 땐, 터널을 헤매다 불빛을 발견한 뒤였다.

남자는 크루즈터미널에 임시로 설치된 사고대책본부를 분주히 오갔다. 터미널 주변에는 울부짖는 사람들과 누군가를 찾으러 다니는 사람, 그리고 구경꾼들로 붐볐고, 다급하게 전화하는 소리와 무전기 소리가 사방에서 날아들었다. 그중에 남자도 있었다.

"네. 현장 구조지휘관 김명철입니다."

남자는 반듯하게 서서 전화를 받았다.

"아, 네. 지금 헬리콥터가 해당 선박 상공을 선회하고 있으나 접근이 쉽지 않은 상황입니다. 해양경찰선이 조금 전 승선자 두 사람을 구조했고… 아, 아닙니다. 다른 승선자들을 구조하려고 선박에 접근했습니다. 구조대원들도 구조 보트를 타고 조금 전에 출발했고요."

남자는 상대방의 얘길 들으며 터미널 밖으로 걸어 나왔다.

"네네. 지금 다방면으로 노력하고… 네? 극비 사항이요?"

남자는 핸드폰을 손에 쥔 채 불안한 시선으로 주위를 둘러봤다.

"그럼 저 배에 탄 시민들은요?"

남자는 진땀을 흘리며 안절부절못했다.

"아무리 그래도 그건…."

남자는 불길이 치솟는 고철 덩어리를 넌지시 바라봤다.

"하. 네. 알겠습니다. 그렇게 하죠."

남자는 착잡한 얼굴로 무전기를 들었다.

"자, 지금부터 모든 구조 활동을 중지합니다."

해수는 눈을 번쩍 떴다. 그는 또다시 환자의 과거를 봤다는 걸 자각하며 주위를 둘러봤다. 현무가 그를 보며 고개를 저었다.

그는 남자에게 사망선고를 내린 뒤 소생실을 나왔다. 소생실 유리창 앞에는 언제 죽음을 맞이했을지 모를 남편 곁에서 마지막 밤을 함께 보낸 여인이 초조하게 서 있었다. 어젯밤 잠자리에 들 때만 해도 남편과 보내는 마지막 밤이 되리란 걸 여인은 알지 못했겠지.

해수는 터덜터덜 휴게실로 들어갔다. 의자에 몸을 던져 두 손에 얼굴을 묻었다. 혼란스러웠다. 환자의 과거가 다시 보일 거라는 생각을 하지 않은 건 아니나, 그 일은 너무나도 빨리 일어났다. 휴식이 부족했던 걸까, 아니면 돌팔이 스님이 하신 말씀처럼 저주란 말인가. 그렇다고 다시 도망치고 싶진 않았다.

그때, 익숙한 목소리가 그를 불렀다.

"선생님."

고개를 드니 연화가 문 앞에 서 있었다.

"어, 언제부터 여기 있었어?"

당황한 그는 눈을 끔뻑거렸다.

"조금 전에 휴게실로 들어오실 때부터요."

연화가 다가와 그의 옆에 앉았다.

"왜? 무슨 일 있어?"

그는 연화의 눈을 피하며 물었다.

"조금 전에도 보셨어요?"

돌아보니 연화가 걱정스러운 얼굴로 그를 바라봤다.

"뭘?"

해수는 뜨끔했다.

"환자 과거요."

해수는 아차 싶었다. 연화에게 환자의 과거가 보인다고 말했던 게 뒤늦게 기억났다. 누가 들어도 말도 안 되는 일을 연화는 진지하게 받아들였던 모양이었다.

"쉬고 나면 괜찮을 줄 생각했는데 아니었어. 정말 저주라도 걸린 걸까?"

"저주라니, 그게 무슨 말이에요?"

연화가 눈을 동그랗게 뜨고서 물었다.

"스님 말씀으론 환자의 과거를 보는 게 저주라고 그랬어."

해수는 한숨을 내쉬었다. 그 순간, 정신이 번쩍 들었다. 그날, 스님을 처음 본 건 그가 아니라 연화였다.

"그날 말이야. 우리 함께 밥 먹은 날, 스님을 봤다고 했잖아?"

연화가 천천히 고개를 끄덕였다.

"그날 내게 스님이 찾아왔어."

연화의 눈동자가 불안하게 흔들렸다.

"어떤 아이가 나에게 뭔가를 찾으러 온 그 날부터 저주가 시작됐다고 했어. 그 아이에게 뭔가를 찾아주면 저주에서 벗어날 수 있다고 말이야."

"뭘요? 뭘 찾아야 하는데요? 그 아이는 또 누구고요?"

연화는 미간을 찌푸리며 물었다.

"그건, 나도 잘 모르겠어."

연화가 말없이 그를 바라봤다. 봄 햇살처럼 포근한 눈빛이 그를 감싸 안았다. 해수는 연화에게서 엄마의 품처럼 포근함을 느꼈다. 그에게 따뜻한 온기를 불어넣는 사람은 연화가 처음이었다.

"어쨌거나 돌아오신 거 축하해요. 눈 빠지게 기다리고 있었어요."

연화가 명랑하게 말했다. 덩달아 기분 좋아지는 목소리였다.

"기다리긴, 나 같은 놈을 왜."

해수는 멋쩍은 듯 연화의 눈을 피했다.

"제가 뭐랬어요. 다시 만날 거라고 했잖아요."

연화가 코를 찡긋거리며 웃었다.

"어떻게 알았어? 다시 만날 거라는 걸?"

"엄마가 그랬거든요. 인연이면 어떻게든 다시 만난다고요."

연화의 볼이 발그레해졌다. 그는 연화의 얘길 못 들은 척 눈을 피했다. 그때, 손을 다친 환자가 응급실로 들어왔고 연화는 휴게실을 나갔다. 해수는 문득 현무에게서 받은 불꽃 축제 입장권이 생각났다. 그는 주머니를 더듬어 입장권을 꺼냈다.

「한여름 밤의 불꽃 축제 - 20xx. 08. 04일 저녁 8시. 은하대교에서 아름다운 불꽃을 감상해보아요.」

무슨 생각이었는지 몰라도 무심결에 연화랑 가면 되겠다고 생각했다. 짧은 순간에 연화가 생각난 것이다. 그는 자신의 행동에 헛웃음을 지으며 포털사이트에 '불꽃 축제'를 검색했다. 잠시 후 불꽃 축제 후기를 포스팅한 블로그들이 액정에 나타났다. 그는 불꽃 축제라면 질색이지만, 연화라면 좋아할 것 같았다.

세 번째 페이지를 넘길 때였다. 해수는 어느 포스트에서 눈길이 멈췄다.

『20xx년 8월 4일. 남하도 앞바다 크루즈 인생호 화재로 304명 사망』

19년 전, 남하도 앞바다에서 일어난 사고를 작성한 포스트였다. 그리고 보니 그가 과거를 본 환자들도 그날 있었던 사고와 직간접적으로 관련 있었다. 숨이 턱하고 막혔다. 등에선 식은땀이 흘러내렸다. 대체 무슨 일이 벌어지고 있는 걸까.

그가 손톱을 뜯으며 고민을 이어가던 그때, 아이와 아이 엄마로 보이는 여자가 응급실로 들어왔다. 해수는 곧장 휴게실을 뛰쳐나가 아이에게로 다가갔다. 아이와 아이 엄마 옆에는 연화가 먼저 와있었다. 연화는 아이 앞에 무릎을 꿇고 앉아 아이와 눈을 맞추었다.

"어디가 아파서 오셨어요?"

연화가 아이 엄마에게 물었다.

"배가 아프다며 밥을 먹질 않아요. 영 기운도 없는 것 같고….."

해수는 눈살을 찌푸렸다. 아이 엄마가 말한 문제라면 응급실에 올 게 아니라 동네 소아과에 가도 충분했다. 그때, 연화가 불안한 눈으로 그를 올려다보았다. 연화의 흔들리는 눈빛에 해수는 무릎에 손을 짚고 몸을 구부려 아이의 눈을 마주 봤다. 그러자 아이 엄마가 곁눈질로 그를 힐끔 봤다. 아이의 눈이 반쯤 감긴 채로 동공이 풀려있었다. 아이의 이마에는 밤톨만 한 혹이, 옷 밖으로 삐져나온 피부에는 얼룩덜룩 멍이 들어있었다. 무엇보다 심각한 건 밥을 먹지 못한다는 아이의 배가 남산만큼 불러있었다. 안 좋은 예감이 들었다. 배 안의 상황을 확인하려면 CT 촬영을 해야 하는데 과연 아이에게 그럴 시간이 남아있을까.

해수는 아이 엄마를 올려다봤다. 아이 엄마의 얼굴에는 여느 엄마들과는 달리 걱정이 아닌 불안한 기색이 어려있었다. 해수는 연화에게 응급 CT(컴퓨터단층촬영) 촬영과 수술실을 알아보고 수술을 맡을 외과 당직의에게 연락하라고 지

은하수의 저주

시했다. 절차대로라면 CT 검사 결과가 나온 뒤 장기파열 소견이 보여야 외과에서 수술을 맡겠지만, 그러기엔 시간이 걸릴 테고 보나 마나 아이의 뱃속엔 이미 피로 가득 차 있을 게 뻔했다.

연화는 그의 지시를 처리하러 황급히 자리를 떴고, 아이 엄마도 핸드폰을 들고 환자대기실로 나갔다. 해수는 조심스레 아이 옆에 앉았다.

"너, 뭐 찾는 거 없니?"

아이가 초점 잃은 눈으로 그를 바라봤다.

"찾는 거 없어?"

애가 탄 그는 다그치듯 물었다. 아이는 들릴 듯 말 듯 작은 목소리로 대답했다.

"밴드…."

"뭐?"

"밴드 붙여주세요."

아이가 주눅 든 얼굴로 말했다.

"밴드? 밴드를 어디에…."

배를 움켜잡은 아이의 얼굴이 일그러졌다.

"아…."

그는 할 말을 잃어버렸다. 아이는 배가 많이 아픈 모양이었다. 장기파열을 겪어본 적 없던 그로선 교과서에서 배운 통증 점수만 머릿속에 맴돌 뿐, 아이가 느끼는 고통을 온전히 이해하지 못했다. 그때, 언제 들었는지 연화가 캐릭터가 그려진 밴드를 들고 다가왔다. 해수는 연화에게 건네받은 밴드를 아이 배에 붙여주었다.

"다 나았다."

아이는 조금 전보다 힘 있는 목소리로 말했다. 수술 준비를 마친 연화는 아이를 침대에 눕혀 수술실로 데려갔다. 아이가 의식이 없었다면, 그래서 고통을 느끼지 못했다면 차라리 나왔을까. 해수는 씁쓸한 마음을 안고 뒤돌아섰다. 아이가 응급실을 떠나고 그에게 남은 중요한 사실은 조금 전 그 아이가 아니었단 사실이었다. 그렇다면 스님이 말씀하신 '아이'는 대체 어디 있단 말인가.

* * *

재하는 퇴근 시간만 기다렸다. 잠시 후면 해인을 만날 수 있단 생각에 하루의 피로도 싹 사라졌고, 막히는 칠성교도 오늘따라 아름다워 보였다. 그는 남하도 해안가에 있는 꽃집에서 해인을 닮은 라일락 한 다발을 사 들고서 약속장소로 향했다. 약속장소는 남하도의 랜드마크, 타워레스토랑이었다. 타워레스토랑은 남하도 방파제 뒤편에 있는 수변공원 안에 있었는데, 벽체가 통유리로 된 원통 모양의 타워가 360도로 회전하여 식사하는 내내 시시각각 변하는 창밖 풍경을 감상할 수 있었다.

엘리베이터를 타고 레스토랑이 있는 스카이라운지로 올라간 그는 직원의 안내를 받으며 창가 자리에 앉았다. 그가 자리에 앉았을 땐, 창밖으로 은하대교가 일곱 빛깔 조명으로 현란하게 빛나고 있었다. 긴장한 그의 눈엔 그림 같은 야경은 들어오지 않고 입만 바싹 타들어 갔다.

그때였다. 해인이 환한 미소를 지으며 다가왔다.

"일찍 왔네요?"

해인은 마치 잘 아는 사이처럼 그의 앞에 마주 앉았다.

"남하도에 이렇게 멋진 곳이 있었어요?"

해인은 멋진 야경을 바라보며 아이처럼 좋아했다. 미술관에서 봤을 때와는 다른 모습이었다. 그는 물 한 컵을 단숨에 마시며 긴장된 마음을 달랬다.

"여기, 처음이에요?"

"그림에 빠져 사느라 이런 곳이 있는 줄도 몰랐네요."

은하수의 저주

해인은 수줍게 말했다. 해인의 미소에 그의 마음이 사르르 녹았다. 잔잔히 흐르는 피아노 선율과 화려하게 빛나는 야경, 먹음직스러운 음식과 와인에 분위기는 점점 무르익었다.

"재하 씨는 무슨 일 하세요?"

"여기저기 다치고 아픈 사람의 마음을 고치는 일을 해요."

재하가 담담하게 대답했다.

"어렵네요. 마음을 고치는 사람이라니."

해인은 어색한 미소를 지었다.

"의사예요. 정신건강의학과 의사."

해인은 그제야 고개를 끄덕이며 물었다.

"어느 병원에 계세요?"

"천명 대학교 병원에요."

그의 말에 해인의 미간이 움찔거렸다.

"아…, 천명 대학교 병원…."

해인은 잔을 들어 와인을 마셨다.

"왜 그래요?"

그는 다른 사람들과 다른 해인의 반응이 의아했다.

"아니에요. 좋은 곳에서 일하시네요."

그때, 창밖으로 등대 불빛이 보였다. 그는 창문 너머 등대를 가리키며 물었다.

"그림 속 소년이 앉아있던 곳이 바로 저기죠?"

해인도 고개를 돌려 방파제 끝에 세워진 등대를 바라봤다.

"혹시 짝사랑하던 오빠는 아니죠?"

재하가 앞에 놓인 스테이크를 썰며 넌지시 농담을 던졌다.

"오빠예요. 친오빠."

해인은 풋, 하고 웃으며 대답했다.

"사이 좋은 오누인가 보네요."

그는 멋쩍은 듯 얼버무렸다.

"해인 씨는 그림 말고 뭐 좋아해요?"

그는 화제를 돌렸다. 해인은 한참을 생각하더니 쓴웃음을 지으며 대답했다.

"음… 생각해보니 살면서 제가 뭐 좋아하는지 생각해본 적이 없네요. 그림 말곤."

"잘됐네요. 앞으로 같이 하나씩 해보면 되겠네요."

재하는 능청스럽게 마음을 표현했다.

"그럼, 말 나온 김에 꼭 해보고 싶었던 거 있어요?"

그가 스테이크를 입에 넣으며 물었다.

"놀이동산에 가고 싶어요. 한 번도 가본 적 없거든요."

수변공원 안에 소규모 놀이공원이 있었다. 물론 그는 놀이기구 타는 걸 좋아하지 않지만, 해인이 가보고 싶다면, 꼭 함께 놀이동산에 오겠노라 다짐했다.

* * *

한 달이 그럭저럭 지나갔다. 쉬고 나면 괜찮아질 거라던 재하의 처방은 전혀 효과가 없었다. 그는 여전히 환자의 과거를 보았고, 스님이 말씀하신 아이는 아직 찾지 못했다. 근무 시간만 돌아오면 긴장감이 온몸을 휘감았고, 그는 신경을 곤두세워 아이를 찾아다녔다.

자정을 훌쩍 넘긴 시각, 출입문이 열리고 이동용 침대 석 대가 차례로 들어왔다. 구급차가 사이렌도 켜지 않고 병원 앞에 줄지어 멈춰 섰다는 건 그리 유쾌한 일이 아니었다. 하지만 그는 내심 마음속으로 안도의 한숨을 내뱉었다. 적어도 심정지 환자는 아닐 터였다.

예상대로 앞서 들어온 침대 두 대에는 머리끝까지 하얀 시트가 씌워져 있었다. 이미 가망이 없어 사망선고를 받으러 온 시신이었다. 맨 마지막에 들어온 침대에는 어린아이가 앉아있었다. 다섯 살쯤 돼 보이는 아이는 아무것도 모른 채 주위를 탐색했다. 그때, 구급대원과 함께 온 경찰이 그에게 다가왔다. 경찰은 아이를 힐끔거리며 조용히 말했다.

"차에 탄 일가족인데요. 단독사고예요. 귀신에 홀린 건지 어떤 건지, 뭐 조사해보면 알겠지만, 중앙분리대를 박고 멈춰 선 차량을 지나가던 차량 운전자가 신고했어요. 출동해서 보니 앞 좌석에 앉아있던 아이 부모는 이미 죽었고, 뒷좌석 카시트에 앉아있던 아이는 멀쩡하더라고요."

경찰은 아이 엄마의 핸드폰으로 아이 할머니에게 전화해뒀으니 곧 있으면 올 거라고 했다. 아이는 겉으로 보기엔 멀쩡해 보였지만, 앞 좌석에 앉은 두 사람이 죽은 거로 봐선 검사해볼 필요가 있었다. 해수는 아이에게 다가갔다.

"아픈 데 없니?"

그의 물음에 아이가 입술을 삐죽거렸다. 금방이라도 울음을 터트릴 것 같았다. 해수는 지난번 연화가 그랬던 것처럼 무릎을 땅에 대고 쭈그려 앉아 아이와 눈을 맞췄다. 아이가 그의 눈을 바라봤다. 그 순간, 그는 이 아이가 자신이 찾던 아이일지 모른다는 생각이 들었다.

"너, 뭐 찾는 거 없니?"

해수가 물었다. 아이의 눈동자가 그의 얼굴과 몸을 훑고 지나갔다. 한순간에 고아가 된 아이에게 이런 걸 묻는 자신의 모습에 자괴감이 밀려들었지만, 그로서도 어쩔 수가 없었다. 아이의 시선은 그의 가슴에서 멈췄다. 아이의 시선을 따라 가슴을 내려다보니 가슴팍에 달린 주머니에 막대사탕이 꽂혀 있었다.

"줄까?"

아이는 미소를 짓더니 고개를 끄덕였다. 그는 사탕을 아이에게 내밀며 다시 물었다.

"너, 사탕 말고 찾는 거 없어?"

아이는 사탕을 받아들며 말했다.

"엄마, 아빠는 어딨어요?"

예상치 못한 아이의 물음에 그는 당황했다. 아이가 낯선 곳에 찾아야 하는 건 엄마, 아빠인 게 당연한 일이었다. 당연한 건데도 그는 어떤 대답을 해야 좋을지 몰라 눈만 끔뻑였다.

그때, 아이의 할머니와 할아버지로 보이는 두 노인이 응급실 안으로 들어왔다. 노인은 아이를 보더니 달려와 아이를 부둥켜안았다. 아이는 어리둥절한 얼굴로 할머니와 할아버지를 번갈아 바라봤다. 아이는 부모가 죽었다는 사실을 곧 알게 되겠지만, 죽었다는 의미를 알게 될지는 알 수 없었다. 아이에게 부모의 죽음을 알리는 끔찍한 일은 다행히 그의 손을 떠났고, 아이는 그에게 실망감을 주고 떠났다. 그의 저주를 풀어줄 '아이'는 이번에도 아니었다. 그렇다면 그를 찾아온다는 아이는 누구이며, 아이는 뭘 찾는 걸까. 그가 가져갔다는 신의 물건이란 대체 뭐란 말인가. 해수는 한숨을 내뱉으며 돌아섰다. 아이가 응급실을 떠난 후에도 많은 환자가 밀려들었고, 해수는 잠시나마 저주를 잊었다.

창가에 있던 환자의 상태를 확인하고 돌아서는데 블라인드로 가려둔 창문에서 빛이 새어 들어왔다. 창문으로 스며든 붉은 새벽빛은 늦은 오후 해 질 무렵처럼 주위를 온통 붉게 물들였다. 빛으로 붉게 물든 바닥을 보자 흥건하게 고인 핏물이 떠올랐다. 왠지 불길한 아침이었다.

교대 근무자들이 속속 출근하고, 이제 인계만 남은 시각. 그의 예감을 증명이라도 하듯 저 멀리서 사이렌이 들려왔다. 구급차는 한 대가 아니었다. 여러 사이렌이 불협화음으로 울리고 있었다. 이 새벽에 무슨 일일까.

먼저 온 구급차에서 내린 구급대원이 환자에게 심폐소생술을 하며 응급실로 들어왔다. 현무가 구급 대원과 교대해 남자의 가슴에 손을 얹었고, 그는 남자의 상태를 확인했다. 남자의 팔다리는 제멋대로 꺾여 있었고 배는 풍선처럼

은하수의 저주

빵빵했다. 검사하지 않아도 남자의 상태는 다발성 골절에 장기까지 파열된 거로 보였다. 낙상사고인 듯했다.

"OR(operation room, 수술실) 좀 알아봐 줘요. 빨리."

해수는 지시를 내리며 침대를 소생실로 밀고 들어갔다.

"인투베이션(Intubation, 기도삽관)."

옆에 서 있던 다른 전공의에게도 지시를 내린 뒤, 해수는 쭈뼛거리며 멈춰섰다.

"선생님."

현무의 눈이 남자의 얼굴을 가리켰다. 하는 수 없이 그는 현무와 교대해 남자의 가슴을 눌렀다. 어김없이 눈이 감겨왔다. 눈을 뜨려 안간힘을 써보았지만, 몸이 먼저 반응했다. 가라앉았던 심장이 발동을 걸었고, 뒤이어 온몸에 퍼져있는 신경이 팽팽해졌다. 이윽고 남자의 과거가 보이기 시작했다.

남자는 일을 마치고 집으로 가는 길에 방파제 입구에 모인 사람들을 발견했다. 사람들은 무슨 일인지 몰라도 발을 동동 굴리며 안절부절못했다.

"무슨 일 있어요?"

그의 물음에 사람들이 먼바다를 손가락으로 가리켰다. 사람들이 가리키는 곳엔 불길에 휩싸인 배 한 척이 있었다.

"아까 그 아이는 가족도 없이 혼자 빠져나왔다 했어요."

"옆에 있는 남자가 아이 아빠 아니에요?"

"아니래요. 그 남자는 아이를 데리고 나온 사람이래요."

"어휴. 그 어린 게 가족들 다 잃고 혼자서 어떻게 살아."

"그러니깐 말이야. 하늘도 참 무심하시지. 저 어린 것만 혼자… 쯧쯧."

사람들은 기막힌 현실을 한탄했다. 남자는 사람들이 바라보는 곳으로 시선을 옮겼다. 그들이 말하는 '어린 것'은 빨간 등대 아래 앉아있었다. 웅크려 앉은 작고 연약한 몸이 간간이 불어오는 바닷바람에 날아가 버릴 것만 같았다.

남자는 방파제로 걸어 들어가 '어린 것'에게 다가갔다. 하얀 얼굴에 복숭앗빛 홍조를 띤 여자아이가 하늘을 보며 훌쩍이고 있었다.

"가자."

여자아이가 울음을 멈추고 남자를 올려다봤다.

"아저씬 누구예요?"

눈물을 머금은 눈동자가 별처럼 반짝였다.

"네 삼촌."

소녀는 아무 말 없이 남자의 얼굴을 뚫어지게 쳐다봤다. 남자 역시 아무런 말도 덧붙이지 않고 소녀를 바라봤다. 그렇게 서로의 얼굴만 마주보다 남자가 입을 열었다.

"너, 이름이….."

"연화예요. 한연화."

마침내 연화는 결심한 듯 자리에서 일어났다. 남자가 앞장서서 걷자 연화는 고개를 숙인 채 뒤따라갔다. 두 사람은 산복도로를 올라가 어느 초록색 대문 앞에서 멈춰 섰다.

"여기야. 들어가자."

연화는 남자를 뒤따라 안으로 들어갔다. 마당엔 남자의 아내와 이제 막 걸음을 뗀 두 아이가 연화를 멀뚱멀뚱 쳐다봤다. 낯선 이들의 낯선 시선에 연화는 고개를 숙였다. 연화가 쭈뼛거리며 서 있자 남자는 마당을 가로질러 문간방 문을 열어젖히며 말했다.

"너는 오늘부터 이 방에서 지내거라."

"선생님."

현무가 다급하게 그를 흔들어 깨웠다. 정신이 돌아온 그는 눈을 뜨고 주위를

　　　　　　　　　　　　　　　　　은하수의 저주

둘러봤다. 소생실이었다. 또다시 남자의 과거를 본 것이다. 그 순간, 해수는 남자의 과거 속에서 본 소녀가 '연화'라는 사실을 깨달았다.

"분명히 연화라고 했어."

"네?"

남자에게 심폐소생술을 하던 현무가 뒤돌아봤다.

"아, 아니에요."

그때, 수술실을 알아보러 나간 동혁이 문을 열며 말했다.

"지금 수술실이 다 잡혀있어서…."

"무슨 소리예요. 그럼 이 환자, 여기서 죽으란 말이에요?"

그때, 현무가 그를 불렀다.

"선생님."

돌아보자 현무가 환자의 얼굴을 눈으로 가리켰다. 그는 남자를 내려다봤다. 미처 보지 못한 남자의 머리는 으깨어져 부서져 갈라진 두개골 사이로 희멀건 무언가가 보였다. 남자는 처음부터 살 가망이 없던 자였다. 현무는 그 사실을 알리려 아까부터 남자를 눈으로 가리켰는데, 그가 두려움 때문에 놓쳤고, 그 모습을 다들 지켜보고 있었다.

"익스파이어(expire, 사망). 사망했습니다."

해수는 고개를 숙인 채 사망선고를 내렸다. 그가 사망선고를 내려주길 기다리며 의미 없는 심폐소생술을 하던 현무는 그제야 남자의 가슴에서 손을 뗐다. 소생실 밖에는 침대 세 대가 더 와있었다. 정식이 소생실 문을 열고 고개를 빼꼼 내밀었다. 정식은 고개를 좌우로 흔들며 말했다.

"D.O.A(dead on arrival, 도착 시 사망)입니다."

그가 사망자 네 명에게 사망선고를 내리자, 전공의들은 침대 위의 참혹한 모습을 지우려 서둘러 정리하기 시작했다. 소생실 밖으로 나온 그는 소생실 앞에 주저앉은 연화를 발견했다. 연화의 모습을 보아하니 남자를 본 모양이었다. 그는 어떤 말로 위로해야 할까 고민했지만 마땅한 말이 떠오르지 않았다.

그때, 소생실 밖에서 기다리던 경찰이 그에게 다가왔다.

"사인이."

지칠 대로 지친 해수는 경찰의 말을 끊으며 대답했다.

"남자는 다발성 골절 및 장기파열, 나머지 세분은 자상으로 인한 과다출혈입니다."

"잘 알겠습니다."

경찰은 자신이 목격한 장면과 일치한 듯 만족스러운 미소를 지으며 돌아섰다. 남자가 처자식을 칼로 찔러 죽이고 옥상으로 올라가 몸을 던진 모양이었다.

해수는 어수선한 응급실을 뒤로한 채 휴게실로 들어갔다. 의자에 앉아 남자의 과거에서 본 연화의 어린 시절을 떠올렸다. 사고 현장에 연화가 있었다. 고아라고 들었는데, 설마 그 사고로 부모님을 잃었던 걸까. 그렇다면 연화도 사고 피해자란 말인가. 그는 가슴을 문질렀다. 가슴이 답답해서 숨을 쉴 수가 없었다.

***

해수가 돌아온 후로 연화는 응급실에서 보내는 시간이 마냥 즐거웠다. 해수는 하루의 대부분을 그녀의 시선 안에 머물렀고, 그럴 때마다 그녀는 절로 웃음이 나왔다. 하지만 해수는 그녀에게 관심을 둘 겨를이 없어 보였다. 그에게 벌어진 일만으로도 감당하기 벅찬 듯했다.

아침 인계를 앞두고 구급차가 응급실 앞에 멈춰 섰다. 이동용 침대가 응급실로 들어오자 현무는 환자에게 심폐소생술을 하며 소생실로 들어갔고, 연화도 선배들을 뒤따라 들어갔다. 모든 것이 손발을 맞춘 듯 일사천리로 움직이던 그때, 환자의 얼굴을 마주한 연화는 숨이 턱하고 막혀버렸다. 침대에 누워있는 환자는 바로, 부모님을 잃은 후로 십 년간 그녀를 키워준 삼촌이었다.

은하수의 저주

"삼촌이 왜⋯⋯."

삼촌은 신발도 제대로 신지 못한 채 붉은 피로 얼룩져있었다. 대체 삼촌에게 무슨 일이 있었던 걸까. 그때였다. 시끄러운 소리와 함께 이동용 침대 세 대가 줄지어 들어왔다. 침대 세 대에서 흘러내린 피가 지나온 길을 따라 바닥에 길게 그어졌다. 연화는 침대로 다가가 환자의 상태를 확인했다. 교복을 입은 여학생 두 명과 두 학생의 엄마로 보이는 여자는 온몸에 피를 뒤집어쓴 채 아무런 의식이 없었다. 연화는 피범벅이 된 세 얼굴을 알아봤다. 십 년 동안 함께 산 동생들과 숙모였다. 삼촌네 가족 모두가 실려 온 것이다. 대체 삼촌네 가족에게 무슨 일이 일어난 걸까.

연화는 바닥에 주저앉았다. 충격으로 어떤 생각도 할 수 없었다. 그렇게 고통스러운 시간이 흐르고, 누군가가 그녀의 어깨를 흔들었다.

"연화야. 한연화."

고개를 들어보니 해수가 서 있었다. 정신을 차리고 주위를 둘러보니 조금 전의 흔적은 말끔히 사라지고 없었다.

연화는 당직실로 올라가 이불을 머리끝까지 덮어썼다. 삼촌네 가족의 마지막 모습이 눈앞에 아른거렸다. 그녀는 단 한 번도 삼촌을 원망한 적이 없었다. 혈연으로 이어진 관계가 아니라는 건 진작 알고 있었던데다, 중학교 2학년이 될 무렵, 삼촌과 숙모의 얘기를 엿들은 후 삼촌의 진심을 알게 됐기 때문이었다.

학교를 마치고 돌아온 연화는 방 밖으로 새어 나오는 삼촌과 숙모의 대화를 엿들었다.

"여보, 언제까지 그 아이를 거둘 거예요?"

연화는 '그 아이'가 자신이란 걸 알고 있었다.

"우리 벌이로는 우리 애들 키우기도 벅차요."

숙모는 사정하다시피 말했다. 삼촌은 일용직 노동자로, 숙모는 식당에서 설

거지를 하며 근근이 생계를 이어 나가고 있었다.

"당신의 그 오지랖 때문에 우리 애들이 굶게 생겼다고요. 그리고… 보험금도, 보상금도 없다면서요."

숙모는 끝내 '보상금'이란 단어를 입에 올렸다.

"내가 보상금 때문에 데려온 줄 알아?"

보상금이란 말에 삼촌은 버럭 소리를 질렀다.

"아홉 살 난 아이를 길바닥에 두고 오란 말이야? 내가 모른 척했더라면 그 아인 이 세상에 없었어."

"그게 왜 당신이어야 하냐고요. 이 나라가 있는데. 나라에서 보살펴줄 아이를 왜. 당신이."

숙모도 참고 있던 화를 내뱉었다.

"나라? 정부? 웃기지 마. 이 나라가 그 아홉 살 난 여자아이 따위 관심이나 두는 줄 알아?"

연화는 자신 때문에 부부싸움이 일어나자 어찌해야 좋을지 몰랐다. 그때, 삼촌이 한숨을 내뱉으며 나지막한 목소리로 말했다.

"우리 서현이 같았어. 등대 밑에 쪼그리고 앉은 그 뒷모습이 우리 서현이 같았다고……."

연화는 언젠가 '서현이'에 대해 들은 적이 있었다. 함께 사는 동생들의 언니였던 서현이는 아홉 살이 되던 해에 삼촌과 함께 낚시하러 나갔다가 삼촌이 잠깐 한눈을 판 사이 발을 헛디며 바다에 빠졌다고 했다. 아이가 사라진 걸 뒤늦게 알아차렸을 땐, 아이는 흔적도 없이 사라지고 없었다고. 삼촌은 부리나케 119에 신고했고 해경과 구급대원이 반나절 넘게 수색했지만, 서현이는 이미 먼 바다로 떠밀려 갔는지 찾지 못했다.

"마치 그 아이가 날 기다린 것처럼, 거기에 앉아있었어. 운명처럼."

삼촌은 울먹이며 말했다.

은하수의 저주

"어쩌자고 당신은……."

숙모의 흐느끼는 소리가 들려왔다. 연화는 아랫입술을 꾹 깨물었다.

"미안해. 그 아이에게 들어간 생활비 때문에 빌려 쓴 돈은."

삼촌은 잠시 말을 멈추고 담배에 불을 붙였다.

"그 아이가 미성년자라 법정 보호자 없이는 보상금을 받지 못할 테니 성인이 될 때까지 기다리자 싶어서 그놈들한테 돈을 빌렸는데 뒤늦게 알아보니 탑승객 명단에 그 아이 이름도, 그 가족들도 없대."

"네? 그게 무슨 말이에요? 여보."

"탑승객 명단에 없으니 보상금도 받을 수 없다고 하더라고."

삼촌은 한숨을 내쉬었다.

"뉴스에 나온 생존자 세 명은 그러면."

"수학여행 온 중학생 두 명과 그 아이와 함께 탈출했던 학교 선생님."

이날 이후 연화는 숨죽인 채 살았다. 모두가 잠들면 집에 들어가고 새벽이 되면 집을 나왔다. 미안한 마음에 당장이라도 삼촌네 집을 나오고 싶었지만, 갈 곳이 없었다. 길바닥에서 잠을 잘 순 없는 노릇이라 의대에 들어가기 전까지만 신세를 지겠다고, 의사가 되고 나면 그동안 진 빚은 모두 갚겠다며 마음먹었는데 미처 빚을 갚기도 전에 찾아온 이별이었다. 은혜를 갚을 수 있게 조금만 더 기다려줄 순 없었던 걸까. 살려낼 수만 있다면, 지금이라도 은혜를 갚아나갈 텐데.

그녀가 늦은 후회만 되풀이하던 그때, 적막을 깨며 핸드폰에서 벨이 울렸다. 연화는 목소리를 가다듬으며 전화를 받았다.

"여보세요."

"응급실에 누가 찾아오셨어요."

윤 간호사였다.

"저를요? 누가요?"

연화는 고개를 갸웃거렸다. 그녀를 찾아올 사람이 없었다. 같은 병원에 있는 재하는 아닐 테고, 유학을 떠난 천희도 이렇게 빨리 올 리 없었다. 그리고 삼촌 네 가족도 다신 만날 일이 없는데, 그렇다면 누굴까.

연화는 전화를 끊고 응급실로 내려갔다. 응급실 원무과를 지나 환자대기실 로 들어서는데, 그녀를 기다리던 검은색 정장을 입은 건장한 남자 두 명과 맞닥 뜨렸다. 삼촌이 돈을 빌린 사채업자들이었다.

깜짝 놀란 그녀는 뒷걸음질 치며 재빨리 병원 밖으로 달려 나갔다. 등 뒤에 선 남자들이 가소롭다는 듯 웃으며 따라왔다. 쉼터공원 앞을 지나 병원 밖으로 나가자 병원 앞에 줄지은 택시가 보였다. 연화는 택시를 향해 죽을힘을 다해 달 렸다. 남자들의 구둣발 소리가 점점 크게 들려왔다. 가까스로 그녀가 택시 뒷문 을 열었을 때였다. 올가미에 걸린 듯 목이 '턱'하고 졸렸다. 돌아보니 어느새 다 가온 남자의 손이 그녀의 목덜미를 움켜쥐고 있었다.

"찾았다. 요망한 년. 우리가 널 얼마나 찾아다녔는지 알아?"

때맞춰 검은색 승합차가 그녀 앞에 멈춰 섰다. 연화는 저항할 새도 없이 남 자들의 손에 이끌려 차에 올라탔다.

"저기요. 여기 좀 도와주세요."

연화는 창문을 두드렸다.

"조용히 안 해?"

맞은편에 앉은 남자가 그녀의 뺨을 후려쳤다. 연화는 외마디 비명을 내지르 며 옆으로 쓰러졌다. 남자들은 그녀의 눈에 안대를 씌우고, 손을 뒤로 묶었다. 그 사이 승합차는 병원을 벗어나 어디론가 향했다.

이대로 남자들의 손에 죽을 수만은 없었다. 연화는 신경을 곤두세워 차가 움 직이는 방향을 추측했다. 차는 은하대교를 지나 서천시로 가고 있었다. 하지만 그녀가 아는 건 거기까지였다. 서천시라면 서천공원 말고 가본 적이 없었다. 몸

　　　　　　　　　　　　　　　　　　　은하수의 저주

이 오른쪽으로 쏠리는 것으로 봐선 요금소를 지난 차가 서천공원이 아닌 반대편으로 가고 있었다. 그쪽에는 산 아래 공업지대가 있다고 들었다.

잠시 후 차는 좌우로 심하게 흔들렸고 등은 뒤로 쏠렸다. 산 위로 올라가는 듯했다. 인적이 드문 산속이라면 그녀를 도와줄 사람은 없지만, 남자들의 눈을 피해 숨기에는 좋을지도 몰랐다. 그녀가 탈출을 꿈꾸는 사이 어느새 차가 멈춰섰다.

연화는 남자들의 손에 끌려 차에서 내렸다. 청량한 나무 냄새와 짙은 흙냄새가 코로 스며들었다. 자동차 바퀴가 흙길을 지나는 소리와 시동이 꺼지는 소리도 연이어 들려왔다. 가로등은 없는지 아무것도 보이지 않았다.

연화가 걸음을 내딛자, 뒤이어 여러 발소리가 뒤엉킨 소리가 들려왔다. 남자는 대여섯 명쯤 되는 듯했다. 그녀는 반항하지 않고 순순히 남자들을 따라갔다. 섣부른 행동은 상황을 악화시킬 수 있었다.

철문이 열리는 소리가 들려왔다. 문을 지나 안으로 걸어 들어가자 서늘한 공기와 쿰쿰한 냄새가 훅 들이쳤다. 볕이 들지 않는 음지에 있는 건지, 아니면 창이 없는 건지 습하고 축축한 공기에 숨이 막혔다. 폐공장이나 창고 같은 곳인가. 머릿속이 바쁘게 움직이는 사이, 무언가에 발이 툭 하고 걸렸다.

"똑바로 안 걸어?"

옆에서 남자가 소리쳤다. 속에서 울화가 치밀었지만, 남자들의 심기를 건드려서 좋을 게 없었다. 자세를 낮추고 때를 기다리는 게 옳았다.

연화는 발로 땅을 더듬며 계단을 올랐다. 계단을 오를수록 그녀는 이상한 낌새를 느꼈다. 남자들의 행동이 그전과는 사뭇 달랐다. 사정없이 때린 뒤 풀어주곤 했던 예전과 달리 오늘따라 무슨 꿍꿍이인 건지 나름 신사적으로 그녀를 대하고 있었다.

또다시 문이 열리는 소리가 들렸다. 한 사람씩 차례로 움직이는 거로 보아 이번에는 한 사람만 통과할 수 있을 만큼 좁은 문을 지나고 있는 것 같았다. 문지방을 지나자 나무 냄새가 훅 불어왔다. 산과 가까워진 것 같았다. 건물 옥상인 모양이었다. 산속에 있는 건물이라…, 대체 여긴 어딘 걸까.

남자들이 걸음을 멈췄다. 그녀도 따라서 걸음을 멈췄다. 곧이어 안대가 풀리자 연화는 슬며시 눈을 떴다. 점차 어둠에 익숙해지자 주변 광경이 눈에 들어왔다. 그녀는 산속 외딴 건물 옥상 난간 앞에 서 있었다. 해는 모습을 감췄고, 하늘에선 까마귀 떼가 무리를 지어 날아다녔다. 그녀 앞에는 검은 양복을 입은 남자들이 까마귀 떼처럼 그녀를 둘러싸고 있었다.

"어이, 의사 선생. 네 삼촌이 빌려 간 돈 어떻게 할 거야?"

얼굴에 기다란 흉터가 있는 남자가 소리쳤다.

"보상금 나오면 갚겠다고 해놓고서 왜 아직 아무 소식이 없어?"

쇠몽둥이가 바닥을 끄는 소리가 들려왔다. 눈동자를 굴려 주위를 둘러보니 옥상 출입문 옆에 있던 키 작은 남자가 쇠몽둥이를 끌며 걸어오고 있었다. 입이 바싹 말랐다. 출입문은 남자들에 가로막혀 있어 도망갈 곳이라곤 아래로 뛰어내리는 수밖에 없었다. 슬쩍 아래를 내려다보니 그녀가 타고 온 승합차가 보였다. 오래전에 딴 운전면허가 있긴 한데, 운전은 할 줄 몰랐다. 그래도 운전석에 앉으면 어떻게든 되지 않을까. 문제는 어림잡아도 아파트 3층쯤은 돼 보이는 높이였다.

땅을 끄는 쇳소리가 점점 가까워졌다. 가슴이 터질 듯 두근거리고, 손엔 땀이 흥건히 뱄다.

"다 죽고 너 하나 남았어. 이제 어떻게 할까?"

온몸에 소름이 돋아났다. 다 죽었다니. 삼촌네 가족을 말하는 걸까. 그렇다면 설마…… 연화는 삼촌의 마지막 모습을 떠올렸다. 처지를 비관한 삼촌이 저지른 일이 아니라 까마귀 떼의 짓이란 말인가. 남자들은 오늘 모든 걸 정리하려는 걸까.

"제가 갚을게요. 모아둔 돈이 있어요. 풀어주시면 바로 드릴게요."

은하수의 저주

연화는 무릎을 꿇고 남자에게 싹싹 빌었다. 남자들의 비웃음이 메아리로 돌아왔다.

"… 그걸로는 모자라겠죠? 그럴 거예요. 그럼 앞으로 받는 월급도 모두 다 드릴게요."

연화는 그 어느 때보다 간절하게 말했다.

"아니, 병아리 의사 양반. 신출내기가 벌면 얼마나 번다고 그래? 죽을 때까지 빚 갚으려고?"

연화는 이를 악물었다. 돈을 빌렸으니, 갚아라. 남자들의 말도 틀린 말은 아니어서 대꾸할 수도 없었다. 다만 그게 고금리라는 거, 또 복리식으로 빌린 돈에 이자가 붙고 또 붙어 갚아야 할 돈이 눈덩이처럼 커진다는 게 문제였다.

"아가씨. 지금 당장 돈을 갚던가, 아니면 몸으로 때우던가."

남자의 말이 끝나기가 무섭게 쇠몽둥이가 허공을 갈랐다. 연화는 재빨리 머리를 숙이며 몸을 웅크렸다. 그 순간, 몸이 앞으로 날아오르는가 싶더니 바닥으로 고꾸라졌다. 등이 부서지는 듯한 통증이 온몸으로 뻗어나갔다. 일어나려 안간힘을 써보았지만, 도저히 몸을 일으킬 수 없었다.

남자들은 고통에 신음하는 그녀를 일으켜 세워 난간 위로 끌고 올라갔다. 다리에 힘이 풀려 금방이라도 아래로 떨어질 것만 같았다. 이대로 죽는 걸까. 아침에 본 삼촌의 끔찍했던 모습과 함께 남자들에게 쫓겨 다녔던 지난 세월이 주마등처럼 지나갔다. 마지막으로 며칠 전에 꿨던 꿈도 떠올랐다. 남자들을 피해 도망치다 지구대로 들어갔던 그 꿈. 그 순간, 목덜미의 잔털이 스르륵 곤두섰다. 그녀의 꿈은 예지몽이었다.

연화는 어릴 때부터 꿈을 자주 꿨다. 그녀는 엄마에게 늘 꿈 이야기를 들려주었는데, 엄마는 어린아이의 꿈 이야기를 사뭇 진지하게 듣고선 앞으로 일어날 일을 보여주는 '예지몽'이라고 말했다. 하지만 엄마가 떠난 후로는 더는 예지몽을 꾸지 않았다. 그런데 이십 년 만에 또다시 예지몽을 꾸기 시작한 것이다. 설마 스님이 말한 신의 능력이란 게 예지몽인 걸까.

그때, 등 뒤에서 웅성거리는 소리와 함께 발소리가 분주하게 들려왔다.

"당신 누구야?"

*　*　*

현무의 연락을 받고 응급실에 내려온 해수는 검은색 양복을 입은 남자들이 연화를 뒤쫓는 걸 발견했다. 연화는 남자들을 피해 병원 밖으로 달려 나갔다. 놀란 그는 가운을 벗어 던지고 연화와 두 남자를 뒤쫓아갔다. 단숨에 쫓아갔지만, 역부족이었다. 남자들은 병원 앞에 멈춰 선 검은색 승합차에 연화를 태웠고, 승합차는 코앞에서 멀어져갔다. 해수는 병원 앞에 줄지은 택시에 올라탔다.

"저기 저, 승합차 좀 따라가 주세요."

해수는 앞 유리창 너머로 연화가 탄 승합차를 손가락으로 가리켰다. 택시는 곧장 검은색 승합차를 뒤쫓았다. 그 사이 그는 경찰서로 전화를 걸었다.

"112죠? 납치신고를 하려고요. 3x하66xx 검은색 승합차가 여자를 납치해서 어디론가 데려가고 있어요."

경찰은 곧장 출동한다고 했다. 신고를 마친 해수는 앞유리창에 몸을 바짝 당겨 앉아 승합차를 주시했다. 승합차 뒷유리창으로 연화의 뒷모습이 보였다. 연화 양옆에는 덩치 큰 남자 둘이 앉아있었다. 대체 무슨 일일까. 남자들이 왜 연화를 데려가는 걸까.

승합차는 은하대교를 건너 서천시로 진입했다. 퇴근길 정체로 승합차는 점점 멀어졌다. 마음은 급한데, 택시는 걷는 것보다 느린 속도로 움직였다. 승합차는 서천시 은하대교 요금소를 지나 왼쪽 길로 접어들었다. 왼쪽 길은 공업지대로 가는 길로 그는 한 번도 가본 적 없는 길이어서 승합차가 어디로 가는지 전혀 가늠할 수 없었다.

　　　　　　　　　　　　　　은하수의 저주

그가 탄 택시가 요금소를 지났을 땐, 승합차는 신호등 두 개쯤 앞서고 있었다. 시야에서 벗어나지 않아 그나마 다행이었다. 그렇게 한참을 달리던 승합차는 공업지대를 지나 가파르게 이어진 산간 도로로 접어들었다. 점점 입이 바싹 말라왔다. 대체 연화를 어디로 데려가는 걸까.

승합차는 산 중턱 즈음에서 비포장길로 들어섰다. 해수는 잠시 택시를 세웠다. 비포장길을 오가는 차가 없어 잘못했다간 발각될 수 있었다.

"이 길로 들어가면 뭐가 있나요?"

그가 택시 기사에게 물었다.

"그거야 저도 모르죠."

택시 기사는 시큰둥하게 대답했다. 연화를 놓쳐버리는 건 아닌지 불안해진 그는 택시에서 내려 걷기로 했다. 비포장길로 들어서자 승합차는 시야에서 사라지고 없었다. 그는 바닥에 찍힌 바퀴 자국을 따라 잘 다져진 흙길을 걸었다. 나무가 울창하게 우거진 길은 가로등 불빛이 들지 않아 어둑하고 음산했다. 연화를 끌고 간 남자가 등 뒤에서 튀어나올 것만 같아 그는 온 신경을 곤두세웠다.

바퀴 자국은 길 끝에서 사라졌다. 길은 어느 공터로 이어져 있었다. 나무로 둘러싸인 공터에는 아파트 3층 높이쯤 돼 보이는 폐공장이 있었다. 공장 앞에는 연화가 탔던 승합차가 세워져 있었다. 마음은 급한데, 곧장 출동한다던 경찰은 코빼기도 보이지 않았다. 마냥 경찰만 기다릴 수는 없어 경찰에게 위치를 전송한 뒤 공장으로 걸어 들어갔다.

철문 옆에 쇠몽둥이가 보였다. 해수는 쇠몽둥이를 집어 들고 심호흡을 내뱉으며 열린 철문 안으로 들어갔다. 해는 이미 산자락 뒤로 자취를 감췄고, 공장 안에는 어떤 불빛도 없어 아무것도 보이지 않았다. 등줄기를 따라 식은땀이 흘러내렸다. 여차하면 휘두를 기세로 쇠몽둥이를 가슴 앞으로 뻗었다. 점차 공장 안의 모습이 보이기 시작했다. 공장 안에는 아무도 없었다. 그는 주위를 두리번거리며 조심스레 발을 내디뎠다. 그의 발소리가 되돌아왔다. 정적이 그의 숨통을 조여왔다. 대체 어디 사라진 걸까.

그때, 공장 한쪽 구석에 옥상으로 이어진 계단이 보였다. 계단 앞으로 다가서자 위에서 시끌벅적한 소리가 들려왔다. 그는 쇠몽둥이를 고쳐 잡으며 계단을 올라갔다. 계단 끝에는 옥상으로 이어진 문이 있었다. 문 앞에 다가서자 열린 문틈으로 검은 양복을 입은 남자들이 보였다. 그는 어수선하게 움직이는 남자들 사이로 연화를 찾았다. 연화는 난간 위에 위태롭게 서 있었고, 양옆에서 남자 둘이 연화를 붙잡고 있었다. 연화 뒤로는 남자 다섯 명이 지키고 서 있었다. 경찰은 아직 나타나지 않았다.

해수는 심호흡을 내뱉으며 문밖으로 달려 나갔다.

"누구야?"

쇠몽둥이를 든 남자들이 웅그리며 돌아봤다. 낯선 방문자의 등장에 남자들은 쇠몽둥이를 하나씩 손에 들고서 그를 둘러쌌다. 그는 혼자였고, 상대는 다섯이었다. 그는 남자들을 향해 쇠몽둥이를 휘둘렀다. 휘익. 쇠몽둥이가 허공을 가르는 소리가 들려왔다. 남자들은 조롱 섞인 웃음과 함께 장난스럽게 몸을 이리저리 피했다. 약이 바짝 오른 그는 남자들이 웃는 틈을 타 가장 가까이 있는 남자의 복부를 쇠몽둥이로 찔렀다. 남자는 억 하고 비명을 내지르며 앞으로 고꾸라졌다. 남자들의 표정이 일순간에 굳어졌다.

"뭐야? 당신."

눈썹에 흉터가 있는 남자가 물었다. 그가 말하려는데, 등 뒤에서 한 남자가 달려 나왔다. 해수는 재빨리 뒤로 돌며 쇠몽둥이를 휘둘렀고, 그가 휘두른 쇠몽둥이에 맞은 남자가 '억'하고 신음을 내뱉으며 바닥에 쓰러졌다. 다섯 명 중 두 명이 바닥에 쓰러지자 남자들은 동요하기 시작했다. 이번에는 남자 셋이 동시에 그에게 달려들었다. 해수는 몸을 낮춰 쇠몽둥이를 휘둘렀다. 쇠몽둥이는 아까부터 기분 나쁘게 웃던 남자의 정강이뼈를 맞췄고, 뼈를 가격당한 남자는 비

은하수의 저주

명을 내지르며 바닥을 나뒹굴었다. 그는 점점 자신감이 붙었다. 이대로라면 경찰이 오기 전에 상황이 종료될 것 같았다.

그때였다. 예상치 못한 곳에서 쇠몽둥이가 날아왔다. 쇠몽둥이는 그의 왼팔을 스쳐 지나갔고, 그는 그대로 바닥에 쓰러졌다. 팔에서 시작된 통증이 발끝까지 뻗어나갔다. 살면서 처음 느껴본 고통이었다. 그가 고통에 신음하던 그때, 멀리서 그를 지켜보던 연화와 눈이 마주쳤다.

"선생님. 정신 차려요."

연화가 소리쳤다. 남자들이 또다시 그를 에워쌌다. 그는 힘겹게 몸을 일으켰다. 남자들은 그를 향해 동시에 쇠몽둥이를 휘둘렀다. 그가 몸을 피하며 쇠몽둥이를 휘두르려는데 팔이 말을 듣지 않았다. 식은땀이 흘러내렸다. 과연 살아서 나갈 수 있을까.

그때였다. 문 쪽에서 인기척이 들렸다. 고개를 돌리자 경찰들이 달려들어 왔다. 대충 둘러봐도 열댓 명은 돼 보였다. 해수는 그제야 숲을 형형색색으로 물들인 경찰차의 경광등을 발견했다.

***

해수와 연화는 형사 앞에 마주 앉았다. 연화는 불안한 듯 주위를 두리번거렸다.

"왜 이렇게 늦었습니까?"

그가 물었다.

"공장 앞까지 갔는데 저희가 예상했던 것보다 놈들의 수가 많아서 지원요청을 하느라 늦었어요."

형사는 대수롭지 않은 듯 대답했다.

"네. 그러시겠죠. 죽기 전에라도 와줘서 고맙습니다."

그가 대꾸했다.

"그나저나, 저놈들하고는 아는 사이에요?"

형사가 연화에게 눈을 돌렸다.

"그게… 저를 키워주신 삼촌이 저분들께 돈을 빌렸는데, 아직 갚지 못해서…. 제가 갚을게요. 저 때문에 빌린 돈이니 제가 갚을게요."

연화는 형사의 눈치를 살피며 말했다.

"키워주신?"

형사가 눈을 치켜뜨며 물었다.

"네. 제가 고아라…."

"아. 대충 알겠네요. 아가씨랑 삼촌이 법적으로 아무 관계도 아니라면, 아가씨가 채무를 갚을 필요는 없고. 뭐, 아가씨가 갚겠다고 하면 그건 알아서 하시고. 어쨌거나, 저놈들이 아가씨를 납치해서 폭행했다는 거죠? 중요한 건, 이거니까 쓸데없는 얘기에 힘 빼지 말자고요. 피차 서로 바쁘니까."

형사는 연화와 남자들의 채무 관계는 관심 없는 듯 보였다. 조사 막바지에 이르자 어느 형사가 다가와 앞에 앉은 형사에게 귓속말로 속삭였다.

"삼촌이 엊저녁에 빚을 다 갚았다는데? 몰랐어요?"

형사가 의아한 얼굴로 물었다.

"그게 연락이 끊긴 지가 오래된 데다… 오늘 아침에…."

연화가 당황해서 횡설수설하자, 그가 대신 말했다.

"아침에 병원 응급실에 실려 왔어요. 그 일가족들 모두 사망했고요."

형사는 검지로 이마를 긁적였다. 그때, 연화가 주위를 두리번거리며 조심스레 입을 열었다.

"저기, 저… 아무래도 그 남자들이 삼촌네 가족을 죽인 것 같아요."

형사는 심드렁하게 대답했다.

"그건 우리가 조사해볼게요. 어쨌든, 월급 받으면 빚은 안 갚아도 되겠네요."

은하수의 저주

해수는 연화를 데리고 경찰서 밖으로 나왔다. 밖은 여름이 성큼 다가와 있었다. 바람 한 점 불지 않는 캄캄한 밤하늘에 별이 유난히 빛났다. 6월도 얼마 남지 않았다.

병원으로 향하는 택시 안에서 연화는 눈을 감은 채 미동이 없었다. 잠이 든 것 같진 않았다. 차창으로 스며든 달빛 아래 아홉 살 연화가 보였다. 어제까지만 해도 밝고 씩씩했던 연화의 얼굴이 한없이 가련해 보였다. 해수는 말없이 연화의 손을 잡았다. 연화의 호흡이 뒤엉키는 소리를 들으며 그는 마음이 복잡했다.

응급실에 들어서자 현무와 동료 전공의들이 달려 나왔다.

"선생님. 얼굴이 왜⋯."

"도대체 이게 무슨 일이에요?"

연화가 남자들에게 쫓기는 모습, 그 뒤를 쫓던 해수. 그 모습을 지켜본 동료들이 걱정스러운 얼굴로 두 사람을 에워쌌다.

"별일 아니에요. 다들 가서 일 봐요."

다들 뒷걸음질 치며 각자 자리로 돌아갔다. 해수는 연화에게 이끌려 처치실로 들어갔다. 연화는 그를 환자용 의자에 앉힌 뒤 그의 셔츠 단추를 풀었다. 놀란 그가 연화의 손목을 덥석 잡았다.

"팔 좀 봐봐요."

연화가 눈물이 고인 눈으로 그를 봤다. 무영등 아래서 연화의 눈이 별처럼 반짝였다. 해수는 말없이 손을 놓아주었다. 벗겨진 옷 사이로 드러난 그의 팔에는 검붉은 멍이 들어있었다.

"x-ray 찍어봐야 하지 않을까요?"

연화가 걱정스러운 얼굴로 물었다.

"골절은 아니니까 걱정 안 해도 돼."

해수는 고개를 저으며 대답했다. 그의 상태는 그가 잘았다. 단순 타박상이었다. 연화는 약품 카트를 가져와 소염제를 그의 팔에 발라주었다.

"삼촌네 가족은 잘 가셨을 거야."

그는 연화와 눈을 마주치지 못하고 나지막한 목소리로 읊조렸다. 연화가 휘둥그레진 눈으로 그를 봤다.

"환자의 과거 속에서 널 봤어."

"뭘… 봤는데요?"

"사고 현장 속에 있던 아홉 살의 너."

연화의 눈동자가 파르르 흔들렸다.

"다 저 때문이에요. 저 때문에 삼촌네 가족이 죽었어요."

연화가 울먹이며 말했다.

"네 잘못 아니야. 이 일은 그저… 삼촌네 가족의 운명이었어."

연화는 고개를 숙였다. 그의 말은 연화에게 위로가 되지 못한 듯했다. 해수는 연화를 안으려던 손을 멈칫하고서 연화의 어깨를 토닥였다.

"과거를 처음 본 날, 그러니까 내 저주가 시작된 그날이 언젠지 기억났어."

"그날이 언제였어요?"

연화가 고개를 들었다.

"네가 병원에 처음 온 날이었어."

연화의 눈동자가 흔들렸다.

"아이라고 그랬잖아요…. 그날 아이를 보셨어요?"

해수는 고개를 저으며 대답했다.

"아무래도 너와 관련 있는 것 같아."

스님이 말씀하신 '아이'는 바로, 사고 현장에 있던 아홉 살의 어린 연화였다.

***

벽시계가 5시를 가리켰다. 대기 환자 명단에 있던 이름이 모두 사라졌다. 오늘 진료도 끝이 났다. 재하는 자리에서 일어나 기지개를 켜며 찌뿌둥한 몸을 움직였다. 그때, 최 간호사가 진료실 문을 열고 들어왔다.

"차트실에서 연락 왔는데 전화 돌려드릴까요?"

재하는 차트실에 부탁해둔 게 번뜩 떠올랐다. 전화를 받자, 수화기 너머로 차트실 직원이 말했다.

"찾으시던 차트 찾았어요. 응급실에 한 번밖에 오지 않은 환자여서 차트가 어찌나 얇던지 하마터면 다른 차트들 사이에 파묻혀서 못 찾을 뻔했어요."

재하는 안도의 한숨을 내쉬었다. 드디어 그토록 궁금했던 아버지 죽음을 둘러싼 진실을 알게 될까. 그는 고맙다는 인사와 함께 지금 당장 차트실로 내려가겠다고 했다.

재하는 전화를 끊고 지하 1층에 있는 차트실로 내려갔다. 차트실에는 천장에 닿을 듯이 키 큰 서가가 일정한 간격을 두고 세워져 있었다. 십 년 전만 해도 환자가 접수하면 서가에서 종이 차트를 찾아 외래 진료실에 올려주곤 했었는데 몇 년 전에 전자의무기록 시스템으로 바뀌며 더는 종이 차트가 필요 없게 됐다. 그 때문에 서가에는 폐기하지 못한, 먼지 쌓인 차트가 꽂혀 있었다.

차트실 직원이 의무기록 열람신청서를 내밀었다. 그는 열람신청서의 열람 목적에 '아버지 사인 확인'이라 적고, 미리 발급해둔 가족관계증명서와 제적등본을 차트실 직원에게 내밀었다. 차트실 직원은 신청서를 받아들고서 잠시 머뭇거리더니 챙겨뒀던 차트를 그에게 건넸다.

재하는 아버지의 차트를 받아들고서 서가에 비스듬히 등을 기대었다. 차트 봉투에는 아버지 이름 석 자가 쓰여 있었고, 아버지 이름 옆에는 빨간색 매직으로 'D.O.A(dead on arrival의 약자, 도착 시 사망)'라 적혀있었다. 아버지께서 병원에 도착했을 당시, 이미 돌아가신 상태였단 뜻이었다. D.O.A. 얇은 차트 한 장…. 병원에서 아버지께 해줄 수 있는 일은 아무것도 없었다는 뜻이기도 했다. 사망 선고 밖에.

재하는 봉투를 열어 차트를 꺼냈다. 아버지께서 천명 대학교 병원에 온 건 돌아가신 그날 하루뿐이었다.

내원 일자 – 02.21일 AM 10:23분

C.C – D.O.A, hanging(목맴사). 욕실 문에 목을 매단 채 배우자에 의해 발견

재하는 무언가에 머리를 얻어맞은 듯 머릿속이 아득해졌다. 사고가 아니었다. 역시나 그의 예상이 맞았다. 그는 17년 전 아빠의 품을 벗어나 현관문을 나서던 그때, 등골이 서늘해져 오던 그 느낌을 잊어본 적이 없었다. 아버지의 마지막 포옹은 그의 졸업 축하가 아닌, 죽음을 앞둔 아버지의 마지막 인사였다. 아쉬움이 밀려들었다. 아버지의 마지막 작별 인사를, 그 의미를 왜 그땐 알아차리지 못했을까. 지금에 와서 후회해도 소용이 없었다. 아버지는 이미 떠나고 없었다. 그는 정신을 차리고 다시 차트를 훑어봤다.

구급대원 도착 당시 호흡, 맥박이 없는 상태였다고 함.

2년 전 사고 이후 우울증과 죄책감에 시달려왔다고 배우자께서 말함.

'2년 전 사고 이후'라 적힌 글자에서 그의 시선이 멈췄다. 아버지께서는 돌아가시기 2년여 전에 겪은 사고로 '외상 후 스트레스장애'를 앓았던 것 같았다. 도대체 그 사고가 아버지께 어떤 의미가 있었기에 그렇게 괴로워했던 걸까. 사고는 아버지의 인생을 뒤흔들었지만, 아버지께서는 별다른 치료를 받지 않았던 모양이었다.

은하수의 저주

재하는 두 눈을 질끈 감았다. '자살.'이란 두 글자가 그의 가슴을 짓눌렀다. 슬픔이 북받쳐 올랐다. 엄마는 아버지의 죽음을 두고 '사고'라고 말씀하셨다. 그는 믿지 않았다. 엄마는 '사고'라는 말 뒤에 그가 납득할 만한 설명을 단 한 번도 덧붙이지 못했으니까. 엄마는 왜 사실대로 말씀해 주시지 않으셨던 걸까. 재하는 아버지가 왜 스스로 목숨을 끊었는지, 기필코 알아내리라 다짐하며 차트를 반납하고 집으로 향했다.

집으로 들어가자, 주방에서 된장찌개 냄새가 풍겨 나왔다. 엄마는 여태 저녁도 먹지 않고 그를 기다리고 있었다. 재하는 옷을 갈아입고 나와 식탁 앞에 앉았다. 저녁을 준비하는 엄마의 뒷모습을 보자, 가슴 속이 뜨겁게 끓어올랐다. 아버지의 마지막 모습을 보았을 엄마의 고통이 어느 정도였을지 가늠할 수 없었다. 그동안 어떻게 견뎌오셨을까. 엄마는 어린 아들이 받을 충격과 상처 주고 싶지 않은 마음에 솔직하게 말씀해 주시지 않으셨을 것이다.

"저녁은 먹었니?"

엄마는 된장찌개를 데우며 물었다.

"먹었어요. 식사하세요. 옆에 있어 드릴게요."

뒤돌아선 엄마의 뒷모습에 실망한 기색이 역력했다. 입맛이 없었다. 아무것도 삼킬 수가 없을 것 같았다. 엄마가 보셨을 아버지의 마지막 모습이 자꾸만 머릿속을 비집고 들어왔다.

그때, 엄마가 그릇을 식탁에 내려놓으며 말했다.

"어젯밤 꿈에 네 아버지가 나왔어."

순간, 재하는 움찔했다. 아버지의 죽음을 파헤치고 다니는 걸 들켜버린 것만 같았다.

"아버지가… 뭐래요?"

"그냥 아무 말 없이 소파에 앉아서 집을 둘러보셨어."

재하는 고개를 돌려 소파를 바라봤다. 아버지가 소파에 앉아 엄마와 그를 바라보고 있는 것 같은 기분이 들었다. 하지만, 없었다. 오늘따라 아버지의 빈자리가 크게 느껴졌다. 무엇이 세 가족의 행복을 빼앗아 간 걸까.

"아버지 유품 모아 뒀던 상자 어딨어요?"

그의 물음에 엄마의 얼굴빛이 어두워졌다.

"그건 왜?"

"그냥. 궁금해서요."

재하는 멈춰버린 엄마의 숟가락 위에 반찬을 올렸다. 아무 일도 아니라는 듯이.

"태워버렸어."

그는 믿지 않았다. 그런 그의 마음을 눈치챘는지, 엄마가 고개를 숙인 채 마지못해 말했다.

"찾아볼게. 언제까지 찾아주면 되겠니?"

"언제라도 상관없어요."

그는 엄마를 안심시키려 대수롭지 않은 듯 대답했다.

"그런데 재하야."

엄마는 숟가락을 내려놓으며 그를 보았다.

"네 방에 있는 그림말이야."

그는 고개를 들어 엄마를 보았다. 엄마의 눈은 슬픔에 잠겨있었다.

다음 날 그는 해인의 그림을 들고 출근했다. 엄마의 눈이 뭘 말하는지 알고 있기에 그림을 집에 둘 수 없었다. 그가 그림을 들고서 진료실 안을 이리저리 둘러보자 진료 준비를 하던 최 간호사가 다가왔다.

"웬 그림이에요?"

"선물 받은 그림인데, 진료실에 걸어두려고요."

그가 벽에 시선을 고정한 채 대답했다. 최 간호사는 시설팀에 연락해보겠다며 진료실을 나갔고 얼마 지나지 않아 비둘기색 작업복을 입은 시설팀장이 진

은하수의 저주

료실로 들어왔다.

"그림을 벽에 걸고 싶다고요? 어디에 걸어드릴까요?"

"저기가 좋겠네요."

그가 책상 맞은편 벽을 손가락으로 가리켰다. 시설팀장은 싫은 내색 없이 못질하더니 눈 깜짝할 사이에 그림을 벽에 걸었다. 이후, 수평을 맞추려 뒤로 물러난 팀장은 얼굴을 찌푸렸다.

"이 그림은⋯."

팀장은 말을 잇지 못하고 그림을 뚫어지게 쳐다봤다. 그 모습을 지켜보던 그가 물었다.

"팀장님. 혹시 이런 장면 보신 적 있나요?"

"그럼, 알다마다요. 그런데 이 그림을 여기에 걸어둬도 괜찮을까요?"

시설팀장은 난감한 표정을 지었다. 그때, 노크와 함께 해수가 들어왔다. 시설팀장은 해수를 보자 목인사를 하고 진료실을 나갔다.

"너, 자주 온다?"

그가 책상 앞에 앉으며 말했다.

"무슨 일이야?"

해수는 진료실을 나서는 시설팀장을 곁눈질하며 환자용 의자에 앉았다.

"일은 무슨. 벽에 그림 거는 걸 좀 부탁했어."

그는 벽에 걸린 그림을 손가락으로 가리켰다. 해수의 시선이 그의 손가락을 따라 그림으로 향했다. 말없이 그림을 응시하던 해수의 얼굴이 굳어졌다.

"왜 그래?"

그는 해수와 그림을 번갈아 보며 물었다.

"아니야. 어디서 많이 본 그림 같아서⋯."

해수는 그림에서 시선을 거뒀다.

"봤다고? 어디서?"

그가 깜짝 놀라 물었다. 설마 해인과 잠깐이라도 만났던 사이는 아니겠지. 그러고 보니 그가 천명 대학교 병원에 근무한다고 했을 때 해인도 해수와 같은 반응이었다.

"그러는 넌, 저 그림 어디서 났어?"

해수는 묻는 말에 대답하지 않고 그에게 되물었다.

"그야. 아름다운 분께 선물 받았지."

재하는 우쭐한 얼굴로 대답했다. 넘볼 생각일랑 하지 말라는 일종의 경고였다. 해수는 헛웃음을 지으며 고개를 저었다. 십 년 전이나 지금이나 도통 속내를 알 수 없는 녀석이었다.

"그나저나, 무슨 일이야?"

"접수했어."

그는 눈을 돌려 화면 속 대기 환자 명단에서 해수의 이름을 찾았다. 해수는 그의 권유대로 한 달 동안 휴식을 취했고, 다시 돌아온 지 한 달이 지났다.

"너, 상태가 똑같다며?"

그가 해수의 상태를 살피며 물었다.

"어떻게 알았어?"

해수의 눈이 휘둥그레졌다.

"현무 선생에게 들었어. 점점 나빠지고 있다고."

"현무 선생이 그걸 어떻게 알아? 난 말한 적 없는 것 같은데."

지난주 금요일에 직원 식당에서 점심을 먹는데 현무가 맞은편에 앉으며 아는 채 해왔다. 목인사를 하고서 다시 한 숟갈 뜨려는데 현무가 해수 얘길 꺼냈다. 심정지 환자가 오면 불안해하는 데다 실수까지 잦아져 걱정이라고.

"그건 그렇고, 증상이 어느 정도로 심각해진 건데?"

"쉬고 나면 괜찮을 줄 알았는데 여전히 환자 과거가 보여."

해수는 깊은 한숨을 내쉬었다.

　　　　　　　　　　　　　　　　　은하수의 저주

"심정지 환자가 올까 봐, 과거를 볼까 봐 긴장해서 실수가 잦아졌고."

해수의 얼굴에 그늘이 드리웠다.

"환자가 좋은 사람인지, 나쁜 사람인지 판단해선 안 된다는 걸 알면서도 이 환자를 살려야 할까, 아니면 죽게 내버려 둘까 고민하는 내 모습을 견디기가 힘들어."

해수의 눈은 한 곳을 오랫동안 쳐다보지 못하고 허공을 떠다녔다.

"그게 다야? 그것 말고 다른 건 없고?"

해수의 등이 움찔거렸다. 뭔가 다른 게 있는 모양이었다. 하지만 해수는 끝내 입을 열지 않았다.

"약 처방해줄게."

그는 모니터로 고개를 돌렸다.

"약은 됐어. 그냥 아무한테나 말하고 싶었어. 말하고 나면 답답한 마음이 좀 나아질 것 같아서."

그는 해수의 축 처진 어깨를 물끄러미 바라봤다. 속마음을 털어놓을 사람조차 없는 외로운 녀석이었다. 그래서 정신건강의학과 진료라는 형식적인 방법을 빌려 속마음을 털어놓은 거고.

"그나저나 네 아버지에 대해선 뭐라도 알아냈어?"

해수가 물었다.

"갑자기 돌아가셨는데, 차트를 보니 스스로 목숨을 끊으셨어."

해수의 얼굴에 놀란 기색이 스쳤다.

"만약, 그때 내가 정신건강의학과 의사였다면 아버지를 살릴 수 있었을까?"

그는 입술을 질끈 깨물었다.

"그랬더라면 어찌 됐을지는 아무도 모르지. 그렇다고 자책하진 마. 그런다고 아버지께서 살아 돌아오시는 건 아니잖아."

해수는 자리에서 일어나 그의 어깨를 두드리며 진료실을 나갔다.

퇴근 후 그는 병원 앞 도로 맞은편의 첫 번째 식당 골목을 지나 두 번째 골목으로 들어갔다. '예술인의 거리'라 부르는 두 번째 골목은 골목 양옆으로 조그마한 가게들이 줄지어 있었고, 오렌지색 가로등이 골목을 밝히고 있었다. 그는 골목 깊숙이 들어가 오렌지색 백열등이 입구를 밝히는 나무문 앞에 멈춰 섰다. 핸드폰을 켜고 해인이 보내준 사진과 번갈아 보니 사진 속 모습과 똑같았다. 간판이 없어 모르고 지나칠 법한 곳을 그는 용케 잘 찾아왔다.

재하는 그의 키보다 작은 나무문을 열고 안으로 들어갔다. 동굴 같은 곳에 만들어 놓은 것 같은 레스토랑은 천장에 머리가 닿아 허리를 굽혀야 했다.

"잘 찾아왔네요."

해인이 먼저 와있었다. 그는 의자에 앉으며 주위를 둘러봤다. 달랑 2인용 탁자 하나만 놓인 레스토랑은 두 사람 외 다른 손님은 없었다.

"여기 꽤 유명한 곳이에요."

해인이 손으로 입을 가린 채 속삭이듯 말했다. 마치 동화 속에 들어온 것 같은 레스토랑은 탁자 수만 적은 게 아니라 모든 게 작은 난쟁이 레스토랑이었다. 그나마 앉았을 땐 천장이 닿지 않아 다행이었다. 일어서지만 않는다면 신비하고도 아늑한 분위기에 잔잔하게 흐르는 피아노 연주곡까지, 더할 나위 없이 멋진 곳이었다.

그나저나 종업원이 보이지 않았다. 그가 종업원을 찾아 두리번거리자 해인이 탁자 위에 놓인 종을 쳤다. 땡. 종소리가 동굴 속에 메아리쳤다. 잠시 후 초등학생으로 보일 만큼 키가 작은 주인장이 물과 식기를 가져왔고 해인은 익숙하게 주문을 마쳤다. 주인장이 떠나고 두 사람은 단둘이 남겨졌다.

"간판도 없는 곳을 어떻게 알았어요?"

재하는 앞에 놓인 물을 한 모금 마시며 물었다.

"작업실이 바로 이 근처거든요."

예술인의 거리에는 여러 분야에서 활약하는 예술인들의 작업실이나 공방이

많다고 들은 기억이 났다. 해인의 작업실도 이 거리에 있다니. 해인은 그와 꽤 가까운 곳에 있었다.

그가 지난번에 나눈 대화를 이어서 했다.

"놀이동산 말고 하고 싶은 건 없어요?"

"교복을 입고 싶어요."

해인이 눈을 반짝이며 대답했다.

"교복이요?"

황당해하는 그의 표정을 보며 해인이 풋 하고 웃었다.

"교복을 입었던 그때로 돌아가고 싶단 얘기에요. 그때로 돌아가면 하고 싶은 걸 다 해볼 텐데…."

해인은 쓸쓸한 미소를 지으며 말했다.

그때, 키 작은 주인장이 다시 나타났다. 주인장은 직접 끓인 수프와 수제 커틀릿 그리고 로제 파스타를 테이블 위에 무심하게 올려놓고 사라졌다. 모든 건 어울리지 않는 듯했지만, 저마다 묘하게 조화를 이루고 있었다. 사라진 주인장은 다신 나타나지 않았고, 또다시 두 사람만 남겨졌다. 오렌지색 조명 아래 해인은 표정 하나부터 솜털까지 다 보였고, 숨소리마저 느껴졌다. 재하는 난쟁이 레스토랑이 썩 마음에 들었다.

만족스럽게 식사를 마친 두 사람은 나란히 골목을 걸었다. 가로등 불빛이 어둠이 내려앉은 골목을 아늑하게 비췄고, 살랑살랑 불어오는 바람에 해인의 향기가 흩날렸다. 그때, 해인이 그의 손을 잡았다. 깜짝 놀라 해인을 보니 해인이 사랑스러운 눈빛으로 그를 바라보고 있었다. 재하는 사랑에 빠져버렸다.

어디로 가는 줄도 모른 채 맞잡은 손에 촉각을 곤두세운 그때, 해인이 걸음을 멈췄다.

"여기예요. 제 작업실."

해인이 눈으로 가리킨 곳엔 노란색으로 벽을 칠한 아담한 2층 건물이 있었다. 그는 해인을 따라 작업실로 들어갔다. 전시회에서 해인을 처음 만났던 날 맡았던 비누 향기와 물감 냄새가 몰큰 풍겨왔다. 해인은 익숙하게 머리를 질끈 묶더니 물감으로 얼룩진 앞치마를 둘렀다. 작업실에서만 볼 수 있는 해인의 모습은 그 어느 때보다 아름다워 보였다.

"구경하고 있어요."

해인은 그를 두고 어디론가 사라졌다. 재하는 천천히 작업실을 둘러봤다. 작업실 한쪽에 놓인 이젤에는 해인이 요즘 작업하고 있는 그림이 완성되지 않은 채로 올려져 있었고, 이젤 옆에는 물감이 아무렇게나 흩어져 있었다. 네 벽면에는 해인이 그린 그림이 비스듬히 세워져 있었는데, 가만히 그림들을 보고 있으니, 마치 그녀의 일기장을 훔쳐본 것 같은 기분이 들었다.

그때, 어디선가 향긋한 커피 향기가 풍겨왔다. 고개를 돌리니 해인이 커피잔을 들고서 걸어왔다.

"흠. 멋진데요."

재하는 작업실 한쪽에 놓인 낡은 소파에 앉으며 말했다.

"지저분하죠?"

해인이 작업실을 둘러보며 말했다. 그는 무질서하게 놓인 화분들을 바라보며 고개를 저었다.

"좋은데요? 아늑하고."

진심이었다. 그는 해인의 어떤 모습도 좋았다.

"그 그림에 대해 말해줘요. 그 소년은 거기서 뭘 하는 거예요?"

그는 해인에게서 선물 받은 그림에 대해 알고 싶었다.

"그때는 오빠가 왜 그러고 있었는지 몰랐는데 얼마 전에야 알게 됐어요. 그날, 오빠는 아버지께 꾸중을 듣고 등대 아래 앉아서 울고 있었던 거예요."

그는 해인의 오빠가 그의 기억 속 소년일까 생각했지만, 고개를 흔들었다. 그러려면 같은 시각, 같은 공간에 있어야 했다.

"그날 이후로 오빠는 아버지가 내린 지시와 명령을 거역하지 않고, 공부만 했어요. 아버지가 굉장히 권위적이었거든요."

해인은 쓸쓸한 미소를 지었다.

"아버지의 눈에 나지 않으려고 저는 방에 숨어서 그림을 그렸고요."

"그림만이 유일한 도피처였군요."

그는 왜 그토록 해인이 외로워 보였는지 이해할 수 있었다.

"그림은 제 영혼이자 저 자신이에요. 제가 사라져도 그림은 남을 테니까요."

해인은 어깨를 으쓱이며 말했다.

"그럼. 지금은요? 아버지께선 지금도 그러세요?"

해인은 미소를 지으며 고개를 저었다.

"스무 살이 되자마자, 독립했어요. 지긋지긋한 집에서 벗어날 날만 기다렸거든요."

해인은 손가락으로 천장을 가리키며 말을 덧붙였다.

"이 층이 바로 제 보금자리에요."

***

연화는 며칠째 불안에 시달렸다. 바쁘게 일하다가도 출입문이 열리면 혹시나 남자들이 또다시 들이닥치진 않을까 가슴이 조마조마했다. 엊저녁, 삼촌네 가족의 죽음에 남자들의 혐의가 의심되어, 곧 혐의가 밝혀질 거라는 형사의 전화를 받고서야 겨우 마음을 놓았다. 남자들에게 끌려갔다 온 지 열흘만이었다. 해수가 아니었다면, 그녀 역시 삼촌과 똑같은 죽음을 맞이했을 것이다.

그녀는 새벽이 되어서야 당직실로 돌아왔다. 호출만 오지 않는다면 오늘 밤은 침대에 누워 눈을 붙일 수 있을 것 같았다. 막상 침대에 눕자 해수가 했던 말들이 정리되지 않은 채 머릿속에 뒤섞이는 바람에 눈이 말똥말똥했다. 과거를 보는 건 저주다. 저주는 '아이'가 해수에게 뭔가를 찾으러 왔을 때부터 시작되며, 뭔가를 찾으면 저주에서 벗어날 수 있다. 저주가 시작된 날은 그녀가 응급실에 처음 온 날이며, '아이'는 삼촌의 과거에서 본 아홉 살의 그녀였다. 해수에게서 뭘 찾아야 할까. 뭘 찾으면 해수의 저주를 풀 수 있을까.

해수는 스님이 찾아왔다고 했다. 스님은 그녀에게도 찾아와 엄마에게로 갈 방법을 찾아 엄마가 계신 곳으로 가야 한다고 했다. 그녀가 찾아야 하는 '엄마에게로 갈 방법'이 해수에게 있고, 그녀가 그걸 찾아 떠나면 해수의 저주가 풀리는 게 아닐까. 그렇다면 그녀가 엄마에게로 가는 것과 해수는 무슨 연관이 있는 걸까.

그때, 연화는 탁자에 놓인 책을 발견했다. 현무가 읽던 책이었다.

《이무기의 사랑》

문득 천희가 생각난 연화는 책을 집어 들었다. 첫 장을 읽고 나자 시간 가는 줄 모르게 책장이 술술 넘어갔다. 천희가 왜 그토록 좋아했는지 알 것 같았다. 하지만 며칠째 쌓인 피로는 그녀의 무거운 눈꺼풀을 오랫동안 들어 올리지는 못했다. 연화는 결말을 앞두고 잠이 들어버렸다.

어린 연화가 한 소년과 함께 연꽃이 핀 연못 주위를 뛰어다녔다.

"저기 좀 봐."

연화는 하얀 연꽃과 붉은 연꽃이 한 줄기에 핀 연꽃을 가리켰다.

"한번 가보자."

소년은 연못 위를 가로지르는 다리를 가리키며 말했다. 두 사람은 손을 잡고 다리로 다가갔다. 연화는 다리로 걸어 들어가면서 나무 현판에 적힌 글을 눈으로 읽었다.

「천애교」

그때, 어디선가 나타난 스님이 두 사람의 등 뒤에 다가와 말했다.

"연꽃이 필 때, 연인과 함께 천애교를 건너갔다 다시 돌아온다면 하늘이 맺어준 인연입니다. 하늘이 맺어준 인연이 아니라면, 다시 돌아오지 못하지요."

어린 연화와 소년은 서로 마주 보며 장난스럽게 웃었다. 연화와 소년은 하얀 연꽃과 붉은 연꽃이 한줄기에 핀 신비로운 연꽃으로 다가갔다. 그때, 연꽃에서 무언가가 반짝거렸다. 그녀가 반짝이는 걸 주우려고 손을 뻗으려는데 소년의 손이 더 빨랐다.

"이게 뭐지?"

소년의 손을 들여다보려는데 남자 목소리가 귓속을 파고들었다.

"연화야. 당분간은 물가에 가면 안 된다. 물귀신이 널 데려갈 거야."

연화는 눈을 번쩍 떴다. 주위를 둘러보니 방안엔 아무도 없었다.

"아빠 목소리였어…."

아빠의 목소리를 마지막으로 들은 지 19년이나 훌쩍 지났지만, 그녀는 조금 전 그 목소리가 아빠 목소리라는 걸 단번에 알았다. 이번에도 예지몽일까. 반짝이는 건 뭐였을까. 그녀가 찾아야 하는 게 연꽃이 핀 연못에 있는 게 아닐까.

연화는 밖으로 뛰쳐나갔다. 연꽃이 핀 연못을 찾아가야 한다. 그곳에 해수의 저주를 풀 방법이 있을지도 몰랐다. 그녀가 엘리베이터에 올라타려는데 엘리베이터에서 현무가 내렸다.

"어딜 그렇게 급히 가?"

엘리베이터에 올라탄 연화는 1층 버튼을 누르며 대답했다.

"연꽃 보러 가요."

현무의 눈동자가 정처 없이 허공을 떠돌았다.

"아, 저기 저 삼락공원? 그런데 갑자기 연꽃은 왜?"

현무는 팔을 죽 뻗어 허공을 가리키며 물었다. 연화는 고개를 끄덕이며 '닫힘' 버튼을 눌렀다. 엘리베이터는 5층에서 멈췄고, 재하가 올라탔다.

"어디 가?"

재하가 그녀를 보며 물었다.

"오빠는요? 어디 가세요?"

재하야말로 말끔하게 차려입은 옷과 정돈된 머리카락이 누가 봐도 데이트하러 가는 듯 보였다.

"데이트. 네 덕분에 좋은 사람을 만났거든."

그 순간, 재하와 눈이 마주치자 눈앞이 아득해지더니 활짝 웃는 재하의 모습 뒤로 슬픔에 잠긴 재하의 모습이 겹쳐 보였다.

재하는 남하도 해변이 내려다보이는 레스토랑에 앉아있었다. 그는 회색 재킷 주머니를 뒤적거리며 무언가를 찾고 있었다. 그때, 또각거리는 발소리와 함께 한 여자가 다가와 재하 앞에 앉았다. 여자는 의자에 앉자마자 떨리는 목소리로 말했다.

"우리 그만 만나요."

"그게… 무슨 말이에요? 갑자기… 왜?"

재하의 두 눈동자가 허공을 마구 휘저었다. 그는 믿고 싶지 않은 듯 보였다.

바로 그때, 재하가 그녀의 어깨를 무심하게 두드렸다.

"안 내려? 무슨 생각을 그렇게 해."

환영이 사라지고, 환하게 미소 짓는 재하의 얼굴이 돌아왔다. 언젠가 엄마는 그녀에게 다른 사람의 미래를 볼 수 있는 능력이 있다고 했다. 그렇다면, 조금 전에 본 그 환영은 재하의 미래란 말인가.

연화는 발길을 재촉하는 재하를 보며 마음속으로 그의 행복을 빌었다.

'그분과 꼭. 오래도록 행복하세요.'

은하수의 저주

엘리베이터 밖으로 나온 후에야 연화는 한 달여 전에 해인에게서 본 환영이 떠올랐다. 조금 전에 본 것과 똑같은 기시감이었다. 그렇다면, 그 장면도 해인의 미래일까.

"그럴 리 없어."

연화는 머리를 흔들었다. 그때, 남자 목소리가 불쑥 끼어들었다.

"뭐가 그럴 리 없다는 거야?"

깜짝 놀라 돌아보니 해수가 서 있었다. 해수는 그녀를 위아래로 훑어보며 물었다.

"어디 가?"

해수를 보자, 조금 전에 든 불길한 예감이 마음속에 차츰 가라앉았다.

"우리, 연꽃 보러 가요."

그녀가 해수에게 팔짱을 끼며 대답했다.

"연꽃?"

연화는 해수를 데리고 주차장으로 향했다. 현무가 말한 삼락공원은 해동시 구도심 서쪽에 있었다. 연꽃이 피긴 했을까. 꿈속에선 연꽃이 활짝 피어있었는데….

그때, 그녀의 생각을 엿본 듯 해수가 말했다.

"올해 첫 연꽃이 폈대."

창밖을 보던 연화는 해수에게로 고개를 돌렸다.

"어제 뉴스에서 봤어. 연꽃 폈다고."

해수가 씩 웃었다. 천진하게 웃는 해수의 모습은 처음이었다. 다행히도 해가 지기 전에 공원에 도착했다. 며칠 전보다 높아진 저녁 기온에 이젠 카디건을 입지 않아도 춥지 않았다. 어느덧 6월의 마지막 날이었다.

차에서 내린 연화는 공원안내도 앞으로 다가갔다. 공원은 축구장 8개 크기로 여러 종류의 단지로 조성되어 있다고 적혀있었다. 계절꽃 단지에는 봄에는 유채꽃, 여름에는 해바라기, 가을에는 코스모스가 피어나고, 야생화단지에는 야생화 수십 종이 군락을 이룬다고 적혀있었다. 그 밖에도 구구절절 많은 설명이 적혀있었지만, 연화는 공원배치도로 시선을 옮겨 연꽃군락지 위치를 확인했다. 넓은 공원을 해가 지기 전까지 다 돌아볼 순 없을 테니 연꽃군락지만 보고 나올 생각이었다.

연화는 하늘 높이 솟은 메타세쿼이어가 양옆으로 심어진 오솔길을 해수와 나란히 걸었다. 두 사람 옆으로 2인용 자전거를 탄 연인이 기분 좋은 바람을 일으키며 지나갔다. 연화는 슬며시 해수의 손을 잡았다. 해수의 손이 움찔거렸다.

"연화는 무슨 뜻이야?"

해수가 정면을 응시하며 물었다.

"더러운 곳에서도 세상에 물들지 말고 맑은 본성을 간직한 채 세상을 정화하라. 라고 엄마가 말씀하셨어요."

연화는 빙긋 웃으며 대답했다. 초등학교 입학을 앞두고 엄마, 아빠와 함께 둘러앉아 저녁 식사를 하던 날, 연화는 엄마에게 똑같은 질문을 했었다. "엄마, 내 이름은 왜 연꽃이야?". 엄마는 조금 전 그녀가 해수에게 대답한 그대로 대답하셨다.

연꽃군락지는 울창한 숲에 둘러싸여 있었다. 둥근 연못 두 개가 눈사람처럼 붙어있었는데, 연못 입구에 세워진 안내판에 따르면 첫 번째 연못은 하얀 연꽃이 피는 백련지, 두 번째 연못은 붉은 연꽃이 피는 홍련지라고 했다. 두 연못은 아치형 돌다리로 연결되어 있었고, 연못 가장자리에는 나무 데크로 만든 산책로가 둘려져 있어 어느 방향에서건 연꽃을 볼 수 있었다.

연화는 부푼 기대를 안고 첫 번째 연못으로 걸어 들어갔다. 웬일인지 연꽃은 보이지 않고 커다란 연잎만 연못 **빽빽**이 떠 있었다. 뒤따라온 해수는 실망한 얼굴이었다. 두 번째 연못에는 연꽃이 피었을까.

연화와 해수는 다리를 건너 홍련지로 건너갔다. 연못은 너무나 광활해서 연

은하수의 저주

꽃을 찾으려면 연못을 천천히, 그리고 꼼꼼히 둘러보아야 했다. 얼마쯤 둘러보았을까. 어느덧 서쪽 하늘이 붉게 물들었고 서쪽으로 기울어진 해는 붉은 빛으로 빛나고 있었다.

바로 그때, 연못 가장자리에 있는 한 연잎이 홀로 빛나고 있었다. 신비로운 빛에 이끌려 가까이 다가가자 거짓말처럼 하얀 연꽃과 붉은 연꽃이 한줄기에 함께 피어있었다. 꿈에서 본 바로 그 연꽃이었다.

연화는 난간에 배를 대고 허리를 숙여 연꽃에 다가갔다.

"위험해."

뒤에서 해수가 그녀의 허리를 붙잡았다. 연화는 움찔했다. 아쉽게도 연꽃에는 아무것도 없었고, 반딧불이만이 연꽃 주위를 날아다녔다.

"뭘 그렇게 찾아?"

뒤에서 해수가 물었다.

"찾긴요. 아무것도 아니에요."

연화가 얼버무리며 난간에서 내려와 뒤로 도는데, 해수의 얼굴이 스칠 듯이 가까이 있었다. 얼굴이 뜨겁게 달아오르고, 심장은 터질 듯 두근거렸다.

"너처럼 예쁘다. 연꽃"

해수가 속삭이듯 말했다. 연화는 자기도 모르게 해수에게 입을 맞췄다. 그 순간, 봄바람이 불어와 연꽃 향기가 두 사람을 에워쌌다. 시간이 멈춘 듯 아무 소리도 들리지 않고 오직 해수의 심장 소리만이 귓가에 울려댔다. 아니, 정말 시간이 멈췄다. 바람도, 구름도, 사람들도, 두 사람 주위를 날아다니던 반딧불이도 가만히 멈춘 채 반짝였다.

"뭐… 뭐 하는 거야?"

해수의 얼굴이 빨갛게 달아올랐다. 해는 자취를 감췄고, 붉었던 하늘은 어둑해졌다. 병원으로 돌아갈 시간이었다.

"가자."

두 사람은 손을 잡으며 두 연못 사이에 놓인 다리로 향했다.

"이젠 해마다 함께 오자."

해수가 다리를 건너며 말했다. 연화는 스쳐 지나가며 다리에 붙은 현판을 보았다.

「천애교」

다리를 건너며 연화는 엄마에게 돌아가지 않고, 해수 곁에 영원히 머물겠다고 다짐했다.

두 사람이 주차장에 다다랐을 때였다. 해수는 병원에서 걸려 온 전화를 받았다. 무슨 일인지 심각해진 해수는 전화를 끊고서 다급하게 말했다.

"병원에 가봐야겠어."

"무슨 일이에요?"

연화는 해수를 따라 발걸음을 재촉하며 물었다.

"글쎄……."

해수는 설명을 덧붙이지 못할 만큼 다급해 보였다.

"먼저 가세요. 전, 좀 더 바람 쐬고 갈게요."

해수는 그녀의 말이 끝나기가 무섭게 차에 타더니 눈 깜짝할 새 시야에서 사라졌다. 혼자 남겨진 연화는 어딜 갈까 고민하다 문득, 작업실에 놀러 오라던 해인의 말이 생각났다. 마침 차 조심하라는 당부도 할 겸 해인에게 가기로 했다.

해인의 작업실은 예술인의 거리 정중앙에 있었다. 모처럼 만에 해인의 작업실을 찾은 연화는 들뜬 마음으로 작업실 문 앞에 다가갔다. 그때, 안에서 남자의 웃음소리가 들려왔다. 해인의 작업실에 남자라니. 지난번에 말했던 그 남자와 함께 있는 모양이었다. 연화는 해인의 행복을 방해하고 싶지 않아 조용히 발길을 돌렸다.

정처 없이 골목을 걷던 그녀는 유난히 환한 조명이 비추는 액세서리 판매점 앞에서 걸음을 멈췄다. 진열대에 진열된 갖가지 액세서리가 새하얀 형광등 불빛에 별처럼 반짝이고 있었다. 연화는 자석에 이끌리듯 문을 열고 안으로 들어 갔다. 안에선 젊은 여자 점원이 엷은 미소를 띠며 그녀를 맞이했다. 연화는 진열대로 다가가 진열대 안에 놓인 반지를 눈으로 훑었다. 우연인지 필연인지 그녀는 연꽃 모양이 조각된 은반지를 발견했다. 그녀의 눈길이 멈춘 걸 알아챈 점원은 진열대에서 반지를 꺼내며 물었다.

"한번 껴보실래요?"

연화는 고개를 끄덕이며 손을 내밀었다. 점원은 입가에 묘한 미소를 머금으며 그녀의 손가락에 반지를 끼워주었다. 반지는 마치 그녀의 손가락에 맞춘 듯이 딱 맞았다.

"반지가 주인을 찾았네요."

점원이 환하게 웃으며 말했다.

"이걸로 주세요."

연화는 귀신에 홀린 듯이 그 자리에서 반지를 사버렸다.

"반지 안쪽에 글자를 새기는 서비스가 있는데, 뭐라고 해드릴까요?"

"H.Y.H로 새겨주세요."

점원은 기다리라는 말과 함께 반지를 들고 세공실로 들어갔다. 반지를 기다리며 창밖을 바라보던 연화는 지나가는 사람들 속에서 낯익은 얼굴을 보았다. 해인과 재하였다. 두 사람은 진정으로 행복해 보였다.

잠시 후, 연화는 반지를 손가락에 끼고서 거리로 나왔다. 이제 병원으로 돌아갈 시간이었다. 그녀는 왔던 길을 되돌아 골목 입구로 걸어갔다. 그때, 그녀는 골목 끝에 우두커니 서서 그녀를 바라보는 낯익은 얼굴을 발견했다. 스님이었다.

"여기서 뭐 하세요?"

연화는 잠시 머뭇거리다 스님에게 다가갔다. 스님은 눈을 내리깔며 나지막한 목소리로 말했다.

"지난번에 닥친 위험은 용케 잘 벗어났구나."

연화는 뜨끔했다. 지난번의 위험이라면 설마 남자들에게 끌려갔던 그 일 말인가.

"하지만 위험은 앞으로 점점 더 자주, 그리고 거세질 거다."

스님의 목소리가 고요함 속에 낮게 울렸다.

"사랑하는 사람이 있어요. 그 사람 곁을 떠나고 싶지 않아요."

연화가 말했다.

"그 저주받은 자를 말하는 게냐?"

스님이 물었다.

"선생님의 저주가 저와 관련이 있는 건가요?"

그녀가 눈을 번쩍 떴다. 스님은 아무런 대답이 없었다.

"저 때문인 거군요. 제가 선녀 딸이라서… 제가 이곳에 있어서….'"

연화는 해수가 저주로 고통스러워하는 게 자신의 탓이라는 생각이 들자, 엄마에게로 돌아가야 하는 건지 고민이 들었다.

"만약 제가 엄마에게로 돌아가면."

"그자도 저주에서 벗어나게 된다."

연화는 고개를 떨궜다.

"…엄마에게로 가려면 어떻게 해야 하죠?"

"네 엄마가 그랬던 것처럼 너 역시 같은 방법으로 갈 수 있다. 서둘러야 한다. 시간이 얼마 남지 않았으니."

"시간이요? 돌아가야 할 날 말인가요?"

연화가 깜짝 놀라 고개를 들었다.

"그렇다. 부디 조심하거라. 방해꾼이 네 주변을 맴돌고 있다."

스님은 대답 대신 마지막 말을 남기고 목탁 소리와 함께 사라졌다.

* * *

따뜻하다 못해 덥다고 느낀 건, 조금 전에 달아오른 체온 때문이었다. 여전히 얼굴은 뜨거웠고 심장은 두근거렸다. 연화의 뺨에서 연꽃 향기가 났다. 해수는 연화와 입을 맞추던 순간에 머물러 있었다.

'아버지로부터 여태 독립하지 못하고 꼭두각시놀음이나 하는데 누굴 사랑한단 말인가, 사랑할 자격이나 있나, 제 앞가림도 못하면서.' 하며 애써 거부했던, 연화를 향한 감정이 벼락처럼 들이닥쳤다. 그는 연화를 만난 뒤에야 알을 깨고 나왔다. 연화와 함께 있을 때면 느껴지는 편안함과 따뜻함, 그리고 사랑이 그를 부화시켰다. 연화를 만나기 전 그는 병원 안에서 의식주를 해결했다. '의'라고 해봐야 수술복 혹은 가운이면 충분했고, '식'은 시간이 주어진다면 구내식당, 그 외에는 누군가가 사다 놓은 식어 빠진 인스턴트 혹은 배달 음식으로 때웠고, '주'는 당직실 이층 침대가 전부였다. 그런 병원밖에 모르던 그를 연화가 손을 잡고 세상 밖으로 데려나갔다.

주차장에 다다를 때였다. 해수는 병원에서 걸려 온 전화를 받았다. 수화기 너머로 현무의 다급한 목소리가 들려왔다.

"선생님. 지금 빨리 병원에 와보셔야겠습니다."

"무슨 일이에요?"

"선생님 아버지께서… 아무튼 빨리 오셔야겠습니다."

현무는 말을 꺼내려다 멈추었다. 해수는 귀를 의심했다. 그는 심상치 않은 일이 일어났음을 직감했다. 해수는 연화에게 먼저 가보겠다고 말한 뒤, 서둘러 병원으로 향했다. 병원으로 가는 내내 상상이 꼬리를 물었다. 아버지에게 무슨 일이 생긴 걸까.

해수는 구급차 정차 구역에 아무렇게나 차를 세워두고 응급실로 뛰어 들어 갔다. 그가 들어서는 걸 본 윤 간호사가 다가와 가운을 내밀었다. 그가 빠른 걸음으로 걸어 들어가며 물었다.

"무슨 일이에요?"

윤 간호사는 대답 대신 소생실에 가보라고 손짓했다. 과학으로도 밝혀내지 못한 게 인간의 직감이라지만, 직감은 때론 정확했다. 해수는 순간 멈칫, 걸음을 멈췄다가 뛰다시피 소생실로 들어갔다. 소생실에선 현무가 환자에게 심폐소생술을 하고 있었다. 해수는 선뜻 들어가지 못하고 문 앞에 멈춰 섰다.

"선생님."

현무가 땀에 젖은 얼굴로 그를 바라봤다. 그는 조심스레 환자에게로 다가갔다. 침대에 누워있는 환자는 예상대로 아버지였다. 머릿속이 하얘졌다. 아버지가 왜 여기에 누워계시는 걸까. 그는 아버지를 살려내야 한다는 생각 말고 다른 생각은 나지 않았다. 그는 본능적으로 아버지의 가슴에 손을 갖다 댔다. 손이 파르르 떨려왔다.

"아버지. 왜 여기에 누워 계세요. 일어나세요."

그는 아버지의 얼굴을 똑바로 바라보지 못하고 두 눈을 질끈 감았다. 곧장 어둠이 찾아왔다. 어둠 속에서 헤매던 그는 어딘가에서 쏟아져 내리는 붉은빛을 발견했다. 빛 속에서 누군가가 그에게 따라오라며 손을 까딱였다. 허리를 꼿꼿이 세워서 걷는 뒷모습이 그의 아버지였다.

그는 아버지를 뒤따라 아버지의 과거 속으로 걸어 들어갔다. 아버지는 사람들 눈에 띄지 않는 곳에 서서 심각한 표정으로 통화를 했고, 아버지 뒤로는 불길이 치솟는 거대한 배가 보였다. 그러자 심장이 두근거리고 숨이 막혀왔다. 가쁘게 숨을 쉬어보았지만, 점점 손에 힘이 빠지더니 의식이 흐려졌다.

현무의 목소리가 귓가에 희미하게 들려왔다.

은하수의 저주

"선생님. 정신 차리세요."

해수는 힘겹게 눈꺼풀을 들어 올렸다. 뿌연 안개 속을 빠져나오자 익숙한 소생실이 보였다. 고개를 돌려 주위를 둘러봤다. 전공의들과 현무, 그리고 아버지의 모습이 차례로 보였다. 이어 환자감시장치 모니터로 고개를 돌렸다. 아버지의 심장박동을 그리는 그래프가 움직이고 있었다. 그는 고개를 돌려 현무를 바라봤다. 현무가 한쪽 입꼬리를 올리며 미소를 지었다. 아버지의 심장이 뛰고 있었다.

정신을 차린 해수는 소생실 밖으로 나와 엄마를 찾았다. 엄마는 커튼이 드리워진 소생실 유리창 앞에 서 있었다. 경황이 없었는지 옷도 제대로 챙겨입지 못해 슬리퍼 차림이었다.

"어떻게 된 거예요?"

"갑자기 쓰러지셨어. 갑자기."

해수는 고개를 끄덕였다. 심근경색 환자들에게서 흔히 들을 수 있는 얘기였다. 해수는 소생실에서 나오는 현무를 불러세웠다.

"EKG(electrocardiography, 심전도 검사)랑 카디악 엔자임(cardiac enzyme, 심장 효소검사) 검사해주세요. 필요하면 에코(echocardiography, 심장 초음파)도 해주시고요."

해수는 현무에게 지시를 내린 뒤, 엄마를 보호자 대기실로 모시고 갔다.

"해수야. 네 아버지 괜찮겠지?"

엄마는 금방이라도 눈물이 터질듯했다.

"검사 결과가 나와 봐야 알죠."

해수는 고개를 숙이며 대답했다.

"최근에 어디 아프다고 하신 적 없으세요? 평소에 드시는 약이나."

"없어. 특별히 아픈 데도 없었고. 오히려 건강했어."

엄마는 영문을 모르겠다는 표정을 지으며 고개를 저었다. 해수는 두 손에 얼굴을 파묻었다. 건강했다는 아버지가 왜 이곳에 와있는 걸까.

아버지는 그의 집, 사령관이었다. 아버지는 가족들을 자신의 소유물이자 전유물이라 생각했고, 아버지의 말씀은 명령이자, 법이었다. 그의 집은 언제나 아버지의 명령대로 돌아갔고, 아버지의 말씀을 거슬렀을 땐 가차 없이 벌이 주어졌다. 엄마도 예외는 아니었다. 그나마 숨통이 트인 건, 그가 인턴이 되면서부터였다. 바쁜 인턴 생활로 병원에서 살다시피 하면서 자연스레 집을 나왔다. 동생은 그보다 먼저 집을 나갔다. 워낙 독립적인 아이였다. 아버지는 자식들이 하나둘씩 떠나는 걸 보고 분노하셨고, 다신 집에 들어올 생각일랑 말라 하셨다. 그 사이에서 제일 힘든 건 엄마였다.

"네 아버지가 며칠 전부터 이상한 말씀을 하셨어."

해수는 고개를 돌려 엄마를 바라봤다.

"검은 모자를 쓴 남자가 따라다닌다고 말이야."

그가 눈을 번쩍 떴다.

"그게 무슨 말씀이에요?"

"나도 기분이 이상해서 물어봤는데, 가는 곳마다 그 남자가 나타난다고 하셨어."

"그 남자가 누군데요? 다른 말씀은 없었고요?"

엄마는 고개를 저었다. 해수는 생각에 잠겼다. 아버지를 따라다닌다는 남자는 과연 누굴까, 아버지는 누구에게 원한을 산 걸까. 아버지는 그가 중학생 3학년일 때 하시던 일을 갑작스레 관두셨고, 그 후로 힘들어하셨다.

"해수야. 네 아버지 괜찮겠지?"

아버지는 그 자리에 계속 계셔야 한다. 이렇게 갑작스럽게 가족들 곁을 떠나셔서는 안 된다. 가족들의 고통을 똑똑히 지켜보며 똑같이 고통받으며 사셔야 한다.

"그럼요."

은하수의 저주

그는 참고 있던 숨을 내뱉었다. 무슨 일이 있어도 아버지를 살려내야 한다. 아버지의 심장이 왜 갑자기 멈췄는지 원인을 알아내야 한다. 아버지는 경과 관찰용 침대로 옮겨졌다. 정확한 병명을 알 수 없어 담당 진료과가 정해지지 않은 탓에 입원실로 옮길 수가 없었다. 심장은 뛰기 시작했지만, 의식은 아직도 되찾지 못하셨다.

자정에 가까울 무렵, 검사 결과가 나왔다. 해수는 스테이션에 놓인 컴퓨터로 검사 결과를 확인했다. 검사 결과는 모두 정상이었다. 아버지가 쓰러진 경위, 눈으로 확인한 아버지의 상태, 아버지에게서 나타난 증후 등…. 혹시나 그가 빠뜨린 게 있지 않을까 생각해봤지만, 심장이 멎었다가 되살아난 것 말고는 문제가 없었다. 해수는 현무에게 할 수 있는 검사를 모두 하라고 지시했다. 원인을 찾지 않으면 언제 다시 심장이 멈출지 몰랐다.

온 신경이 밤새 아버지에게로 쏠렸다. 다른 환자를 치료하면서도 눈은 아버지에게로 향했다. 다행히도 밤사이 아무 일도 일어나지 않았고, 아버지는 정상 박동을 유지한 채 깊은 잠에 빠져있었다. 응급실에서 계속 계실 순 없어 중환자실로 옮기기로 했다. 주치의는 그였다.

아침 인계를 마치고 당직실로 올라가려는데 윤 간호사가 그를 불러세웠다.

"강 선생님."

돌아보자 윤 간호사가 난처한 얼굴로 그를 바라보고 있었다.

"저기, 병원장님 호출이요."

윤 간호사가 말했다. 그는 올 게 왔구나, 싶었다. 그의 실수들을 보고 받은 게 틀림없었다.

해수는 곧장 병원장실로 올라갔다. 교무실에 불려간 학생처럼 입이 바싹 타들어 갔다. 그는 마음의 준비를 마친 뒤 문을 열고 안으로 들어갔다.

"어서 오게나."

병원장은 소파에 앉아 그를 기다리고 있었다. 그는 고개를 숙인 채 소파에 앉았다.

"자네 아버지는 좀 어떤가?"

"심장은 돌려났지만, 의식은 없습니다."

병원장의 인사치레에 그는 성의껏 대답했다.

"그래. 자네가 심려가 크겠구면."

그는 아무 대답 없이 잠자코 있었다. 병원장의 성미대로라면, 이제 본론으로 들어갈 차례였다.

"그것 말고 다른 문제라도 있는 겐가? 듣자 하니 요즘 자네 상태가 영 좋지 않다는 얘기가 들려서 말일세."

병원장은 미간을 찌푸리며 말했다. 두 달 전에 만났을 때와는 병원장의 태도가 사뭇 달라져 있었다.

"자네 아버지를 생각해서 병원에 붙잡아 두긴 했네만, 그때 자네가 쉬겠다고 했을 때 쉬게 내버려 뒀어야 했던 건지…. 참."

그는 깊은숨을 내쉬었다. 면목이 없었다.

"그래서 말인데 자네, 이 시간 이후부터 진료에서 손 떼게."

"그게 무슨 말씀이세요. 손을 떼라니요."

해수는 고개를 들어 병원장을 바라봤다.

"퇴사나 휴직을 하라고는 안 할 테니 응급실에 있되, 그냥 지켜만 보기만 하란 말이네."

"싫습니다. 그렇게는 못 합니다. 명색이 의사가 죽어가는 사람을 보고 어찌 그냥 있을 수 있단 말입니까?"

그가 소리쳤다.

"그러다 환자들을 모두 죽일 셈인가?"

병원장의 단호한 대꾸에 그는 아무 말도 할 수 없었다. 바로 며칠 전에도 살릴 수 있었던 환자를 그의 실수로 떠나보냈다.

은하수의 저주

"그래도… 그렇게는 못 합니다. 어떻게든 이겨낼 겁니다."

그는 나지막한 목소리로 대답했다. 실은 그 자신에게 한 다짐이었다.

"자네는 아버지 진료에나 집중하게."

병원장이 단호하게 말했다. 그는 아무런 대꾸도 하지 못하고 병원장실을 나왔다.

당직실로 내려간 그는 침대에 누워 멍하니 천장을 바라봤다. 머릿속에선 지난 밤에 본 아버지의 과거가 떠올랐다. 아버지의 과거는 그가 알던 것보다 많은 걸 말하고 있었다. 그렇게 한참을 괴로움에 뒤척이다 잠이 들었다. 얼마쯤 잤을까. 누군가가 그의 귀에 속삭였다.

"네가 사랑하는 세 사람이 네 앞에서 죽게 될 것이다."

해수는 벌떡 일어났다. 온몸에 소름이 돋아나고, 머리털이 쭈뼛 섰다. 주위를 둘러보니 현무가 탁자 앞에 앉아 막 컵라면을 입에 넣으려 하고 있었다.

"왜 그러세요? 악몽이라도 꾸셨어요?"

꿈이었나 보다. 하지만 꿈이라기엔 귀에 닿는 입김이 느껴질 정도로 생생한 데다 매년 여름, 꿈에 찾아와 경고하던 남자의 목소리와 똑같았다. 무슨 일일까. 해수는 두 손으로 얼굴을 감쌌다. 저주에 걸려 절망 속에 허우적대는 동안 꿈속의 목소리를 잊고 있었다. 꿈속의 목소리가 사실일까. 사실이라면 사랑하는 세 사람 중 한 사람이 아버지는 아니겠지.

"왜 그러세요? 무슨 꿈을 꾸셨길래 그래요?"

현무가 라면을 입에 넣고 웅얼거렸다.

"혹시 저 없는 동안 스님 한 분이 오시지 않았나요?"

해수는 이마에 맺힌 땀을 닦아내며 물었다.

"아, 스님이요? 그 스님, 남하도 산 중턱에 있는 칠성사 스님이에요. 요즘은 통 못 봤는데. 왜, 그 스님 만나셨어요?"

현무가 대수롭지 않게 물었다.

"아무것도 아니에요. 맛있게 먹어요."

해수는 곧장 병원을 빠져나와 차를 몰고 남하도로 갔다. 건강하셨던 아버지가 이유도 없이 쓰러지셨다. 이것도 신의 저주란 말인가. 꿈속의 목소리는 또 뭐란 말인가. 도대체 신의 저주는 어디까지 그의 숨통을 조여올 텐가.

그는 차선을 이리저리 바꾸며 도로를 달렸다. 여기저기서 경적이 날아들었고, 그의 입에선 욕이 터져 나왔다.

"제길. 어쩌라고. 나더러 도대체 어쩌란 말이야."

차선을 넘나드는 곡예 운전 끝에 남하도 산복도로로 접어들었다. 차는 점점 고도를 올리며 산 위로 올라갔다. 산자락에는 다닥다닥 붙은 집들이 줄지어 있었다. 산 중턱쯤 오르자, 붉은 노을이 차 안 깊숙이 파고들었다. 하지만 석양을 볼 여유 따윈 없었다. 산 중턱을 지나자, '칠성사'라 적힌 자그마한 표지판이 벽에 붙어있었다. 칠성사. 그러고 보니 그도 아는 절이었다. 중학교 2학년 때 엄마 손에 이끌려 온 적 있었다. 엄마는 절에 자주 가는 것 같았지만, 그는 한두 번 오고 말았다. 그런데 그 절의 스님이 그를 찾아온 것이다.

차에서 내리자마자, 안개비가 내리기 시작했다. 그는 트렁크에서 우산을 꺼내쓰고 계단을 올랐다. 계단을 올라 사대 천왕문을 지나자 까마득하게 이어진 계단이 눈앞에 펼쳐졌다. 세어보진 않았지만, 엄마에게서 108개라고 들은 기억이 났다. 108개의 계단 양옆으로는 울창한 나무가 터널처럼 우거져있었다. 해수는 '후'하고 깊은숨을 내쉬며 계단을 올랐다. 비에 젖은 흙과 나무 내음이 숨을 들이켤 때마다 그의 가슴속을 휘젓더니 가슴속 분노가 잠잠해졌다. 우산 위로 떨어지는 빗방울 소리와 계단을 오르는 그의 발소리, 바람이 나뭇잎을 스치는 소리 말고는 어떤 소리도 들리지 않았다.

계단 중턱쯤 올랐을 때였다. 나무들 사이로 서서히 안개가 밀려들었다. 계단을 오르다 말고 위를 올려다보니 계단 끝이 보이지 않았다. 계단은 마치 하늘까지 이어져 있을 것만 같아 어쩐지 소름이 돋았다. 다시 발길을 재촉했다.

은하수의 저주

그때, 어디선가 불어온 바람이 나무를 휘감자 흐느끼는 여자 울음소리 같은 것이 들려왔다. 등골이 오싹했다. 그는 걸음을 멈추고 주위를 둘러봤다. 아무도 없었다.

마침내 계단 끝에 오르자 아담한 마당이 나타났다. 마당 정중앙에 대웅전이 보였다. 그는 대웅전 처마 아래 서서 숨을 골랐다. 기단 위에 세워진 대웅전은 산을 등진 채 바다를 마주 보고 있었다. 바다는 하얀 이불을 덮은 것처럼 바다 위에 구름이 낮게 깔려있었다. 마치 하늘 위로 올라온 것 같았다.

그때였다. 어디선가 나타난 스님이 그에게 다가왔다.

"이렇게 돌아보니 어떻소?"

스님의 목소리가 빗속을 뚫고 들려왔다. 그는 대꾸하지 않았다. 칠성사에서 내려다보이는 풍경을 보자고 이곳까지 온 게 아니었다.

"아버지가 쓰러졌어요. 이것도 신의 뜻인가요? 아니, 저주인가요?"

그가 소리쳤다. 빗줄기는 점점 거세어져 처마 아래까지 들이쳤다. 스님은 거센 빗줄기에도 우산을 쓰지 않고 맨몸으로 비를 맞았다.

"네 아버지가 쓰러진 건, 네게 내려진 벌이다."

스님의 목소리가 빗속을 뚫고 나지막이 울렸다.

"벌이라니요? 그건 또 무슨 얘깁니까?"

그가 스님의 승복을 움켜잡고 소리쳤다.

"그거야 네가 더 잘 알지 않느냐. 매년 널 찾아가는 이가 있다고 들었다."

스님은 그의 손을 빼내며 대답했다. 그의 머릿속에 번뜩, 꿈속의 목소리가 떠올랐다. 스님이 그의 꿈을 안단 말인가.

"벌에 대해 알고 싶거든 그자를 찾아가거라."

"그자라니요? 꿈속에 찾아오는 그자 말입니까?"

스님은 고개를 끄덕였다.

"그자를 만나려면 어디로 가야 하죠?"

"멀지 않은 곳에 있으니 곧 만나게 될 게다."

스님은 할 말이 끝났는지 뒤돌아섰다.

"자, 잠깐만요. 말씀하셨던 그 아이. 연화 맞죠? 그런 거죠?"

그가 다급하게 스님을 붙잡았다. 뒤돌아선 스님은 긍정도 부정도 하지 않았다.

"그 아이에게 신의 물건이란 걸 돌려주고 나면 그걸로 끝입니까? 아니면 또 다른 게 있습니까?"

해수가 소리쳤다.

"그 아이가 신의 물건을 가지고 돌아가면 저주에서 벗어날 수 있다."

"돌아가다니요? 어딜 말씀입니까?"

"그 아이가 있어야 할 곳 말이다."

"저를… 떠난다는 건가요?"

그가 떨리는 목소리로 물었다.

"돌아가는 건 이곳을 떠나는 것일 뿐, 죽음을 뜻하는 건 아니다. 죽지 않고 살아있다면, 언제든 또 만나지 않겠나? 두 사람이 인연이라면 말이다."

그 순간, 하늘에서 천둥이 울리고, 하늘이 번쩍하더니 번개가 내리쳤다. 우산이 그의 손에서 빠져나가 바닥에 나뒹굴었다. 그의 몸 위로 비가 세차게 내리쳤다. 그때, 거센 빗줄기를 뚫고 스님의 목소리가 들려왔다.

"명심하거라. 그 물건을 찾지 못하면, 그 아이는 죽게 된다."

스님은 잊고 있던 사실을 확인해주었다. 그는 다리에 힘이 풀려 풀썩 주저앉았다. 이제 어떻게 해야 하는 걸까. 죽음이 닥쳐올 연화를 보고만 있어야 한단 말인가.

"자, 잠깐만요. 연화가 왜 신의 물건을 찾는 거죠? 그걸 찾으려고 저에게 접근한 건가요?"

"그건 그 아이의 운명일 뿐이다."

"그게 무슨 말씀입니까? 운명이라니요?"

그가 소리쳤다.

"서둘러야 할 게다. 그 아이에게 죽음의 그림자가 점점 드리워져 오고 있으니."

해수는 주먹으로 바닥에 내리쳤다. 빌어먹을 신은 대체 어디에 있단 말인가. 당당하게 나오지 않고, 어디에 숨어서 지켜본단 말인가.

"명심해라. 두 사람 곁에 방해꾼이 있다. 그자도 곧 움직이기 시작할 거다. 결전의 날이 다가오고 있거든."

귓가에 목탁 소리가 들려왔다. 그가 고개를 들었을 땐, 스님은 사라지고 없었다.

해수는 혼란만 가득 안은 채 칠성사를 내려왔다. 스님은 신의 물건을 찾으면 연화가 그를 떠날 것이고, 돌려주지 않으면 연화가 죽게 된다고 했다. 어떻게도 연화와의 이별은 막을 수 없었다. 연화도 지키고 저주도 풀 방법은 없을까.

병원으로 돌아온 해수는 곧장 중환자실로 갔다. 아버지가 각종 줄에 의지한 채 누워계셨다. 오늘 아침에 시행한 모든 검사도 정상이었다. 아버지는 의학적으로 아무 이상이 없었다. 신체기능은 모두 정상이지만, 의식은 없는 상태. 어디가 이상 있다는 것보다 좋지 않은 결과였다. 문제가 있다면 수단과 방법을 가리지 않고 모든 치료법을 동원해볼 테지만, 아무런 문제가 없었다. 해결할 문제가 없으니 기적을 바라는 것 말고는 그가 할 수 있는 일은 아무것도 없었다.

아무런 의식 없이 누워있는 아버지는 밀랍 인형 같았다. 사람의 얼굴을 했지만, 사람이 아닌 것 같은 기묘한 느낌이 들었다. '인간다움'은 사라진 채 '살아만' 있었다. 생체신호는 아버지가 살아있다고 말하지만, 의식 없이 누워있는 아버지의 모습은 죽은 사람과 다를 게 없었다. 아버지를 살려낸 건지, 죽음을 지연시킨 건지 알 수 없었다. 차라리 로봇처럼 리셋 버튼이라도 있다면 얼마나 좋을까.

기억의 저편

해수는 조심스레 손을 뻗어 아버지의 손을 잡았다. 어릴 때 이후로 처음 잡아 본 아버지의 손은 묵직하고도 따뜻했다. 이 크고 두꺼운 손으로 평생을 가족들을 휘어잡고 사셨다. 그런 아버지가 지금 그의 손에 되살아난 채 눈앞에 잠들어계셨다. 아버지도 신 앞에서는 어쩔 수 없는 나약한 인간일 뿐이었다.

"일어나세요. 아버지."

그때였다. 인기척이 들려 고개를 돌리니 연화가 서 있었다.

"곧 일어나실 거예요."

연화가 그의 등을 토닥였다. 물론 그래야 한다. 일어나셔야 한다. 그가 본 아버지의 과거에 대해 꼭 해야 할 말이 있으니.

해수는 연화를 데리고 중환자실에서 나왔다. 그래도 연화를 보니 한결 마음이 편안해졌다.

"스님에게 갔었다고요?"

중환자실 앞 보호자 대기실을 지나며 연화가 물었다. 그는 고개를 돌려 연화를 바라봤다. 언제부턴가 그에게 일어나는 일들이 타인에게서 들려왔다. 지난번에는 재하에게서, 이번에는 연화에게서. 신의 물건을 찾는다더니 연화에게 특별한 능력이 있는 게 아닐까.

"현무 선배한테 들었어요."

역시나 착각이었나 보다. 현무라면, 그가 스님을 만나러 가는 걸 알고 있었다.

"뭔가 알아낼 수 있을까 하고."

두 사람은 나란히 복도를 걸었다. 밤새 꺼지지 않는 불빛이 빛 한 점 들지 않는 복도를 밝히고 있었다.

"그래서, 알아냈어요?"

연화는 호기심과 불안이 한데 섞인 눈으로 물었다.

"역시나 너랑 관련 있는 게 맞았어."

연화는 잠자코 들었다.

"뭘 찾는 거야?"

"그걸 알았다면, 진작에 찾았겠죠."

연화는 고개를 저으며 대답했다. 연화가 찾는 신의 물건이 그에게 있다는 걸 보면 그가 신을 만났던 순간에 연화를 만났을 것이다. 짐작 가는 날이 있긴 했지만, 그는 차마 입 밖으로 꺼내지 못했다.

"그날… 저주와 관련 있는지 모르겠지만, 아무튼 널 처음 만났던 그날 말이야. 꿈을 꿨어. 매년 여름만 되면 똑같은 꿈을 꿔왔는데, 올해는 2월에 그 꿈을 꿨어."

"어떤 꿈인데요?"

연화가 눈을 번쩍 떴다.

"비 내리는 캄캄한 밤이었어. 한 남자가 내게 다가와 뭐라고 말했어. 잠에서 깨고 나면 남자가 한 말이 기억나지 않아서 매년 여름밤만 되면 수첩을 손에 쥐고 잤었어. 꿈을 꾸면서, 남자의 얘기를 적으려고 말이야."

"그래서, 적었어요?"

해수는 고개를 끄덕였다.

"적었어. 몇 년 동안은. 매년 같은 얘기여서 그 이후로는 적진 않았지만."

"그 수첩 어딨어요? 혹시 모르잖아요. 저주와 관련 있을지."

연화가 다급하게 물었다.

"글쎄. 상자 안에 넣어두긴 했는데…."

그때, 어지럽게 뒤엉킨 그의 머릿속처럼 여러 발소리가 뒤엉킨 소리가 들려 왔다. 두 사람의 발소리와는 다른 박자로 걸어오는 소리였다. 고개를 들자 긴 생머리를 늘어뜨린 여자가 복도 맞은편에서 걸어오고 있었다. 세 사람의 거리는 점점 가까워졌고, 잠시 후 여자가 두 사람 앞에 멈춰 섰다.

"오빠."

여자는 해수를 보며 미소를 지었다.

"오빠?"

연화가 그에게 눈을 흘기고는 여자를 보며 아는 체했다.

"선생님."

"연화야."

해수에게 '오빠'라고 부르는 여자는 바로, 해인이었다.

"두 사람 아는 사이였어?"

해수는 연화와 해인을 번갈아 보며 물었다.

"그럼 알고말고. 친한 동생이야."

해인이 연화를 보며 생긋 웃었다.

"두 분은 어떻게 아는 사이에요?"

연화가 눈을 흘기며 물었다.

"동생이야."

해수가 피식 웃으며 대답했다. 그때, 시선이 엇갈린 세 사람 곁으로 재하가 다가왔다.

"해인 씨. 병원에는 어쩐 일이에요?"

"어쩐 일이긴. 올 일이 있으니 왔겠지."

해수가 해인의 대답을 가로채며 퉁명스럽게 대답했다. 재하의 시선이 그와 해인 사이를 오갔다.

"네가 해인 씨를 어떻게 알아?"

재하가 되물었다. 해수는 대답 대신 픽하고 웃었다. 그는 재하가 좋아하는 여자가 해인인 걸 알고 있었다. 재하의 진료실에 걸린 그림이 동생의 그림이란 걸 모를 리 없었으니까.

"저번에 말했던, 오빠예요. 친오빠."

해인이 대신 대답했다. 재하는 적잖이 놀란 눈치였다.

"그러는 두 사람은 무슨 사인데?"

해수가 시치미를 떼고 물었다. 재하와 해인은 이제 막 시작된 연인처럼 사랑스러운 눈빛을 주고받았다.

"사랑하는 사이야."

해인이 대답했다. 해수는 속으로 깜짝 놀랐다. 해인에게 저런 당차고 솔직한 모습이 있었던가. 해인이 자기주장이나 생각을 당당하게 말하는 걸 본 적이 없었다. 그가 알던 해인이 아닌 거 같았다. 어쩌면 지금이 진짜 모습일지 모르겠단 생각이 들자 그는 해인이 가엽게 느껴졌다. 해인은 늘 조용히 방에서 그림만 그리는 동생이었다. 어릴 적부터 말썽 한번 피우지 않고 조용한 아이였는데, 단 한 가지 문제라면 온종일 방에 처박혀 그림만 그린다는 거였다. 그는 재하와 함께 있는 해인을 보자 자신과 아버지와의 관계 탓에 해인이 숨을 곳이 그림밖에 없었던 게 아니었을까 하는 생각에 미안한 마음이 들었다.

네 사람 사이에 미묘한 시선이 오갔다. 해인도 그와 연화가 사랑하는 사이라는 걸 알아챈 듯했다.

"아버지는 어떠셔? 도대체 뭐 때문인 거야?"

해인이 그를 보며 물었다.

'나 때문이야.' 하는 그의 목소리가 머릿속에서 아우성쳤다.

"괜찮으실 거야."

그는 자신 없는 목소리로 대답했다. 그때, 해인이 들고 있던 상자를 해수에게 내밀었다.

"여기. 부탁한 거."

해수는 복잡한 얼굴로 상자를 내려다보았다. 해인은 뭔가를 물어볼 듯이 머뭇거리다 면회 시간에 맞춰 다시 오겠다며 재하와 함께 뒤돌아섰다. 그가 해인의 뒷모습을 바라보던 그때, 연화가 그의 손에 들린 상자를 보며 물었다.

"그 상자는 뭐예요?"

"아까 말한 그 상자."

해수는 칠성사에서 내려오면서 해인에게 전화를 걸어 상자를 가져다 달라고 부탁했다. 어쩌면 상자 속에는 수첩 말고도 기억을 되찾을 만한 게 더 있을지도 몰랐다.

그때, 중환자실 문이 열리고 안 간호사가 다급하게 외쳤다.

"선생님."

해수는 심장이 덜컹 내려앉았다.

"이 상자 좀 의국에 갖다 놔줘."

해수는 연화에게 상자를 건넨 뒤, 중환자실 안으로 뛰어 들어갔다. 조용했던 중환자실에 기계음이 시끄럽게 울리고 있었다. 아버지의 몸에 붙여놓은 환자감시장치 모니터에서 나는 소리였다. 모니터 속 그래프가 일직선으로 그어져 있었다. 아버지의 심장이 또다시 멎었다.

해수는 떨리는 손으로 아버지의 가슴을 눌렀다. 아버지를 이대로 보낼 수 없었다. 신이 아버지를 데려가는 걸 지켜만 볼 수는 없었다. 그는 의사이지 않던가. 무슨 일이 있어도 아버지를 살려내야 한다. 그는 그 어느 때보다 간절하고도 처절하게 아버지의 가슴을 눌렀다.

"안돼요. 아버지."

아버지는 인형처럼 미동이 없었다. 그가 포기한다면 아버지가 영영 돌아오지 못할 거란 걸 알기에 그는 멈출 수가 없었다.

"아버지. 가지 마세요. 제가 잘못했어요. 다 제 잘못이에요. 제발……."

해수는 아버지 위에서 울부짖었다. 그때, 아버지의 발밑에서 흐느끼는 소리가 들려왔다.

"됐다. 해수야. 됐어. 인제 그만하자."

돌아보자, 엄마와 해인이 아버지 발치에 서 있었다. 해수는 알고 있었다. 조금 전부터 손끝에 느껴진 서늘한 기운…. 인정하고 싶지 않지만, 아버지는 이미

은하수의 저주

돌아올 수 없는 곳으로 가고 있었다.

　해수는 조심스레 아버지의 가슴에서 손을 뗐다. 그 순간, 그의 가슴이 무너져 내렸다. 그는 아버지의 가슴에 얼굴을 파묻고 참았던 슬픔을 흘려보냈다. 그동안 수많은 죽음을 봐왔지만, 사랑하는 사람의 죽음은 또 달랐다. 다시는 아버지를 마주하지도, 지난날을 이야기할 수도, 용서를 구할 수도 없었다. 어느 날 문득 뒤늦은 후회로 집에 찾아가도 아버지는 계시지 않을 것이다. 이젠 어디에서도 아버지를 만날 수 없었다.

　"아버지. 죄송합니다."

　그렇게 아버지는 고운 재가 되어 가족의 곁을 떠났다. 기적은 기대하지 않는 편이 나았다.

3

칠석의 밤

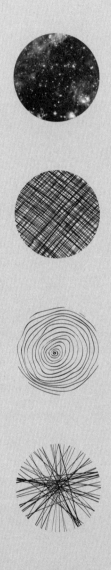

* * *

 나흘 후, 해수는 아버지의 장례를 마치고 응급실로 복귀했다. 아버지는 결국 병명도, 사인도 알지 못한 채 돌아가셨다. 저주인지 벌인지 스님의 말씀대로 되었고, 의사인 그는 아버지의 죽음을 막지 못했다. 그 사실은 계속해서 그를 괴롭혔다. 신의 저주 앞에서 그는 거미줄에 걸린 나비요, 그물에 갇힌 물고기 같았다. 갑자기 연화가 보고 싶었다. 연화의 미소라면, 잠시라도 괴로움에서 벗어날 수 있을 텐데.

 해수는 주위를 둘러봤다. 연화가 보이지 않았다. 그러고 보니 며칠째 연화를 보지 못했다. 당직실에서 쉬고 있는 걸까. 그는 연화를 찾으러 당직실로 올라갔다. 그가 당직실 문을 열려는데 지나가던 연화 동기, 동혁이 그에게 인사를 해왔다.

 "연화 좀 불러줄래요?"

 그가 쭈뼛거리며 말했다.

 "모르셨어요? 연화, 며칠째 잠적해버리는 바람에 지금 난리예요."

 동혁이 난감한 얼굴로 대답했다. 그러고 보니 조금 전, 다들 심각한 얼굴로 스테이션에 모여 쑥덕거리더니 바로 연화가 사라진 일 때문이었나보다. 돌이켜보니 아버지가 돌아가시기 직전, 중환자실 앞 복도에서 본 게 마지막이었다. 설마 떠난 건 아니겠지.

 불길한 생각이 그를 덮쳤다. 그는 당직실 문을 열고 안으로 들어갔다. 연화의 짐가방은 그대로 놓여있었다. 아직은 떠나지 않은 걸까. 아니면 짐들이 필요 없는 곳으로 가버린 걸까. 침착하려 애썼지만, 마음처럼 되지 않았다. 실체를 알 수 없는 불안감이 그의 가슴을 짓눌렀다. 문득, 연화의 마지막 얼굴이 떠올랐다. 상자를 들고 의국으로 올라가던 연화의 마지막 얼굴. 그 순간, 해수는 숨이 턱하고 막혔다. 상자 속에서 뭔가를 찾은 걸까. 그래서 그걸 들고 떠난 게 아닐까.

해수는 당직실에서 나와 의국으로 달려갔다. 연화에게 부탁했던 상자가 책상 위에 놓여있었다. 그는 찐득하게 달라붙은 먼지를 털어내며 상자를 열었다. 상자 안에는 그가 중학생 때 썼던, 낡고 오래된 물건들이 고스란히 들어있었다. 상자 안에 있어야 할 수첩이 보이지 않았다. 연화가 수첩을 들고 간 걸까. 고개를 저었다. 연화가 가져갈 이유가 없었다. 수첩은 신의 물건이 아니니까. 그는 상자를 덮었다. 지금 수첩이나 찾고 있을 때가 아니었다. 지금은 사라진 연화를 찾아야 한다.

해수는 차를 몰고 서천공원으로 향했다. 서천공원에 연화가 있으리란 확신은 없었다. 연화가 갈만한 곳이 떠오르지 않았을 뿐이었다. 그는 연화에 대해 아는 게 별로 없었다. 사랑의 등대에서부터 전망대까지 모두 가보았지만, 연화는 없었다. 혹시나 길이 엇갈렸을까 봐 잔디밭 한가운데 서서 공원을 둘러보았지만, 연화는 보이지 않았다. 그는 아득해지는 정신을 간신히 부여잡으며 삼락공원의 연꽃군락지에도 가보았지만, 어디에도 연화는 없었다.

"어디 간 거야. 한연화."

차에 올라탄 해수는 핸들에 얼굴을 파묻었다. 이제 어디로 가야 할까. 그때 문득 연화 삼촌의 과거 속에서 본 집이 떠올랐다. 남하도 산복도로에 있던 초록 대문집. 그곳에서 열아홉 살까지 살았다고 했다. 설마 거기에 간 건 아닐까.

해수는 무작정 남하도로 향했다. 칠성교를 건너 구불구불하게 이어진 산복도로를 따라 올라갔다. 칠성사를 지나 한참을 더 올라가자 더는 차가 갈 수 없

은하수의 저주

는 곳에 다다랐다. 그는 공터에 차를 세워두고 골목으로 들어갔다. 한 사람만 겨우 지나갈 수 있을 정도로 좁은 골목이 미로처럼 이어졌다. 그렇게 오르락내 리락을 반복하던 그는 점점 지쳐갔다. 같은 골목을 지나는 것 같은 기시감에 사로잡힌 그때, 그는 낯익은 초록색 대문을 발견했다.

담벼락에 다가서자, 낮은 담벼락 안으로 마당이 훤히 내다보였다. 불 켜진 집안에선 사람들의 말소리와 웃음소리가 들려왔고, 밥 짓는 냄새가 담벼락 너머로 풍겨왔다. 그가 웃음소리에 이끌려 대문 앞으로 다가선 그때, 미닫이문이 열리고 사람이 나왔다. 짧은 순간, 해수는 열린 문틈 사이로 방 안에 앉아있는 사람들의 얼굴을 보았다. 연화는 없었다.

"누구세요?"

문을 열고 나온 아주머니가 물었다.

"사람을 찾는데요. 혹시 한연화라고….'"

"그런 사람, 여기에 안 살아요."

해수의 말이 채 끝나기도 전에 아주머니가 말했다. 해수는 "실례했습니다." 하고 인사한 뒤 뒤돌아섰다. 역시나. 그 집엔 다른 사람이 살고 있었다. 9년이나 지났으니 당연한 일이었다.

그는 터덜터덜 골목을 빠져나왔다. 차를 세워뒀던 공터에 서자 남하도 앞바다가 한눈에 들어왔다. 해수는 이마에 흐르는 땀을 손으로 닦아내며 깊은숨을 내뱉었다. 이젠 병원으로 돌아가야 한다. 너무 오랫동안 자리를 비웠다.

차에 올라탄 그가 시동을 걸고 출발하려는데, 유리창 너머로 좁은 골목이 눈에 들어왔다. 가보지 않은 골목이었다. 그는 마지막으로 한 번만 더 가보기로 했다. 사람이 드나들지 않을 것 같던 골목 안에도 집들이 있었다. 골목 깊숙이 걸어 들어가자, 또 다른 초록색 대문이 나왔다. 혹시나 하는 마음에 그는 문을 열고 안으로 들어갔다. 문은 끼익 소리를 내며 열렸다.

"계세요? 안에 누구 계시나요?"

그가 마당에 서서 목을 빼고 기웃거리자 머리카락이 희끗희끗한 할머니가 마당으로 나왔다.

"왜 그러슈?"

할머니는 귀찮은 표정을 지으며 걸어 나왔다.

"사람을 찾는데요. 한연화라고. 얼굴이 하얗고 연꽃처럼 생긴 아가씨요."

가로등도 없는 캄캄한 골목에 할머니 두 눈동자가 반짝였다.

"그 아가씨 아까 나갔슈."

할머니는 할 말을 끝내고 뒤돌아섰다.

"저기. 할머니."

그가 다급하게 할머니를 붙잡았다. 할머니가 뒤돌아봤다.

"총각. 걱정하지 말고 돌아가슈. 떠나지 않았을게요. 아직 시간이 남았거든."

할머니는 제 할 말만 하고서 집 안으로 홀연히 사라져버렸다. 홀로 남겨진 그는 넋이 나간 채로 마당에 서 있었다. 조금 전에 무슨 얘길 들었던가. 기묘한 기분이 들었다.

해수는 어깨를 늘어뜨린 채 응급실로 돌아왔다.

"무슨 일 있으세요?"

그를 본 현무가 휴게실까지 뒤따라왔다.

"연화 못 보셨어요?"

해수는 두 손으로 얼굴을 쓸어내리며 물었다.

"연화가 뭘 찾던데, 그걸 찾으러 간 건 아닐까요?"

현무가 시큰둥하게 말했다. 해수는 고개를 들어 현무를 바라봤다. 현무는 그보다 연화에 대해 많은 걸 알고 있었다.

"아닐 거예요."

해수는 현무의 말을 애써 부정했다.

"시간이 얼마 안 남았는데…."

은하수의 저주

현무가 혼잣말로 중얼거렸다.

"혹시 연화가 갈 만 곳 아니요?"

해수는 지푸라기라도 잡고 싶은 심정이었다.

"제가 찾아볼게요. 걱정하지 마세요. 어딘가에 있을 거예요."

해수는 겨우 정신을 부여잡고 환자들을 진료했다. 밤이 되자 응급환자가 하나둘씩 응급실로 들어왔다. 쉴 새 없이 밀려드는 환자들에 머릿속을 가득 채웠던 연화 생각도 점점 옅어졌다.

그가 환자의 찢어진 정강이를 봉합하고 처치실을 나올 때였다. 윤 간호사가 그를 불렀다. 윤 간호사는 현무에게서 온 전화라며 수화기를 건넸다. 수화기 너머로 현무의 목소리가 들려왔다.

"연화 찾았어요. 곧 올 거니까 걱정하지 마세요."

***

연화는 상자를 들고 의국으로 올라갔다. 해수와 나눈 대화가 자꾸만 마음에 걸렸다. 엄마가 선녀라고 말하는 게 나았을까. 그랬다면 해수가 기억을 되찾는 데 도움이 되지 않았을까. 하지만 말한다고 믿어줄까, 세상에 신이 존재한다는 사실을. 연화는 의국으로 올라가는 내내 고민했다. 하지만 의국 앞에 다다랐을 땐, 해수가 기억을 되찾아 저주를 풀 단서가 될지도 모르니 내일 아침에라도 말해야겠다고 생각했다.

책상 위에 상자를 내려놓고 나가려는데 느닷없는 호기심이 일었다. 대체 상자에 뭐가 들었길래 가져달라고 부탁까지 한 걸까. 상자 안에는 낡고 오래된 잡동사니가 들어있었다. 그중 닳아빠진 수첩 한 권을 발견했다. 해수가 말한 그 수첩인 모양이었다. 연화는 수첩을 집어 들어 한 장씩 넘겨보았다. 수첩에는 사소한 것들이 적혀있었다. 수첩을 넘기던 그녀는 수첩 중간쯤에서 손을 멈추었다. 수첩 한 면에 알 수 없는 글귀가 여러 번에 걸쳐 덮어 쓰여있었다. 매번 다른 색으로 휘갈겨 쓴 글자는 어쩐지 처절해 보였다.

의사가 되어 사람을 살려라. 신이 너에게 주는 벌이다. 신은 너의 행복을 허락하지 않는다. 네가 가장 행복할 때, 네가 사랑하는 세 사람이 네 앞에서 죽게 될 것이다.

연화는 머릿속이 아득해졌다. 해수의 아버지가 쓰러진 것도 이 때문인 걸까. 그녀의 눈이 '죽게 될 것이다.'란 글자에 가닿았다. 설마…….

연화는 중환자실로 뛰어 내려갔다. 중환자실 앞 복도에 들어서자, 중환자실 입구에 주저앉아 울고 있는 해수의 어머니가 보였다. 그 옆에선 해인이 소리 없이 눈물을 닦아내고 있었다. 그녀는 중환자실 앞으로 다가갔다. 유리문 너머로 해수가 보였다. 해수는 아버지의 가슴에 얼굴을 파묻은 채 등이 파르르 떨리고 있었다. 들어가 해수를 안아주고 싶었지만, 연화는 뒤돌아섰다. 두려움과 죄책감이 그녀를 짓눌렀다. 해수에게 닥친 불행을 막으려면 떠나야 한다. 그녀만 떠난다면 모든 건 제자리를 찾을 것이다.

연화는 황급히 병원을 빠져나왔다. 해수 곁에 있고 싶지만, 세상은 그녀를 밀어내고 있었다. 그녀는 신계도, 인간 세상도 어디에도 속하지 않는 미운 오리새끼였다. 그녀를 받아줄 유일한 곳, 엄마에게로 가야 한다. 결국, 해수에게서 찾아야 했던 건 엄마에게로 가야 할 이유가 아니었을까. 마음을 정하고 나자 이제 어떻게 하면 엄마에게로 갈 수 있는가 하는 숙제가 생겼다. 그녀 역시 엄마와 같은 방법으로 갈 수 있다던 스님의 말씀이 떠올랐다. 그때, 문득 오래전 기억이 머리를 스쳤다.

연화는 병원 앞에 줄지은 택시에 올라탔다. 잠시 후 택시는 구불구불 이어진 남하도 산복도로를 덜컹거리며 올라갔다. 얼기설기 뒤엉킨 골목 어딘가에 19

년 전 부모님과 살았던 집이 있었다. 창밖을 바라봤다. 해는 남하도 뒷산 꼭대기에 걸려 정수리만 빼꼼 내밀었고, 하늘은 붉은빛과 푸른빛이 층위를 이루고 있었다. 다닥다닥 붙은 집들에서 새어 나오는 불빛과 전봇대의 주황색 가로등 불빛이 골목을 밝히고 있었다. 차창 밖 풍경은 그녀의 옛 기억을 불러왔다.

택시 기사는 지구대 앞 공터에 차를 세우며 말했다.

"여기서 내리세요. 더는 못 올라가요."

택시에서 내리자, 남하도 앞바다가 훤히 내려다보였다. 그녀가 살았던 집 마당에서도 똑같은 풍경이 보였었다. 이 근처 어딘가에 그녀가 살던 집이 있을 것이다. 감상에 젖을 시간이 없었다. 날이 저물기 전에 어서 집을 찾아야 한다.

그녀는 기억을 더듬으며 집을 찾아다녔다. 기억은 낡고 헤져 또렷하지 않았다. 벌써 몇 번째 같은 골목을 돌고 있었다. 어쩌면 그녀가 기억하는 집은 세월이 흐르면서 다른 모습으로 변했을지도 몰랐다. 그렇게 부모님의 흔적을 찾아다니며 점점 지쳐가던 그때, 낯익은 골목이 나타났다.

"여기… 알 것… 같아."

그녀는 기억 속 골목에 서 있었다. 희미했던 기억이 하나둘씩 되살아나고, 흑백 사진 같던 기억에 색이 입혀졌다. 엄마와 아빠가 사고로 떠난 후 한 번도 와본 적이 없던 곳이었다. 사고가 난 직후에는 집으로 가는 길을 몰라서, 시간이 지난 후에는 집 주소를 잊어버려서 찾아올 수 없었다. 그녀는 늘 그리워했지만 찾아갈 수 없었던 곳에 와있었다.

기억은 그녀를 초록색 대문 앞에 데려다 놨다. 연화는 19년 전, 부모님과 함께 살았던 집인 걸 단박에 알아보았다. 담벼락 너머로 보이는 집 안 풍경은 하나도 변한 게 없었다.

그녀는 조심스레 대문을 열어젖혔다. 대문은 오랫동안 열리지 않은 듯 요란한 소리를 내며 열렸다. 떨리는 마음으로 대문 안으로 한 발짝 내디뎠다.

"저기… 안에 누구 계시나요?"

아무런 소리도 들리지 않았다. 연화는 마당을 지나 조심스레 현관문을 열었다.

"어떻게…."

문을 여는 순간, 온몸이 얼어붙었다. 그녀의 아홉 번째 생일날, 가족들과 함께 집을 나섰던 그 모습 그대로였다.

그때였다. 누군가가 대문을 열고 마당으로 들어왔다. 연화는 화들짝 놀라 뒤돌아봤다.

"어머. 너 연화 아니니?"

마당에는 한 아주머니가 서 있었다.

"저를 아세요?"

연화는 깜짝 놀라 물었다.

"기억 안 나니? 바로 옆집."

아주머니는 손가락으로 옆집을 가리켰다. 연화는 고개를 저었다. 자그마치 19년 전이다. 기억날 리 없었다.

"하긴, 너는 그때 아홉 살이었으니…."

아주머니는 얼버무리며 말을 이었다.

"뉴스를 보다 사고가 난 걸 알았어. 그 뒤로 혹시 네가 돌아오지 않을까 기다린 게 벌써 19년째야."

연화는 웃으며 고맙다고 인사했다. 부모님께 함께 살던 집이 그대로 있다는 사실이 그저 고마웠다.

"그런데, 너 그동안 어디서 살았니?"

아주머니의 물음에 연화는 대답하지 못했다. 아주머니는 말하지 않아도 괜찮다고 했다.

"오랫동안 비워놔서 그렇지, 청소하고 나면 지내기엔 괜찮을 거야."

아주머니는 필요한 게 있으면 언제든지 말하라는 말과 함께 집을 나갔다. 연

은하수의 저주

화는 신발을 벗고 안으로 들어갔다. 19년이나 흘렀지만, 집은 엄마와 아빠의 흔적을 고스란히 간직하고 있었다. 믿기지 않았다. 금방이라도 "연화야."하고 엄마가 나올 것만 같았다.

방으로 들어가 벽에 기대어 앉았다. 믿기지 않아서, 믿을 수가 없어서 아무것도 하지 못하고 멍하니 허공만 바라봤다. 그녀는 이곳에서 보낸 추억들을 하나둘씩 불러들였다. 엄마, 아빠와 함께 웃으며 장난치던 기억, 엄마가 해주신 맛있는 음식들, 매일 저녁 아빠가 읽어주시던 동화책…. 그렇게 사흘 동안 추억 속을 뛰어다녔다.

그러다 사흘째 되던 날, 연화는 부모님이 떠난 후 처음으로 깊은 잠이 들었다. 그녀가 엄마의 품에 안긴 아이처럼 곤히 자던 그때, 엄마가 그녀의 귀에다 대고 속삭였다.

"아가. 어서 엄마에게 오렴."

엄마의 따뜻한 입김이 귀에 닿았다. 온몸에 소름이 돋아나더니 가위에 눌린 것처럼 온몸이 굳어버렸다. 숨결조차 느껴질 정도로 생생한 목소리였다.

"엄마…."

연화는 벌떡 일어나 주위를 둘러봤다. 엄마는 없었다. 등줄기를 따라 식은땀이 흘러내리고 가쁜 숨이 터져 나왔다.

"엄마가 왔다 갔어."

눈물이 흘러내렸다. 지난 19년 동안 한 번도 흘려본 적 없던 눈물이었다. 땅속에 잠자코 들끓던 용암이 폭발하듯 그녀를 잠식했던 엄마를 향한 그리움이 터져버렸다. 연화는 아이처럼 울었다. 엄마가 떠나고 매일 엄마를 그리워했다. 하지만 볼 수 없다는 걸 알기에 애써 마음에 묻어둔 채 살아왔다. 이제는 그리움이 옅어졌다고 생각했는데, 아니었나 보다. 엄마가 보고 싶었다.

연화는 옷장 앞으로 다가가 떨리는 손으로 옷장을 열었다. 놀랍게도 옷장 안에는 엄마의 옷이 그대로 걸려있었다. 그녀의 기억 속에서만 존재하는 줄 알았던, 19년 만에 찾은 엄마와 아빠의 흔적이었다. 이렇게 가까이에 엄마와 아빠가 있었는데 왜 한 번도 찾아오려 하지 않았을까.

연화는 옷장 속에서 상자를 꺼내었다. 상자를 열자 영롱한 빛이 새어 나왔다. 빛은 너무나도 환하게 빛나 눈을 뜰 수조차 없었다. 인간 세상의 그 어떤 물건에서도 이처럼 영롱하고 눈 부신 빛은 본 적이 없었다. 오직 엄마의 물건, 날개옷에서만 존재하는 그런 빛이었다.

상자에서 날개옷을 꺼냈다. 날개옷이야말로 그녀의 엄마가 선녀라는 걸 말해주는 유일한 징표였다. 선녀 딸, 한연화. 그 사실이 명징하게 다가왔다. 문득 집 어딘가에 엄마, 아빠가 있을 것만 같은 기분이 들었다.

그때였다. 어딘가에서 불어온 바람이 그녀의 콧등을 스치고 지나갔다. 주위를 둘러보았지만, 열린 창문은 없었다. 등줄기가 서늘해져 왔다.

"엄마. 아빠."

연화는 나지막한 목소리로 불러보았다. 조금 전과 달리 어떤 미동도 느껴지지 않았다. 머리를 흔들었다. 19년째 드나든 사람이 없었던 빈집이었다.

연화는 날개옷을 챙겨 들고 집을 나섰다. 며칠 만에 맑게 갠 밤하늘에 별들이 반짝였다. 때마침 집 앞에 빈 택시가 정차해 있었다. 택시 기사는 "운이 좋으시네요."라고 말하며, 지금 막 손님을 내려다 주고 출발하려던 참이었다고 했다. 달동네는 택시 타기가 하늘의 별 따기만큼 힘든 일이라 하마터면 하염없이 기다릴 뻔했다고.

택시는 산복도로를 내려가 남하 해수욕장 내달렸다. 차창 밖으로 익숙한 풍경이 스쳐 지나갔다. 다시는 보지 못할 모습에 연화는 눈을 떼지 못했다. 끝이라고 생각하니 자꾸만 마음에 제동이 걸렸다. 가슴속에서 돌탑이 하나둘씩 쌓여갔다. 어느덧 목까지 차오른 돌덩이는 뜨거운 열기를 내뿜었다. 답답해진 가슴은 숨을 내쉬는 것조차 버거웠다. 슬금슬금 기어 나오는 미련 따위는 생각하지 않으려 애썼다. 그녀의 미련은 많은 이의 목숨을 위태롭게 하는 감정일뿐이

은하수의 저주

었다.

택시는 해수욕장 중앙 입구에 멈춰 섰다. 택시에서 내리자 짠 내음이 훅 불어왔다. 자연스레 은하대교로 눈길이 향했다. 은하대교는 일곱 빛깔 조명으로 시시각각 옷을 갈아입으며 그녀를 현혹했다. 아름다운 이곳을 왜 떠나려 하냐고.

연화는 은하대교에 이끌려 모래사장으로 내려갔다. 바람에 날아갈 것만 같은 고운 모래에 수없이 많은 발자국이 빈틈없이 찍혀있었다. 그녀는 모래사장에 그녀의 발자국을 더했다. 한 걸음 내디딜 때마다 모래 안으로 발이 푹푹 빠져 모래가 신발 안으로 파고들었고, 점점 발에 힘이 들어갔다. 모래마저 그녀의 발을 붙드는 것 같았다. 연화는 고개를 저었다. 여기까지 와서 유혹에 넘어갈 순 없었다. 가야 할 때가 언제인가를 알고 가는 이의 뒷모습이 아름답다고 했던 어느 시인의 말처럼 지금은 가야 할 때였다. 아름다운 건 인간 세상이 아니라 그녀의 뒷모습이어야 한다고.

파도 소리가 점점 가까워졌다. 밀려온 파도가 발끝에 닿았다. 파도는 수많은 발자국을 지워버렸다. 곧 그녀의 발자국도 사라질 터였다. 그래도 괜찮았다. 그녀가 이 세상에 처음부터 존재하지 않은 것처럼 미련을 남기지 않는 편이 나았다. 파도는 그녀의 가슴속 뜨거운 돌탑의 열기를 식히며 돌탑의 돌들도 하나둘씩 쓸어갔다. 가슴이 가벼워질 때쯤 모래사장 종착점에 다다랐다.

연화는 모래사장에서 나와 해안가를 따라 걸었다. 은하대교가 점점 가까워졌다. 동쪽으로 바다 건너 서천시 해안도로를 밝히는 가로등 불빛도 보였다. 그녀는 아름다운 것으로부터 눈을 감았다.

해안가를 따라 걸은 지 얼마 되지 않아 방파제 입구가 나타났다. 방파제를 따라 걸어 들어간 그녀는 방파제 끝에 세워진 하얀 등대 아래서 발걸음을 멈췄다. 하얀 등대는 은하대교와 가장 가까운 곳이자, 눈앞에서 가족들이 사라지고 홀로 남겨졌던 곳이었다.

그녀는 그곳에 그때처럼 쭈그려 앉았다. 오래전 기억이 파도에 실려 왔다.

바다에 비친 달에 아빠의 얼굴이 겹쳐 보였다. 어릴 땐 저 넓은 바다 어딘가에 아빠의 얼굴이 있고, 손이 있고, 따뜻한 가슴이 있다고, 아빠를 품은 저 바다가 곧 아빠라고 생각했다. 한 살 두 살 나이를 먹어 사춘기에 들어서자 더는 바닷속에 아빠가 없다는 걸 깨달았다. 바다는 어항이 아니었다. 아빠는 조류를 따라 어딘가로 흘러가 버렸을 것이다. 그런데도 바다를 보면 여전히 아빠가 생각났다.

이따금 그녀의 키만 한 파도가 밀려와 방파제에 부딪혔다. 그 바람에 바닷물이 튀어 올라 그녀의 얼굴에 들러붙었다. 연화는 얼굴에 튄 바닷물을 닦아내며 깊은숨을 내뱉었다.

"가자. 그만."

상자를 열어 날개옷을 꺼냈다. 그런데 어떻게 된 일인지 아까까지만 해도 영롱한 빛을 내뿜던 빛이 온데간데없이 사라져버렸다. 그녀는 당황해하며 날개옷에 한쪽 팔을 집어넣었다. 무슨 영문인지 몰라도 날개옷이 무거웠다. 나머지 한쪽 팔마저 집어넣자 갑옷을 입은 것처럼 무거웠다. 심호흡을 내뱉으며 자리에서 일어나자, 무거운 날개옷이 어깨를 짓눌렀다.

"엄마. 저 이제 준비됐어요. 저를 데려가 주세요."

연화는 하늘을 바라보며 두 손 모아 기도했다. 그녀가 슬며시 눈을 떴을 땐, 어디선가 몰려온 거먹구름이 하늘을 뒤덮었다. 구름은 바람에 실려 천천히 움직였고, 구름 뒤에 숨었던 달은 잠깐 모습을 드러낸 뒤, 이내 구름 속으로 자취를 감췄다. 구름만 그녀의 머리 위로 다가올 뿐, 기다리던 빛줄기는 내려오지 않았다. 시간은 흘러만 가고, 빗방울이 하나둘씩 떨어졌다. 기다리는 일은 끝내 일어나지 않았다.

연화는 날개옷을 입은 채 바닥에 풀썩 주저앉았다. 왜 아무런 일도 일어나지 않는 걸까. 날개옷의 주인이 아니라서 그런 걸까. 그때였다. 등 뒤에서 누군가가 소리쳤다.

　　　　　　　　　　　　　　　　　은하수의 저주

"거기. 아가씨."

뒤돌아보니 먹색 비옷을 입은 아저씨가 방파제 입구에 서서 손을 흔들며 소리쳤다.

"아가씨. 어서 나와. 거기 있으면 안 돼."

연화는 다시 고개를 돌렸다. 검은 바다 위로 희뿌연 해무가 뒤덮이더니 비가 세차게 내리기 시작했고, 집채만 해진 파도가 쉴 새 없이 방파제를 덮쳤다. 그 순간, 연화는 얼마 전 꿈속에서 아빠가 했던 말이 떠올랐다.

'연화야. 당분간 물가에 가면 안 된다.'

온몸에 소름이 돋아났다. 좋지 않은 예감이 파도가 되어 그녀를 덮쳤다. 연화는 허둥대며 자리에서 일어났다. 그때였다. 은하대교 아래서 바닷물이 회오리바람을 타고 솟아올랐다. 물기둥이 된 바닷물은 회오리치며 거먹구름 속으로 빨려 들어가는가 싶더니 빠른 속도로 그녀에게로 다가왔다.

연화는 방파제 입구를 돌아봤다. 그 순간, 무서운 속도로 다가온 물기둥이 순식간에 그녀의 몸을 휘감더니 엄청난 힘으로 그녀를 끌어당겼다. 연화는 그대로 소용돌이 속으로 빨려 들어가 하늘로 치솟았다. 짧은 순간, 연화는 생각했다. 이대로 엄마에게로 가는 걸까.

서로 마주 보는 등대처럼
결코 닿을 수 없는 등대처럼
그게 너와 나의 사랑이라면
그게 우리의 운명이라면
닿지 않아도 좋으니
이대로 영원히 마주 보며 살겠노라.

칠석의 밤

                      ***

　자정을 훌쩍 넘긴 시각, 해수는 구급차 전용 출입문 앞에 서서 밖을 내다봤다. 비가 내리고 있었다. 비만 오면 여기저기 다쳐서 오는 환자들로 북새통을 이뤘던 응급실은 오늘따라 이상하리만큼 조용했다. 몇몇 복통 환자를 제외하고 그 많던 환자들이 물밀듯이 빠져나갔다. 일 년에 몇 안 되는 날이었다.

　"여기서 뭐 하세요."

　현무가 장난기 가득한 얼굴로 다가왔다. 해수는 미간을 찌푸렸다. 금기어 따위 하지 말라는 무언의 경고였다. 모처럼 조용한 밤을 망치고 싶지 않았다.

　"연화는 언제 온대요?"

　사실 그는 연화를 기다리고 있었다.

　"글쎄요. 올 때가 됐는데…."

　현무는 심드렁하게 대답했다.

　"이렇게 비가 오는데, 연화는 대체 어디서 뭘 하는 걸까요?"

　그가 한숨을 내쉬었다.

　"장마래요."

　현무가 내리는 비를 바라보며 말했다.

　"벌써 날짜가 그렇게 됐나요?"

　그는 아버지 장례를 치르느라 시간이 가는 줄도 몰랐다.

　"7월 7일이잖아요."

　현무가 한쪽 입꼬리를 올리며 미소를 지었다.

　"장맛비가 이무기의 눈물인 거 아세요?"

　해수는 대답 대신 피식 웃었다. 4차원 현무는 종잡을 수 없는 인간이었다.

　"가족을 잃은 이무기가 가족들과 헤어진 날이 다가오면 그리워서 흘리는 눈물이래요."

　　　　　　　　　　　　　　　　　　　　　　　　　은하수의 저주

현무는 겨드랑이에 끼워뒀던 책을 흔들며 돌아섰다. 그도 현무를 따라 뒤돌아서려는데, 빗소리가 더욱 거세졌다. 앞으로 닥칠 일의 서막인 걸까. 그는 불길한 기운을 느꼈다. 이럴 때 꼭 중증 외상 환자가 실려 오곤 하는데…. 그는 머릿속 불안을 애써 잠재우며 응급실로 들어갔다.

그의 예감이 증명되기까지는 오래 걸리지 않았다. 그가 응급실로 들어가려는데 두 손을 움켜잡은 중년 여성이 응급실로 들어왔다. 해수의 눈길은 중년여성에게 향했다. 원효가 중년 여성에게 다가가던 그때, 윤 간호사가 외쳤다.

"5번 베드 환자 복통이 심해졌고요. 12번 베드 환자는 호흡이 불안정합니다."

해수는 본능적으로 긴장했다. 그가 쭈뼛거리며 서 있는데 멀리서 사이렌이 울렸다. 출입문 앞으로 다가가자, 저 멀리서 구급차가 달려오고 있었다.

"파도에 휩쓸려 바다에 빠진 여자고요. 호흡, 맥박 없답니다."

구급차에서 걸려 온 전화를 받은 윤 간호사가 큰 소리로 외쳤다.

"제일 이해 안 되는 사람이 누군 줄 알아요?"

그가 어느샌가 다가온 현무에게 말했다. 현무는 호기심 가득한 눈빛으로 그를 바라봤다.

"비 오고 태풍 몰아치는 날, 바다에 가는 사람이에요. 뉴스에서 태풍이 온다고 떠들어댔을 텐데 말이죠."

웬일인지 현무는 아무런 반응이 없었다. 잠시 후, 비에 젖은 구급대원들이 환자가 실린 이동용 침대를 밀고 들어왔다. 구급대원이 지나간 자리에는 바닷물인지 빗물인지 모를 물이 흥건히 고였다. 곧이어 머리가 힐끗 벗겨진 아저씨가 흥분한 얼굴로 뒤따라 들어왔다.

현무와 원효가 환자를 소생실 안으로 옮기던 그때, 원효가 다급하게 외쳤다.

"연화예요. 연화."

놀란 그는 황급히 소생실로 뛰어 들어갔다. 침대에는 연화가 의식을 잃은 채 누워있었다.

"연화… 가 왜 여기에….”

해수는 고장 난 기계처럼 멀뚱히 서 있었다. 모든 사고가 정지돼버렸다.

"선생님.”

옆에 있던 현무가 그의 등을 툭 쳤다. 정신을 차린 그는 연화에게 다가갔다. 침대에 누워있는 연화는 꼭 마네킹 같았다. 어쩔 줄 몰라 하던 그는 뒤늦게 연화의 가슴에 손을 얹었다.

"어? 어.”

연화에게 심폐소생술을 하던 원효가 당황한 듯 그를 바라봤다.

"우리끼리만 알고 있는 거야. 절대 병원장 귀에 들어가선 안 돼.”

현무가 원효에게 눈을 찡긋거리며 전공의들에게 입단속을 시켰다. 그 사이 해수는 연화의 가슴을 눌렀다. 긴장과 불안이 뒤엉켜 손끝이 저릿했다. 소생실 안은 숨소리마저 조심스러울 만큼 긴장감이 감돌았고, 오직 해수의 거친 숨소리와 기계음만이 정적에 금을 냈다. 얼마쯤 지났을까. 누군가가 외치는 소리에 정적은 와장창 깨져버렸다.

"움직여요. 뛰고 있어요.”

해수는 얼른 모니터로 고개를 돌렸다. 모니터 속 그래프가 낮은 파동을 그리고 있었다. 그는 거친 숨을 몰아쉬었다. 영혼이 빠져나간 듯이 힘이 빠졌다. 해수는 남은 처치를 현무에게 맡기고 침대에서 내려와 차가운 바닥에 풀썩 주저앉았다. 신의 저주가 연화에게까지 뻗친 걸까.

그때, 소생실 밖이 소란스러워졌다. 고개를 돌려보니 연화를 따라온 남자가 바쁜 윤 간호사를 붙든 채 떠들고 있었다. 남자는 어찌나 소리를 질러대는지 목소리가 갈기갈기 찢어져 그의 고막을 찔러댔다. 그는 하는 수 없이 숨도 고르지 못한 채 밖으로 나갔다.

"아니. 저 아가씨가 글쎄. 방파제에 있으면 안 된다고 나오라고 했는데 듣는

은하수의 저주

둥 마는 둥 하지 뭡니까. 하도 걱정돼서 장사가 끝났는데도 집에도 안 가고 한참을 지켜보고 있었소."

비 오는 날 연화는 왜 등대에 갔을까.

"아가씨가 등대 밑에 간 지 한 십 분쯤 됐을 땐가. 갑자기 저 다리 밑에서 물기둥이 치솟더니 점점 아가씨한테로 다가오지 뭐요. 그걸 뭐라고 그러더라…, 토네이도? 아. 용오름. 용오름 말이오."

해수는 인상을 찌푸렸다. 토네이도든 용오름이든 그게 뭐가 중요한가. 연화가 이렇게 쓰러져있는데.

"좌우지간 그놈의 물기둥이 아가씨를 쫓아오더니 눈 깜짝할 새 덮쳐버렸소. 그 물기둥이 어찌나 힘이 센지 아가씨 몸이 저 하늘 위까지 붕 뜨더라니까요. 살다 살다 그런 건 처음 봤소."

용오름이 눈이 달린 것도 아닌데 어떻게 연화를 쫓아온 걸까. 해수는 남자의 말이 믿기지 않았다.

"그때 마침, 천둥이 치니깐 갑자기 물기둥이 사라지고 하늘 높이 떠 있던 아가씨가 바닷속으로 떨어져 버렸소."

남자는 자신이 본 장면이 아직도 믿어지지 않는 듯 고개를 절레절레 흔들었다. 해수는 여러 가지 생각들로 심각해졌다. 세상에는 말로 설명할 수 없는 일이 일어난다는데 남자의 말이 사실일까, 남자의 말이 맞는다면 하늘 높이 치솟은 연화의 몸이 바다로 떨어졌는데 연화는 괜찮은 걸까. 그는 현무를 불러서 할 수 있는 모든 검사를 다 하라고 지시했다. 현무는 그의 눈치를 살피며 흥분한 남자를 어딘가로 데려갔다.

해수는 연화 곁으로 다가가 연화의 손을 잡았다. 딱딱한 무언가가 그의 손에 걸렸다. 내려다보니 연화의 손가락에 연꽃 모양이 조각된 은반지가 헐겁게 헛돌고 있었다. 그는 연화의 손가락에서 반지를 빼내 손가락에 껴봤다. 주인을 찾은 듯이 그의 손에 딱 맞았다.

그때, 원효와 최 간호사가 남은 처치를 하려고 들어왔다. 그는 황급히 반지를 빼서 주머니에 넣었다. 잠시 후 연화는 환자감시장치, 산소호흡기, 수액 등 각종 줄을 온몸에 매달고 23번 침대로 옮겨졌다.

해수는 쉼터공원으로 나갔다. 야속한 비는 그새 그치고 짙은 어둠이 내려앉아 있었다. 그는 자판기로 다가가 커피 한잔을 뽑아 들고 벤치에 앉아 조금 전 상황을 떠올렸다. 다른 환자들과 달리 연화는 과거가 보이지 않았다. 왜, 연화는 보이지 않았던 걸까.

해수는 답답한 마음을 커피 한 모금으로 달래려다 종이컵을 든 손이 떨고 있다는 걸 깨달았다. 손을 내려다보자, 조금 전 연화의 가슴을 누르던 느낌이 되살아났다. 식은땀이 흐르고 숨이 가빠왔다. 불안 증상이 점점 심해지고 있었다.

오늘 아침에 실려 온 심정지 환자의 과거는 절도범이었다. 그는 그 절도범을 살리려 애쓰지 않았다. 그가 간절하지 않아서였을까 환자는 깨어나지 못했다. 의과대학교를 졸업하던 날, "나는 인종, 종교, 국적, 정당 정파 또는 사회적 지위 여하를 초월하여 오직 환자에 대한 나의 의무를 지키겠노라."라고 히포크라테스 선서를 하지 않았던가. 그는 그때의 다짐을 지키지 못한지 몇 달째였다. 이대로 계속 진료할 수 있을까. 두려움이 목을 타고 흘렀다. 바싹 마른 입에 커피를 쏟아붓다 보니 어느새 종이컵에 커피가 바닥났다.

그때, 어디선가 다가온 고양이가 그의 다리에 몸을 비볐다. 지난번에 봤던 그, 고양이였다.

"좋겠다. 넌. 자유로워서."

그는 깊은 한숨을 내뱉으며 자리에서 일어났다.

다음 날 아침, 밤새 무슨 일이 있었냐는 듯이 해가 밝아왔다. 교대 근무자도 속속 출근하기 시작했다. 연화의 검사 결과도 나왔다. 해수는 하던 일을 멈추고 스테이션에 놓인 컴퓨터 앞으로 다가갔다. 하늘로 솟구쳤던 연화가 내팽개치듯 바다에 떨어졌다던 남자의 말과는 달리 연화의 검사 결과는 모두 정상이었다.

은하수의 저주

오히려 의식을 잃고 누워있다는 사실이 더 놀라운 결과였다. 만약 남자의 말이 과장을 보태지 않은 사실이라면, 연화는 이미 그 자리에서 죽었을 것이다.

퇴근 시간이 훌쩍 지났지만, 해수는 퇴근도 마다하고 연화 곁을 지켰다. 연화의 몸에 붙어있는 환자 감시장치의 기계음이 응급실의 정적을 깼다. 오로지 생체신호만이 연화가 죽지 않고 살아있다고 말했다.

"한연화. 너, 정체가 뭐야?"

해수는 연화의 손을 잡았다. 아버지처럼 마지막 인사도 하지 못하고 이별하게 되는 건 아닌지 해수는 두렵고도 비참했다. 그 자신이 한낱 보잘것없어 보였다. 정작 자신의 아버지도, 사랑하는 연인도 살리지 못하는데 의사 면허가 다 무슨 소용이란 말인가.

"연화야. 일어나 봐. 어서."

해수는 연화 손을 꼭 쥔 채 간절한 마음으로 빌었다. 그의 기도에 대답하듯 연화의 검지가 그의 손등을 톡. 톡. 두드렸다.

"연화야. 연화야."

놀란 그가 연화를 불렀다.

"무슨 일이에요?"

그의 다급한 목소리를 듣고서 현무가 달려왔다. 다시 보니 연화의 눈꺼풀은 꼭 닫힌 채 꿈쩍도 하지 않았다.

"언제 일어날까요? 오래 자네요."

현무는 연화를 내려다보며 한숨 섞인 목소리로 말했다. 해수는 잠든 연화를 바라봤다. 연화의 의식은 어디서 헤매는 걸까. 연화는 지금 어디에 있을까. 몸이 머무는 병원인가, 아니면 의식이 떠도는 그 어딘가인가. 연화의 의식을 뒤쫓던 그의 무의식은 그를 재하의 진료실 앞에 데려다 놓았다.

***

　재하는 엘리베이터 안에서 직원들이 하는 얘기를 엿듣고서 심란해졌다. 남들 얘기엔 관심 없지만, 해수 얘기에 귀가 솔깃했다. 사실 해수를 둘러싼 소문은 하루 이틀 일이 아니었다. 알면서도 모른 척 지나친 게 몇 달째였는데, 처음에는 산발적이었다면 지금은 가는 곳마다 해수 얘기만 했다. 학창 시절부터 남들과 다른 독특함으로 많은 이들의 이목을 집중시키는 해수의 재주를 부러워해야 하는 건지 안쓰러워해야 하는 건지 이제는 도통 모르겠다. 저주에 걸렸다는 둥, 심폐소생술을 할 때 환자의 과거를 본다는 둥, 아버지가 돌아가신 이후로 미쳐버렸다는 둥 모르고 들었다면 아니 땐 굴뚝에도 연기가 나는구나 하며 웃어넘겼겠지만, 해수에게 들은 얘기가 있던 지라 과연 그 소문이 누구의 입에서 시작된 건지 궁금했다. 의심 가는 사람이 있기는 했다. 지난번 직원 식당에서 만난 현무가 해수에 관해 비슷한 얘길 했었다. 해수가 환자의 과거를 보는 건 어찌 아는 걸까. 해수가 말하지 않은 다음에야.

　그가 해수 생각을 골똘히 하던 그때, 마침 해수가 문을 열고 들어왔다. 해수는 초췌한 얼굴로 맞은편 환자용 의자에 털썩 앉았다.

　"왜 그래? 무슨 일 있어?"

　그가 시치미를 떼고서 물었다.

　"연화가 쓰러졌어."

　해수는 초점을 잃은 눈으로 허공을 바라봤다.

　"쓰러지다니 그게 무슨 말이야?"

　"의식을 잃은 채로 실려 왔는데 일어나질 못하고 있어."

　해수는 땅이 꺼지라 한숨을 내뱉었다.

　"어디가 어떻게 다쳤는데? 많이 다친 거야?"

　재하는 당장이라도 뛰쳐나갈 태세로 엉덩이를 들썩거렸다.

"겉으로는 멀쩡해. 검사 결과도 정상이고."

해수는 두 손에 얼굴을 파묻으며 대답했다. 그러고 보니 녀석의 꼴이 말이 아니었다. 살이 빠져 광대는 툭 튀어나왔고, 머리는 부스스하게 헝클어져 있었고, 옷은 후줄근했다. 날이 갈수록 상태가 나빠지고 있었다.

"그런데?"

"일어나질 않아. 아버지처럼."

해수의 눈동자가 불안하게 흔들렸다. 그의 눈이 '재하야, 나 좀 도와줘.' 하고 말하는 것 같았다.

"내가 널 어떻게 도와줄 수 있을까? 네가 두려워하는 게 뭐야? 뭐가 널 이토록 힘들게 하는 건데?"

그가 진심 어린 목소리로 말했다.

"신이 내린 저주라고 그랬어. 그런데 네가 날 어떻게 도와줄 수 있겠어."

해수가 고개를 저으며 대답했다.

"뭐? 신? 저주? 그게 무슨 말이야?"

"환자의 과거를 보는 것 말이야. 저주라고 했어."

해수는 진료실에 들어온 후로 내내 거스러미를 뜯어내고 있었다. 자세히 보니 해수의 손이 형편없었다. 열 손가락 모두 피가 날 정도 거스러미를 뜯어버려 피딱지투성이였다.

"아무래도 연화랑 관련 있는 것 같아."

"연화? 그건 또 무슨 말이야?"

그는 해수의 말을 이해할 수 없었다.

"나도 모르겠어. 기억하고 싶지 않은 기억이 자꾸 떠올라. 신이 나에게 기억하라고 하나 봐. 어떻게 해야 할지 모르겠어. 더는 진료할 수 없을 것 같아. 나 때문에 죽은 환자가 이번 달만 다섯 명이야."

해수는 고개를 떨궜다. 여태껏 봐온 해수의 모습 중 가장 절망적인 얼굴이었다. 해수는 자기 비하와 죄책감이라는 신의 저주에 사로잡혀 지옥으로 끝없이 끌려가고 있었다. 해수에게 필요한 건 신의 저주에서 벗어날 용기였다.

"너 때문이 아니야. 그 사람들은 이미 손쓸 수 없는 상태로 너에게 왔던 거야."

해수는 머리를 흔들며 말했다.

"너무 두려워. 그런데도 응급실을 떠날 수가 없어. 여기저기 찢기고 다쳐서 오는 환자들을 생각하면…."

그때였다. 해수의 핸드폰에서 벨이 울렸다. 해수는 전화를 받더니 부리나케 일어나 밖으로 뛰어나갔다. 연화가 깨어났다는 말과 함께.

＊＊＊

거대한 물기둥이 맹렬하게 다가왔다. 짧은 순간, 연화는 고개를 돌려 방파제 밖으로 달려 나갈 수 있을지 고민했다. 하지만 다시 고개를 돌렸을 땐 이미 물기둥이 눈앞에 다가와 있었다. 비현실적인 모습은 사고를 정지시켰고, 그녀는 도망갈 의지도 놔버린 채 가만히 물기둥을 바라만 보았다. 물기둥은 순식간에 다가와 그녀를 잡아당겼고 연화는 바람에 흩날리는 낙엽처럼 물기둥에 빨려 들어가 하늘 높이 치솟았다. 엄마에게로 가는 줄 알았다. 엄마가 떠나던 그 모습과는 다르지만, 날개옷을 입었으니 물기둥이 엄마에게로 데려가 줄 거라고 믿었다. 하지만 그녀의 몸을 받치던 물기둥이 갑자기 사라지고, 바다로 떨어지는 순간 연화는 깨달았다. 날개옷이 아니었다. 날개옷이 아니라 다른 무언가가 필요했다.

정신을 잃은 후로 바다 위에 등을 대고 바다 위를 떠밀려 다닌 것 같았다. 물론 그건 어디까지나 몸의 감각일 뿐이었고, 의식은 우주 같은 암흑 속을 배영했다. 잠시 후, 시끄러운 소리에 귀가 먹먹하고 가슴이 답답해졌다가 고요가 찾

은하수의 저주

아들었다. 고요 속에서 어떠한 기계음이 일정하게 들려왔고, 점점 몸이 나른해지고 마음도 편안해졌다. 그렇게 고요 속에 오랫동안 머물렀다. 하지만 그것도 잠시 캄캄했던 암흑 공간에 한낮의 태양처럼 눈 부신 빛이 비쳐 들더니 그 빛을 따라 어디론가 나아갔고, 잠시 후 빛의 끝에서 헤엄을 멈췄다. 태양으로 들어간 것처럼 사방에서 새하얀 빛이 뿜어져 나와 눈을 뜨는 것조차 힘겨웠다. 점차 빛에 익숙해진 그녀의 눈앞에 해수가 서 있었다.

"절대 손 놓치면 안 돼."

해수는 시커먼 연기 속에서 그녀의 손을 잡았다. 연화는 해수를 놓칠세라 그의 손을 꼭 잡았다. 화염에 갇힌 두 사람은 두려움에 사로잡혀 어둠 속에서 문을 찾아 헤맸다. 시뻘건 불길이 사방에서 타올랐고, 점점 숨이 막혔다. 결국, 이대로 죽는 건 아닌지 희망마저 다 타버린 그때, 불이 붙은 천장 서까래가 해수의 몸 위로 떨어졌다. 그 바람에 해수의 손을 놓친 연화가 뒤돌아봤을 땐, 해수는 의식을 잃은 채 바닥에 쓰러져있었다.

"선생님. 선생님."

그녀는 해수를 빼내려 했지만, 불길은 점점 거세지고 숨이 막혀왔다. 그때였다. 누군가가 그녀를 불렀다.

"연화야."

연화는 눈을 번쩍 떴다. 천장에 매달린 형광등 불빛이 보였다. 이윽고 현무의 얼굴이 가려진 눈꺼풀 사이를 비집고 들어왔다.

"정신이 드니?"

연화는 고개를 까닥였다. 꿈을 꾼 모양이었다. 다행이었다. 살았다는 안도감이 밀려들었다. 그때, 현무가 귓속말로 속삭였다.

"그거, 꿈 아니야."

현무가 한쪽 입꼬리를 올리며 장난스럽게 웃었다. 연화는 현무의 실없는 농담을 뒤로한 채 주위를 둘러보았다. 침대에 누워있는 환자들이 보였다. 조금 전

꿈도 예지몽일까. 위층 병동에 입원해있는 거동이 불편한 환자들이 떠올랐다. 그녀가 병원에 있으면, 병원에 불이 날지도 몰랐다. 병원을 벗어나야 한다.

"선생님은 어디 계세요?"

연화는 간신히 목소리를 내뱉었다.

"잠시만 기다려. 불러올게"

***

해수는 단숨에 응급실로 내려갔다. 응급실로 들어서자 현무가 연화 곁을 지키고 있었다. 그가 다가가자 현무가 어색하게 웃으며 말했다.

"다시 잠들었어요."

그가 연화를 내려다보는 사이 현무는 뒤돌아서 가버렸다. 연화는 그새 잠이 든 모양이었다. 눈을 감은 연화의 뺨에 혈색이 돌았다. 그는 안도의 한숨을 내쉬었다. 아버지와는 상황이 다르다는 것만으로도 한시름 놓았다. 하지만 그의 마음속에는 해결되지 못한 의문이 가슴을 짓눌렀다.

해수는 주위를 둘러봤다. 다들 제 할 일을 하느라 그에게 관심이 없었다. 그는 심호흡을 내뱉으며 연화의 가슴에 두 손을 살포시 얹었다. 눈을 감고서 연화의 과거를 기다리던 그때, 연화의 목소리가 희미하게 들려왔다.

"뭐 하는 거예요?"

놀란 그가 눈을 뜨고 내려다보자, 연화의 속눈썹이 들썩이더니 눈꺼풀이 스르르 열렸다.

"아, 아니… 그게… 아무것도 아니야."

당황한 해수는 잽싸게 연화의 가슴에서 손을 뗐다. 죄지은 사람처럼 손이 바들바들 떨렸다. 그때, 연화가 그의 손을 잡아당기더니 그녀의 가슴에 갖다 댔다. 놀란 그는 어쩔 줄 몰라 하며 주위를 두리번거렸다. 얼굴이 화끈거리고, 심

은하수의 저주

장이 벌렁거렸다.

"뭐… 뭐 하는 거야?"

"혹시 제 과거도 보셨어요?"

연화가 배시시 웃으며 말했다.

"아니, 넌 보이지 않았어. 넌, 왜 안 보인 걸까?"

그의 대답에 연화의 눈동자가 흔들렸다. 연화는 생각에 잠긴 듯 아무 말이 없었다.

"네가 찾아야 하는 게 뭘까? 내게서 뭘 찾아야 하는 걸까?"

해수는 곁눈질로 연화를 살피며 조심스레 물었다.

"반지요."

연화가 손을 쑥 내밀었다.

"반지?"

해수는 문득 연화의 손가락에 끼워져 있던 연꽃 모양 반지가 생각났다. 돌려 준다는 걸 그만 깜빡해버렸다. 그는 얼른 손을 내려다보았지만, 반지가 없었다. 반지를 어디에 뒀는지 도통 기억나지 않았다. 정신을 어디다 놓고 사는지 한숨이 절로 나왔다.

그때, 연화가 확신에 찬 얼굴로 말했다.

"그 물건이 뭔지 아무래도 제 과거에서 찾아야 하나 봐요."

해수는 고개를 끄덕였다. 그도 짐작하는 게 있었다. 연화를 고아로 만든 그 사고와 관련된 것 같았다. 하지만 그날의 기억 속에 연화는 없었다. 그날, 그는 어디서 연화를 봤던 걸까. 해수는 마음속 말을 차마 내뱉지 못하고 두 손으로 얼굴을 쓸어내렸다.

"방파제엔 왜 간 거야?"

그는 애써 말을 돌렸다.

"저주를 풀 방법을 찾을 수 있을까 했는데 아니었어요."

"…왜? 거기에 뭐가 있길래? 방파제와 저주가 무슨 상관있는 건데?"

무언가를 알아낸 건지 궁금했지만, 연화는 고개를 저었다.

"아무 상관 없었어요. 그러니 제가 여기에 있죠."

연화는 씁쓸한 미소를 지어 보였다. 그는 주삿바늘이 꽂힌 연화의 손을 내려다봤다. 연화가 떠날 거라는 걸 알면서도 저주에서 벗어나려 신의 물건을 찾으려는 자신의 꼴이 우스웠다.

"몸은 좀 어때?"

그가 연화의 이마를 손으로 짚으며 물었다.

"괜찮아요. 그래서 말인데… 저, 퇴원하고 싶어요."

"퇴원?"

"서천공원에 가서 바람 쐬고 나면 금방 나을 것 같아요."

연화의 얼굴에 다시 천진한 미소가 떠올랐다.

그날 저녁, 해수는 스테이션에 앉아 밤새 연화를 지켜봤다. 검사 결과가 나와 봐야 알겠지만, 연화는 시시각각 빠르게 호전되고 있었다.

"거봐. 내가 뭐라고 했어. 살아날 거라고 그랬지? 신이 돌봐주는 애야. 걔가."

현무는 간호사들 틈에 끼어 거들먹거렸다.

다음 날 아침, 해수는 연화를 퇴원시키기로 했다. 연화는 놀랄 만큼 회복이 빨랐다. 어제 오후까지 의식을 잃은 환자라고 보기엔 보통 사람과 별반 다르지 않았다. 병원에 있을 이유가 없었다.

***

올해는 유난히 장마가 길었다. 6월 말부터 시작된 장마는 7월 중순까지도 계속되고 있었다. 어제까지 퍼붓던 비가 잠시 개자, 해수는 연화가 가고 싶다

은하수의 저주

던 서천공원으로 연화를 데려갔다. 두 사람을 태운 차는 오랜만에 해동 시를 벗어나 은하대교 위를 달렸고, 라디오에선 내일부터 다시 비가 온다는 예보가 나오고 있었다. 하늘은 당장이라도 비가 내릴 것처럼 흐렸고 바다는 푸른빛을 잃은 채 회색빛으로 물들었다. 연화의 얼굴도 날이 갈수록 웃음 빛을 잃어가고 있었다.

은하대교를 지나온 차는 해안도로를 따라 달려 서천공원 주차장을 들어섰다. 주차를 마치고 차에서 내리자 구름 사이로 햇살이 내비쳤다. 해수는 연화의 손을 꼭 붙잡고 비탈길을 내려갔다. 연화는 차에서부터 줄곧 표정이 굳어있었다.

비탈길을 다 내려왔을 때였다. 연화가 걸음을 멈추더니 미소를 지으며 말했다.

"산책하고 있어요. 잠시 어디 좀 다녀올게요."

"어, 어디 가는데?"

당황한 그가 돌아봤을 땐, 연화는 벌써 저만치 걸어가고 있었다.

***

연화는 해수를 뒤로한 채 오솔길을 따라 잔디밭을 가로질러 갔다. 지난번에 그냥 지나쳤던 우체통이 오늘따라 그녀에게 손짓하는 것 같았다. 우체통 앞에 멈춰 선 그녀는 우체통 앞에 놓인 빈 엽서 한 장을 꺼내 들고 잔디밭에 앉았다. 막상 엽서를 펼쳐 들었지만, '수신인'이라 적힌 글자에서부터 머뭇거렸다. 누구에게 무슨 말을 해야 할까. 오랜 고민 끝에 엽서에다 글자를 꾹꾹 눌러썼다. 막상 편지를 쓰고 나자 마음 한구석이 허전하고 울적했다. 가슴 한구석에 자리 잡고 있던 마음이 엽서로 옮겨간 것 같은 기분이 들었다.

우체통에 엽서를 넣으려는데, 어디선가 불어온 돌풍에 엽서가 날아갔다. 연화는 재빨리 일어나 날아가는 엽서를 뒤쫓았다. 겨우 엽서를 주워든 그녀는 우체통에 엽서를 밀어 넣었다.

"거북아. 잘 전달해줘."

연화는 잔디밭에서 나와 비탈길로 내려갔다. 해수는 어디 갔는지 보이지 않았다. 전망대에도 해수는 없었다. 전망대에서 나와 비탈길로 다시 가보려는데 저 멀리서 해수가 걸어왔다.

"선생님."

연화는 반가운 마음에 두 팔을 하늘 높이 뻗어 흔들었다.

"연화야."

해수가 양손에 솜사탕을 들고서 웃으며 걸어왔다. 그에게서 한 번도 본 적 없던 평온한 미소였다. 그 순간, 시간이 멈춰버린 듯 모든 게 멈춰 버렸다. 하늘에 낮게 깔린 구름도, 하얗게 부서지는 파도도, 바람에 움직이던 풍차도, 하늘을 유유히 날아다니던 갈매기도, 지나가는 다정한 연인들도 그 자리에 멈춰 버렸다. 오직 연화와 해수만이 움직이고 있었다.

"해연아."

해수가 다른 여자의 이름을 불렀다. 그러고 보니 해수의 얼굴이 나이가 들어 보였다. 온몸에 소름이 돋아났다. 앞에 서 있는 해수는 몇 년 후의 모습이었다. 그녀의 시선은 해수의 왼손에서 멈췄다. 해수는 왼손 약지에 반지를 끼고 있었다. 미래의 해수는 그녀가 아닌 다른 사람과 행복한 시간을 보내고 있었다. 연화의 눈가에 눈물이 차올랐다. 인연이 아니었던 걸까.

그때, 해수가 다가와 물었다.

"연화야. 왜 그래?"

해수의 두 손이 그녀의 두 볼을 감쌌다. 연화는 애써 미소를 지었으나, 조금 전의 환영이 잊히지 않았다. 해수의 미래에 그녀는 함께 있지 않았다. 떠나야 한다. 떠나야 하는 거였다.

은하수의 저주

해수가 그녀를 감싸 안았다. 연화는 마지막이 될지 모르는 해수의 품에 안겨 마음속으로 작별 인사를 고했다.

'제가 떠나가도 아파하지 말고, 슬퍼하지도 말아요. 잠깐 피었다 사라지는 연꽃이었다고 생각해주세요.'

카리브레스토랑에는 두 사람 말고 다른 손님은 없었다. 해수는 지난번에 앉았던 창가 자리에 앉았다. 따사로운 햇살이 두 사람 사이를 비집고 들어와 탁자를 비췄다. 연화는 햇살 너머로 해수의 얼굴을 바라봤다. 해수는 몇 달 사이에 부쩍 수척해졌다.

"내가 신을 만났고, 신의 물건을 가졌다고 했어. 그리고 그걸 네가 찾으러 온 거라고."

"신이요? 신을 만났다고요?"

연화는 뜨끔했다.

"스님의 말씀으로는 인간이 신을 만난 기억은 지워진댔어. 그래서 기억나지 않는 거라고."

해수의 얼굴에 절망이 드리워져 있었다. 그녀는 그동안 해수에게 말하지 못했던 말을 오늘 털어놓기로 했다.

"믿기 힘드시겠지만, 엄마가 선녀예요."

연화가 커피잔을 만지작거리며 말했다.

"선녀라니? 그게 무슨 말이야?"

해수의 눈동자가 탁구공 튀듯 움직였다.

"믿기 힘들 거라는 거 알아요. 세상에는 설명할 수 없는 일들이 수없이 일어나니까."

연화는 커피 한 모금을 마신 후에 말을 이어 나갔다.

"지금 우리가 사는 이곳에 인간의 모습을 한 신들이 살고 있다고 했어요. 다만, 인간은 모를 뿐이라고."

해수는 말문이 막힌 듯 입을 벌린 채 아무 말이 없었다.

"혹시 선녀를 봤다거나…, 기억나는 거 없어요?"

해수는 두 손으로 얼굴을 쓸어내렸다. 여전히 무슨 말인지 모르겠다는 표정이었다. 연화는 그를 이해할 수 있었다. 그녀 역시 엄마가 선녀라는 걸 처음 알았을 때 몹시 혼란스러웠으니까.

"기억나지 않아. 도대체 뭐가 뭔지 모르겠어."

해수는 고개를 떨군 채 머리를 흔들었다.

"저주에서 벗어나려면, 선녀의 물건을 찾아야 해요."

그녀의 간절한 말에 해수는 고개를 저었다.

"행여나 떠날 생각은 하지 마. 난 네가 선녀의 딸이든 아니든 상관없으니까."

***

재하는 설레는 마음으로 약속 장소로 향했다. 해인의 아버지 장례식 이후로 처음 만나는 자리였다. 그는 슬픔에 잠겨있을 해인을 위해 그녀가 좋아했던 타워레스토랑을 예약해뒀다. 해인은 오늘도 먼저 와 있었다. 창밖을 바라보는 그녀의 옆모습이 왠지 슬퍼 보였다.

"늦었죠? 차가 막혀서 그만."

그가 해인 앞에 앉으며 말했다.

"잘 지냈어요?"

해인이 물었다. 재하는 대답 대신 식탁 위에 놓인 하얗고 가느다란 해인의 손을 맞잡았다. 부드럽고 따뜻한 해인의 손에서 물감 냄새가 났다. 아버지를 잃은 슬픔을 그림을 그리며 이겨내고 있는 듯했다.

오랜만에 재회한 두 사람은 화기애애한 분위기 속에서 저녁 만찬을 즐겼다.

두 사람의 대화 주제는 단연 해수였다. 얘기를 나누는 동안 해인의 얼굴은 점차 밝아져 예전의 모습으로 돌아오고 있었다. 그는 주머니에 손을 넣어 해인에게 줄 선물이 잘 있는지를 확인했다. 상자 모서리가 손끝에 닿았다. 모든 게 순조로울 것만 같았다.

"대학 동기예요. 저는 명운 대학교 병원, 해수는 천명 대학교 병원에서 수련하는 바람에 만날 기회가 없다가 몇 달 전에 제가 천명 대학교 병원에 오게 되면서 다시 만났어요."

해인의 웃는 모습을 보자, 그는 한결 마음이 놓였다.

"위로가 안 되겠지만, 저도 아버지가 안 계세요."

그가 앞에 놓인 와인을 한 모금 마시며 말했다.

"인근에 있는 중학교 선생님이셨는데, 안 좋은 일을 겪으신 후로 괴로워하시다 저의 중학교 졸업식 날에 돌아가셨어요. 스스로 생을 마감하셨죠."

해인의 눈썹이 움찔하더니 조심스럽게 물었다.

"인근이라면…, 어느 중학교에 근무하셨어요?"

"흥운 중학교 선생님이셨어요. ……학생들을 무척이나 사랑하셨죠."

그의 말이 끝나기가 무섭게 해인의 얼굴이 일그러졌다.

"저… 잠시 화장실 좀 다녀올게요."

해인은 휘청거리며 의자에서 일어났다.

"왜 그래요? 어디 아파요?"

그가 걱정하며 물었지만, 해인은 대답 없이 화장실로 향했다. 갑자기 무슨 일일까. 재하는 주머니 속 상자를 만지작거리며 해인을 기다렸다.

잠시 후, 해인이 돌아와 의자에 앉았다.

"괜찮아요?"

그가 물었다. 그때였다. 해인이 굳은 표정으로 말했다.

"우리 그만 만나요."

그는 머리를 얻어맞은 듯 얼얼했다. 잘못 들은 건가 싶어 두 눈을 끔뻑였지만, 해인의 표정은 변함이 없었다.

"그. 그게 무슨 말이에요? 갑자기 왜?"

그는 당황한 나머지 말을 더듬었다. 도무지 믿기지 않았다.

"우린 어울리지 않아요. 그만 만나는 게 좋겠어요."

해인의 말은 진심이 아니었다. 그렇다면, 갑자기 왜 마음이 변한 걸까.

"먼저 일어날게요."

해인은 황급히 일어나 나가버렸다.

"해인 씨. 해인 씨."

그가 급히 뒤쫓아갔지만, 해인은 차갑게 돌아섰다. 충격을 받은 재하는 자리로 돌아가 고개를 떨궜다. 나락으로 떨어진 것만 같았다.

***

어느덧 7월도 열흘밖에 남지 않았다. 해수는 서천공원에 다녀온 후로 혼란으로 가득한 날들을 보냈다. 궁금했던 일은 해소되었다. 연화가 신의 물건을 찾는 것도, 허공에서 바다로 떨어져도 이상이 없었던 것도, 연화의 과거만 보이지 않았던 것도 그녀의 엄마가 선녀였기 때문이었다. 하지만 그 사실은 그에게 또 다른 근심을 가져다주었다. 연화가 그를 떠나 돌아가는 곳은 어쩌면 그가 상상도 하지 못할 곳일지 몰랐고, 그렇다면 영영 만날 수 없을지도 몰랐다. 연화가 그를 떠나더라도 언젠가 다시 만날 수 있으리란 희망은 물거품이 되어버렸다.

그가 스테이션을 등지고 서서 생각에 잠겨있던 그때, 사이렌이 들려왔다. 통화를 끝낸 윤 간호사가 현무에게 뭐라고 말하더니 현무와 연화가 출입문으로 달려 나갔다.

잠시 후, 출입문이 열리고 구급대원 세 명이 이동용 침대에 누운 환자에게 심폐소생술을 하며 안으로 들어왔다. 심정지 환자였다. 등줄기를 타고 식은땀이 흘러내렸다.

현무와 원효, 연화가 소생실로 침대를 밀고 들어갔다. 그 순간, 침대 밖으로 삐져나온 환자의 손등이 그의 손등을 스치고 지나갔다. 소름이 돋았다. 오래전, 죽은 환자의 손등이 스친 적 있었는데, 바로 그때 느꼈던 그 감촉이었다. 불길함을 떨쳐내려 머리를 흔들던 그때, 경찰이 그에게 다가왔다.

"등산로 입구에 세워둔 차 안에서 번갯불을 피웠어요. 발견했을 때 이미 심정지 상태였고요. 그리고, 이거."

경찰이 빈 약 봉투를 내밀었다.

"조수석에 있던 거예요. 번갯불 피우기 전에 약도 먹은 모양이에요."

중요한 정보였다. 만약 환자의 심장이 돌아오면 위세척을 해야 한다. 그는 중요한 정보를 가지고 소생실로 들어갔다. 원효가 환자에게 심폐소생술을 하고 있었다. 해수는 환자에게 다가가 환자의 가슴에 손을 얹었다.

"강 선생님."

원효가 곁눈으로 그를 흘겨봤다. 그는 아랑곳하지 않고 환자의 가슴을 눌렀다.

"뭐 하시는 거예요? 병원장님 허락 없인 안 됩니다."

원효가 소리쳤다. 옆에 있던 전공의들이 그를 떼어놓으려 달라붙었다.

"이거 놔요. 이 환자 안 살릴 거예요? 장 선생. 정말 이러기야?"

그가 원효를 노려보며 소리쳤다.

"병원장님이 아시기라도 하면 어쩌시려고 그래요? 만약 이 환자 살려내지 못하면, 선생님께서 뒤집어쓴다는 거 몰라요?"

원효는 그를 걱정하고 있었다.

"정 선생. 그만해. 어차피 죽은 사람을 우리가 뭔 수로 살려? 우리가 신도 아니고."

옆에 있던 현무가 원효를 말렸다.

"내가 책임질 테니까 이 손 놔."

해수는 다시 환자에게 집중했다.

"우린 아무것도 못 본 거야…. 병원장 귀에 안 들어가게 해…."

눈꺼풀이 자석처럼 들러붙더니 현무의 목소리가 점점 희미해져 갔다. 그는 이번에도 빛이 들지 않는 터널 안에서 헤매고 있었다. 점점 숨이 가빠오더니 알 수 없는 힘에 이끌려 터널 끝 빛 속으로 빨려 들어갔다.

남자가 모래사장에 앉아 울부짖고 있었다.

"아이고. 창수야."

남자의 눈길이 향한 곳엔 커다란 배에서 시뻘건 불길이 활활 치솟고 있었다. 그 위로는 화려한 불꽃이 눈치 없이 하늘을 아름답게 수놓았다. 불꽃놀이를 보러 모래사장에 몰려든 사람들은 불이 난 배를 보며 발을 굴렀다. 여기저기서 119에 신고하는 소리가 들려왔고, 곳곳에선 놀란 사람들의 비명이, 또 어딘가 에선 울음소리가 들려왔다.

"아이고. 내 새끼, 창수야."

남자는 구조대를 기다리지 못하고 바다로 뛰어들었다. 주변에 있던 사람들이 남자를 붙잡았지만, 남자는 사람들의 손길을 뿌리쳤다.

"이거 놔요. 하나밖에 없는 아들이 저 배에 타고 있단 말이에요. 아들을 구하러 가야 해요."

남자는 바다로 걸어 들어갔다. 바다는 파도도 일지 않고 잔잔했다. 바닷물이 가슴까지 차오르자, 남자는 사람들의 손에 끌려 모래사장에 내쳐졌다.

"아이가 지금 저 뜨거운 곳에서… 이 애비만 기다리고 있어요…. 누가 좀 구해주세요. 제발……."

8월의 바다는 남자를 허락하지 않았다.

　　　　　　　　　　　　　　　　　　은하수의 저주

누군가가 그를 밀쳤고, 그의 몸이 붕 떠오르더니 엉덩방아를 찧었다. 그 바람에 환자의 과거에서 벗어나 정신이 번쩍 들었다. 주위를 둘러보니 전공의들이 씩씩거리는 원효를 에워싸고 있었다.

"뭐 하는 거야? 장 선생."

현무가 원효를 다그쳤다. 원효는 눈을 희번덕거리며 그를 노려봤다. 소생실 안의 공기가 싸늘하게 식었다.

"언제까지 이렇게들 하실 거예요. 병원장님 말씀 못 들으셨어요? 강 선생님 진료 못 하게 하라고 하셨잖아요."

그는 눈을 돌려 연화를 바라봤다. 연화는 눈을 내리깔고서 고개를 저었다. 동료들에게로 시선을 돌리자, 모두 그의 눈을 피했다.

해수는 터덜터덜 소생실을 빠져나왔다. 휴게실로 들어가려다 스테이션에 놓인 컴퓨터 앞에 앉았다. 환자 명단에서 남자의 이름을 찾아 진료기록을 확인했다. 남자는 석 달 전 응급실을 다녀간 환자였다. 주치의 이름이 '강해수'라 적혀있었다. 병명은 약물 과다 복용. 그는 석 달 전 남자의 모습을 떠올렸다. 약을 먹고 실려 온 남자가 의식을 찾자, 그는 정신건강의학과 진료 예약을 잡아주었었다. 남자가 정신건강의학과 진료를 잘 받길 바랐는데 다시 만날 거라곤 그땐 알지 못했다. 게다가 이번에는 확실한 방법을 썼다. 약물복용에 번개탄까지 피웠으니. 그만큼 간절하게 죽고 싶었던 걸까. 남자는 삶에 미련이나 후회 따윈 없었을까.

남자는 재하에게도 진료를 받았던 모양이었다. 정신건강의학과 외래진료 기록에 적힌 병명은 '외상후 스트레스 장애, 우울증'이었다. 해수는 등골이 오싹했다. 인간의 삶을 야금야금 갉아먹다 끝내 스스로 생을 끊게 하는 '우울증'이 저승사자보다 더 무섭게 느껴졌다. 남자는 어제 처방받은 한 달 치 약을 한 번에 다 먹어버린 듯했다. 응급실에서 근무하며 수많은 죽음을 봤지만, 모든 죽음이 다 똑같지는 않았다. 구슬피 울어주는 이가 있는 반면에 찾는 이 하나 없이 쓸쓸히 죽어가는 죽음이 있었다. 기억해줄 누군가가 있는 반면에 지하로 내려가고 얼마 지나지 않아 모든 이의 기억에서 사라지는 죽음도 있었다. 과연 남자에게도 그의 죽음을 기억해줄 누군가가 있을까.

그때였다. 해수는 사망한 남자 곁에 서 있는 남자를 보고 소스라치게 놀랐다. 검은 옷에 검은 모자를 쓴 남자는 몸에서 푸른 빛이 뿜어져 나와 일렁이고 있었다. 아버지를 따라다녔던 그 남자 같았다. 해수는 마른침을 꿀꺽 삼켰다. 응급실 안의 그 누구도 남자를 보지 못한 듯했다. 오직 그만이 남자를 보고 있었다.

그는 남자의 실체를 알아내려 남자에게 발걸음을 옮겼다. 그가 응급실 출입문 앞을 지날 때였다. 응급실 출입문이 열리더니 현무가 들어왔다. 현무는 응급실로 들어서자마자, 발걸음을 멈추고 남자가 있는 곳을 바라보았다. 해수는 현무의 눈동자가 향하는 곳을 따라 눈을 옮겼다. 현무의 시선은 검은 모자를 쓴 남자에게 꽂혀 있었다. 그의 시선을 느꼈는지 현무가 고개를 돌려 어색한 미소를 지었다. 해수는 현무의 미소를 외면한 채 남자에게 고개를 돌렸다. 그 순간, 남자가 눈 깜짝할 사이에 사라져버렸다. 당황한 그가 남자를 찾아 두리번거리는 사이, 현무가 다가와 능청스럽게 웃었다.

"뭘 그렇게 뚫어지게 보세요?"

해수는 현무의 눈을 응시하며 물었다.

"못 봤어요?"

"뭘요?"

현무가 머리를 긁적이며 그의 앞을 지나갔다. 해수는 휴계실로 들어가는 현무의 뒷모습을 노려봤다.

"선생님."

연화가 다가왔다. 연화는 눈을 부릅뜬 채 그를 바라봤다. 연화도 조금 전 그 상황을 본 모양이었다.

은하수의 저주

해수는 연화를 데리고 쉼터공원으로 나갔다.

"현무 선생."

"현무 선배."

두 사람은 입을 맞추기라도 한 듯 동시에 말했다.

"이상해."

해수가 먼저 입을 열었다.

"조금 전에 이상한 걸 봤어. 사람인데 사람 같지 않은."

"저도 봤어요. 그리고 그 남자를 현무 선배가 보고 있었어요."

연화의 얼굴에 두려움이 스쳐 지나갔다.

"현무 선생이 어떻게 그 남자를 볼 수 있는 걸까?"

"저도 오래전부터 현무 선배가 이상하다고 느꼈어요. 선생님에 대해 뭔가 아는 것처럼 말했거든요."

지금껏 현무가 했던 말들이 하나둘씩 머릿속을 스쳐 지나갔다. 그때였다.

"맞아. 그 목소리."

꿈에서 들었던 그 목소리는 바로, 현무 목소리였다. 숨이 턱하고 막혔다. 대체 현무의 정체는 뭐란 말인가.

"이거."

연화가 수첩을 내밀었다. 헤지고 닳은 수첩을 그는 단번에 알아봤다.

"상자 속에서 찾았어요. 혹시 여기에 적혀있던 글."

"맞아. 내가 전에 말했던."

"그럼."

"지금 이럴 때가 아니야. 현무 선생이 뭔가 알지도 몰라."

연화와 해수는 응급실로 달려갔다. 현무는 응급실 안에도, 소생실에도, 처치실에도, 휴게실에도 보이지 않았다.

***

칠성사 대웅전 안에 스님과 현무가 마주 앉았다. 열린 여닫이문 너머로 장맛비가 한 달 가까이 내리고 있었다.

"잘 지내셨는지요?"

현무가 먼저 입을 열었다.

"용왕님은 잘 계시지요?"

스님은 용왕의 안부를 묻는 것으로 대답을 대신했다.

"용왕님을 못 뵌 지가 벌써 이백 년째입니다."

현무는 씁쓸한 표정을 지으며 앞에 놓인 찻잔을 집어 들었다. 스님은 문밖으로 고개를 돌리며 나지막한 목소리로 말했다.

"이무기의 눈물이군요. 가족을 그리워하며 매일 눈물로 지새고 있다고 들었습니다."

"어쩌다 사랑이라는 걸 하게 됐는지, 참 어리석은 자입니다."

현무는 혀를 차며 고개를 흔들었다.

"그 말은 그자가 진심으로 선녀를 사랑했단 말입니까?"

스님이 물었다.

"그렇습니다. 처음에는 선녀가 가진 여의주 때문이었을지 몰라도 나중엔 진심으로 선녀를 사랑했습니다. 두 아이도 낳고요. 딸아이를 아주 예뻐했다지 뭡니까."

현무는 이해가 되지 않는다는 듯 피식 웃었다.

"인간 세상에서 인간과 함께 살며 인간이 된 게로군요."

스님은 눈을 내리깔며 고개를 끄덕였다.

"가족을 향한 그리움으로 식음도 전폐한 채 눈물로 하루하루를 보내고 있습니다. 홀로 남겨진 딸아이 걱정도 이만저만이 아니고요. 참, 인간이란."

은하수의 저주

현무는 고개를 저으며 차를 한 모금 마셨다.

"부원군도 어쩌면 영영 인간과 함께 살아야 하겠습니다. 이제 며칠 남지 않았으니 말입니다."

스님은 아무런 감정도 묻어나지 않는 어조로 말했다.

"용궁으로 돌아갈 겁니다. 돌아가야지요….."

현무는 조금은 자신 없는 목소리로 대답했다.

"여의주를 찾으면, 용궁으로 돌아갈 수 있는 겁니까?"

"그렇습니다. 여의주를 찾아 그자에게 돌려주면, 그자는 용으로 승천할 수 있을 거고, 그렇다면 저도 용궁으로 돌아갈 수 있게 됩니다. 물론, 제가 아니라 그자의 딸이 그자에게 여의주를 들고 가야 하지요."

"어쩌다 일이 그렇게 됐습니까. 부원군 당신의 임무는 그게 아니잖소?"

"그렇습니다. 제 임무는 바다를 운항하는 모든 배와 인간들의 바닷일을 돕고, 바다에 빠져 죽은 자의 영혼을 인도하는 것이지요."

"그런데 어쩌다 이 일에 관여하게 됐습니까?"

"옥황상제의 명령입니다. 뭐, 저에게도 나쁠 건 없었습니다. 이무기 그자가 용궁으로 돌아온 바람에 제가 인간들과 살고 있잖습니까. 이무기 그자가 승천하여 용궁을 떠난다면 저도 용궁으로 돌아갈 수 있을 테니까요."

"이무기와 거북, 당신은 영원히 함께할 수 없는 사이군요."

스님이 근엄한 얼굴로 말했다.

"이무기 그자와 전, 인연이 아닌 거지요."

현무는 자신의 처지를 곱씹으며 잠시 생각에 빠졌다. 대웅전 안은 또다시 정적에 잠겼고, 오직 빗소리만이 둘 사이의 정적을 갈라놓고 있었다. 잠시 후 현무가 입을 열었다.

"스님께서 우연이 세 번이면 인연이라 하셨지요."

스님은 고개를 끄덕였다. 언젠가, 천오백 년 전쯤 부원군 현무에게 그런 말을 했었던 것 같다.

"그렇다면 이무기의 딸과 저주받은 그자는 인연인가요?"

"인연이지요."

스님은 담담하게 대답했다.

"그렇다면, 이번 말고도 두 번의 우연이 있었다는, 아니 있다는 말씀이신가요?"

스님은 옅은 웃음을 지으며 말을 돌렸다.

"부원군의 용궁 행은 쉽지 않을 겁니다. 그 여의주는 원래 주인에게 돌아가게 될 겁니다. 주인이 애타고 찾고 있거든요. 그 아이와 함께요."

"하지만 이무기가 승천하게 되면 결국….."

그때, 익숙한 목소리가 빗속을 뚫고 메아리쳤다.

"현무 선생."

"현무 선배."

***

해수는 한달음에 주차장으로 달려갔다. 연화도 재빨리 해수를 뒤쫓아갔다.

"어디 가는 거예요?"

연화가 조수석에 올라타며 물었다.

"칠성사. 얼마 전에 스님을 만나러 칠성사에 갔을 때 말이야. 현무가 칠성사에 가면 그 스님을 만날 수 있다고 말해줬었거든."

해수가 시동을 걸며 말했다. 칠성사는 그녀도 잘 아는 곳이었다. 어릴 적 엄마 따라 종종 갔었는데, 엄마가 스님을 만나는 동안 연화는 절 마당을 뛰어놀곤 했었다. 그러다 언젠가 엄마와 대화를 나누던 스님과 눈이 마주친 적이 있었는데, 그때 스님의 눈빛이 인상 깊어서였을까? 20년이 지나고 응급실에서 스님을

은하수의 저주

처음 봤을 때, 연화는 스님을 한눈에 알아봤다.

"현무 선배가요? 현무 선배가 그 스님을 어떻게 알았을까요?"

연화는 깜짝 놀랐다.

"그러니깐 말이야. 한심하게도 그땐 왜 이상하다고 생각하지 못했는지."

해수는 비장한 얼굴로 말했다. 과연 현무의 정체는 뭘까. 스님이 말씀하신 방해자였던 걸까.

차는 어느덧 남하도 산복도로로 접어들었다. 조금 전부터 보슬보슬 비가 내리기 시작했고, 산을 오를수록 안개는 더욱 자욱해져 창밖으론 아무것도 보이지 않았다. 그나마 어렴풋이 비쳐 드는 가로등 불빛만을 의존하며 천천히 나아갔다.

어렵사리 주차를 마친 두 사람은 계단을 올려다봤다. 안개가 뒤덮여 끝이 보이지 않는 계단에 음산한 기운이 감돌았다. 연화는 두려움을 쫓으려 엄마와 가위바위보를 하며 올라갔던 기억을 떠올리며 계단을 올랐다.

안개로 가려진 계단 끝에 다다르자 어릴 적 뛰어놀던 절 마당이 나타났다. 해수는 성큼성큼 마당을 가로질러 갔다. 해수를 뒤따라간 연화는 대웅전 기단에 놓인 돌계단을 올라갔다. 활짝 열린 대웅전 여닫이문 너머로 스님 앞에 마주 앉은 현무가 보였다.

"현무 선배."

"현무 선생."

연화와 해수가 동시에 현무를 불렀다. 현무가 돌아봤다. 늘 보던 얼굴이 오늘따라 달리 보였다.

"드디어 알아차렸군요. 기다리고 있었습니다."

현무가 대웅전 밖으로 걸어 나왔다. 해수는 현무를 경계하며 그를 막아섰다.

"자, 어디까지 알고 오셨는지 들어볼까요?"

현무는 두 손을 벌리며 여유 넘치는 미소를 지었다.

칠석의 밤

"열다섯 살이던 내게 다가와 벌을 말한 사람, 현무 선생이었어. 그때도 지금처럼 어른이었지. 19년이나 지났는데도 전혀 늙지 않았어. 당신, 정체가 뭐야."

해수가 얼굴을 찌푸리며 말했다.

"용케 기억해냈군요."

현무는 만족스러운 듯 미소를 지었다.

"저주와 벌, 모두 당신이 시킨 짓이었어?"

"당신에게 내려진 저주는 옥황상제의 뜻이요. 당신의 아버지가 죽은 건 염라대왕의 뜻입니다. 전 그저 용궁에 살며 용왕님의 의중을 전달하는 한낱 미물인 거북일 뿐이오."

"그럼, 아까 응급실에 있던 검은 모자를 쓴 그 남자는?"

"그자는 염라대왕 밑에서 일하는 신 차사입니다. 사람들은 그자를 저승사자라 부르더군요. 응급실에 종종 오는 자이지요. 하루에도 몇 명씩 사람이 죽어나가는 응급실이잖습니까? 오늘도 누군가를 데리러 왔길래 전 그저 누굴 데리러 온 건지 본 것뿐입니다."

현무는 웃음기가 사라진 얼굴로 말했다. 그는 해수에게 머문 시선을 거두고 연화에게로 눈을 돌렸다.

"네 아버지는 이무기였다. 천 년 전, 아니 인간 세상의 시간으로 백 년 전, 이무기는 인간 세상에 던져진 여의주를 찾으면 승천을 허락하겠다는 옥황상제의 명을 받았다. 용궁에서 오백 년 동안 수련을 끝내고 인간 세상으로 간 이무기에게 주어진 시간은, 인간 세상의 시간으로 오십 년이었지. 네 가족이 뿔뿔이 흩어졌던 날은 그자가 용으로 승천하려고 천년을 기다려온 날이었다. 네 어머니, 그러니까 선녀가 들고 있던 여의주를 가지고 용궁으로 돌아가야 했어. 성공했더라면 그날 이무기는 용으로 승천하게 될 운명이었지. 하지만 실패하고 말았다."

연화는 자리에 털썩 주저앉았다. 아빠 역시 인간이 아니었단 말인가. 그 말

　　　　　　　　　　　　　　　　　은하수의 저주

은 그녀의 존재를 부정했다. 엄마뿐만 아니라, 아빠마저 인간이 아니라면, 그녀는 누구란 말인가.

"그자가 실패한 건 선녀를 진심으로 사랑했기 때문이다. 선녀를 향한 사랑이 결국 파국을 맞게 될 줄은 어리석은 그자는 알지 못했지."

"그게 무슨 말이죠?"

"이무기는 그날 선녀에게서 여의주를 빼앗아 용궁으로 돌아갈 수도 있었다. 하지만 차마 선녀와 아이들을 두고 혼자 떠날 수 없었던 그자는 가족들을 데리고 용궁으로 가겠다고 마음을 먹었지. 그자의 계획은 실패했고, 승천은커녕 가족 모두 잃게 됐다."

연화는 눈시울이 뜨거웠다. 그녀는 아빠의 사랑을 의심해본 적 없었다. 아빠는 엄마를, 그리고 그녀를 진심으로 사랑했었다.

"하지만 슬퍼하지 말 거라. 옥황상제께서 어리석은 이무기에게 다시 한번 기회를 주셨다. 그때 얻지 못했던 여의주를 네가 찾아서 이무기에게 가져다주면 승천할 수 있게 해주겠노라고 말이다."

"제가요? 여의주를요?"

연화가 화들짝 놀라 물었다.

"왜 그리 놀라는 거지?"

현무가 눈을 가늘게 뜨며 물었다.

"스님께서는 엄마에게 가야 한다고 말씀하셨어요."

"결국, 너의 선택에 네 가족의 운명이 달렸구나. 하지만 이무기에게 기회는 이번뿐이란 걸 명심하거라."

연화는 입술을 깨물었다. 그녀는 선택의 갈림길에 서 있었다.

"그런데 어째 넌, 놀라지 않는구나. 알고 있었구나? 네 아빠가 이무기라는 걸…."

현무가 눈을 희번덕거리며 물었다. 연화는 아빠가 이무기일 거라고는 생각하지 못했지만, 아빠의 서늘한 눈빛과 차가운 손이 남들과는 다르다고 생각했었다.

그때, 해수가 다급하게 그녀를 불렀다.

"연화야."

고개를 돌리자 해수가 당황한 얼굴로 말했다.

"현무 선생이 사라졌어."

현무가 있던 곳을 돌아보니 현무가 보이질 않았다.

"잠깐 고개를 돌린 사이에 사라졌어. 대체 어디로 간 거지?"

해수는 머리를 쓸어 넘기며 주위를 둘러봤다.

"다시 병원에 나타날까?"

연화는 고개를 저었다. 자신의 정체가 드러난 이상 다시 나타나지 않을 것이다. 하지만 언젠간 다시 나타나지 않을까.

"먼저 내려가세요. 전 좀 있다 갈게요."

연화는 녹초가 된 몸을 이끌고 사랑채로 들어갔다. 어릴 적 마당을 뛰어놀다 지치면 낮잠을 자곤 했던 곳이었다. 그녀는 이곳에서 생각을 정리하기로 했다.

"안돼. 같이 내려가자."

해수가 뒤따라와 툇마루에 앉았다. 그의 얼굴에 불안감이 서려 있었다. 연화는 벽에 기대어 앉아 무릎 사이에 얼굴을 파묻었다. 해수의 진짜 저주는 자신이 옆에 있다는 사실 같았다. 자신만 떠난다면 해수의 저주도, 불안도 사라지게 될 테니까.

"너 안 가면 나도 안가."

해수는 방으로 들어오더니 그녀 옆에 누웠다. 연화도 해수 옆에 누워 천장을 바라봤다. 천장 서까래가 낯이 익었다. 그 순간, 얼마 전 꿈이 기억났다. 설마…, 여기일까. 연화는 해수를 돌려보내려 했지만, 해수는 끝까지 고집을 부렸다. 하는 수 없이 연화는 뜬눈으로 밤을 지새웠다.

창호지로 여명이 스며들었다. 연화는 문을 열고 밖으로 나갔다. 해수가 아침 이슬에 축축하게 젖은 돌계단에 앉아 바다를 바라보고 있었다. 연화도 해수 옆에 나란히 앉았다.

"연화야. 가자."

해수가 그녀의 손을 잡으며 말했다.

"먼저 가 있어요. 스님께 뭐 좀 여쭤보고 따라갈게요."

연화는 하는 수 없이 고개를 끄덕이며 말했다.

"알았어. 바로 와야 해."

연화는 해수의 눈을 지그시 바라봤다. 그때, 나무들 사이로 바람이 불어왔고 그 바람에 처마 끝에 달린 종이 청량한 소리를 내며 울렸다.

"가야 할 시간인가 봐."

연화는 고개를 끄덕였다. 해수는 돌아섰다. 연화는 점점 작아지는 해수의 뒷모습을 보이지 않을 때까지 한참을 바라봤다.

해수가 떠나고 다시 사랑채로 돌아온 연화는 어제 못한 생각을 이어 나갔다. 엄마에게로 가느냐, 현무를 따라 아빠에게로 가느냐, 두 선택 모두 하지 않고 해수 곁에 남느냐. 연화는 가만히 누워 정답을 알지 못하는 질문만 되풀이했다. 어디에도 마음 둘 곳이 없었고, 나오는 건 한숨뿐이었다. 무엇보다 여의주가 뭔지, 엄마에게로 갈 수 있는 신의 물건이 뭔지 아직도 알지 못했다.

밤새 내렸던 비가 그치고 맑게 갠 하늘에서 햇살이 내비쳤다. 한 달 만에 보는 햇빛이었다. 졸음이 몰려왔다. 언제 잠이 들었는지 의식하지도 못한 채 잠이 들었다. 얼마쯤 잤을까. 어디선가 매캐한 냄새가 났다. 잠에서 깬 그녀가 몸을 일으키려는데 이마에서 땀이 흐르고 정신이 아득해졌다. 매캐한 연기는 그녀의 몸속을 파고들었고, 구름 위에 누운 것처럼 몸이 공중으로 붕 떠오른 기분이 들었다. 연화는 시뻘건 서까래가 그녀의 몸 위로 떨어지는 걸 보며 옅은 미소를 지었다. 위험으로부터 해수를 구했다.

***

해수는 지친 몸을 이끌고 응급실로 들어갔다. 문 하나 지났을 뿐인데, 힘이 빠졌다. 마치 영혼이 빠져나간 듯 텅 빈 기분이 들었다. 스테이션을 지나 휴게실로 들어가려는데 스테이션에 앉아있던 윤 간호사가 쫓아왔다.

"선생님. 어디 갔다가 이제 오시는 거예요? 꼴은 또 왜 그래요?"

그는 휴게실 벽에 걸려있던 거울 속 자신의 모습을 바라봤다. 며칠째 갈아입지 않아 꼬질꼬질해진 옷과 헝클어진 머리카락, 움푹 팬 두 볼. 그는 손을 들어 볼을 어루만졌다. 푸석해진 피부가 까칠했다.

"갑자기 말도 없이 그렇게 사라져버리시면 어떡해요? 두 분 다 갑자기 사라지셔서 얼마나 놀랐다고요. 무슨 큰일이라도 난 줄 알았잖아요."

해수는 '큰일은 이미 났어요. 지금 이것보다 저에게 큰일이 또 어디 있을까요.'라는 말을 속으로 삼키며 의자에 털썩 주저앉았다. 그러다 문득 현무 선생이 궁금해졌다.

"현무 선생은요?"

"누구요?"

윤 간호사가 되물었다.

"3년 차 현무 선생 말이에요."

"무슨 말씀 하시는 거예요? 3년 차 선생님은 신정식 선생님 한 분뿐이잖아요."

인간이 신을 만난 기억은 사라진다더니, 병원 사람들의 기억 속에서 현무는 사라져 버린 건가. 그렇다면 어째서 그의 기억 속에선 지워지지 않았을까.

해수는 냉장고 위에 놓인 물병을 들어 단숨에 물을 들이켰지만, 갈증은 사라지지 않았다. 머릿속도 갈증이 인 듯 생각이 정리되지 않은 채 메말라갔다. 한쪽에서는 누군가 켜놓은 텔레비전이 혼자 떠들어대고 있었다. 시끄럽게 떠드는

은하수의 저주

텔레비전 소리가 성가셔서 그가 텔레비전을 끄려는데, 텔레비전에서 뉴스 속보가 나왔다.

"조금 전 오전 8시경 남하도에 있는 한 사찰에서 원인을 알 수 없는 화재가 발생하였습니다. 현재 사찰 내에 사람이 있었는지는 확인되지 않고 있습니다."

해수는 텔레비전 속 화면을 가득 채운 사찰을 유심히 봤다. 화면 속 사찰이 낯이 익었다. 칠성사였다. 조금 전까지 그가 앉아있었던 돌계단이 화면에 스쳐 지나갔다. 이어서 화면에는 연화가 머물렀던 사랑채가 검은 연기를 내뿜으며 활활 타오르는 모습이 클로즈업됐다. 그는 그대로 얼어버렸다. 바짝 메마른 그의 머릿속에 연기가 자욱했다. 연화가 아직 칠성사에 있을 텐데.

그때, 사이렌이 들려왔다. 사이렌은 병원으로 오고 있었다. 땀이 비 오듯 흘러내렸다. 다급한 발소리와 덜컹거리는 이동용 침대 바퀴 소리가 들려오는데도 몸이 움직이질 않았다.

그때, 밖에서 원효가 다급하게 외치는 소리가 들렸다.

"연화야."

해수는 벌떡 일어나 밖으로 달려 나갔다. 정태와 정식이 이동용 침대를 끌고 소생실로 들어가고 있었다. 그들을 뒤따라간 그는 전공의들 사이를 비집고 들어갔다. 희뿌연 재를 덮어쓴 연화가 의식을 잃은 채 침대에 누워있었다. 불안이 현실이 되어 그의 앞에 나타났다. 그는 떨리는 손으로 연화의 손을 잡았다. 연화는 아무런 반응이 없었다.

그는 심폐소생술을 하던 정태를 밀쳐내며 연화의 가슴에 두 손을 얹었다. 등 뒤에서 잠깐 동요가 일었지만, 그 누구도 그를 말리지 못했고, 정태는 물러났다.

"연화야. 일어나. 죽으면. 안 돼. 신? 개나 줘버려. 제발. 정신 좀 차려봐."

그는 간절한 마음으로 연화의 가슴을 눌렀다. 그때였다. 눈꺼풀이 무거워지더니 캄캄한 터널 속에 있는 그가 보였다. 그는 아무것도 보이지 않는 곳에서 길을 헤매고 있었다. 그런데 그의 모습이 어딘가 이상했다. 지금의 그보다 체구가 작고, 앳돼 보였다. 어릴 적 그의 모습이었다. 그는 어디선가 비쳐 드는 작은 불빛을 발견하고서 불빛을 따라 걸어갔다. 빛에 가까워질수록 빛은 점점 그를 집어삼켰다. 그는 팔을 들어 눈을 가린 채 계속해서 빛을 따라 걸어갔다. 빛에 익숙해진 시각이 돌아오고 그가 주위를 둘러봤을 땐, 그는 남하도 모래사장에 서 있었다. 그때, 그의 앞에 지난번 환자의 과거에서 보았던 어린 연화가 지나갔다.

연화는 엄마와 아빠의 손을 잡고 모래사장을 걸었다. 일 년에 단 하루, 하늘을 수놓는 불꽃 축제가 있는 날이자 연화의 아홉 번째 생일날인 음력 7월 7일이었다. 모래사장은 불꽃놀이를 보려는 인파들로 발 디딜 틈이 없었고, 기대에 찬 사람들에게서 뿜어져 나오는 가벼운 흥분이 모래사장을 뒤덮었다. 연화의 아빠는 가족들을 이끌고 인파 속을 지나 모래사장 끝으로 걸어갔다.

"아빠. 어디가?"

연화가 눈을 반짝이며 말했다. 아빠는 의미심장한 미소를 지으며 가던 길을 계속해서 걸었다. 아빠를 따라간 곳은 해변 동쪽 끝에 있는 '크루즈터미널'이었다.

"수학여행 왔나 보네. 출항하긴 하나 봐."

아빠는 터미널 안을 둘러보며 말했다. 터미널엔 중학생으로 보이는 남학생들로 북적였다. 매표소에 갔던 아빠는 잠시 후 승선권을 손에 쥐고 웃으며 돌아왔다. 약속대로 연화의 생일날, 연화의 가족은 남하도 앞바다를 운항하는 크루즈 위에 있었다.

"우리 공주님. 생일 축하해."

두 손 모아 기도를 마친 연화는 생일 케이크에 꽂힌 아홉 개의 초에 불을 껐

은하수의 저주

다. 아빠와 엄마, 그리고 올해는 동생까지 더해진 생일이었다.

"우리 공주. 무슨 소원 빌었어?"

엄마가 따뜻한 미소를 지으며 물었다.

"쉿. 비밀이야."

연화는 검지를 입술에 갖다 대며 눈을 찡긋거렸다.

"엄마. 이거 꿈 아니지?"

연화는 너무나 행복해서 눈을 뜨면 사라지는 꿈은 아닐까, 불안했다. 엄마는 대답 대신 그녀를 따뜻하게 안아주었다.

"잠시 둘러보고 올게요. 구경하고 있어요."

잠시 후 생일파티가 끝나자, 아빠는 가족들을 남겨둔 채 선미로 사라졌고, 연화는 엄마와 어린 동생과 함께 4층 갑판에 남았다. 승선객 대부분도 4층 갑판에 머무르며 폭죽이 터지길 기다렸다.

연화는 혼자서 배 오른편 난간으로 다가갔다. 밤바다를 가까이에서 본 건 태어나 처음이었다. 어둠에 잠긴 바다는 수평선이 사라져 밤하늘과 경계가 불분명했다. 마치 캄캄한 우주를 유영하는 듯한 기분이 들었다. 발밑을 내려다보니 물속이 보이지 않는 새카만 바다가 배를 집어삼킬 것만 같아 조금 무서운 기분이 들었다.

연화는 두려움을 쫓으려 배 왼편으로 걸음을 옮겼다. 우현에서 바라본 칠흑 같던 바다와는 달리 좌현에서 바라본 바다는 은하대교가 일곱 빛깔 조명으로 화려하게 빛났고, 은하대교 너머로는 해변을 따라 줄지은 건물들이 저마다의 색으로 빛나고 있었다.

"와. 멋지다."

연화가 감탄하고 있을 때였다. 펑 하는 소리와 함께 머리 위에서 폭죽이 터졌다. 은하대교 위로 쏘아 올려진 불꽃은 비가 되어 내렸다. 사람들은 환호성을 지르며 하늘을 올려다봤다. 그중에서도 오늘 생일을 맞은 연화는 평생 잊지 못할 생일을 보내고 있었다.

아홉 번째 폭죽이 터질 때였다. 배 안에 설치된 스피커에서 사이렌이 울렸다. 그 순간, 사이렌이 마법을 부리기라도 한 것처럼 사람들이 꼼짝없이 얼어붙었다. 정적 속에 사람들은 눈치 게임이라도 하듯 초조하게 서로를 바라봤다. 숨막히는 긴장 속에 열한 번째 폭죽이 터졌다. 사람들은 이제 폭죽을 올려다보지 않았다. 스피커에선 사이렌이 멈출 줄 모르고 계속 울리고 있었다. 정적을 뚫고 들려온 발소리에 사람들은 일제히 고개를 돌렸다. 한 소년이 계단을 뛰어 올라왔다. 연화는 침을 꼴깍 넘기며 엄마를 올려다봤다. 엄마는 다른 사람들과는 달리 하늘을 올려다보고 있었다.

그때였다. 한 남자가 다급하게 외쳤다.

"불이야. 불이야."

남자의 외침에 마치 출발 신호가 떨어지기라도 한 것처럼 사람들이 뛰어다니기 시작했다. 우왕좌왕 뛰어다니는 사람들 사이로 매캐한 냄새가 비집고 들어왔다. 난리 통에도 엄마는 꼼짝없이 서 있었다. 아빠를 기다리는 걸까.

그때, 엄마가 한쪽 무릎을 굽히고 앉아 연화의 눈을 맞추며 말했다.

"연화야. 놀라지 말고 들어."

연화는 고개를 끄덕였다.

"사실 엄마는… 인간이 아니야."

"알아. 선녀인 거."

엄마는 눈이 휘둥그레졌다.

"네가 그걸 어떻게 알았어?"

"아빠한테 들었어."

엄마의 눈동자가 파르르 흔들렸다.

"그래서 말인데… 아빠가 오기 전에 우린 떠나야 해."

엄마가 떠날지도 모른다며 옷장 속에 날개옷을 숨기던 아빠가 떠올랐다. 연

은하수의 저주

화는 그날이 바로 오늘이란 걸 깨달았다.

"싫어. 아빠 없인 안 갈 거야."

연화는 뒷걸음질 치며 고개를 저었다.

"오늘이 아니면 영영 돌아갈 수 없어. 그러니 지금 가야 해."

엄마는 애원하듯 말했다.

"가지 말고 여기서 살면 안 돼? 날개옷도 없잖아."

"엄만 여기서 계속 살 수 없어. 연화랑 떨어지지 않으려면 옥황궁으로 가야 해. 날개옷 없이도 옥황궁으로 갈 수 있는 날은 오늘뿐이야. 그러니 제발… 연화야…."

눈시울이 붉어진 엄마를 보자 연화는 마음이 흔들렸다.

"어떻게? 날개옷 없이 어떻게 갈 수 있는 건데?"

"이 반지가 하늘 문을 열게 할 거야."

엄마는 손가락에 끼워진 옥반지를 만지작거렸다. 그러자, 옥반지가 반짝하고 빛이 나더니 영롱한 빛줄기가 하늘로 솟아올라 하늘 끝에 닿았다. 연화는 영롱한 빛을 바라보며 입을 다물지 못했다.

"어서…. 연화야. 시간이 없어."

엄마가 손을 잡으며 재촉했다. 연화는 초조해하는 엄마의 이마에서 못 보던 붉은 반점을 보았다. 자세히 보려고 가까이 다가가려는데, 배에 설치된 모든 조명이 일제히 꺼져버렸다. 그 순간, 배는 어둠 속으로 사라졌고, 엄마의 손에서 뻗어나간 빛만이 어둠 속에서 빛나고 있었다.

그때였다. 아빠가 연기를 가르며 나타났다.

"여보. 어서 갑시다. 이러다 우리 다 죽어요."

아빠는 다급하게 엄마의 손을 잡아끌었다. 엄마는 아빠의 손에 끌려갔고, 엄마의 등에 업혀있던 동생은 울기 시작했다. 연화는 엄마를 놓칠세라 엄마의 손을 덥석 잡았다. 동생의 울음소리는 사람들의 비명에 파묻혔고, 상공은 점점 검은 연기로 뒤덮였다. 엄마와 연화는 아빠를 따라 배 안을 뛰어다녔다. 연기를 피할 곳은 어디에도 없었다. 사람들이 하나둘씩 갑판 위에 쓰러졌고, 의식이 있는 사람들은 바다로 뛰어들기 시작했다. 선택지가 없었다. 선택은 화염에 휩싸인 배에 있느냐 아니면 깊이를 알 수 없는 바다에 뛰어드느냐 둘뿐이었다. 아빠는 바다로 눈을 돌렸다.

"바다로 뛰어내립시다."

아빠가 난간 위로 올라서며 외쳤다. 엄마가 주저하며 머뭇거리던 그때, 아빠가 난간에서 미끄러졌다. 그 순간, 엄마는 아빠의 손을 뿌리쳤다.

"여보. 안돼요. 연화야. 연. 화. 야……."

아빠는 그대로 바닷속으로 빨려 들어갔고, 아빠의 목소리는 메아리가 되어 바다에 울려 퍼졌다.

"아빠. 아빠."

연화는 난간으로 달려가 바다를 내려다보았다. 아빠가 빠졌던 곳에 작은 파동이 일더니 이내 잠잠해졌다. 연화는 아빠가 사라진 곳을 내려다보며 소리 내어 울었다. 믿을 수가 없었다. 조금 전에 느낀 행복은 온데간데없이 사라졌고, 비극만이 그녀를 기다리고 있었다. 아빠가 사라지길 기다리기라도 한 것처럼 하늘에 먹구름이 드리우더니 천둥이 치고 비가 내리기 시작했다.

"연화야. 어서 가자."

엄마가 그녀의 손을 잡아끌었다. 고개를 돌리자 엄마의 머리 위에 누군가가 있었다. 연화는 손등으로 눈을 비볐다. 시야를 가리던 빗물이 닦여나가고, 엄마를 기다리던 존재가 모습을 드러냈다. 백발노인이 영롱한 빛줄기 속에서 엄마와 연화를 내려다보고 있었다.

연화가 백발노인에게 눈을 빼앗긴 그때, 몸이 두둥실 떠오르더니 연화도, 동생을 등에 업은 엄마도 빛줄기 속으로 빨려 들어갔다. 발이 허공에 떠오르자, 긴장한 탓에 손에 땀이 축축하게 뱄다.

은하수의 저주

갑판 위에 있던 사람들이 점점 작아졌다. 연화는 한 손으로 엄마의 손을 잡은 채 점점 작아지는 사람들을 내려다봤다. 그때였다. 엄마의 손을 잡고 있던 손이 미끄러졌고, 연화는 갑판 위로 떨어졌다. 그녀와 함께 떨어진 엄마의 옥반지가 눈앞에서 굴러갔다.

"연화야."

엄마가 다급하게 외쳤다. 반지는 갑판 위를 뒹굴다 멈추었다.

"엄마. 잠깐만요."

연화는 재빨리 일어나 옥반지를 향해 손을 뻗었다. 그녀가 옥반지를 집으려던 그때, 어디선가 나타난 한 소년이 옥반지를 낚아챘다.

"안돼."

연화가 소리쳤지만, 소년은 반지를 들고 어둠 속으로 사라졌다. 짧은 순간, 연화는 소년의 이마에 있는 붉은색 점을 보았다. 뒤늦게 엄마를 올려다보았지만, 엄마는 벌써 저만치 멀어져가고 있었다. 엄마의 손을 잡을 수 없다는 걸 깨달은 연화는 엄마에게 손을 흔들며 소리쳤다.

"사랑해요. 엄마. 우리 다시 만나요."

"사랑한다. 우리 아가. 엄마가 꼭 너를 지켜줄게. 우린 다시 만날 거야."

엄마는 빛 속으로 흔적도 없이 사라졌다. 이상하게 두려움도, 걱정도, 슬픔도 느껴지지 않았다. 언젠가는 다시 만나리란 알 수 없는 기대만 마음속 깊은 곳에 침잠했다.

아빠와 엄마가 떠나고 홀로 남겨진 연화는 주위를 둘러봤다. 전기가 차단된 배 안은 한 치 앞도 보이지 않았고, 불길은 점점 거세졌다. 배 안을 가득 메운 연기와 지독한 냄새가 코를 찔렀다. 그런데 이상하리만큼 정신은 점점 또렷해졌다. 연화는 조금 전에 벌어진 일을 떠올렸다. 어디선가 나타난 소년이 엄마의 옥반지를 들고 갔다. 엄마를 따라가려면 그 소년을 찾아야 한다.

그러고 보니 조금 전까지 뛰어다니던 사람들은 온데간데없고 고요한 적막이 감돌았다. 발걸음을 떼려는데 툭 하고 무언가가 발끝에 걸려 하마터면 넘어질 뻔했다. 고개를 숙여 자세히 보니 사람이었다. 깜짝 놀라 둘러보니 갑판 위에 많은 사람이 정신을 잃고 쓰러져 있었다. 연화는 뒷걸음질을 치며 안전한 곳을 찾아 두리번거렸다. 그때, 희끗한 움직임이 나타났다 사라졌다. 연화는 희끗한 움직임이 사라진 곳으로 달려갔다.

연화가 뱃머리에 다다랐을 때였다. 반지를 들고 간 소년이 바다로 뛰어내렸다. 소년을 뒤쫓아 난간에 다가서자, 바로 아래 작은 배 한 척이 보였다. 배에는 '해양경찰'이라 적혀있었고, 조금 전에 바다로 뛰어든 소년은 해양경찰선 갑판 위에 누워있었다. 그녀도 얼른 난간에 올라서려는데, 해양경찰선이 움직이기 시작했다.

"살려주세요. 저 여기 있어요."

연화가 두 팔을 벌려 좌우로 저었지만, 해양경찰선은 야속하게도 그냥 떠나가 버렸다. 그때였다. 구명조끼를 입은 중년 남성이 숨을 헐떡이며 그녀 옆에 멈춰 섰다. 남자는 멀어져 가는 해양경찰선을 넋 놓고 바라봤다. 마지막 희망마저 사라지자, 눈에서 눈물이 흘러내렸다. 남자는 그녀를 힐끔 내려다보았다.

"살고 싶니?"

연화는 고개를 끄덕였다. 그러자, 남자는 그녀를 번쩍 안아 난간으로 올라갔다. 무서웠지만 저항할 새도 없이 남자는 바다로 뛰어들었고, 연화는 깊은 바닷속으로 빨려 들어갔다. 의식을 잃은 그녀는 짙은 어둠 속을 헤엄쳐 다니다 아빠의 목소리를 들었다.

"옥반지를 찾아서 아빠에게 오렴. 우리 가족은 다시 만날 수 있을 거야."

그때였다. 누군가가 그녀의 몸이 흔들었다.

"얘야. 정신 차려봐. 정신 차려 어서."

정신이 든 연화는 손을 더듬거렸다. 딱딱하고 차가운 감촉을 느꼈다. 바닷속은 아닌 듯했다. 눈꺼풀을 들어 올렸을 땐, 한 남자가 그녀를 빤히 바라보고 있

　　　　　　　　　　　　　　은하수의 저주

었다. 그녀를 안고 바다로 뛰어든 남자였다.

"얘야. 정신이 드니?"

연화는 고개를 끄덕였다.

"지나가던 어선이 우리를 구해줬어."

연화는 깊은숨을 내쉬며 앞에 앉은 생명의 은인을 멍하니 바라봤다. 남자는 멀어져가는 크루즈로 눈길을 돌렸다.

어선은 하얀 등대가 있는 방파제에 정박했다. 조금 전에 봤던 해양경찰선도 그곳에 와있었다. 구조된 소년은 어디에 있는지 보이지 않았다. 남자는 사람들의 시선을 피해 등대 아래로 연화를 데리고 갔다. 두 사람은 차가운 바닥에 쭈그리고 앉아 한참 동안 바다를 바라봤다. 흉측하게 타버린 배와 그 위에서 터져 내려는 불꽃. 불꽃은 오늘 밤 아무것도 남기지 않고 모조리 다 태워버릴 것만 같았다. 크루즈에서 맡았던 매캐한 냄새가 끈적한 바람을 타고 날아와 조금 전 기억을 불러들였다. 바다로 뛰어든 아빠와 하늘로 날아가 버린 엄마. 아빠의 바람대로 평생 잊지 못할 생일날이 되었다.

잠시 후 남자는 그를 찾아온 아내와 사고대책본부로 떠났고, 연화는 남자의 아들과 함께 남았다. 그때, 맞은편 빨간 등대 아래 앉아있는 낯익은 소년을 발견했다. 연화는 홀린 듯 일어나 빨간 등대로 달려갔다. 무릎에 얼굴을 파묻은 소년은 그녀가 다가가자, 고개를 들었다.

"오빠지? 오빠가 들고 갔지?"

소년은 초점 없는 눈으로 눈을 깜빡였다.

"그거 이리 줘."

연화는 소년의 얼굴 앞에 작은 손을 내밀었다.

"뭐…? 뭘 말하는 거야?"

소년의 양쪽 눈썹이 움찔거렸다.

"우리 엄마 반지. 다시 돌려달란 말이야."

칠석의 밤

연화는 참아왔던 울음을 터트렸다. 그녀의 울음에 소년이 어쩔 줄 몰라 하던 그때, 검은색 양복을 입은 남자가 소년에게 다가왔다.

"여기서 뭐 해? 어서 가자."

남자는 소년을 다그쳤다.

"오빠, 괜찮아?"

소년의 동생으로 보이는 여자아이가 소년의 얼굴을 어루만졌다. 소년은 여동생의 손을 자신의 얼굴에서 떼어냈다. 잠시 후 소년은 검은색 승용차를 타고 떠나버렸고, 연화는 혼자 남겨졌다. 마땅히 갈 곳도, 집으로 가는 길도 몰랐다. 집에 간다고 해도 그녀를 반겨줄 엄마와 아빠도 이젠 없었다.

연화는 바닥에 털썩 주저앉았다. 뭘 어떻게 해야 할지, 어디로 가야 할지 아무것도 알 수 없었다. 소년이 떠나고 얼마 지나지 않아 곱슬머리에 덥수룩한 수염이 난 한 남자가 다가왔다.

"가자."

"아저씬 누구예요?"

연화는 용기를 내어 물었다.

"네 삼촌."

해수가 눈을 번쩍 떴다. 심장이 터질 듯 숨이 가빠왔다. 그의 이마에서 흐른 땀이 연화의 가슴 위로 뚝뚝 떨어졌다. 주위를 둘러보니 전공의들이 멀찍이 떨어진 곳에서 그를 바라보고 있었다. 다시 눈을 옮겨 환자감시 모니터를 확인했다. 연화의 심장박동 그래프가 움직이고 있었다. 연화의 심장이 다시 뛰고 있었다.

해수는 남은 처치를 전공의들에게 맡기고 소생실을 나왔다. 그는 조금 전 그를 덮친 충격에서 헤어 나오지 못했다.

"반지였어."

　　　　　　　　　　　　　　은하수의 저주

잊었던 그날의 기억이 그의 의식에 하나둘씩 건져 올라왔다. 그날 그가 본 선녀도, 알 수 없는 힘에 이끌려 반지를 주웠던 기억도, 연화가 그에게 찾는 게 반지란 사실도. 모든 퍼즐이 맞춰졌다. 하지만 반지의 행방을 알기엔 19년이나 지났다. 해수는 머리를 쥐어뜯었다. 반지를 어디서 찾지.

늦은 오후, 연화의 검사 결과가 나왔다. 이번에도 검사 결과는 정상이었다.

*　*　*

재하는 친구 어진의 연락을 받고 1층으로 내려갔다. 1층 로비에 있는 카페에 들어서자, 어진이 손을 흔들었다.

"도대체 숨겨진 사실이 뭐야?"

그가 의자에 앉으며 물었다.

"뭐가 그리 급해? 숨 좀 돌리고 커피 마시면서 얘기하자."

어진의 얘길 기다리는 그의 속은 타들어 갔다.

"막강한 권력자와 관련된 사건인가 봐."

어진은 커피를 한 모금 마시며 말했다.

"권력자? 그게 누군데?"

재하는 몸을 앞으로 내밀었다.

"글쎄. 사고가 있고 일 년 후엔가? 소리소문없이 사라져버렸대."

"사라지다니, 뭔가 냄새가 나는데?"

그가 미간을 찌푸리며 말했다.

"중요한 건 그 사람이 누군지 수소문해봤지만, 알려진 게 전혀 없어. 하지만 소문일 뿐이라기엔 뭔가 있는 거 같긴 해."

"어떻게 관련이 있다는 거야? 설마 고의사고는… 아니겠지…. 아닐 거야…."

그는 혼잣말하듯 중얼거렸다.

"그 배에 그 권력자의 아들이 타고 있었다는 것 같아. 그 아들이 사고를 냈고, 권력으로 사고를 은폐했던 거지."

그는 두 손으로 얼굴을 감싸고 고개를 숙였다.

"말도 안 돼. 그럼 그 아들은? 죽은 거야?"

"그럴 리가. 생존자 중 한 명이라는 것 같아."

두 사람 사이에 정적이 흘렀다.

"그게 사실이라면…, 생존자 중에 학생은 둘뿐이었어."

재하는 기억을 떠올리며 천천히 말했다.

"누군지 진짜 밝혀내기라도 하겠다는 거야? 인제 와서? 그런다고 죽었던 사람들이 다시 돌아와?"

어진은 주머니를 뒤적거려 담배를 꺼냈다가 주변을 두리번거리며 다시 주머니에 넣었다.

"벌을 받게 해야지. 어떤 식으로든."

그때, 누군가가 그의 어깨를 두드렸다.

"여기서 뭐 해?"

올려다보니 해수가 서 있었다. 커피를 마시러 온 모양이었다.

"친구 좀 만나러. 지난번에 말한 아버지 일 때문에 친구한테 부탁을 좀 했거든."

그가 어진에게 눈을 돌리자, 해수의 시선도 따라왔다.

"신문기자인 고등학교 동창이야. 이름은 주어진."

어진은 해수를 보며 고개를 까딱였다. 그는 해수에게로 고개를 돌렸다.

"이쪽은 대학 동기이자 응급의학과 전임의, 강해수."

해수는 어진에게 눈인사를 하고서 뒤돌아섰다.

은하수의 저주

***

마지막으로 연화와 눈을 맞춰 대화한 지도 일주일이 지났다. 연화는 여전히 의식이 없었고, 그 상태가 지속되자 해수는 점점 불안해졌다. 연화가 돌아가야 할 날이 지나버린 걸까. 설마 이대로 연화가 죽는 건 아니겠지. 누구에게도 물어보지 못한 채 시간만 초조하게 흘러갔다. 불이 난 칠성사는 말끔히 사라졌고, 스님은 그 후로 나타나지 않았다. 사라진 건 스님만이 아니었다. 저승사자도 현무도 흔적도 없이 사라졌다. 폭풍전야처럼 알 수 없는 긴장감이 그의 주위를 맴돌았다. 그는 이제 연화를 지키는 일 말고는 그 어떤 것도 생각할 수 없었다.

해수는 해동 신도시에 있는 그의 집으로 향했다. 그는 그곳에서 어린 시절을 보내고 전공의가 되기 전까지 살았는데, 인턴이 된 후로 한 번도 가지 않았으니 8년 만이었다. 지난번 해인이 가져다준 상자 안에 반지가 없었으니, 만약 그가 반지를 가지고 있는 게 맞는다면, 집 어딘가에 있을 것이다.

"이제 집으로 들어오는 게 어때?"

엄마가 그를 뒤따라오며 물었다. 해수는 대답을 뒤로한 채 방으로 들어갔다. 그는 이제는 낯설어진 자신의 침대에 걸터앉아 방을 둘러봤다. 이곳 어딘가에 선녀의 반지가 있을까.

그때, 엄마가 주머니에서 뭔가를 꺼내어 내밀었다.

"이거 찾니?"

엄마가 내민 건 놀랍게도 그가 찾던 반지였다.

"아니… 이게… 왜 여기에…."

해수는 놀란 나머지 말을 잇지 못했다.

"해인이가 말해줬어. 네가 그때의 물건을 찾는다고."

엄마는 기분 나쁜 듯 반지를 곁눈질하며 말했다.

"그래서 반지를 찾고 있구나 싶었어. 언젠간 찾을 거라고 생각했거든."

칠석의 밤

"이 반지를 왜 엄마가 가지고 있어요?"

"사고 후에 빨래하려는데 네 바지 주머니에 들어있었어. 너에게 물어보려다 이상한 기분이 들어서 보관해둔 게 시간이 이렇게나 흘러버린 거야."

해수는 그날의 기억을 떠올렸다. 뭔가에 홀린 듯 집어 들고는 해양경찰선으로 뛰어내리기 직전에 주머니에 넣었고, 의식을 잃은 뒤 까맣게 잊어버렸다.

"대체 이 반지가 뭐길래, 애타게 찾는 거니?"

해수는 반지를 만지작거렸다. 반지를 보니 여러 가지 감정이 그의 마음속에서 뒤섞였다.

"그만 가볼게요."

그는 반지를 주머니에 넣었다.

"벌써 가려고? 해인이도 온다는데 같이 밥이라도 먹고 가지."

엄마는 못내 아쉬운 듯 말했다.

"해인이요?"

해수는 방을 나서다 말고 뒤돌아봤다.

"아버지 장례식 이후로 통 연락 없더니 오늘 오겠다고 하더라."

"왜요? 무슨 일 있는… 건 아니죠?"

엄마의 얼굴에 그늘이 드리웠다.

"기억나지? 네 아버지 돌아가시기 전에 했던 말. 그런데 해인이도 얼마 전부터 검은 모자를 쓴 남자가 따라다닌다고 하지 뭐야…"

저승사자가 왜 해인에게 나타난 걸까. 설마 그의 눈앞에서 죽어갈, 그가 사랑하는 사람 중 한 명인 걸까. 그는 머리를 흔들었다. 그래선 안 된다. 자신 때문에 동생이 위험에 처해서는 안 된다.

해수는 자신과 함께 있으면 엄마도, 해인이도 위험해질 거란 생각에 서둘러 집을 나왔다. 엄마는 문 앞까지 쫓아 나왔다.

"해인이는… 별일 없을 거예요. 들어가세요. 엄마."

은하수의 저주

그가 집 앞에 세워둔 차에 타려는데 등 뒤에서 엄마가 외쳤다.

"해인아."

돌아보니 엄마가 횡단보도를 건너려는 해인을 보며 손을 흔들고 있었다. 해수는 차에 타려다 말고 해인을 기다렸다. 해인이 막 횡단보도를 건너려 할 때였다. 해수는 해인에게서 백여 미터쯤 떨어진 곳에서 빠른 속도로 달려오는 차 한 대를 발견했다. 차는 속도를 줄이지 않고 일정한 속도로 달려오고 있었다. 그는 해인과 차를 번갈아 보며 다급히 외쳤다.

"해인아. 멈춰."

그의 목소리가 해인에게 가닿기도 전에 차는 해인을 받아버렸고, 해인은 인형처럼 공중으로 날아오르더니 쿵 소리와 함께 바닥에 떨어졌다. 놀란 어머니는 그대로 주저앉아버렸고 해수는 해인에게로 달려갔다. 그가 다가갔을 땐, 해인의 주위에 많은 사람이 모여있었다. 해수는 사람들을 비집고 들어갔다. 해인의 머리에서 흘러나온 피가 아스팔트를 붉게 물들이고 있었다.

"해인아. 정신 차려봐. 안돼. 해인아."

해수는 그가 뭘 해야 하는지도 잊은 채 해인을 끌어안고서 울부짖었다. 해인의 머리에서 흘러나온 붉은 피가 그의 손가락 사이를 타고 흘러내렸다. 그는 흘러내리는 피를 해인의 머리에 도로 집어넣으려는 헛된 동작만 되풀이했다. 그 사이, 사이렌과 함께 구급차가 도착했고, 구급대원은 해인의 상태를 확인하더니 들것에 실어 구급차에 올라탔다.

"천명 대학교 병원으로 가주세요."

뒤따라 구급차에 올라탄 그가 다급하게 말했다. 구급대원이 룸미러로 그를 힐끔 쳐다보았다.

"천명 대학교 병원은 지금 환자를 받을 수 없답니다."

그의 옆에 있던 구급대원이 통화를 마치며 말했다.

"그게 무슨 말씀이세요? 다른 병원으로 갔다간 골든아워를 놓칠지도 몰라요. 천명 대학교 병원으로 가야 해요. 천명 대학교 병원으로 가주세요."

"그렇지만… 병원에서 받을 수 없다고 하면 저희로선…."

"제가 천명 대학교 병원 의사예요. 응급의학과 의사라고요."

그가 소리쳤다. 구급대원은 하는 수 없이 천명 대학교 병원으로 차를 돌렸다. 병원으로 가는 짧은 시간 동안 해수는 다짐했다. 무슨 일이 있어도 동생만은 꼭 살리겠다고.

구급차가 천명 대학교 병원 응급실 앞에 멈춰 섰다. 해수는 구급대원들과 침대를 밀고 응급실로 들어갔다. 달려 나와야 할 의료진들은 코빼기도 보이지 않았다.

"응급환자예요. 다들 어디 갔어요?"

해수는 어딘가로 급히 달려가던 윤 간호사를 불러세웠다.

"응급환자가 줄지어 오는 바람에 지금 다들 바빠요. 그 환자, 선생님이 진료하셔야 할 것 같아요."

윤 간호사는 곤란한 표정을 지으며 대답했다. 응급실을 둘러보자, 윤 간호사 말대로 응급실 전체가 소생실이나 다름없었다. 구급대원들은 그에게 해인을 인계한 뒤 철수했다. 하는 수 없이 해수는 구석에 놓인 빈 침대로 해인을 데려갔다.

그때였다. 해인의 심장이 갑자기 멈춰 버렸다. 이미 많은 피가 해인의 몸에서 쏟아졌다. 해인을 살리려면 어서 수술실로 옮겨야 한다. 그는 해인의 가슴을 누르며, 지나가던 원효를 불러세웠다.

"원효 선생. 지금 빨리 OR(Operation Room, 수술실) 좀 알아봐 줘요. NS(neurosurgery, 신경외과)에 연락하고요."

그의 목소리가 허공을 떠돌았다. 원효는 그의 지시를 처리해줄 정신이 없어 보였다. 그는 허망한 마음에 해인을 내려다보았다. 착하기만 한 동생이 잠자듯이 누워있었다.

은하수의 저주

'신이시여. 제 목소릴 듣고 계신다면, 제발 해인이만은 살려주세요.'

그는 세상에 있는 모든 신을 동원해서라도 해인을 살리고 싶었다.

어린 해인은 부모님과 함께 차를 타고 어딘가로 향했다. 해인은 어디로 가는지 모른 채 차창 밖을 수놓은 불꽃을 보며 들떠있었다. 차는 방파제 입구에 멈춰 섰다. 차에서 내린 해인은 어수선한 분위기에 잔뜩 움츠러들었다. 방파제 입구에는 사람들이 발을 굴리며 울부짖었고, 하늘에는 헬기가 날아다녔다. 엄마와 아빠는 크루즈터미널에 마련된 사고대책위원회에 갔고, 오빠는 방파제 끝에 세워진 하얀 등대 아래 앉아있었다.

해인은 오빠가 있는 방파제로 걸어가다 사람들이 나누는 대화를 엿들었다.

"해경이 저기 저 두 학생만 구해왔죠? 그러면 저 배에 탄 사람들은 다 죽은 거예요?"

하얀 등대로 가자 해수가 무릎 사이에 얼굴을 파묻은 채 파르르 떨고 있었다.

"오빠. 여기서 뭐 해?"

해수가 눈물을 글썽이며 올려다봤다.

"왜 울어?"

해수는 말없이 고개를 저었다. 해수는 그 후로도 계속 말이 없었다. 따분해진 그녀는 혼자서 주차된 차로 걸어갔다. 차에 타자마자 소나기가 내리기 시작했다. 해인은 차창에 들러붙은 빗방울을 물끄러미 바라봤다. 그녀가 빗방울이 주르륵 흘러내리는 걸 손가락으로 따라 그리던 그때, 웅성거리는 소리가 들렸다. 차창 너머로 배 한 척이 하얀 등대로 다가오고 있었다. 배에선 아빠와 나이가 비슷해 보이는 남자와 그녀보다 서너 살쯤 어려 보이는 여자아이가 내렸다. 사고가 난 배에서 구조된 사람들 같았다.

잠시 후 비가 그치자 해인은 차에서 내려 방파제로 걸어갔다. 하얀 등대 아래에는 해수가 아닌 해수 또래의 소년이 앉아있었다. 해수는 자리를 옮겨 맞은 편 빨간 등대 아래 앉아있었다. 해인은 오빠에게 가려다 그냥 바닥에 주저앉았다. 조금 전에 내린 비로 엉덩이가 축축하게 젖었다. 옆에 있는 소년은 얼굴을 무릎에 파묻은 채 자고 있었다.

심심해진 해인은 스케치북을 펼쳐 눈앞에 보이는 광경을 그리기 시작했다. 어둠이 내려앉은 밤바다에 떠 있는 달과 새카맣게 타버린 흉물스러운 배, 그와는 어울리지 않는 휘황찬란한 은하대교.

졸음이 쏟아졌다. 해인은 스케치북을 옆에 내려놓고 무릎을 베개 삼아 잠을 청했다. 부스럭거리는 소리에 잠에서 깼을 땐, 시간이 한참이나 흐른 뒤였다. 소년은 언제 잠에서 깼는지 그녀의 스케치북을 들여다보고 있었다.

"미안."

소년은 미안한 얼굴로 사과했다. 하지만 소년의 사과 따윈 들리지 않았다. 해인은 소년과 눈이 마주친 순간부터 소년의 갈색 눈동자에 매료됐다. '남자'라는 존재에게서 한 번도 느껴본 적 없는 따뜻한 눈길이었다.

그때, 소년이 미소를 지으며 물었다.

"너 이름이 뭐야?"

"강해인."

해인은 수줍게 미소를 지었다.

"난, 신재하. 이 그림 내가 가져도 되니?"

해인은 고개를 끄덕이며 스케치북에서 그림을 뜯어냈다. 마치 뭔가에 홀린 기분이었다. 그림을 받아든 재하는 스케치북 모퉁이에 이름을 써넣었다.

'강해인.'

"강해수. 너, 지금 뭐 해. 해인 씨가 왜 여기에 있어?"

해수는 정신이 번쩍 들었다. 돌아보니 재하가 서 있었다. 재하의 눈동자가

은하수의 저주

해인에게 향해있었다. 해수는 고개를 돌려 환자감시 모니터를 확인했다. 모니터 속 그래프가 일직선으로 그어진 채 시끄럽게 울려대고 있었다. 해인의 심장은 여전히 뛰지 않았다. 시간이 얼마나 지나버린 걸까. 등줄기를 따라 식은땀이 흘러내렸다.

그때, 장례식장으로 내려가는 문 앞에 서 있는 저승사자를 발견했다. 저승사자는 그를 보며 미소를 지었다. 이제 모든 것이 끝나버렸다. 망연자실한 해수는 해인의 침대를 등진 채 털썩 주저앉았다.

"해인 씨. 해인 씨."

"해인아. 안 돼. 일어나 봐. 어서."

재하와 엄마의 울음소리가 귓속을 파고들었다. 재하와 엄마는 해인을 흔들며 해인을 불렀지만, 해인은 끝내 돌아오지 않았다. 눈물이 터져 나왔다. 자신 때문에 동생이 죽었다는 죄책감은 그를 끝이 보이지 않는 지옥 속으로 데려갔다.

'아버지. 전, 이제 어떻게 해야 하죠?'

***

병원에 설치된 스피커에서 '코드 블랙'이 울렸을 땐, 재하가 막 병원으로 들어서고 있었다. 그러잖아도 응급실 앞에 줄지은 구급차를 보며 의아하던 참이었다. 병원에 들어서자 가운을 입은 의사들이 응급실로 뛰어 들어갔고, 응급실 원무과 맞은편 벽에 걸린 TV 화면에선 속보가 나오고 있었다. 서천공단에서 폭발사고가 일어난 모양이었다.

재하는 엘리베이터 호출 버튼을 눌러놓고 뒤돌아서 응급실을 바라봤다. 응급실 원무과 앞으로 나 있는 자동출입문이 닫힐 새 없이 열렸다. 열린 문틈으로 이동용 침대가 쉴 새 없이 응급실로 들어가는 게 보였다. 오늘따라 엘리베이터도 층마다 서는 바람에 1층까지 내려오는 것도 한참이나 걸렸다.

계단으로 올라갈까 하던 그때, 해수가 이동용 침대를 밀며 응급실 안으로 들어갔다. 이동용 침대가 환자대기실을 지나 응급실로 들어가는 짧은 순간, 재하는 침대에 누워있는 사람의 얼굴을 보았다. 그는 자석에 이끌리듯 응급실로 들어갔다. 응급실은 정신없이 바빴다.

재하는 응급실을 둘러보며 해수를 찾았다. 해수는 환자를 구석진 곳으로 데려갔다. 그는 머뭇거리며 해수에게 다가갔다. 해수가 환자에게 심폐소생술을 하기 시작했다. 그의 눈은 환자에게로 향했다. 해인이었다.

놀란 그는 입을 틀어막았다. 해인의 머리에서 붉은 피가 흘러내리고 있었다. 재하는 떨리는 손으로 해인의 손을 잡았다. 차갑지도, 그렇다고 따뜻하지도 않았지만, 아직 그의 옆에 있었다. 해수는 홀로 외로운 사투를 벌이고 있었다. 해인의 처참한 모습을 보자 그는 모든 사고가 정지됐다. 그러고 얼마간의 시간이 흘렀고, 뒤늦게 정신을 차린 그가 해수에게 소리쳤다.

"강해수. 너 지금 뭐 해. 해인 씨가 왜 여기에 있어?"

해수가 화들짝 놀라 돌아봤다. 해수의 이마에서 땀이 뚝뚝 떨어졌다. 해수는 환자감시 모니터를 확인하더니 이내 해인에게서 손을 뗐다. 재하는 이 상황이 믿기지 않았다.

"안돼. 강해수. 뭐해. 해인 씨 살려내란 말이야."

재하는 재빨리 해인의 가슴을 누르고 또 눌렀다. 해인의 심장은 대답이 없었다.

"예쁜 얼굴에 이게 뭐예요."

재하는 해인의 얼굴에 얼룩진 붉은 피를 손으로 닦아냈다. 해인은 아무런 반응이 없었다. 믿기지 않았다. 믿을 수 없었다. 얼마 전까지만 해도 그를 향해 해맑게 웃어주던 해인에게 갑자기 왜 이런 일이 일어난 걸까. 재하는 가슴이 무너져내렸다.

"일어나요. 해인 씨. 놀이동산 가야죠. 어서 일어나란 말이야…."

그는 오래도록 해인의 곁에서 울부짖었다.

***

머리가 깨질 듯이 아팠다. 힘겹게 눈을 떠보니 조금 전까지 함께 있었던 엄마도 아빠도 그리고 동생도 보이지 않았다. 병원에 실려 온 모양이었다. 하늘을 수놓은 아름다운 불꽃들, 그리고 불이 난 배, 바다로 뛰어내린 아빠와 하늘로 날아 올라간 엄마. 엄마의 손가락에 끼워져 있던 반지가 바닥을 굴러가던 순간. 그리고 그 반지를 주워간 소년이 차례로 생각났다. 하지만 어떻게 병원에 실려 온 건지는 기억나지 않았다. 연화는 가만히 누워 조금 전 상황을 떠올려봤다. 소년의 이마에 있던 붉은 점, 그 소년은 해수였다. 해수가 엄마의 반지를 가져간 것이다. 해수…….

연화는 조금 전에 겪은 일이 꿈이란 걸 뒤늦게 깨달았다. 하지만 꿈이라기엔 현실처럼 생생해서 지금 막 사고 현장에서 병원으로 실려 온 기분이었다. 꿈이었단 게 믿기지 않아 가만히 주위를 둘러봤다. 그때, 어디선가 서글피 우는 남자의 울음소리가 들렸다. 울음소리를 따라 눈을 돌린 곳엔 해수와 재하가 침대를 둘러싼 채 울고 있었다.

연화는 침대에서 일어나 두 남자에게로 다가갔다. 침대에는 해인이 누워있었다. 해인이 누워있는 침대 시트가 피로 붉게 물들어 있었다. 조심스레 해인의 손을 잡아보았다. 아직 따뜻한 온기가 느껴졌지만, 서늘하게 식어가고 있었다. 믿기지 않아 해인의 가슴에 귀를 갖다 댔다. 아무 소리도 들리지 않았다.

"선생님. 아니, 언니. 언니가 왜 여기에 있어?"

연화는 해인의 어깨를 흔들었다. 해인은 깊은 잠에 빠져든 듯 미동이 없었다.

"언니. 그림 그리러 가요. 어서. 일어나….."

연화는 해인의 손을 잡아당겼다. 해인의 손이 힘없이 털썩 떨어졌다.

"아니야. 그럴 리가 없어. 언니. 일어나."

연화는 해인의 가슴에 얼굴을 파묻으며 울부짖었다. 몇 달 전 그녀가 본 환영처럼, 해인은 떠나버렸다.

***

해수는 해인의 장례식을 마치고 닷새 만에 병원에 복귀했다. 한 달도 채 되지 않아 아버지에 이어 동생까지 떠나보낸 그는 이제 더는 피할 곳도 도망갈 곳도 없었다. 그가 있을 곳은 오직 응급실뿐이었다. 그에게 응급실은 아버지, 동생, 그리고 그의 손에서 죽어간 환자들의 마지막을 함께한 곳이자, 그들을 지켜내지 못한 통한의 장소였다.

해수는 쉼터공원 벤치에 앉아 멍하니 허공을 바라봤다. 그가 사랑하는 두 사람이 떠났고, 이제 한 사람만 남았다. 한 사람, 연화만 남았다.

그때, 연화가 다가와 그의 옆에 앉았다.

"기억났어요."

그가 돌아봤다.

"반지에요."

연화의 말이 그의 가슴을 짓눌렀다. 연화는 언제부터 알고 있었던 걸까. 어디서부터 어디까지 알고 있는 걸까. 해수는 연화의 얼굴을 빤히 바라봤다.

"의식을 잃었을 때 꿈을 꿨어요. 꿈이라기보다 기억이 생생하게 되살아났다고 해야 할까."

"나도 봤어. 네 과거."

연화가 동그랗게 눈을 떴다.

"네 과거가 보였어. 우린… 불이 난 배에서 만났던 거야."

은하수의 저주

"그럼, 그날의 생존자 중 한 명이 선생님이었던 거군요."

해수는 입술을 질끈 깨문 채 고개를 끄덕였다.

"제 과거가 보인 걸 보면, 그 날이 점점 다가오는 것 같아요."

그러고 보니 어느덧 8월에 접어들었다. 사고가 났던 그날도 이때쯤이었다. 그때, 구급차가 두 사람 앞을 지나 구급차 정차 구역에 멈춰 섰다. 해수와 연화는 대화를 멈추고 응급실로 뛰어 들어갔다. 환자의 보호자로 보이는 여인이 슬픔을 토해내며 따라 들어왔다.

연화와 정식은 이동용 침대를 소생실로 밀고 들어갔다.

"TA(Traffic Accident, 교통사고) 예요."

뒤따라 들어온 구급대원이 그에게 말했다. 해수는 환자의 상태를 살폈다. 환자의 배가 터질 듯이 부풀어 있었다. 다발성 장기파열로 복강 내 출혈이 심해 보였다. 그런데 그것보다 눈에 띄는 건 환자의 피부색이었다. 환자의 피부가 누렇게 떠 있었다.

"혹시 평소에 앓고 있던 지병이 있습니까?"

해수는 남자의 아내에게 고개를 돌렸다. 여인은 울음을 멈추고 떨리는 목소리로 대답했다.

"간암 말기에요."

해수는 고개를 떨궜다. 역시나. 남자는 수술실로 올라가도, 가지 않더라도 아마 오늘 밤을 넘기지 못할 것 같았다. 어차피 죽을 환자를 수술실로 올려보내는 게 맞는 일일까. 해수는 소생실 앞을 서성이며 고민했다. 울고 있는 여인이 못내 마음에 걸렸다. 남편에게 마지막 인사를 하게 해주고 싶었다.

그는 소생실 안으로 들어갔다. 다들 경계하는 눈빛으로 그를 바라봤다. 그가 환자에게 다가가자 남자에게 심폐소생술을 하던 정식이 돌아봤다.

"강 선생님."

그는 남자의 가슴에 손을 올렸다.

"선생님. 저희는 모르는 일입니다. 못 봤어요. 아무것도."

정식의 목소리가 한 귀로 들어와 한 귀로 빠져나갔다. 그사이 그는 캄캄한 터널 속에서 빛을 따라 걷고 있었다.

해수는 크루즈 4층 갑판에 서 있었다. 그의 앞으로 두 소년이 지나갔다. 그는 19년 전 자신의 모습을 단박에 알아봤다. 두 소년은 열다섯 살이던 그와 그의 친구, 종철이었다. 함께 수학여행을 온 흥운 중학교 2학년 친구들은 각자 방식대로 밤바다를 즐기고 있었다.

잠시 후 머리 위에서 폭죽이 터지자, 갑판 위에 있던 사람들이 넋을 잃고 하늘을 바라봤다. 해수도 폭죽을 바라보긴 했지만, 그는 폭죽에 별 관심이 없었다. 해수는 그보다 더 재미있는 일탈을 준비했다. 아버지의 꼭두각시가 아니란 걸 증명하면서 아버지 뜻대로 되진 않을 거라는 선전포고였다.

"종철아. 우리 1층에 내려가자."

불꽃을 바라보던 종철이 그를 힐끔 쳐다봤다. 해수는 바지 주머니에서 담배와 라이터를 슬쩍 꺼내 종철에게 보여줬다. 종철은 싫다며 고개를 가로저었다.

"그러지 말고 같이 가자. 내가 미리 봐뒀는데 화물칸엔 아무도 없어."

종철은 꿈쩍하지 않았다.

"너 말이야. 지난번 기말고사…."

종철이 움찔했다. 그러자 그가 의미심장한 미소를 지으며 말했다.

"내가 비밀 지켜줄게."

종철은 고개를 떨궜다. 그가 이토록 종철을 꾀어내려는 건 누군가와 함께라면 죄책감을 조금은 덜 수 있었기 때문이었다.

해수는 종철을 데리고 중앙계단으로 향했다. 그때, 등 뒤에서 누군가가 그를 불렀다. 망할. 2학년 학생부장 신선도 선생님이었다. 선생님은 아까부터 아이들 사이를 헤집고 돌아다니고 있었다. 종철이 그에게 '들킨 건 아니겠지?' 하는

은하수의 저주

눈빛을 보냈다. 해수는 그럴 리 없다고 눈으로 대답했다.

"너희 어디 가니?"

선생님의 한마디에 심장이 곤두박질쳤다.

"화장실이요."

그가 어색한 미소를 지으며 대답했다. 빨리 이곳을 벗어나고 싶었다. 더 있다간 쿵쾅대는 심장 소리를 선생님께 들킬 것만 같았다. 다행히 저 멀리서 구세주가 다가오고 있었다. 교감 선생님이었다.

"조심히 다녀라."

부장 선생님은 교감 선생님이 부르자, 해수에게 주의 준 뒤 자리를 떴다. 해수는 종철에게 따라오라고 손짓하며 중앙계단으로 내려갔다. 2층을 지날 무렵 종철이 걸음을 멈추고 선실을 가리켰다. 2층 선실에는 선생님들이 모여 앉아 술을 마시고 있었다. 해수는 다행이라고 생각했다. 부장 선생님만 빼면 아무도 두 사람을 지켜보는 사람이 없었다. 일탈을 저지르기에 지금이 제격이었다.

1층에 다다르자 해수는 발걸음을 재촉했다. 연안을 항해하여 차를 실어 나를 필요 없는 탓에 화물칸은 텅 비어 있었다. 그 말은 이곳에 아무도 내려오지 않는다는 얘기였다. 해수와 종철은 안심하며 화물칸을 가로질러 걸어갔다. 오래전엔 화물을 실어 날랐었는지 곳곳에는 고임목이 널브러져 있었고 바닥은 미끈거리고 기름 냄새가 지독히 풍겼다.

그가 CCTV가 향하지 않는 구석으로 걸어가 고임목에 쭈그리고 앉자, 종철도 고임목 하나를 주워 와 옆에 앉았다. 해수는 바지 주머니에서 담배와 라이터를 꺼내 종철에게 건넸다. 종철은 잠시 머뭇거리다 담배 한 대를 건네받았다. 해수는 서툰 동작으로 자신의 담배와 종철의 담배에 불을 붙였다.

콜록. 콜록.

기침이 터져 나왔다. 둘은 서로의 모습을 보고 한참을 웃었다. 뭐든지 처음이 어렵다는 엄마의 말씀처럼 두 번째부터는 괜찮았다. 그렇게 얼마간 일탈을 만끽하는데 중앙계단 쪽에서 인기척이 들렸다. 놀란 해수는 그만 담배를 바닥에 떨어뜨리고 말았다. 그 순간, 담배가 손에서 떨어지는 순간부터 담배가 바닥에 닿으며 불꽃을 일으키는 순간까지 마치 슬로비디오처럼 보였다. 시뻘건 불꽃은 순식간에 그의 웅크린 몸만큼 커졌다. 그 모습을 숨죽여 지켜보던 해수와 종철은 눈이 마주쳤고 누가 먼저랄 것도 없이 계단을 향해 내달렸다. 계단을 뛰어오르며 힐끔 돌아봤을 땐, 불은 순식간에 화물칸 절반을 집어삼키고 있었다.

해수는 4층으로 뛰어 올라갔다. 곧이어 사이렌이 울리기 시작했고, 그가 4층에 올라갔을 땐, 놀란 사람들이 그대로 얼어붙어 있었다. 그는 사람들 눈에 띄지 않게 뱃머리 왼쪽 모퉁이로 가서 쪼그리고 앉았다. 종철은 어디로 갔는지 보이지 않았다. 해수는 사람들을 둘러보며 숨을 골랐다.

그때, 한 남자가 "불이야." 하고 외치며 중앙계단을 뛰어 올라왔고, 중앙계단에서 연기가 피어오르자 얼어붙었던 사람들이 허둥지둥 뛰어다니기 시작했다. 그 모습을 지켜보던 해수는 주머니를 더듬어 핸드폰을 꺼내 떨리는 손으로 아버지에게 전화를 걸었다. 신호가 몇 번 울린 뒤, 아버지가 전화를 받았다.

"아버지. 저예요."

그가 떨리는 목소리로 말했다.

"무슨 일이냐?"

아버지는 귀찮은 듯 물었다.

"배에 불이 났어요."

그는 울컥 목이 메었다.

"불이라니? 그게 무슨 말이냐?"

아버지의 목소리에 다급함이 묻어났다.

"죄송해요. 제가… 실수로… 담배를…."

해수가 울먹이며 말했다. 아버지와 마지막 통화가 될지도 모른다는 생각에 그는 잘못을 털어놓았다.

　　　　　　　　　　　　　　　　　　　　　　은하수의 저주

"이 녀석아. 당황하지 말고 침착해야지. 사내놈이 정신 안 차리고 뭣 하는 거냐. 넌 꼭 살아서 그 배에서 나올 테니 침착하게 기다리고 있거라. 내가 다시 또 전화하마."

아버지는 무심하게 전화를 끊었다. 가족들의 얼굴이 눈앞에 아른거렸다. 가족들을 자신의 손아귀에 넣어야만 직성이 풀리는 아버지, 아버지의 말씀을 거역하지 못하는 순종적인 엄마, 아버지의 눈 밖에 나지 않게 숨죽여 사는 동생. 그 안에서 그는 숨 쉴 곳이 없었다. 그런데도 죽음을 목전에 두자 가족들이 보고 싶었다. 아버지의 울타리 안으로 들어가고 싶었다.

그의 앞날을 암시하듯 잠시 후 배 안의 모든 조명이 꺼져버렸고 배는 어둠 속에 자취를 감췄다. 밤바다에 빛을 내는 건, 은하대교와 저 멀리 등대뿐이었다.

바로 그때, 어둠 속에서 핸드폰 벨이 울렸다. 아버지였다.

"조금 있다 해양경찰선 한 척이 거기로 갈 거다. 소형 쾌속선이라 그 배에 탄 사람들을 모두 태울 수 없다는구나. 그러니 너만 뱃머리로 가서 해양경찰선에 올라타거라."

해수는 침을 꿀꺽 삼키며 고개를 끄덕였다.

"다른 사람들이 알게 되면 네가 못 타게 될 수 있으니, 해양경찰선이 그리로 간다는 건 비밀로 해야 한다. 알아들었지?"

"네."

해수는 떨리는 목소리로 짧게 대답했다.

"명심하거라. 그 배에 꼭 타야 한다."

아버지는 신신당부하며 전화를 끊었다. 그제야 주위 상황을 제대로 볼 수 있었다. 갑판은 어느새 시커먼 연기로 뒤덮여 있었다. 사람들은 하나둘씩 바닥에 쓰러져 있었고, 겁에 질린 사람들은 바다로 뛰어내렸다. 공포에 질린 사람들을 지켜보며 해수는 무릎을 당겨 안은 채 부들부들 떨었다.

정신이 아득해지는 고비를 몇 번 넘긴 그때, 갑판 중앙 난간에 있는 일가족을 발견했다. 바다로 뛰어내리려는 아빠와 어린 아기를 등에 업은 엄마, 그리고 엄마의 손을 꼭 잡은 어린 소녀의 모습은 여느 가족과 다를 게 없었다. 작은 실랑이 끝에 아이 아빠가 바다에 빠졌고, 아이 엄마는 남편의 손을 뿌리쳤다. 그 순간, 믿을 수 없는 광경이 눈앞에 펼쳐졌다. 하늘에서 영롱한 빛줄기가 내려와 아이 엄마와 아이를 비추었다. 아이 엄마의 새하얀 피부가 투명하게 빛났다. 도저히 인간이라고 볼 수 없는 모습에 그는 눈을 뗄 수 없었다. 놀라운 건 아이와 손을 맞잡은 아이 엄마가 빛줄기 속으로 빨려 올라가더니 점점 허공으로 날아올랐다.

해수는 이끌리듯 여자에게로 다가갔다. 코앞까지 다가갔을 때였다. 여자의 손을 잡고 있던 소녀가 바닥으로 떨어졌다. 뒤이어 소녀 앞으로 반짝이는 무언가가 굴러갔다. 그 무언가에선 하늘에서 내려온 빛줄기와 여자의 몸에서 뿜어져 나오는 것과 같은 영롱한 빛이 뿜어져 나왔다.

해수는 자기도 모르게 달려가 그 빛나는 물체를 낚아챈 뒤 조금 전까지 그가 앉아있었던 곳으로 내달렸다. 뒤에서 누군가가 쫓아오는 걸 느꼈지만, 뒤돌아볼 겨를이 없었다. 발밑에 쓰러진 사람들을 피해 달리기도 진땀이 흘렀다. 연기를 마시며 달리는데도 그는 정신이 명료해지는 걸 느꼈다. 이상한 일이었다.

뱃머리에 다다를 때였다. 저 멀리에서 작은 배 한 척이 이쪽으로 다가오는 게 보였다. 아버지가 말씀하신 해양경찰선인 듯했다. 난간으로 다가가 얼굴을 내밀었다. 배에 타고 있던 해경이 해수에게 두 손을 흔들었다. 숨을 고르며 아래를 내려다보니 눈앞이 아찔했다. 크루즈와 경찰선 사이의 검은 바다가 그에게 손을 뻗어오는 것 같았다. 해양경찰선으로 잘 뛰어내릴 수 있을까.

살려면 어떻게든 해양경찰선에 올라타야 한다. 해수는 뒤돌아봤다. 연기 사이로 희끗거리는 움직임이 보였다. 조금 전 그의 등 뒤에서 들려오던 발소리가 떠올랐다. 누군가가 그를 쫓아오고 있었다. 아버지의 신신당부가 떠올랐다. 더는 지체할 시간이 없었다.

은하수의 저주

그때였다. 옆에서 인기척이 들렸다. 내려다보니 종철이 난간에 등을 기대어 앉아있었다.

"해수야… 다 들었어… 나도… 데려….."

종철은 금방이라도 숨이 넘어갈 듯했다.

"걸을 수 있겠어? 뛰어내려야 해."

그가 종철을 부축하며 물었다. 종철은 고개를 까딱였다. 해수는 종철을 부축한 채 조심스레 난간 위로 올라갔다. 그때였다. 종철의 무게를 감당하지 못한 그의 다리가 휘청거리며 아래로 미끄러져 버렸다. 풍덩, 하고 부드러운 감촉이 그의 몸을 감쌌다. 그는 심연의 늪으로 빠져들고 있었다.

의식을 되찾았을 땐, 해양경찰선이 방파제에 다다르고 있었다. 살았다는 안도와 함께 종철이 생각났다. 고개를 돌리자, 해경이 종철의 가슴을 누르고 있었다. 그는 떨리는 입술을 질끈 깨물었다. 관자놀이를 타고 흘러내린 눈물이 머리카락을 적셨다. 그렇게 의식을 잃은 채 눈을 감은 모습이 종철의 마지막 모습이었다. 그 후로 그는 종철의 소식을 듣지 못했다.

해양경찰선에서 내려 방파제로 올라갔다. 다행인지 불행인지 어지러운 것 말곤 걷는 데엔 지장이 없었다. 하지만 몇 걸음 못가 다리가 풀려버렸다. 더는 걸을 자신이 없어 하얀 등대 아래에 주저앉았다. 어느 순간부터 폭죽 소리가 들리지 않았단 걸 깨달았다. 하늘을 수놓았던 폭죽은 꿈결처럼 아득했다. 차라리 꿈이었으면 좋았을까. 꿈이라고 하기엔 은하대교 아래에 거대한 고철 덩어리가 아직 검은 연기를 내뿜고 있었다. 해수는 자신이 저지른 일이 믿기지 않았다. 4층 갑판에 쓰러져 있던 사람들…. 죽었을까. 바다로 뛰어내리던 많은 사람은 또 어쩌고. 머리를 흔들었지만, 잔상은 그의 머릿속에서 떠나지 않았다. 비구름이 몰려왔다. 곧 비가 올 것만 같았다.

해수는 기억을 떨쳐내려 무릎 사이에 얼굴을 파묻었다. 습한 공기가 그의 등을 감싸더니 잠시 후 빗방울이 그의 뒷덜미를 타고 흘러내렸다. 그리고 저 멀리서 발소리가 그에게 다가왔다.

"해수야. 그… 일을 절대로 잊으면… 안…."

누군가가 그의 손을 덥석 잡았다. 정신을 차리고 내려다보니 종철이 그의 손을 잡고 있었다.

"박. 종. 철……."

남자의 얼굴에 소년 박종철의 얼굴이 어렴풋이 남아있었다. 해수는 그 자리에 털썩 주저앉았다.

"미안해. 종철아. 미안해. 모두 다 나 때문이야."

참았던 눈물이 터져 나왔다. 잊으면 안 되는 거였다. 절대 잊어선 안 되는 일이었다. 피해자들이 버젓이 고통 속에서 살고 있는데 그는 남의 일인 양 잊은 채 살아왔다. 그날 이후로 그의 집에선 그 사건을 언급하는 건 금기시되었고 해수는 차츰 그 일을 잊었다.

그때였다. 해수는 지하로 내려가는 문 앞에 서 있는 저승사자를 발견했다. 저승사자의 몸을 둘러싼 푸른 빛이 점점 그에게로 다가왔다. 놀란 그가 뒷걸음질 쳤지만, 빛은 춤추듯이 소생실 문을 넘어 안으로 들어왔다. 땀이 비 오듯 흘러내렸다. 잠시 후 푸른 빛은 누워있는 종철의 몸 위에서 멈추더니 종철의 몸이 허공으로 떠올랐다. 놀란 그는 뒷걸음질 치며 뒤로 물러났다. 종철의 몸을 휘감은 푸른 빛은 종철을 소생실 밖으로 데려갔다.

"안 돼. 종철아. 가지 마."

그는 종철에게 손을 뻗었다. 그때, 종철이 뒤돌아봤다. 종철은 웃고 있었다. 그것도 아주 편안한 얼굴로. 해수는 더는 아무 말도 하지 못하고 종철이 지하로 내려가는 걸 멍하니 바라봤다.

"환자, 보내드리죠."

정식이 낮게 깔린 목소리로 말했다.

　　　　　　　　　　　　　　　은하수의 저주

"박종철 님. 8월 2일 9시 9분 사망하였습니다."

해수는 터져 나오는 슬픔을 간신히 참으며 떨리는 목소리로 말했다. 그가 사망선고를 내리자 기다렸다는 듯이 여인의 흐느끼는 소리가 들려왔다. 돌아보니 종철의 아내로 보이는 여인과 대여섯 살로 보이는 여자아이가 종철의 곁으로 다가왔다.

"여보. 그동안 마음고생 많았어. 하늘나라에선 더는 죄책감 느끼지 말고 마음 편히 살아. 사랑해."

종철의 아내가 종철의 손을 잡으며 말했다. 아내의 작별 인사를 듣기라도 한 듯 종철의 얼굴이 편안해 보였다.

해수는 침대를 등진 채 바닥에 풀썩 주저앉았다. 동료들이 분주하게 움직이는 소리가 들렸다. 잠시 후, 소생실은 또다시 조용해졌다. 그가 고개를 들었을 땐, 종철은 이미 지하 1층으로 내려가고 없었다. 소생실 밖으로 나와 휴게실로 가려는데 누군가가 그를 불렀다.

"저기, 선생님."

돌아보니 종철의 아내가 아이의 작은 손을 잡고 서 있었다. 해수는 자기도 모르게 뒷걸음질 쳤다.

"선생님. 감사합니다."

종철의 아내가 그에게 머리 숙여 인사했다.

"남편은 어릴 때 겪은 사고로 평생 죄책감을 느끼며 살았어요. 아이를 낳고부터 더 심해지더니 술 없이는 잠을 자지 못했죠. 그러다 간암까지 걸리고 말았어요. 죽을 고비를 몇 번 넘기자, 남편은 이제는 미련 없이 떠나고 싶다고 하더군요. 그래도 조금은 더 우리 곁에 있을 줄 알았는데, 결국은 간암 때문이 아니라 생각지도 못한 교통사고로 가버렸네요."

해수는 진땀이 났다. 고맙다는 종철의 아내에게 사실을 털어놓을 수 없었다.

"차라리 잘됐어요. 고통 속에 사느니, 적어도 앞으로는 고통을 느끼지 않았을 테니까요. 신께서 이제 더는 괴로워하지 말라고 남편을 일찍 데려가려는 건가 봐요. 이젠 편히 눈 감고 쉬라고요."

종철의 아내는 그동안 많은 눈물을 흘렸던 탓인지 이젠 눈물도 다 말라버린 듯했다. 몸에 난 상처는 치료하고 수술하면 되지만, 마음의 상처는 완치되지 않았다. 잊어보려 노력할수록 상처에 더 잠식될 뿐이었다. 그는 종철의 아내에게 무슨 말을 해야 할지 몰라 머릿속을 헤집어 겨우 할 말을 찾아냈다.

"힘내세요. 아이를 생각해서라도. 도움이 되어주지 못해… 살리지 못해 죄송합니다."

종철의 죽음도, 혼자서 어린아이를 키워나가야 할 종철의 아내도, 아빠 없이 커나가야 할 아이의 삶도. 모두 자신의 탓인 것만 같아 그는 얼굴을 들 수가 없었다.

그는 휴게실로 들어갔다. 벽에 걸린 거울에는 불을 내고서 혼자만 살겠다고 도망쳐 나온 애송이가 서 있었다.

***

해수는 괴로워 보였다. 그가 환자의 죽음에 이토록 슬퍼하는 모습은 처음이었다. 아무래도 환자와 아는 사이 같아 보였는데, 그렇다고 해도 평소와는 달라 보였다. 환자의 과거에서 뭘 본 걸까.

연화는 해수가 괴로워하는 걸 차마 보지 못하고 눈을 돌렸다. 그때, 장례식장으로 연결된 엘리베이터 앞에 서 있는 저승사자를 발견했다. 저승사자는 챙이 넓은 모자에 그늘져 얼굴이 보이지 않았다. 그녀는 저승사자의 얼굴을 보려 눈을 찌푸렸다. 그러자 마치 망원경으로 들여다보는 것처럼 저승사자의 얼굴이 점점 크고, 또렷해졌다. 그 순간, 연화는 저승사자의 정체를 알아차렸다. 저승사자는 바로, 19년 전 그녀를 구해준 남자이자 재하의 아버지였다.

은하수의 저주

응급실은 빠르게 정리됐다. 연화는 환자를 지하 장례식장으로 내려보낸 뒤 해수가 있는 쉼터공원으로 갔다. 해수는 환자에게 사망선고를 내린 후 응급실을 빠져나가더니 줄곧 쉼터공원에 앉아있었다.

"괜찮아요?"

연화가 해수 옆에 앉으며 물었다. 해수는 아무런 대답 없이 다리를 떨고 있었다.

"저승사자 말이에요."

"저승사자?"

해수가 고개를 획 돌렸다. 그녀를 바라보는 해수의 눈동자가 불안하게 흔들렸다.

"저승사자의 정체를 알아냈어요. 재하 오빠의 아버지였어요."

연화는 고개를 끄덕이며 말했다.

"재하 아버지라니, 그게 무슨 말이야?"

해수의 눈이 휘둥그레졌다.

"재하 오빠를 처음 만난 곳도 그 사고 현장이었어요. 재하 오빠의 아버지도 그 배에 탔던 피해자였고요."

"그랬구나. 그래서 해인이의 과거에 재하가 있었구나."

해수가 혼잣말하듯 중얼거렸다.

"선생님이라고 했어요. 그러니까 어쩌면⋯."

해수의 얼굴에 당황한 기색이 스쳤다.

"그날 생존자는 넷. 아니, 셋이었어요. 두 학생과 재하 오빠의 아버지인 선생님이었죠."

"아까 지하로 내려간 환자가 나와 구조된 또 다른 학생인 내 친구였어."

그는 두 손으로 얼굴을 쓸어내리며 한숨 섞인 목소리로 말했다. 그날의 생존자는 이제 해수밖에 남지 않았다.

다음 날 오후, 응급실에 내려가려는데 재하에게서 전화가 왔다.

"나야. 혹시 해수랑 같이 있니?"

재하가 격앙된 목소리로 물었다.

"아뇨. 왜 그래요? 무슨 일 있어요?"

연화는 어리둥절했다.

"전화기가 꺼져있던데 어디 갔는지 아니?"

"아침에 퇴근 후로 못 봤어요."

"알았어. 그 자식 만나면 전화 좀 부탁해."

통화를 끝낸 그녀가 당직실을 나가려는데 저승사자가 나타나 앞을 가로막았다.

"꼬마야. 잘 지냈니?"

그대로 몸이 얼어붙은 연화는 못 본 체 눈을 돌렸다. 저승사자가 그녀를 볼 수 있다는 건 놀랍지 않았다. 그보다 놀라운 건 그녀가 저승사자를 볼 수 있다는 걸 저승사자가 알고 있다는 거였다.

"놀라지 말 거라. 네가 나를 볼 수 있다는 걸 알고 있으니."

"어떻게요?"

연화는 그만 대답하고야 말았다.

"네겐 인간에겐 없는 게 있거든."

저승사자는 방안을 둘러보며 물었다.

"그 남자아이는 지금 어디 있는 게지?"

"누, 누굴 말씀하시는 거죠?"

진땀이 흘렀다.

"배에 불을 낸 남자아이 말이다."

연화는 눈을 번쩍 떴다.

"누, 누굴 말하는 거예요?"

은하수의 저주

연화는 머릿속으로 떠오른 이름을 애써 지우려 고개를 흔들었다.

"너와 함께 있는 그 아이가 바로 너와 네 가족을 이산가족으로 만들었다."

저승사자는 창백한 얼굴을 그녀의 얼굴에 불쑥 들이밀며 속삭였다. 연화는 믿을 수가 없었다. 몸에 불이 붙어 여기저기 뛰어다니던 사람들, 입을 틀어막고 비틀거리던 사람들, 견디지 못해 바다로 뛰어들던 사람들, 그리고 그녀의 엄마와 아빠. 그날 죽어간 많은 이들의 얼굴이 생생하게 떠올랐다.

"아니에요. 엄마와 아빠는 배에 불이 나지 않았어도 그날 떠나려고 했어요."

"물론, 그랬겠지. 하지만 불이 나지 않았더라면 너도 네 엄마와 함께 갈 수 있었을 게다."

그녀의 머릿속에 엄마 없이 살아온 지난날의 기억이 주마등처럼 지나갔다.

"그 아이가 있는 곳을 말하지 않아도 괜찮다. 내가 찾아낼 수 있으니. 하지만, 미리 말해두겠는데 내가 그 아이를 데려가려고 하니 작별 인사를 해두는 게 좋을 게다."

"데려가다니요? 그게 무슨 말씀이에요?"

연화가 채 붙잡기도 전에 저승사자는 사라져버렸다. 저승사자가 찾아온 걸 보면 해수가 위험하다. 해수는 대체 어딜 간 걸까.

***

늦은 오후, 해수는 차를 몰고 병원을 빠져나왔다. 어디든 사람들이 모르는 곳으로 도망치고 싶었다. 그는 차선을 넘나들며 가속페달을 힘껏 밟았다. 사방에서 경적이 울렸지만, 그는 의식하지 못한 채 병원으로부터 점점 멀어져갔다.

이십여 분쯤 달렸을까. 차는 이 차선 도로로 접어들었고, 그의 앞을 가로막는 차는 없었다. 그가 속력을 내려던 그때, 그의 차 앞으로 뭔가가 튀어나왔다. 그는 다급하게 브레이크를 밟았다. 그 바람에 몸이 앞으로 쏠려 가슴이 핸들에 부딪혔다.

"윽."

입에서 짧은 신음이 새어 나왔다. 가슴이 욱신거렸다. 화가 치밀어오른 그가 창문을 내리고 고개를 내밀자, 검은 옷을 입은 남자가 엉덩이를 털고 일어나 그에게로 걸어왔다.

그는 경적을 울리며 다시 가속페달을 밟았다. 남자의 고함이 들려왔다. 열린 창문으로 청량한 바다 내음이 났다. 옆으로 고개를 돌리니 저 멀리 은하대교 주탑이 보였다. 그는 남하 해수욕장 백사장 바로 옆 이 차선 도로를 달리고 있었다. 무의식이 그를 남하도 앞바다에 데려온 것이다.

해수는 방파제 입구에 차를 세웠다. 19년 만에 찾아온 방파제였다. 방파제 뒤편에는 수변공원이 들어서 있었다. 공원 안에 타워레스토랑과 소규모 놀이공원이 있다고 들은 기억이 났다. 공원 입구에는 자그마한 비석이 세워져 있었다.

「20xx. 08. 04일 인생호 화재 사고 추모비」

깜짝 놀란 그는 뒷걸음질 치며 정신없이 도망쳐 나왔다. 세상 모든 사람이 그를 손가락질하는 것 같았다. 뒤늦게 정신을 차리고 보니 그는 하얀 등대 아래서 있었다.

해수는 숨을 고르며 은하대교를 바라봤다. 19년 전 그날처럼 해무가 방파제로 서서히 밀려들더니 빗방울이 하나둘씩 떨어졌다. 그는 등대 아래 쭈그려 앉은 열다섯 살 소년, 해수를 마주했다.

왈칵 눈물이 쏟아졌다. 그는 아이처럼 목놓아 울었다. 19년 전, 해양경찰선을 타고 방파제에 내리던 순간, 모든 사람의 시선이 그에게 향한 것만 같아 그 자신도 바다로 몸을 숨기고 싶었던 그 순간이 떠올랐다. 비난의 목소리가, 바닷속에 잠든 사람들의 절규가 귓속을 파고들었다. 그의 죄가 밝혀지는 것보다 두

은하수의 저주

려운 건 죄의식 없이 살아온 그의 모습이었다. 죄의식이 없다는 건 '인간다움'을 포기한 거나 다름없었다. 그런 그가 다른 이를 살리겠다고 의사가 되어선 안 되었다. 그는 그럴 자격이 없었다.

방파제 밖으로 발을 뻗었다. 어둠이 내려앉은 바다는 그를 집어삼켜도 아무 일 없듯이 평온할 것 같았다. 점점 거세지는 빗줄기도 그를 등 떠미는 듯했다. 저주도, 벌도, 죄의식도 느끼지 못한 채 살아온 삶은 죽은 거나 다름없었다. 죽은 거나 다름없는 삶을 지속해야 할 이유가 없었다. 생각해보면 저주와 벌에서 벗어나는 건 생각보다 간단했다. 그가 없다면, 연화도 살 수 있을 것이다. 이제 그의 삶을 지탱한 마지막 한 발마저 뗀다면 벌도, 저주도, 연화에게 닥칠 위험도 끝날 것이고, 그도 아무 의미 없는 삶으로부터 떠날 것이다. 더는 머뭇거릴 필요가 없었다.

후. 하고 심호흡을 내뱉으며 먼바다로 눈을 돌린 그때, 그는 바다 위에 넘실거리는 푸른 빛을 발견했다. 저승사자가 바다 위에 서서 그를 바라보고 있었다. 그와 눈이 마주치자 저승사자는 빠른 속도로 다가오더니 눈 깜빡할 새 사라졌다. 곧이어 등 뒤에서 서늘한 기운이 그를 감쌌다. 그는 가위에 눌린 듯 움직일 수가 없었다. 그때, 남자 목소리가 그의 귀에 대고 속삭였다.

"옳지. 애야. 나랑 같이 가자."

남자의 차가운 숨이 온몸을 훑고 지나갔다. 귓불의 솜털이 쭈뼛 서더니 온몸의 털들도 스르르 곤두섰다. 그가 발을 도로 물려 방파제를 디디려는데 강한 힘이 퍽 하고 그의 등을 쳤다. 그 바람에 그는 중심을 잃고 방파제 밖으로 밀려버렸다. 그가 휘청거리며 바다로 빠지려던 순간, 누군가가 그의 뒷덜미를 잡아챘고 그는 바닥에 나뒹굴었다. 순식간에 일어난 일이었다.

그가 바닥을 뒹굴며 숨을 컥컥거리는데 그의 몸 위로 검은 그림자가 드리웠다. 눈을 떠보니 재하가 그를 내려다보고 있었다.

                         ***

　퇴근 후 집으로 돌아온 재하는 침대에 누워 멍하니 천장만 바라봤다. 해인의 장례식이 끝나고 그는 어떤 것에도 흥미나 즐거움을 느끼지 못했다. 해인이 없으니 모든 게 다 무의미하게 느껴졌다. 심지어 그가 정신건강의학과 의사라는 것도 우습게 느껴졌다. 제 마음 하나도 어찌하지 못하는데 누가 누굴 진료한단 말인가. 그가 침대에 누워 삶의 의미를 찾던 그때, 방문이 열리고 엄마가 들어왔다.

　"네가 찾던 그 상자. 찾았어."

　엄마는 아버지의 유품이 든 상자를 침대에 내려놓았다. 그는 침대에 걸터앉아 떨리는 마음으로 상자를 열었다. 아버지의 손때가 묻은 유품을 보자 눈물이 차올랐다. 대체 아버지에게 무슨 일이 있었던 건지, 아들의 졸업식에도 참석하지 않은 아버지를 깊이 이해해보고자 했다.

　상자를 열어 처음 마주한 건 아버지의 일기장이었다. 재하는 아버지가 돌아가시기 직전의 날짜로 넘겼다.

　'인솔 교사로서 아이들을 구하지 못하고 혼자 살아남은 죄책감이 큽니다. 아이들 곁으로 갑니다.'

　재하는 두 눈을 질끈 감았다. 아버지는 제자들을 한 명도 살리지 못했다는 죄책감에 괴로운 나날들을 보내셨다. 그는 사고가 있던 날짜로 넘겼다.

　'한 아이의 잘못으로 고귀한 사람들이 목숨을 잃었다. 그 아이가 담배를 들고 1층 화물칸으로 내려가는 걸 보고도 막지 못했다. 그 아이의 철없는 장난에 불이 났지만, 난 진실을 말하지 못했다. 담배를 뺏었더라면 많은 제자를 잃지 않았

을 텐데……. 친구들의 목숨을 *빼앗은* 그 아이는 살아남았다. 신은 존재하는가.'

사고 생존자 중에 학생은 두 명이었다. 그렇다면 살아남은 학생 두 명 중 한 명이 그 배에 불을 낸 장본인이라는 건가. 도대체 얼마나 막강한 권력이길래 진실이 19년이나 봉인될 수 있었을까.

재하는 또다시 상자를 뒤졌다. 사고를 둘러싼 진실을 알 수 있을 만한 또 다른 게 있을까. 상자 깊숙한 곳에 사진 몇 장이 들어있었다. 학생들이 배에 오르는 걸 누군가가 찍은 사진이었다. 불안한 얼굴로 배에 오르는 아버지 앞에 낯익은 소년이 배에 오르고 있었다. 해수였다. 지금보단 앳된 얼굴이지만, 대학 시절의 얼굴과 크게 다르지 않아 단번에 알아볼 수 있었다.

그렇다면 해수가 흥운 중학교 생존자 두 명 중 한 명이란 말인가. 불현듯 대학 시절, 해수를 두고 그의 아버지가 이 지역에선 알만한 사람은 다 아는 그런 사람이라고 떠돌던 소문이 그의 뇌리를 스쳤다. 재하는 혼란스러웠다.

그때, 모서리가 헤진 낡은 스케치북 낱장을 발견했다. 어느 날 사라져버린 그림이 상자 안에 들어있었다. 아버지가 들고 가셨던 모양이었다. 그는 찢어지지 않게 조심해서 종이를 꺼냈다. 19년 전 등대 밑에서 만난 소녀에게서 받은 그림이었다. 놀랍게도 그의 진료실에 걸린 해인의 그림과 똑같았다. 그는 얼른 그림 오른쪽 모퉁이로 눈길을 옮겼다. 그곳에 소녀의 이름이 쓰여있었다.

'정해인'

재하가 화장실에 가려고 방에서 나왔을 땐, 엄마가 소파에 앉아 9시 뉴스를 기다리고 계셨다. 해동시에 있는 흥운 중학교 2학년 학생부장 선생님이었던 아버지는 학생들을 인솔해 수학여행에 가신 바람에 오늘 밤은 엄마와 재하 둘뿐이었다. 화장실에서 나와 방으로 들어가려는데 엄마가 그를 불러세웠다.

"어머. 재하야. 저거 좀 봐."

엄마가 가리킨 텔레비전 화면에는 빨간색으로 된 뉴스 속보 자막이 나오고 있었다.

「남하도 앞바다 크루즈 인생호에 화재 발생. 탑승객 전원 대피 중」

엄마의 표정이 어쩐지 초조해 보였다. 곧바로 뉴스가 시작됐다. 앵커는 굳은 얼굴로 속보를 전했다.

"조금 전 8시 7분경 남하도 앞바다를 운항하는 크루즈에 화재가 발생했습니다. 현장 상황과 탑승 인원은 파악되지 않고 있습니다만, 승선객들은 안전하게 대피 중인 것으로 확인됩니다."

"재하야. 네 아버지가 오늘 배에 탄다고 하셨어."

엄마가 굳은 얼굴로 말했다.

"아버지께 전화 한번 해봐요."

재하가 재촉했다. 엄마는 이제야 생각난 듯 전화기를 집어 들어 전화를 걸었다. 통화연결음이 계속 이어지더니 아버지는 끝내 전화를 받지 않았다. 불안은 점점 확신으로 변해갔다.

"아무래도 가봐야 할 것 같아."

엄마는 소파에서 벌떡 일어나 방으로 뛰어 들어갔다. 재하도 얼른 방으로 들어가 옷을 갈아입고 나왔다. 택시를 타고 남하도로 가는 내내 창밖에는 비가 내렸다. 설마. 아닐 거야. 그 배가 아닐 거야. 재하는 떠오르는 모든 생각을 부정했다. 엄마는 사고 현장으로 가는 내내 아무 말씀도 하지 않으셨다.

해수욕장에 다다르자 택시는 인파에 휩쓸려 거북이걸음으로 움직였다. 고개를 돌려 창밖을 보니 해변에도 마찬가지였다. 불꽃놀이를 보려고 모여든 많은 인파로 발 디딜 틈이 없었다. 게다가 은하대교 아래에서 치솟는 검은 연기는 더 많은 사람을 끌어들였다.

"기사님. 저기 저, 방파제 앞에 세워주세요."

엄마는 사람들이 많은 해변이 아닌 크루즈를 더 가깝게 볼 수 있는 등대를 가리켰다. 택시 기사는 엄마의 요구대로 하얀 등대가 있는 방파제 앞에 세워주었다. 택시에서 내리자, 방파제 뒤쪽에 줄지은 횟집 상인들이 밖으로 나와 불이 난 배를 바라보고 있었다. 엄마는 상인에게로 걸어갔다. 상인들은 누군가가 다가오는 줄도 모른 채 발을 동동 굴렀다.

"어머. 저기 저 사람들 어쩌면 좋아."

엄마는 떨리는 목소리를 가다듬으며 물었다.

"구조된 사람들은 지금 어디에 있는지 아시나요?"

"아휴. 구조는 무슨 구조에요."

한 아주머니가 한숨을 내쉬며 고개를 저었다.

"뉴스에는 구조하고 있다던데요?"

엄마는 믿기지 않는 듯 되물었다.

"보세요. 지금 바다에 해경이고 구조대원이고 아무도 없잖아요."

엄마는 바다로 고개를 돌렸다. 상인의 말처럼 바다에는 몇몇 어선 말고는 구조자를 실어 나르는 배는 보이지 않았다.

"저, 헬기는요?"

엄마는 은하대교 위를 날아다니는 소방헬기 두 대를 가리켰다.

"저 헬기도 감시하듯 저렇게 날아다니고만 있는 거예요. 헬기로 구조된 사람은 없었어요. 그나저나, 저 배에 가족이 타기라도 한 거예요?"

상인은 엄마를 보며 안타까워했다. 엄마는 고개를 떨궜다. 상인은 가엽다는 듯 엄마의 등을 두드리며 말했다.

"한 한 시간 전에 어선이 여자아이랑 아이 아빠를 구조해 왔어요. 아이가 의

칠석의 밤

식을 잃었다가 조금 전에 깨어난 것 같으니 거기로 한번 가보세요."

"아이 아빠라면, 남편이 아니겠네요."

엄마는 고개를 저으며 힘없이 돌아섰다. 하지만 이내 뭐라도 알 수 있지 않을까 하고 방파제로 걸어 들어갔다. 엄마는 등대로 걸어가는 내내 몇 번이나 휘청거렸다. 그는 이 일로 그의 삶도 휘청거릴 거란 걸 무의식중에 느끼고 있었다.

하얀 등대에 다다랐을 때였다. 기적 같은 일이 벌어졌다. 등대 아래 앉아있는 아이 아빠는 그의 아버지였다. 잘못 보았나 했지만, 눈 씻고 다시 봐도 분명 그의 아버지였다.

"아버지."

재하는 엄마를 부축하던 손을 뿌리치고 아버지에게로 달려갔다. 검댕으로 얼룩진 아버지의 얼굴에선 반가운 기색 대신 절망이 드리워져 있었다. 엄마가 다가가자 아버지의 눈가에 눈물이 고였다.

"여보…."

아버지는 울먹이며 말을 잇지 못했다. 엄마는 아무 말 없이 아버지를 안아 등을 토닥였다. 엄마와 아버지의 모습을 보자 코끝이 찡했다. 이때까지만 해도 재하는 아버지가 살아 돌아오셔서 다행이라고 생각했다.

잠시 후 아버지는 엄마와 함께 크루즈터미널에 차려진 사고대책본부에 다녀오겠다고 했다. 그는 아까부터 말없이 앉아있는 여자아이 옆에 앉았다. 아버지와 함께 구조된 여자아이였다.

"안녕."

재하가 먼저 인사를 건넸다. 여자아이는 그를 힐끔 보더니 다시 고개를 돌렸다.

"너, 이름이 뭐야?"

"한연화."

아이는 큰일을 겪은 아이치고 담담했다.

은하수의 저주

"가족들은?"

연화는 조그마한 손가락으로 바다 한가운데를 가리켰다. 하지만 그 후로도 계속된 그의 질문 공세가 귀찮아졌는지 연화는 자리에서 일어나 등대 뒤로 걸어갔다. 등대 뒤편에선 빨간 등대가 마주 보였다. 연화는 그곳에 서서 빨간 등대를 바라보더니 곧장 방파제를 걸어 나갔다. 홀로 남겨진 그는 얼마 후 빨간 등대 아래에 연화가 한 소년과 함께 있는 걸 보았다.

재하는 연화를 향한 관심을 거두고 검은 연기가 피어오르는 배로 눈을 돌렸다. 언제까지 타오를까. 사람들의 울부짖는 소리가 들리는 것만 같아 주머니에서 이어폰을 꺼내 귀에 꽂았다. 아버지를 다시 만났다는 안도감에 졸음이 몰려왔다. 그는 바람을 타고 온 매캐한 냄새를 맡으며 잠이 들었다.

그가 눈을 떴을 땐 부모님은 보이지 않았고 처음 본 여자아이가 옆에서 자고 있었다. 아이는 그림을 그리다 잠이 들었는지 옆에 스케치북이 놓여있었다. 그 소녀가 바로 해인이었다.

재하는 스케치북을 끌어안고 숨죽여 울었다. 그렇게 슬픔의 폭풍이 지나간 뒤 그에게 남은 건 범인이 해수란 사실이었다. 어진이 알아낸 얘기, 해인이 들려준 해수 얘기, 대학 시절 해수를 두고 떠돌던 소문…. 그 모든 것이 해수를 가리키고 있었다. 피해자들의 남은 가족들 삶까지도 송두리째 빼앗아버렸으니 해수의 잘못으로 죽은 사람은 어쩌면 304명보다 많을지도 몰랐다.

해수에게 전화를 걸었지만, 해수는 전화를 받지 않았다. 연화에게도 전화를 걸어보았지만, 해수의 행방을 알아내진 못했다.

그때였다. 그의 전화가 울렸다. 그는 해수인가 싶어 얼른 전화를 받았다.

"나야."

수화기 너머로 어진의 목소리가 들려왔다.

"응. 이 시간에 무슨 일이야?"

재하는 고개를 돌려 벽시계를 보았다. 시곗바늘이 숫자 8을 가리키고 있었다.

"아무래도 이상해서 말이야."

"뭐가?"

"저번에 병원 1층 카페에서 만났던 응급실 의사 말이야."

어진은 흥분한 목소리로 말했다.

"응. 해수?"

"그래, 바로 그 사람."

"근데 갑자기 해수는 왜?"

그가 시큰둥하게 물었다.

"조금 전에 남하 해수욕장 앞에서 길을 건너는데 어떤 차가 빠른 속도로 달려오더니 바로 코앞에서 멈추는 거야. 휴. 저세상 가는 줄 알았지 뭐야."

"다친 데는 없고?"

"놀라 자빠지긴 했는데, 괜찮아. 근데 그것보다 내가 겨우 정신을 차리고 항의하려고 일어서려는데, 운전자가 창문을 열고 고개를 빼꼼 내밀더니 그냥 가버리는 거야. 근데 아무리 생각해봐도 그 의사 같아서 말이야."

"무슨 차였는데?"

그는 어진이 잘못 본 거로 생각했다.

"검은색 외제차였어."

재하는 움찔했다. 어쩌면 어진이 본 남자가 해수일 수도 있겠다는 생각이 들었다.

"그때가 언젠데?"

"한, 한 시간 전쯤? "

"그 차, 어디로 갔어?"

"글쎄, 방파제로 가는 것 같았어."

"알았어. 고마워."

그는 침대에서 일어나 열쇠를 집어 들며 말했다.

"응? 뭐가?"

당황한 어진의 목소리를 뒤로한 채 재하는 서둘러 밖으로 달려 나갔다. 사고가 아닌 사건의 진실을 해수의 입으로 듣고 싶었다. 남하 해수욕장에 가까워지자 빗방울이 차창에 하나둘씩 달라붙었다. 해수가 아직도 있을까. 그는 초조했다.

잠시 후 방파제 입구에 차를 세운 그는 차에서 내려 방파제로 걸어 들어갔다. 아니나 다를까 저 멀리 하얀 등대 아래 한 남자가 서 있었다. 흐느적거리며 서 있는 모습이 영락없는 해수였다. 그는 해수를 놓칠세라 발걸음을 재촉했다.

해수는 방파제 밖으로 발을 뻗고 있었다. 해수가 이곳에 온 이유가 고작 자살이라는 건가. 안될 일이었다. 자신의 목숨을 끊는 것으로 피해자들이 받은 고통을 외면하는 걸 허락할 순 없었다.

그가 해수의 등 뒤에 다다랐을 때였다. 해수는 나머지 다리마저 방파제 밖으로 뻗으려 했다. 그는 달려가 해수의 목덜미를 잡아챘다. 그 바람에 그는 해수와 함께 뒤로 나자빠졌다. 해수의 거친 숨소리가 들려왔다. 재하는 숨을 고르며 하늘을 바라봤다. 얼굴 위로 빗방울이 후드득 떨어지더니 점점 빗줄기가 거세졌다.

그는 해수의 몸에 올라타 옷깃을 움켜잡았다.

"너지? 네가 그 배에 불을 낸 거지?"

"미안해. 미안해. 모두 다 나 때문이야."

해수의 눈에서 흐른 눈물이 관자놀이를 타고 흘러내렸다.

"정말 너야? 네가 그런 거야?"

그는 해수의 옷깃을 잡고 흔들었다. 해수의 목이 힘없이 흔들렸다. 믿기지 않았다. 믿고 싶지 않았다. 해수에게 오기 전까지 해수가 범인이라고 생각했지만, 막상 해수에게 듣고 싶었던 건 자신이 한 일이 아니란 말이었다. 그런데 이렇게도 쉽게 인정해버리다니, 너무나 허무했다.

재하는 자리에서 일어나 해수의 옷깃을 잡아당겼다.

"일어나."

해수는 힘없이 그의 손에 끌려 일어났다.

"도대체 왜 그런 짓을 한 거야? 왜."

그가 소리쳤다.

"그때의 난, 모든 걸 알고 있다고 생각했어. 내 생각과 판단이 옳다고 생각했어. 이제 막 어린아이 딱지를 떼고 어른이 되었다고…, 내 삶을 책임질 수 있을 거라고…, 그런데 아니었어. 많은 사람의 죽음을 목격한 후에야 내 행동이 어리석었단 걸 깨달았어."

고개를 떨군 해수의 몸이 파르르 떨렸다.

"방파제에 앉아 화염에 휩싸인 배를 바라보는데, 무책임하게 혼자 도망쳐 나온 비겁한 내 모습이 바다 위에 떠 있었어. 무서워서… 얼굴을 들 수가 없었어."

해수는 울먹이며 말했다. 재하는 절망에 빠진 해수의 모습을 더는 볼 수 없어 뒤돌아섰다. 해수의 울음소리는 빗소리에 잠겼고, 비에 흠뻑 젖은 그의 어깨는 그 어느 때보다 무거웠다.

"그래서, 아버지를 죽인 게…… 고작 너, 너라고…?"

재하는 슬픔이 북받쳐 올랐다.

"미안해. 재하야."

해수가 그의 앞에 무릎을 꿇으며 말했다.

"피해자와 피해자 가족들 모두 그날을 다 잊은 줄 알았는데 아니었어. 19년이나 지난 지금까지도 고통 속에 살고 있을 줄은 꿈에도 생각하지 못했어."

"으… 아… 악."

은하수의 저주

재하는 바닥에 떨어져 있던 돌멩이를 발로 차며 허공에 소리를 질렀다. 해수의 사과에도 억울하고, 분한 마음이 가시질 않았다.

"그래서. 그래서 너, 지금 죽으려고 했던 거야?"

그가 눈을 부라리며 물었다.

"그들은 아직도 고통 속에서 살고 있는데, 나만 잊고 살았어. 그 사실을 난, 의식 없이 중환자실에 누워있는 아버지를 본 후에야 깨달았어. 아무런 죄의식도 없이 사는 건 죽은 거나 다름없다는걸. 뇌가 살아있고, 심장이 뛰고, 숨을 쉬면 뭐 해. 지금까지 내 삶은 죽은 거나 다름없는데…."

재하는 주먹을 불끈 쥐었다. 해수의 비겁한 모습이 실망스러웠다.

"넌, 죽을 수 없어. 살아서 피해자들이 받은 고통을 너도 느끼고 살아야 해. 그러니까, 비겁하게 도망칠 생각 따윈 하지 마."

***

재하가 떠나고, 19년 전 그날처럼 우산을 쓴 남자가 그에게 다가왔다. 그는 세찬 빗줄기를 닦아내며 힘겹게 눈을 떴다. 우산 아래로 현무의 얼굴이 보였다.

"의사가 되어 사람을 살려라. 신이 너에게 주는 벌이다. 신은 너의 행복을 허락하지 않는다. 네가 가장 행복할 때, 네가 사랑하는 세 사람이 네 앞에서 죽게 될 것이다."

현무는 제 할 말을 끝내고서 돌아섰다.

"잠깐만."

그의 다급한 외침에 현무가 뒤돌아봤다.

"마지막 한 사람…. 설마 연화는… 아니겠지. 연화는 안 돼. 연화는….."

현무는 의미를 알 수 없는 미소를 짓고는 눈 깜짝할 새 사라져버렸다.

'신이시여. 전 이제 어떡하죠. 어떻게 해야 하나요. 이젠….'

해수는 결국, 죽으려던 계획을 실행하지 못하고서 당직실로 돌아왔다. 힘없이 침대로 걸어가 누우려는데 그의 침대에 누군가가 있었다. 또 누가 찾아온 걸까. 등골이 서늘했다. 그는 벽을 더듬어 스위치를 눌렀다. 형광등이 켜지자 상대의 얼굴이 드러났다. 연화였다.

"선생님."

연화가 걱정스러운 얼굴로 그를 기다리고 있었다.

"왜 그러고 있어?"

해수는 비에 젖은 채로 연화 옆에 앉았다.

"무슨 일 있었어요? 꼴이 왜 이래요?"

연화의 시선이 그의 몸을 훑고 지나갔다. 해수는 고개를 떨궜다. 이제 연화에게도 말해야 한다는 걸 잘 알고 있었다.

"재하 오빠가 찾았어요."

"만났어."

그는 애써 담담하게 말했다.

"저승사자도 찾아왔었어요. 선생님을 데려간다고 했어요."

해수는 방파제에서 그의 등을 민 저승사자를 떠올렸다. 그를 죽이러 찾아온 거였다. 재하만 아니었다면, 지금쯤 그는 바닷속에 가라앉았을 것이다.

"선생님이 배에 불을 냈다고 했어요. 그래서 벌을 받는 거라고. 아니죠? 아닌 거죠?"

연화는 눈물을 글썽이며 그를 바라봤다. 그는 아무 말도 하지 못하고 고개를 숙였다. 그가 말했어야 했는데, 결국 마지막 순간까지도 그는 자신의 잘못을 털어놓지 못하고 다른 사람의 추궁에 동의한 게 돼버렸다.

"왜 아무 말이 없어요. 아니라고 말해요. 아니라고."

연화는 그의 어깨를 흔들며 울부짖었다. 그의 몸이 힘없이 나풀거렸다.

"맞아. 나 때문이야. 내가 그랬어. 그동안 아버지 탓만 하며 변명만 하고 살

　　　　　　　　　　　　　　　　　　　은하수의 저주

아왔지만, 그건 어디까지나 나의 잘못이었어."

해수는 고개를 들 수 없었다. 19년간 숨겨왔던 지난 잘못이 드디어 세상에 드러난 순간이었다. 영원한 비밀은 없었다.

"아버지 탓이라니, 그게 무슨 말이에요?"

"지금껏 아버지가 나의 자유를 옭아맨다고 생각했어. 아버지에게서 벗어나면 자유를 얻을 줄 알았어. 그런데, 나의 자유를 빼앗은 건 아버지가 아니었어. 바로 내가 저지른 그 일 때문이지…. 결국, 나를 벌한 건 나였어."

아버지 얘기에 목이 메어 몇 번이고 말을 멈추기를 반복했다.

"아버지의 과거를 봤어. 아버지의 과거도 그날에 머물러 있었어. 내게 전화받았던 그때로. 나 때문에 아버지도 고통 속에 살고 계셨어. 아버지 역시 피해자였던 거야."

그는 슬픔이 북받쳐 올랐다.

"미안해. 모두 다 내 잘못이야."

연화는 그를 감싸 안아 등을 토닥여 주었다.

"사실… 알고 있었어요. 선생님이 반지를 가져갔다는 걸 알게 됐을 때요. 사고가 있던 날, 어른들이 하시는 얘기를 들었거든요. 생존자 중 그 배에 불을 지른 사람이 있다고요. 배에 불을 지른 사람이…, 많은 사람의 목숨을 잃게 만든 사람이…, 선생님일까 봐, 선생님이 맞으면 그땐 어떻게 해야 하나 두려워서……."

그는 연화의 품에 안겨 울었다.

"너마저 내 곁을 떠날까 봐… 두려웠어. 사랑하는 세 사람이 내 앞에서 죽는다고 했어. 아버지와 해인이도 떠났고, 이제 한 사람만 남았어."

그는 숨을 고른 뒤 이어 말했다.

"연화야. 떠나지 마. 부탁이야. 너만은 제발 내 옆에 있어 줘."

연화의 심장 소리가 느껴졌다. 연화의 심장 소리는 그의 심장과 하나가 되어 울렸다.

"이렇게 네 심장이 뛰는데 인간이 아니라고? 이렇게 감정을 느끼는데 어떻게 인간의 자식이 아니라는 거야?"

해수는 울부짖었다. 그렇게 한참을 울고 난 두 사람은 침대에 나란히 누웠다. 해수는 밤새 '이제 어떻게 해야 할까?'의 답을 찾아 헤매다 새벽이 밝아온 후에야 잠이 들었다. 그는 연화의 새근거리는 숨결을 느끼며 깊은 잠에 빠져들었다.

그가 잠에서 깼을 땐, 해가 서쪽으로 기울어져 있었다. 연화는 아직 자고 있었다. 해수는 깊은 잠에 빠져든 연화의 얼굴을 바라보았다. 하얀 얼굴에 발그스레한 두 볼, 작은 코와 앵두 같은 입술. 그는 연화의 입술에 입을 맞췄다. 그리고 연화의 얼굴을 오래도록 눈에 담았다.

해수는 연화에게 돌려줄 반지를 가지러 의국으로 갔다. 책상 서랍 깊숙이 넣어둔 옥반지를 꺼내려는데, 반지 옆에 놓인 입장권이 눈에 들어왔다. 현무에게서 받은 '불꽃 축제' 입장권이었다.

일시 : 20xx. 08. 04 (음력 7월 7일) 저녁 8시
장소 : 은하대교 상판

바로 오늘이었다. 현무는 불꽃 축제 입장권을 왜 줬을까. 뭔가 이유가 있는 터였다. 당장 현무를 만나러 가야 한다.

날이 저물자 해수는 연화와 함께 은하대교로 향했다.

"어디 가는 거예요?"

연화가 걱정 어린 얼굴로 물었다.

"현무 선생 만나러."

해수는 연화에게 입장권을 건네며 비장하게 말했다. 입장권을 받아든 연화

은하수의 저주

는 말없이 입장권을 바라봤다.

두 사람이 탄 차는 은하대교 진입연결로 입구에 세워진 차단 울타리 앞에서 가로막혔다. 차단 울타리에는 '행사장 차량통행 금지'라고 적힌 안내판이 붙어있었고, 주변에는 교통경찰이 지키고 있었다. 더는 차로 이동하는 건 불가능했다.

해수와 연화는 차에서 내려 은하대교 입구에 배치된 행사 요원에게 입장권을 내밀었다. 행사 요원은 들어가라며 길을 터 주었다. 두 사람은 차도를 따라 주탑으로 향했다. 주탑 아래에는 사람들이 기대에 찬 얼굴로 첫 불꽃이 쏘아 올려지길 기다리고 있었다. 19년 전 그날이 떠올랐다.

두 사람도 두 개의 주탑 사이에서 걸음을 멈췄다. 날은 그새 어두워졌고 사람들은 점점 많아졌다. 해수는 고개를 돌려 연화를 바라봤다. 연화는 조금 전부터 아무런 말이 없었다.

8시가 되자, 펑 하는 폭발음과 함께 첫 불꽃이 쏘아 올려졌다. 사람들의 시선이 일제히 하늘로 향했다. 그때, 등 뒤에서 현무가 다가왔다.

"좋은 시간을 보내고 계셨군요. 19년 전 피해자들도 그랬겠죠."

현무가 한쪽 입꼬리를 올리며 미소를 지었다. 갑자기 빗방울이 하나둘씩 떨어졌다.

"오늘 이곳에 불러들인 이유가 뭐야?"

그가 하늘을 올려다보며 물었다. 빗방울은 점점 굵어지더니, 사람들이 하나둘씩 떠나가기 시작했다.

"보물찾기도 오랫동안 하면 재미없는 법이지요. 그래서 힌트를 좀 드릴까 합니다."

"힌트라면?"

해수가 눈을 치켜뜨며 물었다.

"당신이 뭘 찾아야 하는지, 연화가 뭘 찾고 있는지 말입니다."

칠석의 밤

"이거, 말인가?"

그가 주머니를 뒤져 옥반지를 꺼냈다.

"네. 맞습니다. 역시 똑똑한 분이라 용케 찾으셨군요."

현무는 그의 손에서 반지를 덥석 낚아챘다. 연화는 눈시울이 붉어진 채로 19년 만에 찾은 엄마의 반지를 물끄러미 바라봤다. 그때였다. 현무가 연화의 손을 잡아당기더니 또 다른 손으로 그의 어깨를 밀쳐내며 외쳤다.

"저승사자야."

해수는 스프링처럼 튕겨 나가 도로 위에 나자빠졌다. 어디선가 나타난 저승사자가 현무를 등지고 서서 그를 내려다보고 있었다. 그는 얼른 연화를 찾았다. 연화는 현무가 안전하게 지키고 있었다. 그의 눈은 현무의 등 뒤로 향했다. 현무의 등 뒤엔 스님이 이 모습을 지켜보고 있었다.

그때, 현무가 저승사자에게로 다가갔다.

"오랜만입니다. 신 차사. 그런데 여긴 어쩐 일입니까?"

현무가 태연한 미소를 지었다. 저승사자는 불쑥 끼어든 현무가 마음에 들지 않는지 심기가 불편해 보였다.

"부원군. 당신은 이곳에 무슨 일이오?"

"신 차사. 당신은 지금 천계의 법을 어기고 있습니다. 이곳을 떠나세요. 그렇지 않으면 영원히 이승을 떠돌아야 할 겁니다."

저승사자는 현무의 말을 비웃듯 큰소리로 웃었다.

"그런 건 내게 중요하지 않소. 다른 사람의 삶을 빼앗고도 죄의식 없이 19년이나 살아온 자요. 죽어 마땅한 자를 데려가는 것. 그게 바로 제가 존재하는 이유요."

저승사자가 그에게 성큼성큼 걸어왔다.

"그자는 죽음 보다 더 큰 벌을 받고 있으니 그럴 필요 없습니다."

현무가 다급하게 외쳤다.

은하수의 저주

"죽음보다 더 큰 벌이라……."

저승사자는 현무의 외침에도 아랑곳하지 않고 그에게 다가와 한 손으로 그를 번쩍 들어 올렸다. 그는 저승사자의 손에 들려 난관으로 끌려갔다. 그의 몸은 난관 밖으로 반 이상 빠져나갔고, 그는 가까스로 난간을 붙잡았다.

"그때 왜 그랬어? 왜 너만 도망쳤어? 다 같이 살 수 있었어. 네 아버지만 아니었다면, 그 배에 탄 모든 사람이 살 수 있었다고. 너와 네 아버지 때문에 많은 사람이 죽고 말았어."

해수는 아무런 대답도 하지 못했다. 변명의 여지가 없었다. 저승사자의 말처럼 그는 죽어야 마땅했다.

"신 차사. 그 손 놓으세요. 그자를 데려가거든 명부를 가져와야 한다는 걸 알고 있잖습니까. 지금 당신이 하는 짓이 얼마나 큰 죄인 줄 알고 이러는 겁니까?"

저 멀리서 현무가 소리쳤다. 저승사자는 눈도 깜빡이지 않은 채 손에 힘을 주어 해수를 난간 밖으로 밀어냈다. 그의 허리가 점점 난간을 벗어나고 있었다. 해수는 고개를 돌려 아래를 내려봤다. 시커먼 바다가 까마득히 내려다보였다.

그때, 누군가가 그를 불렀다.

"강해수."

***

재하는 마지막 환자가 나가자마자 책상에 엎드려 눈을 감았다. 지난밤 해수를 만나러 간 방파제에서 비를 쫄딱 맞아서인지 감기 기운이 돌았다. 잠깐 엎드려 쉰다는 게 그만 잠이 들고 말았다. 얼마쯤 잤을까. 그토록 듣고 싶던 해인의 목소리가 그의 귓가에 속삭였다.

"재하 씨. 우리 불꽃놀이 보러 가요."

재하는 벌떡 일어났다. 이곳 어딘가에 해인이 있는 것만 같았다. 진료실을 둘러봤지만, 벽에 걸린 해인의 그림 말곤 해인의 흔적은 어디에도 없었다.

그때, 최 간호사가 진료실 문을 열고 고개를 빼꼼 내밀었다.

"선생님. 퇴근 안 하세요?"

"해야죠."

재하는 두 손으로 얼굴을 쓸어내리며 말했다.

"비 오는데 우산 가져오셨어요?"

"비가 온다고요?"

오늘 일기예보에도 비가 온다는 얘긴 없었다.

"매년 이날만 되면 비가 오네요."

최 간호사는 어색한 미소를 지으며 말했다.

"이날이 언젠데요?"

재하는 고개를 돌려 벽에 걸린 달력을 바라봤다.

"음력 7월 7일이잖아요. 남하도 앞바다에서 사고가 났던…. 억울하게 죽은 이들의 눈물인 건지…. 참."

최 간호사가 무심히 말하며 진료실 문을 닫고 나갔다. 문득, 오늘 아침 출근 길에 본 현수막이 떠올랐다. 은하대교에서 불꽃 축제 행사를 한다고 적혀있던 그 현수막. 그리고 조금 전 불꽃 축제를 보러 가자는 해인의 목소리…. 재하는 은하대교로 달려갔다.

***

"강해수."

그를 부르는 소리와 함께 발소리가 들리더니 누군가가 그를 힘껏 잡아당겼다. 해수는 바닥에 나뒹굴었다. 그의 옆엔 재하가 누워있었다.

은하수의 저주

"네가 여긴 어떻게?"

해수는 재하를 쳐다봤다. 재하의 시선이 해수를 지나 저승사자에게 옮겨갔다.

"아버지……."

재하는 그만 말을 잇지 못하고 그대로 멈춰 버렸다.

"재하야. 위험해. 네 아버진…, 저승사자야."

해수는 목소리를 낮춰 조용히 말했다. 재하는 저승사자를 물끄러미 바라봤다.

"아버지. 여기서 왜 이러고 계세요?"

"재하야. 그 녀석은 304명을 죽인 살인범이다. 난 오늘 그 녀석을 데려가야 하니 넌, 돌아가거라."

재하는 자리에서 일어나 저승사자에게로 다가갔다.

"넌 돌아가래도."

저승사자는 재하에게 호통쳤다.

"아버지…. 그 일은 그만 잊으세요. 아버지 탓이 아니에요."

재하는 저승사자 앞에 무릎을 꿇었다. 재하의 등이 파르르 떨렸다. 그는 울고 있었다.

그때였다. 현무가 연화의 손가락에 옥반지를 끼워주며 말했다.

"이제 갈 시간이야."

연화는 현무에게 이끌려 난간으로 걸어갔다.

"안 돼. 연화야."

해수는 멀어져가는 연화를 황급히 쫓아갔다. 그가 연화의 손을 막 잡으려던 그때, 연화는 현무와 함께 바닷속으로 뛰어들었다. 해수는 난간에 매달려 연화를 내려다봤다. 바다로 떨어지는 순간이 영원처럼 길게 느껴졌다. 연화는 그를 바라보며 말했다.

"우린 다시 만날 거예요."

연화의 눈에서 흘러내린 눈물이 허공에서 흩어졌다. 그렇게 연화는 바닷속으로 사라져버렸다.

해수가 연화를 목놓아 부르던 그때, 뒤따라온 저승사자가 그의 뒷덜미를 잡아챘고, 재하가 달려와 그를 끌어안았다. 그 순간, 바다에서 물기둥이 솟아오르더니 그는 솟구치는 물기둥을 타고 공중으로 붕 떠올랐다.

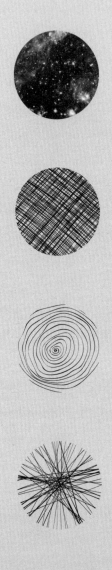

***

익숙한 사이렌이 들려왔다. 몸이 허공으로 떠오르더니 딱딱한 무언가가 등에 닿았다. 잠시 후 덜컹거리며 어딘가로 움직이기 시작했다. 그 후로 사람들의 말소리가 들려왔고 얼마 지나지 않아 주위는 조용해졌다. 그렇게 얼마간의 시간이 흘러갔다.

똑. 똑. 똑.

일정하게 떨어지는 물소리와 규칙적인 기계음이 들리기 시작했다. 의식을 되찾은 해수는 힘겹게 눈꺼풀을 들어 올렸다.

"선생님. 정신이 드세요?"

윤 간호사의 얼굴이 시야 가득 들어왔다. 그는 손가락, 발가락을 움직여 보았다. 다음으로 몸을 일으켜 주위를 둘러봤다. 응급실 안이었다.

"제가 왜 여기에 있어요?"

그가 물었다. 잠긴 목에서 쇳소리가 새어 나왔다.

"어젯밤에 은하대교에 가신 거 기억 안 나세요?"

"어젯밤에, 은하대교요?"

기억을 더듬었지만, 아무 기억도 나지 않았다.

"저거요."

윤 간호사가 응급실 천장에 매달린 텔레비전을 가리켰다. 텔레비전에서는 뉴스가 나오고 있었다.

"어젯밤 9시경. 남하도 앞바다에서 발생한 용오름으로 은하대교에서 불꽃
축제를 관람하던 남성 두 명이 의식을 잃고 쓰러져 병원에서 치료받고 있습니
다."

"저기 뉴스 속 남자 두 명 중 한 명이 선생님이시라고요."

그가 손가락으로 그의 가슴을 가리켰다. 윤 간호사는 어색한 미소를 지으며
고개를 끄덕였다.

"제가 왜… 저기에…?"

"그거야 저도 모르죠."

윤 간호사는 대수롭지 않다는 듯 뒤돌아서 스테이션으로 돌아갔다. 해수는
생각에 잠겼다. 느닷없이 불꽃 축제는 왜 보러 갔을까. 그때, 옆에서 누군가가
말을 걸어왔다.

"무슨 잠을 그렇게 오래 자?"

돌아보니 옆 침대에 재하가 누워있었다.

"네가 왜 여기에 있어?"

그가 물었다.

"난들 아냐. 내가 왜 여기에 누워있는지."

재하는 어깨를 으쓱거리며 말했다. 재하 역시 자신이 왜 이곳에 누워있는지
모르는 것 같았다. 그도 은하대교에 간 이유를 찾지 못한 마당에 재하가 왜 이
곳에 누워있는지는 그가 신경 쓸 바가 아니었다. 그것보다 그와 함께 있었다던
남자를 찾는다면, 그가 왜 불꽃 축제 현장에 있었는지 알 수 있지 않을까.

"다른 한 명은 어디로 이송됐나요?"

"옆에 계시잖아요. 6번 베드에 누워있는 환자요."

윤 간호사가 하던 일을 멈추고 손가락으로 그의 옆을 가리켰다. 고개를 돌려

은하수의 저주

6번 침대를 바라보자, 재하가 실없이 웃었다.

"뭐… 설마… 제가 이 자식이랑 불꽃 축제에 갔었다고요?"

그가 말을 더듬으며 물었다.

"너도 이해가 안 되지?"

재하가 능청스럽게 웃으며 침대에서 일어났다. 세상 오래 살고 볼 일이었다. 같이 갈 사람이 없어서 재하랑 그런 곳에 갔을 리가 없었다. 도저히 믿기지 않아 재하를 뚫어지게 노려봤다.

"난 멀쩡한 것 같으니 이만 진료실에 올라가 볼게."

재하가 한쪽 입꼬리를 올리며 응급실을 나갔다.

그렇게 그날의 미스터리를 풀지 못한 채 3년이란 시간이 흘렀다. 해수는 여느 때와 똑같이 저녁이 되면 응급실로 출근했다가 아침이 되면 퇴근하는 삶을 반복하며 지냈다. 쉬는 날에는 음악도 듣고, 영화도 보고, 책도 읽었다. 나름, 변화도 있었다. 그는 어릴 적 아버지가 부숴버린 기타를 새로 샀고, 내친김에 기타동호회에도 나갔다. 잊었던 그의 꿈을 되찾은 것이다.

평온하기 이를 데 없는 삶이지만, 그는 삶에서 중요한 무언가가 빠져나간 듯한 공허함을 느꼈다. 일 년 전엔 임상조교수로도 임용됐지만, 구멍 난 마음은 채워지지 않았다. 자신이 잃어버린 게 뭔지 그 실체를 알지 못한 채 살아가던 어느 날, 해수는 재하의 진료실을 찾았다.

"네가 여긴 어쩐 일이야?"

재하가 진료실에 들어서는 그를 보며 물었다.

"이런 것도 치료법이 있으려나…."

해수는 재하 맞은편 의자에 앉으며 우물거렸다.

"왜? 뭐가 문젠데?"

재하가 퉁명스럽게 물었다. 해수는 잠시 뜸 들이다 용기 내어 말했다.

"가슴 한구석이 구멍 난 것처럼 텅 빈 기분이랄까. 뭔가 잃어버린 것 같은데,

은하수를 건너서

잊어버린 것 같은데, 뭔질 모르겠어. 고민도, 걱정도, 갈등도, 아무런 문제도 없는데, 이상하게 가슴이 아파."

그는 고개를 저으며 한숨을 내쉬었다.

"누구나 스트레스는 적당히 있는 게 좋지."

재하는 시큰둥하게 말했다.

"그런 문제가 아니야. 그러니까 내 얘긴."

그가 말을 덧붙이려는데 모니터에 시선을 붙박고 있던 재하가 그의 말을 끊었다.

"너, 네 차트 본 적 있어?"

"차트? 아니? 아픈 적 없었으니까. 왜? 차트에 뭐가 있는데?"

"아, 아니야. 우선 우울증 치료제 처방해줄게. 한 번 먹어봐."

재하가 얼버무리며 대답했다. 약을 처방받고자 재하를 찾은 게 아니었다. 재하의 진료실을 찾은 건 누구라도 그의 얘길 들어주는 것만으로도 오늘 하루를 어떻게든 버텨낼 수 있을 것 같아서였다. 그는 답답한 마음이 해소되지 않은 채 진료실을 나왔다.

평일 낮 응급실은 한산했다. 해수는 응급실을 돌아보며 간호사 스테이션으로 다가갔다.

"오늘따라 조용하네요."

그는 스테이션에 등을 기대고 섰다. 햇살이 창가에 내리쬐고 있었다. 그는 천장에 매달린 텔레비전으로 눈을 돌렸다. 텔레비전에선 뉴스가 나오고 있었다.

"해동시 삼락공원에 있는 연꽃단지에 연꽃이 만발했습니다. 지금 보시는 것과 같이 많은 시민이 연꽃을 보려고 이곳을 찾고 있습니다."

뉴스 속 리포터는 연꽃 주위를 둘러싼 둘레길을 걸으며 시민들을 인터뷰했다.

　　　　　　　　　　　　　　　　은하수의 저주

"연꽃."

해수는 혼잣말로 중얼거렸다.

"왜요? 연꽃 좋아하세요?"

옆에 있던 윤 간호사가 그를 올려다보며 물었다. 해수는 피식 웃으며 고개를 저었다.

다음 날 해수는 휴일을 맞아 외출할 준비를 서둘렀다. 밖은 며칠째 계속된 장마가 물러가고 구름 한 점 없이 화창했다. 어느덧 여름의 문턱에 다다르고 있었다. 어딜 갈지 고민하던 그는 문득 어제 뉴스에서 본 삼락공원이 생각났다. 많은 사람이 찾는 곳이라니, 그도 한번 그곳에 가보고 싶었다.

해수는 주차를 마치고 차에서 내려 공원 입구로 걸어갔다. 그는 어디로 가야 연꽃을 볼 수 있는지 공원안내도 보지 않고 무작정 걸었다. 공원은 언젠가 와 본 것처럼 익숙했다. 그가 메타세쿼이어가 길게 이어진 길을 따라 걷고 있는데, 맞은편에서 2인용 자전거를 탄 연인이 스쳐 지나갔다. 자전거가 지나가며 일으킨 바람이 그의 뺨을 스쳤다. 그 순간, 온몸에 소름이 돋아나더니 가슴이 뛰고 귀가 달아올랐다. 언젠가 이 길을 걸었던 것 같은 기시감을 느꼈다.

"데자뷔야."

그는 무언가에 홀린 듯이 가로수길을 걸어 들어갔다. 가로수길을 지나자 많은 인파가 나타났다. 공원을 방문한 사람들은 죄다 모인 듯했다. 그도 알지 못하는 사이 연꽃단지에 도착한 것이다. 연못에는 진흙 속에 뿌리를 내린 연꽃이 물 위로 고고한 얼굴을 내밀고 있었다. 처음 본 연꽃은 한 송이 꺾어서 가져가고 싶을 만큼 매혹적이었다.

그가 연꽃에 넋을 잃고 있을 때였다. 저 멀리서 사람들이 웅성거리는 소리가 들렸다. 그는 사람들에게로 다가갔다. 사람들은 원을 그린 채 모여있었다.

"무슨 일이에요?"

그는 사람들 틈을 비집고 들어갔다. 한가운데에 한 여자가 쓰러져 있었다.

여자는 연못에 빠진 건지 물에 흠뻑 젖어있었다. 해수는 여자 옆에 무릎을 꿇고 앉아 여자의 가슴에 귀를 가져다 댔다. 심장 소리가 들리지 않았다. 이어서 여자의 코에 손을 갖다 댔다. 호흡이 느껴지지 않았다. 숨이 끊어져 있었다. 그는 재빨리 여자의 가슴을 눌렀다.

"빨리 119에 신고 좀 해주세요."

그가 다급하게 말했다. 사람들은 핸드폰을 들고서 우왕좌왕했고, 그는 여자를 살리려 안간힘을 썼다. 얼마쯤 지났을까. 가로수길에서 주황색 방수복을 입은 구급대원이 들것을 들고 달려왔다. 그때, 여자가 물을 토해내며 눈을 떴다. 여기저기에서 사람들의 탄식이 터져 나왔다.

"정신이 들어요?"

해수는 여자의 얼굴을 흔들며 물었다. 여자는 두 눈을 끔뻑거렸다. 구급대원이 다가오자 그는 여자에게서 물러났다. 구급대원들은 여자를 들것에 실어 구급차로 데려갔다. 구급대원을 뒤따라간 그는 차에 올라타며 말했다.

"천명 대학교 병원으로 가주세요."

***

연화는 두 눈을 질끈 감았다. 바다로 떨어지고 있다는 두려움만 없다면 공중에 떠 있는 듯 아무런 느낌도 들지 않았다. 떨어졌다는 느낌이 든 건 몸이 수면에 닿았을 때뿐이었다. 그 후론 세상의 시간도, 그녀의 시간도 멈춰버린 듯 고요했다.

그녀를 깨우는 소리에 정신을 차렸을 땐, 꿈에서만 보았던 얼굴이 앞에 있었다.

"아빠······."

연화는 아이처럼 눈을 끔뻑여보았지만, 아빠의 모습은 사라지지 않았다. 아

은하수의 저주

빠는 어릴 적 연화에게 그랬던 것처럼 그녀의 얼굴을 쓰다듬어주었다. 손의 감촉이 정말 아빠가 맞았다. 아빠는 19년 전 바다로 뛰어들던 그 모습 그대로였다.

"어떻게 된 거예요?"

연화는 아빠를 만났다는 사실이 믿기지 않았다.

"내 딸. 널 다시 만날 줄은…."

아빠는 눈물을 글썽이며 연화의 뺨을 어루만졌다.

"여긴 어디예요? 아빠가 왜 여기에 있어요?"

"여긴, 용궁이란다. 연화야. 아빤…."

"됐어. 아빠가 누군지가 뭐가 중요해요? 아빠가 이무기든 뭐든 제 아빠잖아요."

연화는 아빠의 가슴을 주먹으로 내리치며 울먹였다. 죽은 줄 알았던, 영원히 만날 수 없을 줄 알았던 아빠를 다시 만났다는 사실 하나만으로도 감사했다.

"연화야. 가자."

아빠는 환희에 찬 얼굴로 그녀의 손을 잡았다. 연화는 영문도 모른 채 아빠를 따라갔다. 아빠는 길게 이어진 복도를 따라 어딘가로 그녀를 데려갔다. 복도는 벽과 바닥, 천장이 오팔로 둘려 눈길이 닿는 곳마다 일곱 가지 빛으로 영롱하게 빛났다. 연화는 신기한 듯 주위를 두리번거리며 아빠를 따라갔다. 복도 끝에 다다르자 높이를 가늠할 수 없을 정도로 커다란 문이 나타났다.

아빠가 문을 열고 앞장서서 안으로 들어갔다. 문을 지나 들어간 방은 축구장만큼이나 넓었는데 이곳 역시 사방이 온통 무지갯빛 오팔로 둘려 있었다. 그녀가 입을 다물지 못한 채 주위를 두리번거리자 그녀의 아빠가 손등을 툭툭 쳤다. 깜짝 놀라 앞을 보니 오팔과 진주가 주렁주렁 달린 왕관을 쓴 노인이 커다란 의자에 앉아있었다. 또다시 아빠가 그녀의 손등을 툭 쳤다. 돌아보니 아빠가 무릎을 꿇은 채 앉아있었다. 연화는 쭈뼛거리며 아빠 옆에 무릎을 꿇고 앉았다. 그러고 보니 연화와 그녀의 아빠 양옆에는 신하들로 보이는 사람들이 줄을 맞춰

서 있었다.

"용왕님이시다. 인사드려라."

아빠가 그녀의 등을 툭 치며 말했다. 연화는 시키는 대로 용왕에게 고개 숙여 인사했다.

"아가. 네 아버지에게 여의주를 들고 와주었구나."

용왕이 인자한 미소를 지으며 말했다. 연화는 고개를 숙여 손가락에 끼워진 옥반지를 내려다봤다. 해수가 생각났다. 결국, 해수는 반지를 찾았고 그녀에게 반지를 주었다. 선택은 그녀의 몫이었고, 그녀는 떠나기로 했다. 해수 곁에 남아 그의 고통을 지켜보느니 그가 행복하길 바랐다. 그 결정으로 그녀는 아빠와 재회했다. 잘한 선택인지는 아직까진 알 수 없었다.

"자. 이제 너의 길을 가거라."

용왕이 미소를 거두고 근엄하게 말했다. 용왕의 말씀이 끝나자 아빠가 자리에서 일어나 용왕에게 마지막 인사를 했다.

"연화야. 가자."

아빠는 비장한 얼굴로 말했다. 연화는 아빠를 따라 용왕의 방을 나섰다. 승천이 뭘 뜻하는 건지는 몰라도 아빠가 승천하려는 거란 걸 알고 있었다.

아빠는 천장이 뚫린 원형 홀에서 걸음을 멈췄다. 알 수 없는 긴장감이 몸을 타고 흘렀다. 아빠는 그녀의 손가락에 끼워진 옥반지를 빼서 자신의 손가락에 낀 뒤 그녀를 껴안았다. 그러자 그녀와 그녀의 아빠, 이무기는 거대한 물기둥을 타고 하늘 위로 솟구쳐올랐다.

용궁의 시간으로 칠백 년 전, 이무기는 용왕 앞에 무릎 꿇고 앉았다.

"네가 수련을 시작한 지도 오백 년이 되었다. 이제는 인간 세상으로 가서 여의주를 찾아 돌아오너라. 꼭 명심해야 한다. 네가 이무기라는 걸 들키게 되면 승천할 수 없으니, 절대 누구에게도 들켜서는 안 된다."

은하수의 저주

인간 세상으로 떠난 이무기는 얼마 후, 어여쁜 여인에게 첫눈에 반해 사랑에 빠졌다. 그는 여의주를 찾는 건 잊은 채 사랑하는 여인과 가정을 이루며 행복한 시간을 보냈다. 그러던 어느 날, 용궁에서 온 부원군이 그를 찾아왔다.

"인간 세상에 올라온 지도 어느덧 오백 년이 되었습니다. 올해 음력 7월 7일에 여의주를 찾아 용궁으로 돌아와야 합니다."

부원군이 단호하게 말했다. 부원군과 이무기는 용궁에서 함께 살 수 없는 운명이었다. 이무기가 인간 세상에 올라온 후 부원군은 용궁에서 살았지만, 이무기가 용이 되지 못하고 다시 용궁으로 돌아온다면, 부원군은 용궁에서 나와 인간의 모습으로 인간들과 함께 살아야 했다. 인간의 힘겨운 삶을 알기에 부원군은 용궁을 떠나고 싶지 않았다. 그러니 부원군은 이무기가 여의주를 찾아 용으로 승천하는 일에 그 누구보다 적극적이었다.

이무기는 여의주의 행방을 알고 있었다. 그는 아내의 손가락에 끼워진 옥반지가 여의주란 걸 아내를 향한 사랑이 깊어진 후에야 알게 되었다. 아내에게서 여의주를 얻어 용궁으로 돌아가야 할지, 아내와 함께 인간 세상에서 살지 선택해야 했다.

부원군과 이무기가 마당에서 이야기를 나누는 사이, 이무기의 딸이 문을 열고 마당으로 나왔다.

"아빠. 거기서 뭐 해? 그 아저씨는 누구야?"

어린 소녀가 부원군을 뚫어지게 쳐다봤다.

"안녕. 아빠 친구야."

부원군은 어린 소녀를 보며 의미심장하게 웃었다.

연화는 다시 정신을 잃었다. 꿈속에서 아홉 살 소녀가 되어 꽃밭을 뛰어다녔다. 백일홍이 끝없이 펼쳐진 꽃밭에 나비가 날아다녔고, 아름다운 선율의 노랫소리가 산들바람을 타고 들려왔다. 어릴 적 엄마가 불러주던 노래였다. 가만히 듣고 있으니 꼭 엄마 목소리 같기도 했다. 그때, 솜털처럼 포근하고 나긋한 목소리가 그녀를 불렀다.

"아가."

엄마 목소리였다. 숨결까지 느껴질 정도로 생생한 목소리에 연화는 눈을 번쩍 떴다.

"엄마."

엄마가 보였다. 믿기지 않지만, 정말 엄마였다. 아빠에 이어 엄마까지. 대체 무슨 일이 일어난 걸까. 연화는 주위를 둘러봤다. 그녀는 엄마의 무릎에 누워있었고, 엄마는 그녀의 머리를 쓰다듬으며 노래를 불러주고 있었다. 아직도 꿈을 꾸고 있는 걸까. 설마 아빠를 만났던 기억조차 꿈은 아니겠지.

"꿈인가 봐…."

연화는 불안했다.

"아가. 이건 꿈이 아니란다."

미소 짓는 엄마의 뺨 위로 눈물이 흘러내렸다. 기쁨의 눈물이었다.

"어떻게 된 거예요? 난 아빠에게 갔는데…."

"아가. 넌 최고의 선택을 한 거야. 네 덕분에 우리 가족이 함께 살 수 있게 됐어."

엄마의 모습 뒤로 아빠와 동생이 보였다. 아빠는 동생을 목에 태우고 꽃밭을 뛰어다니고 있었다. 믿기지 않았다. 용이 된다더니 어떻게 된 일일까.

"아빤, 왕이 된 거야."

연화는 이제야 모든 걸 이해했다. 용으로 승천한다는 건 옥황궁의 왕이 된다는 뜻이었다.

"그동안 혼자서 많이 힘들었지?"

엄마는 그녀를 안아 등을 토닥여 주었다.

"엄만 하나도 늙지 않았어요. 동생도 그때 그대로고."

은하수의 저주

연화는 아빠의 목마를 타고서 숨넘어갈 듯 좋아하는 동생을 보며 말했다.

"이곳에선 더는 나이를 먹지 않는단다. 너도 지금 이 모습 그대로 살게 될 거야."

"그러면 여기는 시간이 흐르지 않는 거예요?"

그녀의 물음에 엄마는 미소를 지으며 고개를 흔들었다.

"그렇진 않아. 이승에서의 하루가 이곳에선 일 년이란다."

"그럼 제가 여기 온 지는 며칠이 지난 거예요?"

"아직 인간 세상은 네가 떠나오던 날 밤이야."

연화는 해수가 걱정됐다. 해수는 지금쯤 어떻게 됐을까. 그녀의 생각을 아는지 모르는지 엄마는 씁쓸한 미소를 지으며 말했다.

"가자. 네 할아버지 만나러."

연화는 부모님과 동생을 따라 옥황전으로 향했다. 옥황전은 사방이 온통 에메랄드 빛깔의 옥으로 장식돼 있었는데, 연화네 가족이 옥으로 두른 복도를 지나자 복도 양옆에 선 궁녀들이 허리 숙여 인사했다.

복도 끝에 나 있는 커다란 문을 열고 들어가자 커다란 탁자 상석에 백발노인이 앉아 네 식구를 기다리고 있었다. 엄마는 백발노인을 이곳에선 옥황상제라 부른다고 귀띔했다.

"어서들 앉거라."

연화는 옥황상제에게 인사를 한 뒤 엄마와 아빠를 따라 탁자 앞에 앉았다.

"자네. 결국 해냈구먼. 축하하네."

옥황상제는 용이 된 이무기에게 먼저 인사를 건넸다. 이무기는 의자에서 일어나 옥황상제에게 꾸벅 머리를 숙였다.

"자네의 임무가 막중할 걸세. 일 얘기는 차차 하기로 하고."

옥황상제는 연화에게 고개를 돌렸다.

"네가 연화구나."

연화도 아빠를 따라 의자에서 일어나 허리 숙여 인사했다.

"혼자서도 씩씩하게 잘 자라주었구나."

옥황상제는 연화를 그윽하게 바라봤다. 옥황상제의 눈빛은 그간의 고생을 어루만져 주는 듯하더니 마음속 깊은 곳까지 따뜻함이 전해져 충만해졌다.

"자, 따라오너라. 앞으로 지내게 될 이곳을 구경시켜주마."

옥황상제가 자리에서 일어서자 신하들이 일사불란하게 움직여 옥황상제를 호위했다. 연화는 영문도 모른 채 옥황상제를 따라갔다. 옥황상제가 준비된 구름에 올라서자, 연화도 뒤따라 구름 위에 올랐다.

"저 아래로 가보자꾸나."

옥황상제와 연화는 성벽으로 둘러싼 성을 벗어나 아래로 이동했다.

"옥황궁은 인간이 들어올 수 없는 곳이지만, 옥황궁을 벗어나 아래로 내려가면 인간을 볼 수 있다. 물론 망자지만 말이다."

구름은 강 위에서 멈추었다. 연화는 강을 내려다보았다.

"사람이 죽으면 열두 고개를 넘어 이 황천강에 다다른단다."

연화는 황천강을 향해 줄을 지어오는 이들을 바라봤다.

"저들 중에 검은 모자를 쓴 이가 보이느냐?"

옥황상제는 손에 쥐고 있던 부채로 망자 곁에 선 검은 모자를 쓴 자를 가리켰다.

"저들이 바로 저승사자다. 망자는 저승사자와 함께 이 황천강을 건너 저승으로 오게 된다."

연화는 사람들 무리를 뚫어지게 바라봤다.

"저기 저 강기슭에 있는 나루터에 두 노인이 보이느냐? 저 바리공덕 노인에게 노잣돈을 내면 나룻배를 얻어탈 수 있다."

연화는 말없이 고개를 끄덕였다.

"황천강을 건너면, 저기 저 아이, 바리라는 공주가 다가와 망자의 죄와 한을

은하수의 저주

강물로 씻어준단다. 재판을 앞둔 이들의 불안한 마음을 감싸주고 지켜주는 게지."

마침, 강가에 있던 소녀가 망자에게 다가가는 게 보였다.

"강을 건너면 세 갈래의 길이 나오는데 오른쪽 길은 극락이요. 왼쪽 길은 지옥이다. 그리고 가운데 길은 바로 서천서역국으로 이어져 있지."

옥황상제는 강을 따라 나 있는 세 갈래의 길을 부채로 가리켰다. 연화가 지옥으로 고개를 돌리자, 옥황상제는 부채를 펼쳐 그녀의 눈을 가려버렸다.

"아가. 거긴 보지 않는 게 좋을게다."

"지옥과 극락으로 가는 건 누가 결정하나요?"

"갈림길 입구에 있는 저곳이 보이느냐?"

연화는 고개를 끄덕였다. 갈림길 입구에 궁궐과 마을이 있었다.

"저곳은 염라대왕이 있는 염라국이라는 곳인데, 황천강을 건넌 망자는 죽은 지 49일째 되는 날까지 저곳에서 일곱 번의 재판을 받게 된다."

연화는 강을 건너 염라국으로 가는 망자들을 보며 잠시 생각에 잠겼다.

"무슨 생각을 그리하느냐?"

"엄마 없는 저를 돌봐준 선생님이 얼마 전에 사고를 당했어요. 49일이라면, 지금쯤 재판을 받고 있을 것 같아서요."

연화는 마지막 인사조차 하지 못한 채 이별한 해인이 못내 마음에 걸렸다.

"그자의 이름과 그자가 어떻게 죽었는지 소상히 말해 보아라."

연화는 옥황상제에게 해인의 죽음을 둘러싼 자초지종을 설명했다.

"음. 내 한번 알아볼 터이다."

옥황상제와 연화를 태운 구름은 가운데 길을 따라 서천서역국으로 향했다. 가는 길에 드넓은 꽃밭이 끝없이 펼쳐져 있었는데, 구름은 꽃밭 위에서 멈췄다.

"이곳은 서천 꽃밭이다. 이곳의 꽃들은 인간에게 희망을 주기도 하고 자비를 베풀기도 한다. 억울하게 죽은 이들을 환생시켜주기도 하고 영혼을 잃은 자의 영혼을 대신하기도 하지. 또 새로운 생명도 이곳에서 시작된단다."

연화는 끝없이 펼쳐진 꽃들을 둘러봤다. 조금 전 그녀가 정신을 되찾았을 때 엄마, 아빠와 함께 있었던 꽃밭이었다.

가족을 다시 만난 연화는 한동안 행복한 날들을 보냈다. 하지만 그것도 잠시 시시때때로 해수가 떠올랐다. 밥을 먹을 때나, 책을 읽을 때나, 산책하러 나갈 때도 늘 해수가 따라다녔다. 제일 괴로운 시간은 잠자리에 들 때였다. 오른쪽으로 돌아누워도, 왼쪽으로 돌아누워도 해수의 얼굴이 그녀를 따라다녔다. 해수의 얼굴, 해수의 냄새, 해수의 숨소리마저 그리웠다.

밤마다 눈물로 밤을 지새우며 하루하루를 살아가던 어느 날, 연화는 옥황상제의 부름을 받고 옥황전으로 건너갔다.

"아가. 어찌 밤마다 너의 방에서 울음소리가 들려오는 게냐?"

옥황상제가 물었다. 연화는 울컥 목이 메어 어떤 말도 할 수 없었다.

"어서 말해 보거라. 네 말이라면 무엇이든 들어줄 터이니."

연화는 짧은 고민 끝에 입을 열었다.

"제가 살던 곳으로 다시 돌아가고 싶습니다."

옥황상제가 두 눈을 번쩍 떴다.

"너의 가족들은 이곳에 있는데, 왜 다시 인간들 곁에 가려고 하느냐?"

"그곳에 사랑하는 사람이 있습니다."

연화는 떨리는 목소리로 분명하게 말했다.

"사랑하는 사람?"

옥황상제가 눈살을 찌푸렸다.

"사랑하는 사람이 고통스러워하는 걸 더는 볼 수 없어 비겁하게 저 혼자만 도망쳐 나왔습니다. 무슨 일이 있어도 그 사람 곁에 있었어야 했습니다."

무거운 침묵이 흐르고 잠시 후, 옥황상제가 입을 열었다.

"네가 떠나온 이후, 남겨진 이들의 기억 속에서 너는 지워졌다. 네가 돌아간다 한들 그자는 널 기억하지 못할 게다."

"그가 저를 기억하지 못해도 괜찮습니다. 잘 지내는 걸 볼 수 있다면, 멀리서라도 바라볼 수만 있다면… 그거면 충분합니다."

연화는 목이 메었다.

"네가 살던 곳으로 돌아가는 건 어려운 일이 아니나, 한 가지 약속이 필요하다."

옥황상제는 근엄하게 말했다.

"이번에 인간 세상으로 내려가면 네 엄마가 그랬듯 너도 사랑하는 사람을 만나 세 아이를 낳을 때까진 다신 이곳에 올라오지 못할 게다. 그래도 괜찮겠느냐?"

"네. 약속하겠습니다."

연화는 힘주어 대답했다.

"그리고 명심하거라. 너는 천계의 자식이니 인간 세상에서도 평생 늙지 않은 채로 살아갈 것이다."

***

해인은 한쪽 바퀴가 빠진 수레를 타고 열두 고개를 지나 잡초가 무성한 풀밭에 도착했다.

"이제 얼마나 남았어요? 이 길 다음에는 또 어떤 길이죠?"

해인은 출발할 때 들은 목적지, 염라국까지 얼마나 남았는지 궁금했다. 목적지에 가까워지면 황천강이 보일 거라고 했는데, 아직 강은 보이지 않았다.

"이곳은 한 치 앞도 내다볼 수 없습니다. 또한, 망자마다 길이 달라 앞으로 어떤 길이 나타날지는 누구도 알 수 없고요."

해인은 주위를 둘러보았다. 몇 걸음 떨어진 곳에 그녀와 같이 풀밭을 지나는 이들이 보였다. 사람들은 같은 길을 가고 있지만, 저마다 다른 모습으로 앞으로 나아갔다.

"처음 이곳에 도착했을 때 당신이 한쪽 바퀴가 빠진 수레를 받은 것처럼 멋진 스포츠카를 받은 이도 있고, 다른 이의 차 짐칸을 얻어타는 이도 있습니다. 아무것도 받지 못한 이도, 지게를 짊어지고 가야 하는 이도 있죠."

저승사자가 그들 옆을 지나는 중년 남성에게 시선을 고정한 채 말했다. 남성은 후줄근한 옷을 흐트러지게 입고서 끊임없이 중얼거리며 휘청휘청 걸었다. 남자와 점점 가까워지자 남자의 말소리가 들려왔다.

"이놈의 팔자는 부모 잘못 만난 놈이 마누라 복도 없어서 세상에 되는 일이 하나도 없어."

남자가 해인이 타고 있던 수레 가까이 다가오자, 저승사자는 그녀와 남자 사이를 가로막았다. 해인이 힐끔 바라보자 저승사자는 소리죽여 말했다.

"저런 사람 곁에 있어 좋을 게 없습니다."

남자 옆으로 지게에 무거운 돌들을 짊어진 여인이 다리를 절뚝이며 지나갔다.

"저기 저분과 수레를 함께 타고 가도 될까요?"

해인이 지게를 짊어진 여인을 가리켰다.

"그럼요. 되다마다요. 하지만 명심해야 할 게 있습니다. 보시다시피 한쪽 수레바퀴가 없어 저 망자와 돌덩이를 함께 태웠다간 수레가 망가질지도 모릅니다. 수레가 망가지면 다칠 수도 있고, 목적지까지 걸어가야 하는 신세가 될 수 있습니다. 그래도 함께 타시겠습니까?"

해인은 망설임 없이 고개를 끄덕였다.

"참 인간들이란."

저승사자는 헛웃음을 지으며 고개를 저었다.

"이쪽으로 와보시오."

은하수의 저주

저승사자는 지게를 짊어진 여인을 불러세웠다. 여인은 다리를 절뚝이며 힘겹게 걸어왔다.

"여기에 타시오."

여인은 어리둥절한 눈으로 저승사자와 해인을 번갈아 보았지만, 이내 수레에 올라탔다. 여인이 올라타 자리에 앉을 때까지 기다리느라 수레가 잠깐 멈추었다. 그 바람에 수레를 바짝 뒤쫓아오던 빨간색 스포츠카가 수레 바로 뒤에서 급히 차를 세웠다. 그때, 스포츠카의 창문이 열리고 남자가 고개를 빼꼼 내밀었다.

"왜 이렇게 앞에서 얼쩡대는 거야?"

남자는 화난 얼굴로 고함쳤다. 해인은 자신이 남자와 싸우면 수레를 얻어탄 여인이 미안해할까 봐 남자에게 응수하려다 말았다. 수레는 삐걱거리며 조금 전보다 느리게 나아갔다. 수레를 얻어탄 여인은 아무 말이 없었다.

얼마쯤 갔을까, 이번에는 파란색 스포츠카가 나타났다. 해인은 조금 긴장한 채로 스포츠카를 지켜봤다. 그런데 웬걸, 앞서가던 스포츠카가 속도를 늦추더니 옆으로 길을 비켜주었다.

"감사합니다."

그녀가 인사하자, 스포츠카에 탄 남자가 미소를 지으며 말했다.

"감사하긴요, 제가 다 감사하죠. 저에겐 이런 좋은 차를 주셔서 편하게 이 길을 지나고 있잖습니까."

남자의 미소에서 윤이 났다. 해인도 덩달아 미소를 지었다.

그 후로도 다양한 사람이 그녀를 스쳐 지나갔다. 조금 전까지만 해도 말을 타고 가던 노인이 보였는데 어느샌가 시야에서 사라졌고 이제는 걷는 사람만이 남았다.

"저 사람은 계속 저와 같은 길을 가고 있어요."

"네. 같은 길을 걷는 이도 있습니다. 그렇다고 다 똑같은 삶을 살진 않습니다."

"왜죠?"

"조금 전에 보셨잖습니까."

저승사자가 의미심장하게 미소를 지었다.

"자기가 걷고 있는지 좋은 차를 타고 있는지 알지 못하는 게 인간입니다. 좋은 차를 타고도 불평불만인 사람이 있는 반면에 튼튼한 신발만으로도 감사하게 여기는 사람도 있습니다."

해인은 수레 옆을 지나는 한 노인에게로 눈을 돌렸다. 노인은 허름한 옷과 금방이라도 밑창이 떨어질 듯한 낡은 신발을 신고서 아무 말 없이 묵묵히 걷고 있었다.

"어르신. 힘들지 않으세요? 여기에 타세요."

"마음은 고마우나 괜찮소. 조금 전까지 자갈길을 걷느라 힘들었는데, 그래도 이렇게 풀밭을 걸으니 얼마나 좋소. 가다가 힘들어 잠시 숨 좀 돌릴라치면 들꽃도 볼 수 있고 말이오."

노인은 잡초 속에 피어있는 민들레 한 송이를 가리켰다. 해인이 손을 뻗어 꺾으려 하자, 노인이 말했다.

"젊은이. 그 꽃을 꺾으면 꽃이 주는 기쁨을 젊은이 혼자서 독차지할 수 있을 게요. 하지만 얼마 가지 않아 꽃은 시들지요. 허나 그 꽃을 꺾지 않으면 이 길을 지나는 모든 이들이 이 꽃을 볼 수 있을게요. 꽃도 젊은이 손에 있을 때보다 더 오래 피어있을 테고 말이오."

해인은 부끄러움에 얼굴이 달아올랐다.

그때, 저승사자가 말했다.

"이제 다 와 가는군요."

저승사자가 저 멀리 보이는 강을 손으로 가리켰다. 수레는 처음보다 삐걱대긴 했으나 다행히 망가지지 않은 채로 강가에 도착했다. 해인과 여인은 수레에

　　　　　　　　　　　　　　　은하수의 저주

서 내렸다. 여인은 아무런 말 없이 지게를 지고 제 갈 길을 가더니 강물에 발을 담갔다. 그 모습을 지켜보던 그녀는 여인의 모습 뒤에 있는 나루터를 발견했다. 그녀가 나루터로 다가가자, 노부부가 그녀를 막아섰다. 저승사자는 노인을 공덕 할머니라고 귀띔했다.

"강을 건너려거든 길 삯을 주시오."

공덕 할머니가 쭈글쭈글한 손을 내밀었다.

"노잣돈 받은 게 있소?"

저승사자가 물었다. 해인은 주머니를 뒤져 돈을 꺼내어 내밀었다. 두 노인은 돈을 슬쩍 세어보고는 나룻배에 올라타라고 손짓했다. 해인과 저승사자는 함께 배에 올라탔다.

"황천강을 건너고 나면 저기 보이는 저 염라국에 가서 재판을 받게 될 겁니다."

저승사자는 저 멀리 보이는 궁궐을 손가락으로 가리켰다. 해인의 눈에서 눈물이 흘러내렸다. 저승에 도착했다는 게 실감 났다. 눈물은 좀처럼 멈추질 않았다.

그때, 옆에서 저승사자가 혀를 찼다. 저승사자의 시선을 따라간 곳엔 구멍 난 나룻배에 물을 퍼내는 사람이 보였다.

"저 사람들은 왜 저러고 있나요?"

해인이 울먹이며 물었다.

"노잣돈이 부족했던 게지요."

저승사자가 고개를 흔들며 말했다.

"살아생전에 덕이 없던 사람이었나 봅니다. 저승길에 노잣돈이 부족한 걸 보니."

해인은 그제야 강물을 헤엄쳐 건너려는 사람들을 발견했다. 그녀가 사람들을 안쓰럽게 바라보던 그때, 저승사자가 말했다.

은하수를 건너서

"이제 다 왔습니다."

저승사자가 앞장서서 나룻배에서 내렸다. 그녀도 배에서 내리자 한 소녀가 다가왔다.

"어째서 그리 슬피 우시나요?"

소녀가 물었다.

"갑작스럽게 이곳에 오게 되어 사랑하는 사람들에게 마지막 인사조차 하지 못했어요."

해인은 재하를 떠올렸다. 재하와 헤어지고 집으로 돌아온 날, 해인은 하염없이 눈물을 흘렸다. 재하를 처음 만난 날, 해인은 첫눈에 알았다. 남자를 진심으로 사랑하게 될 거란 걸. 그런 감정은 태어나 처음이었다. 슬퍼 보였던 재하의 눈빛이 아버지의 죽음 때문이라는 걸 알게 된 날, 해인은 재하의 아픔을 같이 공감해주고 위로해주고 싶었다. 그래서 하게 된 질문이었다.

"인근이라면… 어느 중학교에 근무하셨어요?"

"흥운 중학교 선생님이셨어요. 학생들을 무척이나 사랑하셨죠."

재하의 대답은 날카로운 화살이 되어 그녀의 심장에 콱 박혀버렸다. 흥운 중학교라면 해수가 졸업한 학교였다. 재하의 나이를 처음 알게 된 날, 해인은 그녀의 오빠, 해수와 나이가 같다고 생각했었다. 그러니 재하의 아버지는 곧 해수의 선생님일 수도 있었다. 그녀는 어릴 때였지만 해수가 저지른 잘못으로 사고가 났고, 해수와 그의 친구, 선생님 한 분만 구조되었다고 들었는데, 구조된 선생님이 해수의 졸업식이 있던 날 자살하셨다는 얘기를 오며 가며 들었던 기억이 어렴풋이 났다. 해인은 재하의 아버지와 그 선생님이 동일 인물일 거라고 짐작했다. 그 말은 재하의 아버지는 해수가 일으킨 사고 희생자로, 아들의 졸업식도 보지 못하고 목숨을 끊으셨다는 얘기였다.

해인은 눈앞이 아찔해져 오는 걸 느꼈다. 잠시 화장실에 다녀오겠노라 말하고 의자에서 일어났다. 무슨 정신으로 화장실까지 걸어갔는지 기억나지 않았

은하수의 저주

다. 화장실에 들어가 거울을 보자, 울컥 울음이 터져 나올 것만 같았다. 차마 재하의 얼굴을 똑바로 볼 수 없을 것만 같았다. 그래서 재하에게 이별을 고했다.

소녀는 강물을 떠서 그녀의 눈물을 닦아주며 말했다.

"이승에서의 슬픔과 원한, 고통은 모두 잊게 될 겁니다."

소녀의 손이 닿자 거짓말처럼 눈물이 말라버렸다. 옆에서 이를 지켜보던 저승사자는 흐뭇한 듯 말했다.

"망각은 신이 인간에게 주는 최고의 선물입니다. 고통스러웠던 지난 일도, 시간이 지나면 아름다운 과거로 기억하게 되죠."

그리고 보니 조금 전까지 슬펐던 마음이 감쪽같이 사라지고 없었다.

"망각이 없다면, 인간은 하루하루 고통 속에 살아야 할 겁니다. 슬프고 힘들었던, 모든 기억을 안은 채로 말이죠."

옆에 있던 소녀가 저승사자에게 눈을 흘기자 저승사자는 하던 말을 멈추었다.

"저를 따라오세요."

소녀는 그녀를 보며 상냥하게 말했다. 해인은 소녀를 따라 염라국으로 향했다. 소녀와 함께 염라국에 들어서자, 검은 모자를 쓴 자가 달려와 소녀에게 고개 숙여 인사했다.

"공주님께서 이곳엔 어쩐 일이신가요?"

소녀는 남자에게 지시를 내렸다.

"이 여인이 왜 죽었는지 알아보거라."

잠시 후, 해인은 남자를 따라 염라대왕 앞으로 갔다.

"그대 이름이 무엇이더냐?"

염라대왕이 물었다.

"강해인입니다."

그녀의 이름을 듣자 염라대왕은 깜짝 놀란 얼굴로 말했다.

"옥황상제가 부르신다. 그대는 지금 바로 옥황전으로 가서 옥황상제를 뵙거라."

해인은 구름을 타고 옥황전으로 갔다. 그녀가 구름에서 내리자, 대신들이 다가와 옥황상제에게 데려다주었다. 해인은 영문도 모른 채 옥황상제 앞에 다가갔다. 옥황상제는 한 손에 부채를 쥐고서 커다란 의자에 앉아있었다.

"그대가 강해인인가?"

옥황상제의 목소리가 옥황전 안에 쩌렁쩌렁 울렸다.

"네. 그렇습니다."

긴장한 해인은 짧게 대답했다.

"그대의 억울한 죽음을 들었노라. 그대는 살던 곳으로 다시 돌아가도 좋다."

해인은 깜짝 놀랐다.

"다시 돌아가다니요? 어떻게요?"

"인간의 육체는 죽으며 사라지지만, 영혼은 영원한 법이다."

해인은 옥황상제의 말을 이해하지 못했지만, 더 묻지 못하고 고개만 끄덕였다.

"이곳에 오기 전, 강가에 있던 소녀를 만났느냐?"

옥황상제는 수염을 쓰다듬으며 물었다.

"네. 만났습니다."

"그 아이는 바리공주라는 아이다. 바리공주가 네 슬픔과 원한, 고통을 모두 지워줬으니 불행했던 삶은 모두 잊고, 새로운 삶을 살게 될 것이다."

"새로운 삶이요?"

"그렇다. 그대는 다시 태어난다면, 언제로 돌아가고 싶으냐?"

옥황상제는 인자한 미소를 지으며 물었다.

"교복을 입었던 어린 시절로 돌아가고 싶습니다."

＊＊＊

해수는 주차를 마치고 곧장 응급실로 들어갔다. 함께 출발한 구급차는 벌써 와있었다. 그는 응급실로 들어가 구급대원 곁으로 다가갔다. 구급대원들은 떠날 준비를 끝내고 막 응급실을 떠나려던 참이었고, 조금 전 그가 살려낸 여자는 응급실 침대로 옮겨져 있었다.

"진료받으시려면 접수해야 하니 성함하고 주민등록번호를 알려주세요. 보호자에게도 연락하시고요."

여자는 아무 말 없이 두 눈만 끔뻑거렸다. 그의 말을 알아듣지 못한 건가 싶어 도와줄 사람을 찾아 주위를 두리번거리는데, 누군가가 그를 불렀다.

"선생님."

고개를 돌리자, 누워있던 여자가 그를 빤히 바라보고 있었다.

"네. 말씀하세요. 어디 불편하세요?"

그가 물었다. 의사소통에는 문제가 없는 것 같으니 안심이 되었다.

"이거 꿈인가요?"

여자가 눈물을 글썽이며 물었다. 기구한 사연을 가진 여자인 모양이었다. 하루에도 몇 번씩 저마다의 사연을 가진 환자들이 응급실을 찾았다.

"꿈 아니에요. 살아나셨어요."

그가 미소를 지으며 말했다. 여자의 눈물이 관자놀이를 타고 흘러내렸다.

"한…연화. 한연화예요."

여자는 목이 멘 목소리로 이름을 말해주었다.

"네. 한연화 님. 주민등록번호랑 보호자 연락처도 알려주세요."

해수는 메모지에 '한연화'라 쓰고 주민등록번호를 불러주길 기다렸다.

"보호자는 없어요. 주민등록번호도 모르고요."

여자는 자신 없는 목소리로 말했다. 주민등록번호를 모르다니, 이게 무슨 말인가. 해수는 황당한 얼굴로 여자를 바라봤다.

"주민등록번호를 모르시면 건강보험이 적용되지 않습니다. '일반'으로 접수하셔야 하는데 그러면 병원비가 많이 나올 거예요. 더구나 연대보증인이 없으면 접수해드리기가 힘들고요."

난처해진 해수는 머리를 긁적이며 말했다. 하지만 말을 마치고 나선 과연 사람을 살리는 의사로서 진료도 하기 전에 환자에게 해야 할 말인가 자괴감이 들었다. 무슨 사연을 가진 여자인지 몰라도 그는 여자를 돕고 싶었다.

"사회복지팀에 알아보고 올 테니 여기서 잠깐 기다리세요."

***

구급차가 멈춘 걸 보니 병원에 도착한 것 같았다. 구급대원들이 다가와 그녀가 누워있는 침대를 밀고 응급실로 들어갔다. 연화의 눈앞에 병원 천장에 달린 전등이 하나둘씩 지나가더니 간호사가 달려 나왔다. 낯익은 얼굴, 윤 간호사였다. 구급대원은 그녀를 병원 침대에 눕혀놓고 떠났고, 곧이어 해수가 다가왔다. 꿈이라고 생각했다. 해수를 다시 볼 수만 있다면 꿈이라도 좋았다. 그런데 꿈이 아닌 정말 해수가 눈앞에 있었다. 연화는 해수의 얼굴을 물끄러미 바라봤다. 어떻게 저승사자에게서 살아남을 수 있었을까.

해수는 사회복지팀에 알아본다며 떠났다. 혼자 남겨진 그녀는 말없이 응급실을 둘러봤다. 응급실은 그녀가 응급실을 떠날 때와 달라진 게 아무것도 없었다. 그녀 없이도 응급실은 여전히 같은 모습으로 존재했다.

연화는 침대에서 내려와 응급실을 빠져나와 병원 밖으로 나갔다. 어느덧 해는 저물었고, 배에선 꼬르륵 소리가 났다. 주머니를 뒤져보았지만, 돈이 있을 리 없었다. 거기다 꼴은 물에 빠진 생쥐처럼 형편없었다. 그나마 다행인 건 다들 제 갈 길을 가느라 그녀를 이상하게 바라보는 사람이 없었다.

은하수의 저주

발길 닿는 대로 걷다 보니 어느새 식당 골목에 접어들었다. 골목은 식당 밖에 놓인 탁자에 둘러앉은 사람들의 웃음소리와 말소리로 시끌벅적했다. 코를 자극하는 숯불 냄새에 침이 꼴깍 넘어갔다. 텅 빈 주머니가 야속하기만 했다.

먹음직스러운 음식에 입맛을 다시며 군침을 흘리던 그때, 연화는 발걸음을 멈추었다. 식당 유리창 너머로 낯익은 얼굴이 있었다. 연화는 이끌리듯 유리창에 다가갔다. 바로 그때, 소주를 마시려던 한 남자와 눈이 마주쳤다. 재하였다. 재하는 아무런 표정 없이 그녀를 물끄러미 바라봤다. 다른 이들의 기억에서 모두 지워질 거라던 옥황상제의 말씀이 옳았다. 재하 역시 그녀를 기억하지 못하는 듯했다. 이곳 어디에도 그녀의 자리는 없었다. 반겨주는 이도, 기억해주는 이도, 오라는 곳도, 갈 곳도. 밤은 깊어가는데 돈도 없고 갈 곳이 마땅치 않았다. 길에서 밤을 보낼 수는 없는 노릇이므로 하는 수 없이 병원으로 돌아갔다. 당직실이라면 밤새 비어 있을지도 몰랐다.

연화는 주위를 살피며 당직실 안으로 들어갔다. 예상대로 당직실에는 아무도 없었다. 안심한 그녀는 오래전에 자신이 썼던 침대로 가 누웠다. 많은 시간이 흘렀는데도 오늘 아침까지 누웠던 것처럼 익숙한 느낌이 들었다. 그녀는 금세 잠에 빠져들었다.

다음 날 오후가 되어서야 잠에서 깬 연화는 눈앞에 보이는 것들이 믿기지 않았다. 왜 그대로인가. 꿈이 아니었단 말인가. 그게 아니라면 엄마와 아빠, 옥황상제를 만났던 기억이 꿈은 아니었을까.

연화는 당직실을 천천히 둘러봤다. 어제 쫓기듯 들어와 곧장 잠이 들었던 탓에 보지 못한 모습이 하나둘씩 눈에 들어왔다. 모든 것은 그녀가 떠나오기 전 해수와 마지막으로 누웠던 그 모습 그대로였다.

그때, 그녀의 눈이 구석에 방치된 상자로 향했다. 상자는 오랫동안 사람들의 손이 닿지 않은 듯 먼지가 수북이 쌓여있었다. 상자를 열자 놀랍게도 그녀의 옷과 짐가방이 그대로 들어있었다. 가방 안엔 그녀의 전 재산이 든 통장도 들어있었다. 죽으라는 법은 없다더니 지금 이 순간에 딱 들어맞는 말이었다.

연화는 옷을 갈아입고 무작정 당직실을 나왔다.

***

다음 날 아침, 인계를 앞두고 해수는 문득 어제 오후에 도망친 여자 환자가 생각났다.

"윤 간호사님. 어젯밤에 그 환자한테서 연락 온 건 없었죠?"

윤 간호사는 고개를 저었다.

"그 환자. 옷이 다 젖은 채로 나갔는데 괜찮을까요?"

"무슨 일이 있었다면 다시 병원에 실려 왔겠죠. 이 근처에 응급실 있는 병원은 천명 대학교 병원밖에 없잖아요."

윤 간호사의 말처럼 물론 그랬을 것이다. 괜한 걱정을 한다는 것도 잘 알고 있었다. 그런데 이상하게도 자꾸만 그 여자가 마음에 걸렸다. 자신을 바라보던 눈빛이 왠지 아련해 보이기도 했고, 그 여자를 보고 있으니 가슴 한구석이 아려와 하마터면 눈물을 흘릴 뻔했다.

"교수님. 왜 그러시는데요. 아는 분이었어요?"

그는 고개를 저었다. 그렇다고 모르는 사이라고 확신하진 못했다. 3년 전에 6개월 동안 무슨 일이 있었는지 그는 아직도 기억하지 못했다.

"기억 안 나세요? 혹시 그때 만났다던가."

윤 간호사가 그의 눈치를 살피며 물었다. 윤 간호사의 그런 말과 행동에 그는 더욱 심란했다. 그의 삶에서 잘려 나간 6개월은 3년째 풀지 못한 숙제였다. 어쩌면 앞으로도 풀지 못할지도 몰랐다. 그 6개월의 공백으로 그의 삶은 퍼즐이 맞춰지지 않고 있었다.

"사람이 충격을 받으며 일시적으로 기억을 지우기도 해."

정신건강의학과 교수 신재하 선생은 몇 년 전에 그렇게 말했다. 그러고 보니 얼마 전에 차트를 본 적 있냐고 묻던 재하의 꺼림칙한 표정이 문득 떠올랐다.

해수는 스테이션에 놓인 컴퓨터 앞으로 다가가 전자의무기록 프로그램을 열었다. 환자등록번호를 입력하자 그의 의무기록이 화면에 나타났다. 그중 정신건강의학과 기록을 눌러보았다. 재하는 두 사람의 대화 내용이자, 상담내용을 꼼꼼하게 기록해두었다.

20xx. 04. 09

imp(impression, 진단명)*: delusions R/O* (망상, 의증)

C/C(Chief Complain, 주호소) : *환자들의 과거가 보인다. 괴롭다.*

그때였다. 응급실 문이 열리고 누군가가 그를 불렀다.

"강해수 님."

출입문으로 고개를 돌리자 우체부가 다가왔다.

"강해수 님이신가요?"

"네. 그런데요."

우체부는 아무런 대꾸도 없이 엽서 한 장을 건네주고는 그대로 가버렸다. 얼떨결에 엽서를 받아든 그는 엽서를 물끄러미 바라봤다. 엽서 앞면에는 우체통을 짊어지고 가는 거북이 그림이 그려져 있었고, 그림 위에는 '느리게 가는 우체통에서 온 엽서입니다.'라고 적혀있었다.

"누구한테서 온 엽서예요?"

윤 간호사가 물었다. 해수는 어깨를 으쓱이며 엽서 뒷면으로 돌렸다. 편지의 첫인사는 '나의 운명에게.'라고 되어있었다. 그는 고개를 갸웃거리며 편지를 읽기 시작했다. 편지의 마지막은 '지금쯤 우리의 사랑은 이뤄져 있을까요?'로 끝을 맺었다. 그의 시선은 맨 아래 날짜와 이름에서 멈췄다.

20xx. 07. 12 from. 당신의 운명, 한연화.

3년 전에 보낸 엽서였다. 게다가 이름이 낯이 익었다. 한연화가 누굴까. 그리고 이 여자와는 어떤 관계였던 걸까. 해수는 혼란스러웠다.

"한연화. 어제 왔던 그 여자 아니에요?"

엽서를 힐끔 쳐다보던 윤 간호사가 물었다. 해수는 윤 간호사와 엽서를 번갈아 봤다. 어쩐지 이름이 낯이 익더라니. 그는 얼른 주머니에서 수첩을 꺼내 어제 메모해둔 이름을 찾았다.

'한연화'

그 여자가 맞았다.

"혹시 이 여자, 3년 전에 본 적 있어요? 병원에 온 적 있다거나, 아니면…."

해수는 눈을 치켜떠 윤 간호사를 바라봤다. 윤 간호사는 고개를 저었다.

"이 엽서, 어디서 왔을까요?"

그가 한숨을 내쉬며 물었다.

"서천공원에 있는 우체통에서 온 것 아니에요?"

윤 간호사가 시큰둥하게 대답했다. 그는 당장이라도 달려갈 기세로 엉덩이를 들썩였다.

"조금만 참으시죠. 한 시간만 지나면 퇴근인데."

윤 간호사의 말에 그는 다시 의무기록으로 눈을 돌렸다. 그의 눈을 사로잡은 건 20xx. 07. 09일 자 기록이었다.

C/C : 나의 저주가 연화와 관련이 있는 것 같아.

그의 눈이 '연화'라는 두 글자에서 멈췄다. 저주는 뭐고, 연화는 누구일까. 대

은하수의 저주

체 3년 전에 그에게 무슨 일이 있었던 걸까. 해수는 두 손에 얼굴을 파묻었다. 그의 인생을 뒤흔든 중대한 일이 있었던 게 분명했다. 그 일을 알아내려면 연화라는 여자를 만나봐야 한다.

퇴근 시간이 되자 해수는 차를 몰고 서천시로 달려갔다. '서천공원' 이정표가 보이자, 심장이 두근거리기 시작했다. 마치 이곳에 가면 잃었던 모든 기억을 되찾을 것만 같았다.

주차를 마친 그는 비탈길을 내려갔다. 윤 간호사의 말대로 꽃밭에 세워진 커다란 우체통이 보였다. 그는 꽃밭에 놓인 디딤돌을 밟고서 우체통으로 다가갔다. 우체통 앞에 세워진 안내판에는 '느리게 가는 우체통'이라 적혀있었다. 그는 떨리는 마음으로 우체통 안으로 들어갔다. 우체통 안에는 그가 받은 엽서와 똑같은 그림이 그려진 엽서가 비치되어 있었다. 연화라는 여자는 3년 전 이곳에서 그에게 엽서를 썼던 모양이었다. 이제 어디로 가면 연화라는 여자를 만날 수 있을까.

그는 우체통 밖으로 나왔다. 그때, 거짓말처럼 한 여자가 그에게로 걸어왔다. 바로 그가 찾던 '한연화'였다.

* * *

연화는 해수에게 한 걸음, 한 걸음 다가갔다. 그가 두 사람의 추억이 깃든 이곳엔 어쩐 일일까. 혹시 기억이 되돌아온 걸까. 그녀는 내심 기대하며 해수 앞에 멈춰 섰다. 해수는 아무 말 없이 그녀를 바라봤다. 후덥지근한 바람이 불어와 두 사람 주위를 맴돌았다.

"여기서 만나네요. 몸은 괜찮아요?"

해수는 옅은 미소를 지었다. 연화도 미소를 지으며 고개를 끄덕였다.

"연화 씨. 식사했어요?"

은하수를 건너서   303

연화는 눈물이 핑 돌았다. 해수가 '연화'라고 불렀다. 그녀의 이름을 기억하고 있었다.

"안 하셨으면 같이 식사할래요? 실은, 혼자 먹어야 해서요."

눈물이 무색하게 배에서 먼저 대답했다. 꼬르륵.

연화는 해수를 따라 언덕 위 카리브레스토랑으로 들어갔다. 해수는 늘 앉던 창가 자리에 앉았고 연화와 함께 먹었던 메뉴를 주문했다. 마치 모든 걸 기억하는 사람처럼.

"여긴 어쩐 일이세요?"

연화가 물었다.

"오늘 아침에 엽서 한 장을 받았는데, 저 우체통에서 온 엽서라고 해서요."

해수는 머쓱한 얼굴로 어색하게 웃었다. 연화는 탁자 위에 놓인 엽서를 보았다. 그에게 엽서를 보낸 사람이 누굴까. 그녀가 떠난 지 3년이나 지났으니 그가 새로운 사랑을 시작했을 수도 있었다.

그녀가 의기소침해져 있던 그때, 해수가 미간을 찌푸렸다.

"왜 그러세요?"

그녀가 놀라 물었다.

"아무것도 아니에요. 지금 이 장면을 어디서 본 적 있는 것 같아서요."

해수는 고개를 저으며 쓴웃음을 지었다.

"식사하시죠."

때맞춰 주문한 음식이 나오면서 대화는 이어지지 않았다. 해수는 식사에 집중하지 못하고 어딘가 불편한 사람처럼 시선이 허공을 떠돌았다. 할 말이 있는 듯 보였다. 설마, 기억난 걸까. 연화는 또다시 희망을 품었다.

"저기. 우리 3년 전에 만난 적 있나요?"

연화는 선뜻 대답하지 못하고 머뭇거렸다. 그녀의 곤란한 표정을 보자 해수는 얼른 말을 덧붙였다.

은하수의 저주

"죄송합니다. 제가 오래전 기억을 잃어서요."

해수는 그녀를 기억하지 못했다. 실망할 것도 없었다. 이렇게 마주 앉아있는 것만으로도, 해수의 평온한 얼굴을 보는 것만으로도 괜찮았다. 해수가 잘 지내는 걸 봤으니 이제 멀리서 그를 지켜보며 그녀의 삶을 살기로 마음먹었다.

해수와 헤어지고 거리로 나온 연화는 해인의 작업실이 있던 예술인의 거리로 향했다. 해수도, 재하도 잘 지내는 걸 확인했으니, 해인도 보고 싶었다. 해인은 없다는 걸 알면서도 그녀의 흔적이 깃든 작업실이라도 보고 싶었다. 해인과 함께했던 기억을 떠올리는 것만으로도 그녀를 느낄 수 있을 테니깐. 물론 해인의 작업실이 그대로 있으리란 보장은 없었다.

예술인의 거리는 많은 것이 변해있었다. 소규모 점포가 다닥다닥 붙어있던 골목엔 카페가 줄지어 들어서 있었고, 지나다니는 사람도 전보다 눈에 띄게 많아졌다. 무엇보다 가장 눈길을 끈 건 해인의 작업실이 있던 건물이었다. 해인의 작업실이었던 건물에는 작은 게스트하우스가 들어서 있었다.

연화는 게스트하우스의 문을 열고 안으로 들어갔다. 해인이 앉아 그림을 그렸던 공간에 카운터가 놓여있었다. 카운터에선 직원과 교복을 입은 소녀가 실랑이를 벌이고 있었다. 연화는 소녀 뒤에 서서 잠자코 차례를 기다렸다.

"학생. 돈 없으면 재워줄 수가 없어. 무슨 일인지 모르겠지만 집으로 가. 부모님께서 기다리셔."

직원은 단호하게 말한 뒤 곧장 연화에게로 눈을 돌렸다. 더는 실랑이하고 싶지 않은 눈치였다.

"오늘 하룻밤만 자려고요."

연화는 곁눈질로 소녀를 보며 말했다. 소녀는 아무런 표정 없이 가만히 서 있었다. 그녀가 선금을 내고 열쇠를 받는 동안에도 꿈쩍하지 않았다. 직원은 그녀에게 2층으로 올라가라는 안내를 마치고 의자에 앉았다. 그때까지도 소녀는 버티며 서 있었다. 모른 척하기엔 소녀가 신경 쓰였다. 그냥 뒀다간 소녀는 길

바닥에서 밤을 지새울지도 몰랐다.

연화는 2층으로 올라가려던 발을 도로 물리며 계단을 내려와 소녀에게 다가갔다. 소녀는 작은 얼굴에 이목구비가 또렷한 게 해인 못지않은 미인이었다. 게다가 차갑고 도도해 보이는 모습이 해인과 똑 닮았다. 해인이 살아 돌아왔다고 해도 믿을 것 같았다.

"저 혹시…."

연화가 조심스레 말을 걸었다. 소녀는 경계하듯 그녀를 바라봤다.

"저랑 같이 잘래요?"

소녀는 거절하지 않고 순순히 그녀를 따라왔다. 연화는 소녀의 숙박료까지 계산하고서 배정받은 방으로 올라갔다.

두 사람이 묶을 방은 2인 객실이었다. 양쪽 벽에 조그마한 침대 두 대가 놓인 방은 뒤돌아설 틈 없이 비좁았다. 연화가 먼저 들어가 침대에 눕자 소녀도 뒤따라 들어와 침대에 걸터앉았다. 침대에 눕자 피로가 몰려왔지만, 좁은 방안에 낯선 사람과 있다는 사실에 쉽사리 잠이 들지 않았다.

연화는 소녀가 있는 쪽으로 몸을 돌려 누웠다. 소녀는 꿈쩍하지 않고 침대에 걸터앉아 있었다. 연화는 소녀의 왼쪽 가슴에 달린 이름표를 보았다. 소녀의 이름은 '박은혜'였다. 연화는 해인과 닮은 은혜가 친근하게 느껴졌다. 문득 서천 꽃밭에서 본 환생 꽃을 떠올랐지만, 이내 고개를 흔들었다.

그때였다. 적막을 깨고 은혜가 먼저 말을 걸어왔다.

"고마워요. 덕분에 오늘 밤은 편하게 잘 수 있게 됐어요."

옛 기억이 떠올랐다. 수능시험을 치고 돌아온 그날, 짐가방만 달랑 들고 길바닥에 내쳐졌던 그날, 갈 곳이 없어 거리를 헤매던 그때, 해인이 생각났다. 해인을 소개받은 지 석 달도 채 되지 않았지만, 해인이라면 그녀를 도와줄 것 같았다. 그렇게 한 달여 동안 해인의 보금자리에서 지냈는데, 그곳이 바로 지금 그녀가 누워있는 방이었다.

　　　　　　　　　　　　　　　　은하수의 저주

밤새 잠을 이루지 못한 채 아침이 밝아왔다. 옆에선 은혜가 자고 있었다. 연화는 가만히 누워 해수를 생각했다. 해수는 왜 연꽃을 보러 왔던 걸까. 그리고 서천공원에도. 그때 문득 어제 낮에 해수가 들고 있던 엽서가 떠올랐다. 익숙한 엽서라고만 생각했는데, 생각해보니 오래전에 해수에게 엽서를 썼던 게 생각났다. 해수는 받아보았을까. 공원 관리소에 가면 해수가 언제 받았는지 알 수 있지 않을까. 연화는 옷을 챙겨입고서 허겁지겁 밖으로 나왔다.

***

연구실로 돌아온 해수는 연구실에 마련된 간이침대에 누웠다. 오늘따라 침대가 불편했다. '한연화'라는 그 여자 때문이었다. 그 여자를 만난 이후 줄곧 그녀가 머릿속을 떠나지 않으니 모든 것이 다 성가셨다.

몸을 뒤척이며 생각을 이어 나가던 그는 삐걱거리는 침대를 도저히 견디지 못하고 당직실로 갔다. 당직실 이층 침대가 그의 간이침대보다는 그나마 편했다. 물론 일 년 전, 그가 교수로 임용된 후로는 처음으로 찾는 거지만.

해수는 오래전에 그가 사용했었던 침대에 누웠다. 계속해서 생각을 이어 나가 보려고 했지만, 점점 눈꺼풀이 무거워지더니 금세 잠이 들어버렸다. 꿈속에서 그는 연꽃이 만개한 연못에서 한 여자와 입을 맞췄다. 여자의 얼굴을 자세히 보려 했지만, 보이지 않았다. 입을 맞추고 있는 여자에게서 나는 향기인지 아니면 연꽃 향기인지 모를 은은한 꽃향기만이 코로 스며들었다. 어디선가 맡아본 향기였다. 코로 스며든 향기가 그의 몸을 휘감자, 갑자기 가슴이 두근거리더니 극심한 통증이 온몸을 훑고 지나갔다. 그 순간, 여자가 뒤돌아봤다. 또, 한연화였다. 그는 벌떡 일어나 앉았다. 식은땀이 이마를 타고 흘러내렸다. 그 여자를 지나치게 생각했던 탓일까. 누군지도 모르는 그 여자가 꿈속까지 찾아왔다.

그는 그 여자의 생각을 떨쳐버리려 응급실로 내려갔다. 응급실에선 전공의들이 스테이션에 모여 잡담을 나누고 있었다. 그는 말없이 다가가 그들 옆에 나란히 섰다.

"도둑이 딱 그것만 가져갔을 리가 있겠어?"

3년 차 세윤이 퉁명스럽게 말했다.

"제 말이 그 말이에요. 근데 왜 그것만 없어졌을까요?"

1년 차 성원은 고개를 갸웃거렸다.

"뭔데 그래? 뭐가 없어졌다는 거야?"

가만히 듣고 있던 그가 대화에 끼어들었다.

"당직실에 오래전부터 주인 없는 물건이 있었는데, 어젯밤에 사라졌어요."

"주인 없는 물건이라니?"

"그거야 저희도 모르죠. 저희가 입사하기 전부터 있던 거라. 교수님도 모르세요?"

그는 고개를 저었다. 그는 그와 관련 없는 일들에는 관심이 없었다.

"그런데 왜 여태 아무 말도 안 했어?"

"그야 다들 바쁘다 보니 누군가가 하겠지 하며 지낸 거죠."

세윤이 멋쩍은 듯 웃었다.

"거기에 이름은 없었어? 인사과에 연락처를 알아보지 그래?"

그는 대수롭지 않게 말한 뒤 응급실을 둘러봤다.

"이름이 한연화였죠?"

"그래. 한연화."

눈이 번쩍 뜨였다. 잘못 들었나 싶어 돌아보자 세윤과 성원이 놀란 얼굴로 물었다.

"왜요? 교수님 아는 사람이에요?"

"아, 아니."

해수는 응급실을 뛰쳐나와 당직실로 뛰어 올라갔다. 불을 켜고 당직실을 둘러보니 당직실 구석에 성원이 말한 상자가 놓여있었다. 그는 상자를 열어 의사 가운을 꺼내 들었다. 가운에는 파란색 실로 '응급의학과 한연화'라 수놓아져 있었다. 그의 차트, 엽서, 의사 가운…. 그 모든 것이 머릿속에서 뒤죽박죽 뒤섞였다. 혹시 또 다른 단서는 없을까.

그는 가운을 들고서 연구실로 내려갔다. 책상 서랍을 열어 단서가 될만한 것들을 찾아보았다. 그때, 서랍 깊숙한 곳에서 뭔가가 반짝였다. 조심스레 꺼내보니 연꽃 모양이 새겨진 은반지였다. 반지 안쪽에는 글자가 새겨져 있었다.

H.Y.H

이니셜은 틀림없이 '한연화'였다. 그는 반지를 껴보았다. 그 순간, 머리가 지끈거리며 아팠다. 그는 신음을 내뱉으며 머리를 부여잡았다. 그러자 연화와 함께 보낸 모든 순간이 머릿속을 지나갔다. 거짓말처럼 모든 기억이 돌아왔다. 그 날 밤 은하대교에 갔던 것도, 연꽃을 보러 갔던 게 이번이 처음이 아니란 것도. 모두 기억났다.

"연화가 온 거야. 연화가 왔어. 연화가 돌아왔어."

눈물이 왈칵 쏟아졌다. 영원히 떠난 줄 알았던 연화가 그를 다시 찾아왔다. 지난 3년간, 그의 삶에 채워지지 않던 텅 빈 자리는 연화였고, 그가 잃어버린 건 연화와 함께 보낸 기억이었다.

해수는 연화를 찾으러 밖으로 뛰쳐나갔다. 갈 곳 없는 연화는 지금쯤 어딜 헤매고 있는 걸까. 그때 문득, 레스토랑에 두고 온 엽서가 생각났다. 3년 전, 연화에게서 온 엽서였다.

해수는 엽서를 찾으러 '서천공원'으로 달려갔다. 주차를 마치고 레스토랑 안으로 달려들어 가자 사장이 아는 체하며 다가왔다.

"오셨군요. 그러잖아도 다시 오실 줄 알고 있었습니다. 이거 두고 가셨죠?"

사장이 엽서를 내밀었다. 엽서를 받아든 그는 눈물이 핑 돌았다. 그와는 상관없는 줄 알았던 엽서가 하루 만에 그에게 더없이 소중한 엽서가 되었다.

그때였다. 레스토랑 문이 열리고 주위가 환하게 빛났다. 환한 빛 속에서 연화가 걸어들어왔다. 눈을 깜빡여보아도, 머리를 흔들어보아도 정말 연화였다. 연화가 맞았다.

"연화야."

울컥 목이 메었다. 눈에선 눈물이 흘러내렸다. 눈물이 앞을 가려 연화의 얼굴이 흐릿해졌다. 이대로 연화가 사라져버릴까 봐 그는 얼른 눈물을 훔쳤다. 연화가 그에게 다가오고 있었다.

"선생님."

연화가 눈물을 닦으며 그를 불렀다.

"어떻게 된 거야?"

해수는 연화의 두 손을 맞잡았다. 따뜻한 온기가 느껴졌다. 믿을 수가 없었다. 환영이 아닌 진짜 연화였다.

"매년 연꽃 보러 가기로 한 약속, 정말 지키셨네요."

연화가 빙그레 웃으며 말했다.

"널 다시 만나려는 운명이었지."

그날 밤, 두 사람은 연화가 떠나기 전 마지막 밤처럼 당직실 침대에 나란히 누웠다.

"3년 만에 가장 행복한 밤이야. 이젠 한시도 너와 떨어지지 않을 거야."

***

재하는 친구들과 모임을 마치고 예술인의 거리를 걸었다. 3년 전부터 카페들이 하나둘씩 들어서더니 지금은 예술인의 거리 대신 '카페거리'라 불리고 있

은하수의 저주

었다. 그 때문에 혼자만 간직하고 싶던 추억들은 하나둘씩 지워졌고, 이제는 즐비한 카페와 오가는 사람들로 채워졌다. 재하도 자주 가는 카페가 있었는데, 곳곳에 그림을 걸어둔 아담한 곳이었다.

카페 안은 조용한 음악과 책 넘기는 소리, 커피를 마시는 소리가 어우러졌다. 주문을 마친 그도 책 한 권을 꺼내 들고서 자리에 앉았다. 그는 오롯이 혼자되는 이 시간이 좋았다.

그가 책을 읽느라 시간 가는 줄 모르던 그때, 진동벨이 울렸다. 커피를 들고 자리로 가서 앉으려는데, 교복을 입은 소녀가 어느 그림 앞에 우두커니 서 있었다. 그도 좋아하는 그림이었다. 사실 이 카페에 오는 것도 그 그림 때문이었다.

재하는 소녀에게로 걸어갔다.

"이 그림 마음에 들어요?"

소녀가 고개를 돌려 그를 올려다봤다.

"이 그림을 그리신 작가님과 잘 아는 사이거든요."

그가 미소를 지으며 말했다. 소녀는 아무런 말 없이 그를 바라봤다.

"이 그림을 좋아하는 사람이 있다는 얘길 해주면 그분이 좋아하겠네요."

소녀가 옅은 미소를 지었다. 재하는 자연스레 소녀와 합석했다. 하지만 그림 얘기를 끝내고 나자 딱히 할 말이 없었다. 성인 남자가 교복 입은 소녀와 함께 앉아 커피를 마시는 모양새도 썩 좋지 않았다. 생각이 거기에 미치자, 소녀와 함께 있는 게 불편했다. 괜히 말을 걸었나 싶었다.

"시간이 늦었는데, 그만 일어나죠. 부모님께서 걱정하시겠어요."

그가 일어서려는데 소녀가 말했다.

"부모님 없어요."

그는 다시 자리에 앉았다.

"아, 미안해요. 그래도 기다리는 가족이 있을 거잖아요."

"없어요. 가족."

소녀는 태연한 얼굴로 고개를 저었다. 당황한 건 그였다. 가출청소년과 엮였다간 오해받기 딱 좋았다. 그렇다고 그냥 일어서기엔 소녀가 딱해 보였다.

"그래도 사는 곳은 있을…거잖아요?"

그는 더듬더듬 말을 이어 나갔다. 소녀는 고개를 저었다.

"얼마 전에 교통사고를 당했어요. 깨어보니 병원이더라고요. 그런데, 예전의 기억이 하나도 나질 않아요."

소녀는 자신의 처치를 아무렇지 않은 듯 말했다.

"어느 병원인데요?"

"천명 대학교 병원이요."

재하는 소녀의 가슴에 붙어있는 이름표를 보았다. 박은혜. 소녀의 이름은 박은혜였다. 그가 생각에 잠긴 그때, 소녀가 말했다.

"그래서 말인데, 딱 오늘 하루만 저 좀 재워주세요."

그는 머릿속이 하얘지고 이마에선 진땀이 흘러내렸다. 처음 만난 소녀를 뭘 믿고 집에 데려와 재운단 말인가. 머리로는 안 된다고 하는데 마음은 그렇지 않았다. 그의 마음은 소녀를 하룻밤만 재워주라고 말했다.

하는 수 없이 재하는 소녀를 데리고 병원 바로 옆, 신축 오피스텔로 들어갔다. 3년 전 응급실에 실려 갔다 온 후 집을 나왔다. 살면서 처음 하는 독립이었다. 혼자 계신 엄마가 내심 마음에 걸렸지만, 자주 찾아뵙기로 했다.

은혜는 집에 들어서자마자 곁눈질로 집을 둘러봤다. 사실 신축이라 깨끗한 점 외에 좋은 건 딱히 없었다. 문을 열고 들어오면 왼편에 화장실이 있고 두 걸음만 더 들어가면 주방이자 거실이자 방인 원룸이었다. 그나마 다행인 건 복층으로 되어있어 계단을 올라가면 싱글침대 하나가 들어갈 정도로 작은 공간이 있었다.

"이 층에서 자요. 제가 거실에서 잘 테니까."

"고맙습니다."

은하수의 저주

은혜는 고개를 꾸벅이더니 계단을 올라갔다.

"잠. 잠깐만."

그가 은혜를 불러세우자, 은혜가 흠칫 놀라 뒤돌아봤다.

"그러면 어젠 어디서 잔 거예요?"

정말로 갈 곳이 없는 거라면 그동안은 어디서 지냈나 문득 궁금했다.

"어젠, 오늘 그 카페 맞은편에 있는 게스트하우스에서 잤어요."

"어떻게?"

"어떤 언니를 만났어요. 그 언니가 잠도 재워주시고, 돈도 두고 가셨어요."

"언니?"

"게스트하우스에서 우연히 만난 언닌데, 뭐랄까… 하늘에서 내려온 선녀 같았어요."

재하는 피식 웃었다.

"오늘은 여기서 잔다고 해도 내일부턴 어쩔 생각이에요?"

"일할 곳을 알아보고 있어요. 뭐, 어떻게든 살아지겠죠. 죽으란 법은 없으니."

***

뜬눈으로 밤을 지새운 재하는 출근 준비를 서둘렀다. 은혜는 아직 자는지 기척이 없었다. 올라가서 깨울까 하다 그냥 집을 나섰다. 그가 없는 동안만이라도 편안히 쉬다 가길 바랐다.

피곤한 몸을 이끌고 진료실에 들어간 그는 의자에 기대앉아 벽에 걸린 그림을 바라봤다.

"해인 씨."

3년 전 용오름이 일고 바닥에 떨어진 순간, 재하도 기억을 잃어버렸다. 하지만 신은 그의 기억을 지우는 대신 흔적을 없애지는 않았다. 그것 역시 신의 뜻이었을까. 그가 정신이 돌아왔을 땐 응급실이었다. 의식을 차리기 전에 만났던 아버지가 떠올랐다. 실제로 만난 건지 꿈인지는 알 수 없지만, 아버지는 떠나시기 전 '재하야. 남을 미워하고 증오하는 것에 인생을 낭비하지 말고 너의 삶을 살 거라.'라고 말씀하셨다. 그는 한동안 아버지를 만난, 그 꿈에서 벗어나지 못했다. 응급실에서 나와 진료실로 돌아갔을 때, 그는 해인의 그림을 마주했다. 그리고 그날, 퇴근 후 집으로 돌아가자 똑같은 그림이 그려진 스케치북이 침대 위에 놓여있었다.

"해인 씨."

해인의 기억은 그대로였다. 그가 해인을 떠올리며 가슴 아파하던 그때, 어진에게서 전화가 왔다.

"너, 뉴스에 대문짝만하게 나왔더라. 스타 됐어."

어진의 농담에도 그는 웃을 기분이 아니었다.

"그 지역 인사가 누군지 알아봤는데, 아들이 천명 대학교 병원 의사 같아. 그때 그 응급의학과 강해수."

처음에는 무슨 말인가 싶었다. 하지만 기억을 더듬자 사고가 있기 전 어진과 나눴던 대화들이 하나둘씩 떠올랐다. 그가 아버지의 죽음을 둘러싼 비밀을 알아내려 한 일들과 그가 해수를 찾아간 사실이 모두 기억났다.

다음날 그는 해수의 의무기록을 열어보았다. 망상, 저주, 연화. 그가 적어놓은 글자가 눈에 들어왔다. 해수가 찾아와 환자의 과거가 보인다며 고통스러워했던 기억들이 되살아났다. 기억나지 않는 건, 연화였다. 연화는 누굴까.

3년 동안 풀지 못한 숙제는 바로 사흘 전 저녁에서야 끝낼 수 있었다. 식당에 앉아 소주를 마시려는데 식당 창문 너머로 한 여자와 눈이 마주쳤다. 그 순간 갑자기 머리가 깨질 듯 아팠다. 그는 머리를 감싼 채 바닥에 주저앉았다. 그리고 연화와의 모든 기억이 돌아왔다. 창밖에 서 있던 여자가 연화였던 걸까. 그날 밤, 연화가 바다로 뛰어드는 걸 두 눈으로 똑똑히 봤는데.

은하수의 저주

이상한 일은 은혜였다. 은혜에게서 해인을 느꼈다. 생김새도, 목소리도 꼭 해인이 살아 돌아온 것 같았다. 그 때문에 하룻밤 재워달라는 은혜의 부탁을 거절할 수 없었다. 해인이 살아 돌아온 것 같았으니까.

재하는 핸드폰을 집어 들어 전화를 걸었다. 짧은 신호음 끝에 해수가 전화를 받았다.

"나야."

"무슨 일이야?"

그는 해수의 목소리가 달라졌음을 느꼈다. 지난 몇 년간 들어본 적 없던 들뜬 목소리였다.

"너야말로 무슨 일이야?"

"그게… 말하자면 길어. 그리고… 아, 아니야."

해수는 뭔가를 말하려 말았다. 그는 해수의 그런 태도를 가볍게 웃어넘기며 용건을 말했다.

"뭐 좀 알아봐 줘. 몇 달 전에 교통사고로 응급실에 다녀갔던 여고생인데, 이름이…."

"박은혜?"

해수가 그의 말을 가로채며 물었다.

"어떻게 알아? 설마 그 많은 환자 이름을 다 외우는 건."

"당연히 아니지."

이번에도 해수는 그의 말을 싹둑 잘랐다.

"그 환자가 유독 기억에 남을 뿐이지. 왜냐? 진료비를 내지 않고 사라졌거든."

해수는 코웃음을 치며 말했다.

"미수금이 발생한 환자다 이 얘기지. 그나저나 네가 그 환자를 어떻게 알아? 혹시 네 진료실에 왔었어? 그렇지? 어쩐지. 이상하다 했어."

그는 해수가 계속 주절대는 바람에 끼어들 틈을 기다렸다.

"이상하다니 뭐가?"

"정신을 놓은 사람 같달까. 다친 데는 없었는데 의식이 명료하진 않았어."

"다치지 않았다니?"

"구급대원 말로는 그냥 놀라서 넘어진 것 같다고 했어. 그래도 혹시 몰라서 검사하려고 부모 연락처를 물어보니 말을 못 하는 거야."

"학교 통해서 가족들에게 연락하면 되잖아."

"물론 나도 그렇게 했지. 그런데 고아였어."

"고아라니?"

"말 그대로 고아."

"거기까지 알아보고 그 환자한테 돌아갔더니 사라지고 없지 뭐야."

"몇, 몇 학년이래?"

"사고가 있던 날이 졸업식이었어. 그러니 지금은 스무 살이겠지."

"혹시 너… 그 환자한테서 뭐 이상한 거 못 느꼈어? 해인… 아니, 아무것도 아니야."

"해인이가 사고 났던 그곳에서 사고를 당했어. 그래서 더, 도와주고 싶었는데 무단으로 병원을 나가버렸지 뭐야."

여태 기억이 돌아오지 못한 해수는 이유 모를 아픔에 여전히 고통 속에 살고 있었다. 해수처럼 기억이 돌아오지 않았다면 어땠을까. 모든 걸 다 기억하는 고통과 기억을 잃은 고통 중 어느 고통이 더 클까. 재하는 해수에게 '우울증' 약을 처방해주며 속으로 말했다.

'너의 아픔과 고통은 신이 내린 벌이야. 평생 속죄하며 살아. 강해수.'

그는 오래전에 해수를 용서하기로 마음먹었다. 아버지의 말씀처럼 남을 미워하고 증오하는 일에 인생을 낭비하지 말자고.

그날 오후, 재하는 퇴근 시간만을 기다렸다. 은혜가 그대로 집에 있어 주길 바라며 발걸음을 재촉했다. 기대를 안고 집으로 들어갔지만, 그의 바람은 물거품이 되어 사라졌다. 은혜는 떠나고 없었다. 은혜를 찾으러 예술인의 거리에도 가보았지만, 은혜를 만나지 못했다.

그는 조용한 술집에 들어갔다. 술을 마시지 않고는 견딜 수 없는 밤이었다. 죽었던 해인이 다시 살아 돌아왔다는 상상은 헛된 기대일 뿐일까. 그만 해인을 잊어야 할까. 마지막 인사조차 제대로 하지 못하고 떠나버린 그녀를 어떻게 잊을 수 있단 말인가. 술이 술술 들어가는 밤이었다. 오늘 밤만 지나면 모두 잊어버리자 했던 밤이 벌써 3년째였다.

***

해수를 다시 만난 지도 어느덧 열흘이 지났다. 연화는 더없이 행복했지만, 딱 한 가지 문제가 그녀의 행복에 제동을 걸었다. 그녀는 선녀 딸이란 특권으로 인간 세상에 다시 돌아왔지만, 꿈이었던 의사 생활을 더는 이어 나갈 수 없다. 꿈은 인간만이 가질 수 있는 특권이었다. 의사 말고 다른 건 꿈꿔본 적 없던 그녀의 삶은 바다 위를 표류하는 부표 같았다.

그렇게 무료한 삶을 이어 나가던 어느 날, 해수가 외출준비를 서두르며 말했다.

"나가자. 갈 데가 있어."

해수는 내일 저녁까지 근무가 없었다.

"어딜 가는데요?"

연화가 차에 올라타며 물었다.

"가보면 알아. 도착할 때까지 눈 감고 있어."

해수가 미소를 머금은 채 대답했다.

"절대 눈 뜨면 안 돼. 알았지?"

연화는 시키는 대로 순순히 눈을 감았다. 차에선 노랫소리가 흘러나왔고 해수는 노래를 따라 흥얼거렸다. 해수는 작은 일에도 환하게 웃었고, 종종 싱거운 농담도 해왔다. 3년 전과는 완전히 다른 사람이 되어있었다.

잠시 후, 차가 멈춰 섰다. 시동이 꺼지는 소리, 차 문이 열리는 소리가 차례로 들려왔다.

"다 왔어. 내려."

해수가 문을 열어주며 그녀의 손을 잡았다. 연화는 해수의 안내를 받으며 그를 따라 걸었다.

"어딜 가길래 그래요?"

대답 대신 자동문이 열리는 소리가 들려왔다. 그렇게 자동문을 세 번 지나자 해수가 걸음을 멈췄다. 익숙한 냄새가 났다. 알코올 냄새, 침대 시트 냄새, 여러 사람의 체취가 뒤섞인 냄새…. 해수의 노력이 무색하게 어딘지 알 것 같았다.

"아직 눈 뜨면 안 돼."

해수가 말했다. 그는 그녀에게 옷을 입혀주었다. 양팔을 옷에 끼워 넣자, 익숙한 느낌이 등을 감쌌다. 가슴이 두근거렸다.

"자, 이제 눈 떠도 돼."

연화는 슬며시 눈을 떴다. 벌어진 눈꺼풀 사이로 그녀가 생각했던 장소가 서서히 보이기 시작했다. 눈을 다 뜬 후엔 천천히 주위를 둘러봤다. 소생실이었다. 그녀가 흰 가운을 입고 소생실에 서 있었다. 가운에는 파란색 실로 '응급의학과 한연화.'라 수놓아져 있었다. 오래전 그녀가 입었던 바로 그 가운이었다.

"……"

목이 메어 아무 말도 할 수가 없었다. 해수의 눈시울도 붉어져 있었다.

"네가 날 살렸어. 네가 없었다면 난 지금 여기에 없을 거야."

해수는 목이 멘 목소리로 말했다.

"그런데도 난 널 지키지 못했어."

　　　　　　　　　　　　　　　　　　　　은하수의 저주

지난 일이 생각난 듯 해수는 잠시 고개를 숙여 숨을 골랐다.

"다신 널 놓치지 않을 거야. 이제부턴 내가 널 지켜줄게."

해수는 눈물이 그렁그렁 맺힌 눈으로 말했다.

"사랑해. 연화야. 나랑 결혼해 줘."

해수가 손을 내밀었다. 그의 손엔 연꽃 모양 은반지가 올려져 있었다. 3년 전 그녀가 잃어버린 은반지와 똑같은 반지였는데, 반지 안쪽에 'K.H.S'라고 새겨져 있었다. 손을 내밀자 해수가 반지를 끼워주었다. 해수의 손가락에도 똑같은 반지가 끼워져 있었다. 잃어버린 줄 알았던 반지를 해수가 가지고 있었다. 왈칵 눈물이 쏟아졌다. 이젠 둘 사이를 가로막을 저주도, 별도 없었다.

그날 밤 연화는 혼자서 등대로 향했다. 결혼 소식을 제일 먼저 부모님께 알리고 싶었다. 그녀는 등대 아래 앉았다. 바다는 강처럼 잔잔하여 더없이 평온했다. 그녀는 하늘을 바라봤다. 은하대교 위로 북두칠성이 반짝였다. 마치 엄마가 그녀를 내려다보고 있는 듯했다.

"엄마, 저 결혼해요. 저희 두 사람 잘살 수 있게 지켜봐 주실 거죠?"

'걱정하지 마. 엄마가 지켜줄게.'라고 대답하듯 북두칠성이 반짝 빛났다. 가슴이 뭉클했다. 그녀를 기억하지 못할 줄 알았던 해수는 그녀를 기억했고, 헤어진 지 3년이 지났음에도 사랑했던 감정이 다시 일었다. 모든 것이 기적이고, 선물이었다. 연화는 북두칠성을 바라보며 평범한 사람들처럼 행복한 결혼 생활을 꿈꿨다.

***

보름 후, 연화는 새하얀 드레스를 차려입고서 어딘가로 가고 있었다. 그녀 옆엔 해수가 짙은 감청색 양복을 말끔하게 차려입고 운전을 했다. 두 사람을 태운 차는 은하대교를 지나고 있었다.

"왜 하필 오늘이에요? 좀 선선해지면 그때 해도 되잖아요."

연화는 창밖을 바라보며 물었다. 창밖에는 아스팔트 위로 아지랑이가 피어올랐고, 푸른 바다는 보석을 뿌려놓은 듯 반짝거렸다.

"널, 하루라도 빨리 내 여자로 만들고 싶어서."

해수가 쑥스러운 듯이 미소를 지었다. 연화는 미소 짓는 해수의 얼굴에서 3년 전 오늘, 불안과 절망에 휩싸인 채 은하대교로 차를 몰던 해수의 얼굴을 보았다. 연화는 해수에게 닥쳤던 불행은 끝나고, 그에게 행복한 날들만 기다리고 있길 바랐다.

"무슨 생각을 그렇게 해?"

해수가 한 손으로 그녀의 손을 잡으며 물었다.

"꿈만 같아서요."

이렇게 행복해도 될까. 처음 느껴본 행복이었다.

"지금 이 순간이 영원했으면 좋겠다."

해수는 옅은 미소를 지었다. 연화도 해수를 보며 빙긋 웃었다.

차는 어느새 서천공원 주차장으로 들어섰다. 주차를 마치고 차에서 내린 두 사람은 비탈길을 걸어 내려갔다. 태양이 머리 위에서 뜨겁게 타올랐다. 이마에선 땀이 송골송골 맺혔다. 두 사람은 나무 그늘로 들어가 햇살을 피했다.

"이렇게 더운데, 괜찮을까요?"

그녀의 물음에 대답하듯, 시원한 바닷바람이 불어와 육지의 더운 공기를 밀어냈다. 잠시나마 더위가 가시자, 잔디밭에 흐드러지게 핀 울긋불긋 백일홍이 눈에 들어왔다. 문득, 서천꽃밭이 떠올랐다. 이곳 어딘가에 엄마와 아빠가 있을 것만 같아 연화는 주위를 둘러봤다.

"누구 오기로 했어?"

연화는 쓴웃음을 지으며 고개를 저었다. 이곳에 엄마와 아빠가 있을 리 없었다.

은하수의 저주

전망대에 다다르자, 먼저 도착한 재하가 손을 흔들었다.

"견우와 직녀야 뭐야? 이렇게나 더운 음력 7월 7일에 결혼식을 올리는 이유가 뭐야?"

재하가 농담을 내뱉으며 두 사람을 반겼다. 연화는 재하 옆에 서 있는 여자에게로 눈을 돌렸다.

"인사해. 두 사람의 결혼식을 축하해줄 사람과 함께 왔어."

연화는 깜짝 놀랐다. 재하와 함께 온 여자는 다름 아닌 게스트하우스에서 만났던 은혜였다. 놀란 건 해수 역시 마찬가지였다. 해수는 은혜의 얼굴을 뚫어지게 바라보고 있었다.

"놀랐지?"

재하의 말속에 많은 의미가 숨어 있었다. 연화는 재하의 말이 무슨 뜻인지, 해수가 왜 아무 말이 없는지 알고 있었다. 세 사람 모두 은혜를 바라보며 해인을 떠올리고 있었다.

"뭣들 해. 결혼식 안 할 거야?"

머쓱해진 재하가 과장되게 목소리를 높였다.

그렇게 네 사람은 바다를 등진 채 재하의 사회에 맞춰 결혼식을 시작했다. 구름 한 점 없는 하늘에 갈매기 가족이 날아다녔고, 등 뒤에선 풍차가 느릿느릿 돌았다. 이따금 불어오는 바닷바람은 네 사람의 땀을 식혀주었다. 결혼식은 순조롭게 진행됐다.

"천년만년 한연화만을 사랑하겠습니다."

해수는 재하와 은혜가 지켜보는 가운데 영원한 사랑을 맹세했다.

"축하해. 두 사람 행복하게 오래오래 살아."

재하는 진심으로 축하해주었다.

"고마워."

해수는 재하를 지그시 바라봤다. 그렇게 두 남자는 한참이나 서로를 마주 봤고, 연화는 두 남자의 눈 맞춤에서 용서와 고마움을 읽었다.

결혼식은 이제 막바지에 이르렀다. 해수는 연화의 손가락에 연꽃 모양 은반지를 끼워주며 귓속말로 속삭였다.

"하늘에서 내려온 선녀 같아."

연화는 미소를 지었다. 더할 나위 없이 행복한 날이었다.

이제 마지막 순서만이 남았다. 연화는 들고 있던 카라 부케를 등 뒤로 힘껏 던졌다. 그 순간, 연화는 멀리서 네 사람을 지켜보고 있던 스님과 눈이 마주쳤다. 부케를 받은 은혜는 재하를 보며 기뻐했다. 하지만 연화는 웃을 수 없었다. 스님이 왜 다시 나타난 걸까.

＊＊＊

연화와 해수의 결혼식을 앞두고 재하는 정처 없이 예술인의 거리를 거닐었다. 해인의 기일이 다가오고 있었다. 해인을 처음 만났던 남하도 미술관에 가보기도 하고 해인의 작업실이 있었던 게스트하우스 앞을 서성이기도 했지만, 이젠 어디서도 해인의 흔적은 찾을 수 없었다. 그는 해인이 사무치게 그리웠다. 일찍이 아버지의 죽음을 경험한 그지만, 사랑하는 사람의 죽음을 받아들이는 일은 여간해선 익숙해지지 않았다. 발길 닿는 대로 걷던 그는 어느 나무문 앞에서 걸음을 멈췄다. 오래전에 해인과 왔었던 난쟁이 레스토랑이었다.

그는 문을 열고 안으로 들어갔다. 노랫소리가 들릴 듯 말 듯 들려왔다. 아직도 영업하는지 노란색 불빛이 공간을 아늑하게 비추고 있었다. 재하는 의자에 앉아 난쟁이 주인장이 나오길 기다렸다.

그때, 발소리가 들려왔다. 그는 주인장의 눈높이를 어림짐작하며 고개를 돌렸다. 하지만 그의 시선 끝에 멈춰 선 사람은 주인의 얼굴이 아니라 여자 다리였다. 그는 위로 올려다봤다. 아는 얼굴이 서 있었다. 은혜였다.

은하수의 저주

"은혜 씨가 여긴 어쩐 일…."

당황한 나머지 말이 나오다 멈췄다. 은혜 역시 놀랐는지, 눈이 휘둥그레졌다.

"오피스텔에서 나온 그날 저녁에 우연히 이 앞을 지나다가 아르바이트생을 구한다는 얘길 듣고 그날부터 일하게 됐어요."

은혜의 얼굴에 웃음 빛이 번졌다. 해인을 만났던 그날처럼 심장이 두근거렸다. 재하는 또다시 사랑이 시작되고 있음을 느꼈다.

은혜가 퇴근하길 기다린 재하는 은혜와 함께 지난번에 만났던 카페에 갔다. 말이 없던 지난번과는 달리 은혜는 스무 살 소녀답게 까르르 웃으며 지난 며칠 동안 겪었던 일들을 재잘거렸다. 며칠 사이에 몰라보게 밝아진 모습이었다.

"의사 선생님이시죠?"

은혜가 물었다.

"어떻게 알았어요?"

놀란 그가 되물었다.

"오피스텔에서 나오다 집에 있던 물건들을 보고 알았어요. 정신건강의학과 선생님이시란 걸."

은혜는 뭔가 할 말이 있는 듯 뜸을 들이다 이어 말했다.

"혹시… 잃어버린 제 기억도 찾을 수 있을까요?"

재하는 아차 싶었다. 은혜 역시 그의 도움이 필요한 사람이란 걸.

"뭐라도 기억나는 거 없어요? 아주 사소한 거라도 말이에요."

"가끔 어렴풋한 기억이 떠오르곤 하는데, 그게 잃어버린 기억인지 아니면 꿈인지 헷갈려요."

은혜는 영 자신 없는 투로 말했다.

"어떤 기억인데요?"

"아주 높은 곳에서 은하대교를 내려다보고 있어요."

"그리고요?"

"앞에 어떤 남자가 앉아있었어요. 남자와 웃으며 얘기도 나누고 뭔가를 먹는 것 같기도 했어요."

재하는 흠칫 놀랐다. 은하대교를 내려다보는 곳이라면, 타워레스토랑이었다. 그렇다면 정말 해인이 아닐까, 소름이 돋았다.

"또… 또 기억나는 건요?"

"그것 말곤 기억나지 않아요. 분명하게 기억나는 건, 제 심장이 몹시 뛰었고, 웃었고, 행복했고, 불안했다는 거예요."

해인은 멋쩍은 듯 웃었다.

"불안이요?"

"행복해서 불안한 거 말이에요. 이 행복이 금방 사라져버릴까 봐, 꿈일까 봐."

재하는 손을 뻗어 은혜의 손을 잡아주었다. 은혜는 어색한 미소를 지으며 얼른 말을 돌렸다.

"그리고 저 그림. 저 그림을 어디선가 본 것 같았어요."

은혜는 지난번에 자신이 뚫어지게 보던 그림을 가리켰다. 해인의 그림이었다.

"분명히 처음 본 그림인데, 어디서 본 것 같았거든요."

재하는 은혜를 똑바로 바라보지 못하고 눈을 돌렸다. 해인을 너무 그리워해서 은혜에게서 해인을 느끼는 건 아닐까. 그는 자신의 감정을 부인하고 또 부인했다.

"그리고… 저 그림을 보면, 저 그림을 그린 작가의 감정이 느껴지는 것 같달까? 아무튼, 기묘한 기분이 들어요."

은혜는 고개를 갸웃거렸다. 재하는 금방이라도 눈물이 쏟아져 내릴 것만 같았다. 교복을 입은 그때로 돌아가고 싶다던 해인의 말이 생각났다.

은하수의 저주

***

해수와 연화가 결혼한 지도 어느덧 두 해가 지났다. 그 사이 두 사람은 첫아이를 낳았고, 그 아이가 첫돌이 되었다. 그녀가 원했던 대로 남들과 다르지 않은 평범한 결혼 생활이었지만, 한 가지 문제가 있었다. 그건 바로 결혼식 이후로 시작된 불안이었는데, 재하는 그녀의 불안 증세를 두고 '행복해서 제동이 걸리는 병'이라며 약을 처방해줬다.

그러던 어느 날 밤, 연화는 꿈을 꾸었다. 꿈속에서 그녀는 해수와 이어폰을 나눠 끼고서 하늘을 바라봤다. 하늘에선 폭죽이 비처럼 내렸다.

"사랑해."

해수가 그녀를 그윽하게 바라봤다. 그때였다. 어디선가 매캐한 냄새와 함께 연기가 피어올랐다.

"불이야. 불이야."

사람들이 우왕좌왕 뛰어다니기 시작했다. 당황한 두 사람도 손을 잡고 달렸다.

"어떡해요? 도망갈 곳이 없어요."

연화가 두려움에 떨자, 해수가 그녀를 품에 안았다.

"걱정하지 마. 내가 있잖아."

해수는 주위를 둘러보더니 난간으로 다가갔다.

"뛰어내리자."

연화는 해수를 믿고 난간 위에 올라섰다. 까마득한 높이에 다리가 후들거렸다.

"이젠 네 손 놓지 않을 거야."

해수는 긴장한 그녀를 다독였다. 그녀는 해수의 얼굴을 마주 보며 고개를 끄덕였고, 두 사람은 숨을 크게 들이마시며 허공에 발을 내디뎠다. 풍덩.

연화는 벌떡 일어나 앉았다. 그 바람에 해수가 잠에서 깼다.

"왜 그래? 꿈꾼 거야?"

해수가 그녀의 이마에 맺힌 땀을 닦아내며 물었다. 옆에선 아이가 새근새근 자고 있었다.

"악몽을 꿨어요."

연화는 거친 숨을 몰아쉬며 말했다. 좋지 않은 예감이 들었다. 설마 또다시 예지몽을 꾸는 건 아니겠지.

"이젠 아무 일도 일어나지 않아. 저주도, 벌도 다 끝났잖아."

해수가 그녀를 감싸 안으며 말했다. 연화는 고개를 끄덕였지만, 불안은 쉽사리 가시지 않았다.

"스님이 결혼식에 왔었어요. 우릴 몰래 지켜봤어요."

연화가 조심스레 말했다.

"그게 무슨 말이야? 스님이 왜 다시 나타난 거야?"

해수가 화들짝 놀란 얼굴로 물었다. 연화는 고개를 저었다.

"그 후로도 계속 쫓아다니는데, 멀리서 지켜만 볼뿐 다른 말씀은 없으셨어요."

"칠성사에 가봐야겠어."

해수가 말했다.

"그럴 필요 없어요. 이미 가봤어요. 그런데, 없었어요."

연화는 한숨을 내쉬었다. 실은 그녀가 이토록 불안한 데는 이유가 있었다. 바로 오래전에 그녀가 봤던 해수의 미래 때문이었는데, 그는 다른 여자와 행복한 시간을 보내고 있었다. 그런데 왜 아직 아무 일도 일어나지 않는 걸까.

다음 날 오후, 해수는 외출할 준비를 서둘렀다.

"바람 쐬러 가자."

두 사람이 향한 곳은 서천공원이었다. 서천공원의 봄은 두 사람이 이곳에서 처음 만났을 때 이후로 처음이었다. 비탈길 양옆에는 빨간색 튤립이 흐드러지 게 피어있었고, 살랑살랑 불어오는 봄바람에 알록달록 바람개비가 돌다 멈추기 를 반복했다.

전망대로 걸어간 두 사람은 절벽 끝에 놓인 의자에 앉아 바다를 바라봤다. 푸른 하늘엔 조각구름이 걸려있었고, 푸른 하늘과 맞닿은 곳엔 물마루가 선명 하게 보였다. 공원을 찾은 아이들은 솜사탕을 들고서 까르르 웃어댔다. 그녀가 아이들 손에 들린 솜사탕에 눈을 떼지 못하자, 이를 지켜보던 해수가 물었다.

"사 올까?"

연화는 아이처럼 수줍게 웃으며 고개를 끄덕였다.

"여기서 잠깐 기다려."

해수가 솜사탕을 사러 간 사이 연화는 아이와 단둘이 남았다. 아이는 전망대 가 있는 넓은 잔디밭을 아장아장 뛰어다녔고, 그녀는 아이를 쫓아다녔다. 그렇 게 아이와 즐겁게 뛰놀던 그때, 저 멀리서 해수의 목소리가 들려왔다.

"해연아. 여기야."

고개를 돌려 뒤를 돌아보니 해수가 솜사탕을 들고 걸어오고 있었다. 그 순 간, 주위의 모든 것이 그대로 멈춰 버렸다. 잔디밭을 뛰놀던 아이도, 머리 위를 날던 갈매기도, 봄바람에 돌아가던 풍차와 바람개비도…. 해수의 손가락에 끼 워진 반지와 아이를 향해 손을 흔드는 해수의 표정까지 어디선가 본 듯한 장면 이었다. 5년 전, 이곳에서 본 해수의 미래가 바로 오늘이었다. 해수가 부른 여자 이름은 바로 두 사람의 딸아이였다.

어느새 다가온 해수가 해연에게 솜사탕을 내밀었다. 해연은 조그만 손을 뻗 어 솜사탕을 쿡 찔러보더니 솜사탕을 조금 떼어 입에 넣었다. 두 사람은 흐뭇한 미소를 지으며 해연을 바라보았다. 연화는 그녀가 본 해수의 미래가 자신과의 재회였단 걸 깨닫자 지금껏 그녀를 괴롭혔던 불안이 이제 사라지리라 생각했 다.

해 질 무렵, 해수와 연화는 카리브레스토랑으로 향했다. 해수는 레스토랑 안으로 들어가며 말했다.

"이참에 여행이나 다녀올까? 카리브해로."

*　*　*

은혜를 만난 지도 어느덧 2년이나 되었다. 은혜는 언제부턴가 그림을 그리고 싶다고 하더니 아르바이트를 하며 씩씩하게 꿈을 이뤄나갔다. 여전히 옛 기억을 하지 못했지만, 종종 어렴풋한 기억을 떠올리기도 했는데, 그럴 때마다 재하는 또다시 해인을 떠올리곤 했다.

주말을 맞아 재하는 은혜의 손을 잡고 등대 뒤편에 있는 수변공원에 갔다. 공원에는 연인들과 가족 단위 나들이객들로 북적였다.

"어디 가는 거예요?"

그가 공원을 둘러보기는커녕 공원 깊숙한 곳으로 들어가자, 은혜가 의아해하며 물었다. 재하는 공원 안쪽에 있는 놀이공원 입구를 손가락으로 가리켰다. 놀이공원을 보자 은혜의 얼굴에 형광등이 켜진 듯 환해졌다.

은혜는 제일 먼저 바이킹으로 향했다. 바이킹 앞에 다가서자 날렵하게 생긴 배가 허공에 매달려 앞뒤로 움직이고 있었다. 신이 난 은혜는 앞장서서 배에 올라탔고, 그도 은혜를 따라 맨 뒷자리에 앉았다. 재하가 굳은 표정으로 한숨을 쉬자 은혜가 철부지 소녀처럼 까르르 웃었다.

잠시 후 머리 위에서 안전바가 내려오더니 시끄러운 음악과 함께 앞뒤로 천천히 움직이기 시작했다. 바람을 타고 은혜의 머리카락이 바람에 흩날려 그의 얼굴을 스쳤다. 은혜의 긴 머리카락과 그녀의 향기가 공중에 흩어졌다. 은혜에게서 익숙한 향기가 났다. 해인한테서 맡았던 향기였다. 그가 잠시 해인을 떠올리는 사이 바이킹은 예사롭지 않게 움직였다. 주변의 모든 것들이 점점 변해갔

은하수의 저주

다. 조금 전만 해도 몸이 뒤로 솟구칠 때 남하도 바다가 정면에 보이더니 이제는 땅바닥이 보이기 시작했다. 바이킹은 어느새 바닥과 수직에 가까워졌고 그의 몸은 허공에 붕 떠올랐다. 재하는 본능적으로 눈을 감고 고개를 숙였다. 천국과 지옥을 오가는 느낌이 과연 이런 걸까. 겁에 질린 그는 천국과 지옥을 오가며 세상에 존재하는 모든 신을 불러들였다.

"하느님, 부처님, 천지신명님. 저를 지옥에서 구해주소서."

안전바를 붙잡은 그의 팔다리가 부들부들 떨리고 등에선 식은땀이 흘러내렸다. 그의 속이 타들어 가는 줄도 모르고, 은혜는 진심으로 즐거워했다. 다행인 건 그의 심장이 멈추기 전에 바이킹이 멈추었다. 그는 바이킹에서 내리자마자 바닥에 주저앉았다.

"괜찮아요?"

은혜가 그의 옆에 앉으며 물었다.

"괜찮죠. 그럼. 신발 끈이 풀려서 다시 묶으려던 거예요."

그는 신발 끈을 매만지는 척하며 어색한 미소를 지어 보였다. 그의 마음을 아는지 모르는지 은혜가 들뜬 목소리로 말했다.

"그럼, 이제 저거 타요."

그가 은혜의 손가락을 따라 고개를 돌렸다. 은혜가 가리키는 곳엔 '자이로드롭'이라 적힌 전광판이 반짝이고 있었다. 재하는 아무렇지 않은 척하려 애썼지만, 다리가 후들거려 일어설 수가 없었다. 자이로드롭만큼은 타고 싶지 않았지만, 즐거워하는 은혜를 위해 어쩔 수 없이 용기를 냈다.

은혜와 나란히 자이로드롭 의자에 앉으니 안내방송과 함께 안전바가 내려왔다. 그는 들키지 않게 심호흡을 내뱉었다. 발이 점점 허공으로 떠오르기 시작하더니 360도로 돌아가며 서서히 하늘로 올라갔다. 마치 용이 하늘로 승천하는 것 같았다. 타워레스토랑의 불빛과 은하대교의 불빛이 번갈아 보였다. 휘황찬란한 불빛들을 보며 그는 놀이기구의 공포에서 잠시 벗어났다.

그때 덜컹. 하는 소리와 함께 하늘과 맞닿은 곳에서 멈추었다. 눈을 질끈 감은 그는 은혜의 손을 잡고서 마음속으로 숫자를 셌다.

5, 4, 3, 2, 1······.

자이로드롭은 바람 빠지는 소리를 내며 땅으로 떨어졌다. 심장은 그의 몸보다 먼저 지상에 닿은 듯했다. 심장이 몸에서 빠져나간 듯한 기분이 들었다. 발을 까딱여보니 발이 움직였다. 가슴을 어루만지자 심장 뛰는 소리가 느껴졌다. 아직 살아있었다.

그가 안도의 한숨을 내쉬던 그때, 은혜가 손가락으로 그를 톡톡 쳤다. 그는 해인을 보았다. 해인이 미소를 지으며 그에게 손을 내밀었다. 믿기지 않아 머리를 흔들고 눈을 깜빡거려보았다. 은혜였다.

"우리 저기서 잠깐 쉴까요?"

은혜가 나무 그늘에 놓인 벤치를 가리켰다. 듣던 중 반가운 말이었다. 그는 마지막 힘을 다해 걸음을 내디뎠다. 벤치로 가는 길에 은혜가 뭔가를 가리켰다. 솜사탕을 파는 가게였다.

"아까 지나가다 봐두었거든요."

은혜가 눈을 찡긋거리며 미소를 지었다. 그는 조금 전에 맛봤던 지옥의 맛도 모두 잊은 채 은혜의 미소에 솜사탕처럼 녹아버렸다. 두 사람은 솜사탕을 사 들고서 은하대교가 바라보이는 벤치에 앉았다.

"놀이동산에 꼭 와보고 싶었는데···. 꿈같은 하루였어요."

은혜는 아이처럼 좋아했다. 재하는 이 순간이 영원하길 바랐다.

"카페에서 처음 만난 날, 직감했어요. 당신과 영원히 함께할 거라는 걸요. 그래서 당신이 난쟁이 레스토랑에도 찾아올 거라고 생각했죠."

은혜는 그의 눈을 똑바로 바라보며 말했다. 영락없는 해인의 눈빛이었다. 해인의 눈을 마주하자, 재하는 또다시 가슴이 두근거렸다. 그는 주머니에서 오랫동안 간직해온 상자를 꺼내어 은혜에게 내밀었다.

"우리, 결혼할까요?"

***

그해 여름, 해수와 연화는 정말로 여행을 떠났다. 연화는 해수와 함께 서부 카리브해를 여행하는 초대형 크루즈에 올라탔다. 앞으로 열흘 동안 생활하게 될 크루즈는 마치 고층 빌딩 한 채를 바다에 띄워놓은 듯 거대했다.

배에 오르자 여러 나라에서 온 사람들이 들뜬 얼굴로 지나갔다. 앞으로 열흘 간 함께 여행할, 한배를 탄 사람들이었다. 연화는 한껏 기대에 부푼 채 해수와 함께 8층으로 올라갔다.

해수가 예약한 객실은 발코니가 딸린 스위트룸으로 문을 열고 들어가자 옷장, 화장대, 침대가 차례로 놓여있었다.

"어때?"

해수가 침대 옆에 짐을 내려놓으며 물었다. 연화는 침대 옆으로 나 있는 유리문을 열고 발코니로 나가며 대답했다.

"정말 멋져요."

발코니에 놓인 의자에 앉으니 에메랄드빛 망망대해가 한눈에 들어왔다.

"밖에 뭐가 있나 나가보자."

두 사람은 해연을 유모차에 태워 크루즈 구경에 나섰다. 엘리베이터에 탄 사람들이 한꺼번에 15층에서 내렸다. 사람들을 따라 엉겁결에 내린 두 사람의 눈에 제일 먼저 워터 슬라이드가 들어왔다. 15층은 월풀과 놀이 시설을 갖춘 수영장이었다. 배라는 걸 잊을 만큼 거대한 규모에 두 사람은 입이 떡 벌어졌다. 난간 너머 바다를 둘러본 후에야 망망대해 위에 떠 있다는 사실을 실감할 뿐이었다. 수영장을 지나 뱃머리로 가자 인공파도를 즐길 수 있는 플로라이더가, 바로 위층인 16층에는 농구장과 족구장, 미니 골프장, 암벽등반, 집라인 등 레포츠

시설이 있었다. 즐거운 여행이 될 것 같았다.

어느덧 날이 저물고 두 사람은 5층에 있는 레스토랑에 들러 근사한 저녁을 먹은 뒤, 객실로 돌아왔다. 크루즈는 밤새 카리브해를 항해해 다음 기항지로 떠났다. 다음 기항지인 멕시코 코즈멜 섬까지는 이틀을 항해한다고 했다. 해수는 코즈멜 섬에 도착하면 페리를 타고 본토로 들어가 툴룸(TULUM) 고대 유적지에 가자고 했다.

다음 날 두 사람은 책도 읽고 영화도 보고, 뮤지컬 공연도 관람하며 시간을 보냈다. 저녁이 되자 5층에 있는 일식당에서 식사를 마치고 갑판으로 나갔다. 5층 갑판에 있는 야외 공연장에선 다이빙 쇼와 싱크로나이즈 공연이 열리고 있었다. 두 사람은 공연을 관람하는 사람들을 지나쳐 난간으로 다가갔다. 에메랄드빛 카리브해가 크루즈를 둘러싸고 있었다.

"저길 봐."

해수가 소리쳤다. 해수가 가리킨 곳엔 거북이 두 마리가 바다 위를 유유히 헤엄치고 있었다. 그녀의 불안도 가슴 속 깊이 유유히 가라앉았다.

두 사람이 수평선 위로 번지는 눈부신 까치놀을 바라보던 그때, 펑 하고 폭발음이 들렸다. 갑판에 있던 사람들이 일제히 하늘을 올려다보았다. 하늘에선 폭죽이 별처럼 반짝였다. 연화는 은하대교 아래에서 불꽃을 바라보던 그때처럼 황홀했다. 불꽃 축제의 악몽은 사라지고, 아름다움만 기억되리라 생각했다.

"아름답다."

그녀가 넋을 잃고 바라보는데, 해수의 입술이 그녀의 입술에 닿았다. 시간이 멈춰버린 듯 둘만의 시간이 흐르던 그때, 연화는 저 멀리서 그녀를 지켜보는 스님을 발견했다. 흠칫 놀란 그녀는 뒷걸음질 쳤다.

"왜 그래?"

해수가 뒤로 돌아봤다. 눈 깜짝할 사이 스님은 사라지고 없었다.

"그만 들어가요."

　　　　　　　　　　　　　　　　　　　　　　　　은하수의 저주

연화는 객실로 걸음을 재촉했다. 그때였다. 해연이 느닷없이 칭얼거리기 시작하더니 얼마 지나지 않아 매캐한 냄새와 함께 연기가 피어올랐다. 해수와 연화가 당황한 얼굴로 서로를 마주 보던 그때, 사람들이 우왕좌왕 뛰어다니기 시작했고, 곧이어 경보음이 울렸다. 일순간 해수의 얼굴이 일그러지더니 그의 눈동자가 좌우로 빠르게 움직이기 시작했다. 그는 지난 과거를 불러오고 있었다.

"불이야. 어서 도망가야 해."

해수가 손을 잡아당겼다.

"괜찮을 거예요. 안내가 나올 때까지 침착해요."

연화는 해수를 다독였지만, 그는 그녀의 말을 듣지 못한 듯 정신없이 뛰어다녔다. 6층에서 화재가 발생했고, 8층 갑판에서 구명보트를 타고 탈출할 수 있다는 안내방송이 나왔다. 불이 난 6층을 지나 8층으로 올라가기는 무리였다. 연기는 점점 크루즈 전체로 퍼져나가더니 시야가 점점 흐려졌다. 점점 이성을 잃어가던 해수는 갑자기 어딘가로 달려갔다. 해수의 뒷모습을 눈으로 뒤쫓던 연화는 뱃머리에 서 있는 스님과 또다시 눈이 마주쳤다. 스님은 연화를 뚫어져라 쳐다보고 있었다.

그때, 해수가 어딘가에서 구명조끼를 들고 와서 그녀와 해연에게 입혀주었다.

"뛰어내리자. 저기 요트들이 다가오고 있어. 우릴 구해줄 거야."

해수가 캄캄해진 바다 위에 떠 있는 요트를 손으로 가리켰다. 연화는 아래를 내려다봤다. 바다까지는 까마득해서 뛰어내릴 엄두가 나지 않았다. 하지만 선택의 여지가 없었다. 8층에 모인 사람들조차 구명보트를 타고 탈출하기란 쉽지 않아 보였다.

연화는 눈을 꼭 감고 난간 위로 올라갔다. 온몸이 바들바들 떨려왔다. 해수의 품에 안긴 해연은 아무것도 모른 채 반짝거리는 두 눈을 깜빡였다. 해수가 손을 내밀었다. 해수의 손을 잡자 가슴 속 파도가 잠잠해지더니 이내 고요해졌다. 두 사람은 서로를 마주 보며 에메랄드빛 바다로 몸을 날렸다. 풍덩.

끝이 보이지 않는 심연 속으로 빨려 들어가는가 싶더니 딱딱한 무언가가 그녀의 몸을 받쳤다. 연화는 잠깐 꿈을 꾼 것 같았다. 꿈속에서 현무를 만났다. 현무는 해연과 그녀를 두 손으로 받쳐 안더니 그대로 헤엄쳐 둘을 어느 배 갑판에 내려놓았다.

눈을 뜬 곳은 병원 응급실이었다. 눈을 뜨자마자 연화는 해연을 찾았다. 간호사는 손가락으로 옆 침대를 가리켰다. 해연은 그녀의 옆 침대에서 새근새근 자고 있었다. 하지만 응급실 어디에도 해수는 보이지 않았다.

"제 남편은요?"

간호사는 난처한 표정을 지으며 고개를 저었다. 연화는 불길한 기분이 들었다.

그때, 간호사가 조심스럽게 말했다.

"당신 남편은 죽었어요."

믿을 수 없었다. 믿고 싶지 않았다. 해수의 불안은 결국 그를 사지로 데려갔다.

"거짓말. 거짓말이야."

연화는 울부짖었다. 세상이 무너져버린 것만 같았다. 그녀는 또다시 미운 오리 새끼가 되어버렸다.

***

해수는 황천강 나루터에 다다랐다. 강가에는 강을 건너려는 사람들로 붐볐다. 죽음을 받아들이지 못하고 화를 내는 사람이 있는가 하면, 하염없이 눈물만 흘리는 사람, 아무 일도 없다는 듯 여유로워 보이는 사람도 있었다. 이제 갓 어미 품을 벗어난 어린아이부터 허리가 굽은 노인까지 나이도 모두 제각각이었다. 사람들의 얼굴만으로도 이승에서 어떤 삶을 살았을지 짐작할 수 있었다. 이들 중 그의 손을 마지막으로 거쳐 간 환자도 있을 거란 생각이 들자 해수는 우울했다.

"가져온 노잣돈을 내면 배를 얻어탈 수 있을게요."

저승사자가 말했다. 그가 나루터에 있던 할머니에게 가져온 노잣돈을 내밀자 허름한 나룻배를 내어주었다.

"이제 어디로 가나요?"

그가 나룻배에 올라타며 물었다.

"염라국으로 갑니다."

저승사자가 뒤따라 올라타며 대답했다.

"염라국이요?"

해수는 그가 걸어온 길을 바라보며 물었다.

"육체의 수명이 다하여 죽게 되면, 육체에서 빠져나온 영혼은 저승에 오게 됩니다. 지금의 당신처럼 말이죠."

해수는 저승사자의 말을 가만히 듣고만 있었다.

"저승에 온 영혼은 이 강을 건너 저기 저 염라국으로 가 49일 동안 일곱 번의 재판을 받게 됩니다. 일종의 삶의 회고라고 볼 수 있죠."

그는 저승사자가 가리키는 곳을 바라봤다.

"저기 저, 세 갈래의 길이 보이십니까?"

저승사자가 강 너머로 보이는 세 갈래의 길을 가리켰다.

"가운데 길을 따라가면, 저곳이 염라국입니다. 염라국 뒤편으로 나 있는 저 길은 서천 꽃밭으로 가는 길입니다."

"서천꽃밭이요?"

"재판이 끝난 영혼은 극락이나 지옥에 가기도 하고, 서천꽃밭에 가기도 합니다."

"서천꽃밭은 어떤 곳이죠?"

"서천꽃밭으로 가는 망자 중에는 새로운 명(命)을 부여받기도 합니다."

"환생한다는 말입니까?"

"그렇습니다. 어떤 부모에게서 태어날지, 성격은 어떨지 등이 정해지고 새로운 육체를 부여받게 되는 겁니다. 인간 세상으로 다시 돌아간다는 건 지옥조차도 갈 수 없는 사람들에게 주어지는 최고 높은 형벌이죠."

그가 눈을 번쩍 뜨자, 저승사자는 큰소리로 웃으며 말했다.

"물론, 그건 제 생각입니다. 인간의 삶만큼 고달픈 게 없으니까요."

마침내 강을 건넌 그가 나룻배에서 내리자, 어느 여인이 다가왔다.

"이승에서의 슬픔과 원한, 고통을 모두 잊게 해줄 겁니다."

여인은 손으로 강물을 떠다가 그의 눈을 닦아주었다. 그러자 조금 전까지 고통스러웠던 마음이 사라지고, 한결 홀가분했다.

"자, 따라오시죠."

저승사자가 앞장서서 걸었다. 염라국 앞에는 염라국으로 들어가려는 사람들이 줄지어 서 있었다. 그도 사람들을 따라 줄을 서서 차례를 기다렸다.

잠시 후 그의 차례가 되었다.

"망자 강해수 들어오시오."

그는 저승사자와 함께 염라국으로 들어갔다. 염라국의 염라전으로 들어가자, 염라대왕으로 보이는 이가 커다란 의자에 앉아있었다. 염라대왕은 키가 아주 크고 몸집도 거대한 데다 눈까지 커서 위압감이 들었다.

"그대가 강해수더냐?"

염라대왕은 커다란 몸집에 어울리는 굵고 낮은 목소리로 물었다.

"네. 맞습니다."

그가 대답했다. 갑자기 양옆에 서 있던 대신들이 웅성거리기 시작했다. 그 때문에 재판이 잠시 중단됐다. 염라대왕 오른쪽에 서 있던 대신이 황급히 염라

은하수의 저주

대왕에게 달려가 귓속말로 무언가 말했다.

잠시 후, 염라대왕이 다시 입을 열었다.

"망자 강해수는 고개를 들어보거라."

해수는 시키는 대로 고개를 들었다. 긴장한 그의 이마에 초승달이 붉어져 있었다.

"아니… 이게… 왜….”

염라대왕의 얼굴에 당황한 기색이 스쳤다.

***

선녀는 인간 세상으로 떠난 지 3650년 만에 돌쟁이 아이를 데리고 옥황궁으로 돌아왔다. 하지만 마음껏 기뻐할 수 없었다. 마지막 순간에 연화의 손을 놓쳤고, 그 바람에 어린 연화 혼자 인간 세상에 남게 됐다.

"어서 오거라.”

선녀가 아이와 함께 옥황전에 들어서자, 옥황상제가 반가운 얼굴로 선녀를 맞이했다.

"어째서 둘뿐이냐? 세 아이를 낳아야만 옥황궁에 돌아올 수 있다고 하지 않았느냐?”

옥황상제가 아이의 얼굴을 뚫어지게 쳐다보며 물었다.

"다 알고 있잖습니까?”

선녀는 원망 섞인 눈빛으로 되물었다.

"그게 무슨 말이냐?”

"저 아이는 셋째 아이입니다. 둘째 아이는 그날 밤 그만 손을 놓치고 말았고요.”

선녀는 연화가 걱정되어 눈물이 핑 돌았다.

"그것 또한 그 아이의 운명이니 괘념치 말 거라."

"운명이라고요?"

선녀가 고개를 번쩍 들어 옥황상제를 올려다봤다.

"인간 세상에서 아직 해야 할 일이 남은 게다."

옥황상제는 수염을 쓰다듬으며 말했다.

"해야 할 일이란 게 뭔가요? 뭐길래 그 어린 걸 아무도 없는 곳에 홀로 남겨 두신 거죠?"

"인간 세상에는 인간도, 동물도, 하물며 한낱 미물조차도 저마다 존재하는 이유가 다 있는 법이다."

선녀는 고개를 숙였다. 이제부터 연화는 인간들과 함께 살며 인간의 삶을 살아야 한다는 뜻이었다. 그때, 옥황상제가 눈을 치켜뜨며 물었다.

"옥반지는 어디에 있느냐?"

선녀는 황급히 두 손을 감쌌다.

"빛줄기를 타고 오르다 그만 떨어뜨렸습니다. 둘째 아이와 함께요."

선녀는 우물쭈물하며 대답했다.

"어쩌면 그 아이를 다시 만날 수 있을지도 모르겠구나."

"다시 만날 수 있다고요? 어떻게요? 어떻게 하면 연화를 다시 만날 수 있죠?"

"그 아이가 옥반지를 찾아 북두칠성을 향해 너를 부르면 은하수가 내려가 그 아이를 데려올 터이다."

선녀는 숨이 턱하고 막혔다. 빛줄기를 따라 오르는 동안 선녀는 사내아이가 반지를 낚아채 들고 가버리는 장면을 똑똑히 목격했다. 그런데 그걸 아홉 살 난 연화가 어찌 찾을 수 있단 말인가. 거기다 그 사내아이가 죽었는지 살았는지도 알지 못하는데 말이다.

"만약 반지를 찾지 못하면요?"

은하수의 저주

"그 아이에게 주어진 시간은 인간 세상의 시간으로 20년이다. 만약 20년 후 음력 7월 7일 밤 자정이 지나도록 반지를 찾지 못한다면 죽게 될 게다."

옥황상제는 담담하게 연화의 운명을 말했다. 선녀는 차오르는 눈물에 고개를 떨궜다.

"인간에게 신의 뜻을 전달할 수 있다는 걸 명심하거라."

옥황상제는 부채를 탁 소리 나게 접으며 말했다. 선녀는 눈을 번쩍 떴다. 오래전 옥황궁에 있을 때, 선녀는 인간의 꿈속에 찾아가 신의 뜻을 말하곤 했다. 그렇다면 연화의 꿈속에도 찾아갈 수 있을 것이다.

"인간 세상에 내려가 있는 선지자가 신의 뜻을 인간에게 전달하는 방법도 있다."

선녀는 칠성사 스님을 떠올렸다.

"때론 인간에게 직접 말하기도 하지."

선녀가 여태껏 봐온 바로 신은 인간에게 내면의 목소리로 직접 말하기도 하는데 인간 중에 내면의 목소리에 집중하고, 이를 받아들일 수 있는 사람은 많지 않았다.

"인간과 마찬가지로 그 아이 역시 세 명의 신과 세 명의 인간이 지켜줄 것이다."

신은 인간에게 삶의 여정에 도움을 줄 인간 셋을 부여했는데, 그들을 귀인이라 불렀다.

"이제부턴 그 아이가 어떤 삶을 사느냐에 달렸다."

선녀는 연화가 처한 현실을 받아들일 수밖에 없었다.

"그건 그렇고 네 첫아이는 어디 있느냐?"

옥황상제가 눈살을 찌푸리며 물었다.

"둘째 아이를 낳기 9년 전, 품에 안아보지 못하고 떠나보냈습니다."

선녀는 떨리는 목소리로 대답했다. 옥황상제는 못마땅한 듯 눈을 게슴츠레하게 뜨고서 그녀를 노려봤다.

"그 아이가⋯ 저의 첫 아이였습니다."

선녀가 머뭇거리며 말했다.

"누굴 말하는 게냐?"

"반지를 가져간 그 소년이요."

선녀는 고개를 숙였다.

"그걸 네가 어찌 아느냐? 품에 안아보지도 못했다고 하지 않았느냐?"

"그 아이가 반지를 주워 도망가던 순간, 알아보았습니다."

품에 한 번 안아보지 못한 아이였다. 처음 느낀 기쁨이었고, 설렘이었다. 아이를 가졌단 걸 처음 안 날, 남편과 얼싸안고 눈물을 흘렸다. 시간이 흘러 그녀의 첫 아이는 발을 꼼지락 내밀기도 하고 때론 좁은 뱃속에서 떼구루루 구르기도 했으며 딸꾹질하기도 했다. 남편은 그녀의 배를 쓰다듬으며 아이를 품에 안을 날을 기대했다.

그렇게 모든 것이 순조롭고 평화롭기만 하던 어느 날, 선녀는 마당에 주저앉았다. 두 다리 사이에서 따뜻하고 미끈한 액체가 쏟아졌다. 곧이어 극심한 통증이 온몸으로 뻗어나갔다. 일어나보려 했지만, 통증은 점점 거세져 꼼짝할 수가 없었다. 선녀는 시뻘건 피가 점점 번져가는 걸 지켜보며 남편을 목놓아 불렀다.

"여보. 여보."

남편이 돌아오려면 아직 한 시간이나 더 기다려야 했다. 바다에서 불어온 바람이 땀에 흠뻑 젖은 몸을 휘감자 턱이 덜덜 떨려왔다. 몸 한가운데가 구멍 난 듯 바람이 온몸을 휘젓더니 곧장 추위가 몰려왔다. 점점 눈꺼풀이 감겨왔다.

그때였다. 대문이 삐걱거리며 열렸고, 남편의 목소리와 발소리가 연이어 들려왔다.

"여보. 여보."

은하수의 저주

남편이 달려와 그녀를 살피더니 바닥에 흥건하게 고인 시뻘건 피를 발견했다.

"여보. 이게 무슨 일이에요?"

남편은 그녀를 번쩍 안고 대문 밖으로 달려 나갔다. 병원까지 달려가는 동안, 선녀는 남편의 거친 숨소리와 흐느껴 우는 소리를 들었다.

"여보. 정신 차려봐요. 내가 무슨 수를 써서라도 우리 아이 지킬게요."

남편은 머지않아 그가 한 약속을 지킬 수 없다는 걸 깨달았고, 선녀가 누워 있는 침대 옆에 주저앉아 밤새 소리죽여 울었다. 훗날 남편은 그날 밤 그의 팔다리가 잘려 나간 것 같았다고 했다.

그날 밤, 선녀는 꿈속에서 강가에 앉아 강을 건너려는 사람들 속에서 누군가를 찾아다녔다.

그때, 삼신이 다가와 물었다.

"누굴 기다리는 게냐?"

"제 아이를 기다립니다."

선녀는 울먹이며 대답했다.

"아이라니? 누굴 말하는 게냐? 태중의 아이를 말하는 게냐?"

선녀는 고개를 끄덕였다.

"아이를 잃었습니다. 모두 다 제 탓입니다."

선녀는 울음을 터트렸다. 삼신은 울고 있는 선녀를 안타까운 눈빛으로 바라보며 말했다.

"저기 저 사람들을 보아라."

삼신은 강을 건너려는 사람들을 가리켰다.

"저들 중 강을 건너지 못하는 이들이 있다. 그들은 세상과 인연이 없거나, 혹은 저들을 기억해줄 누군가가 없는 이들이다."

선녀는 강을 건너지 못해 발을 동동 구르는 사람들을 바라봤다. 사람들 틈

속에 갓난아기도 있었다.

"부모와 자식 간의 인연이 두텁지 못해 죽은 아이들이다. 저 아이 중 네 아이도 있을 것이다."

삼신의 말에 선녀는 심장이 철렁 내려앉았다. 그때, 스님 한 분이 아이를 안고 강을 건너왔다.

"저 아이가 네 첫아이란다."

삼신은 스님이 안고 있는 아기를 바라보며 말했다. 하얀 얼굴에 앵두 같은 입술을 가진 사내아이였다.

"저 아이가 정녕 제 아이인가요? 이렇게 예쁘고 사랑스러운 아이가…."

선녀는 아이를 지키지 못했다는 죄책감에 목이 메었다.

"자책하지 말거라. 이 아이의 생이 그토록 짧았던 건 세상과의 인연의 끈이 짧았던 것뿐 누구의 잘못도 아니다."

삼신은 선녀의 어깨를 감싸며 말했다.

"이 아이는 이제 다른 이의 아이로 다시 태어날 것이다."

삼신은 스님에게서 아이를 건네받아 품에 안았다.

"부디 제 아이가 고통 없이 살 수 있게 좋은 분들께 점지해주세요."

삼신은 아이의 이마에 입을 맞췄다. 그러자 아이의 이마에 초승달 점이 새겨졌다.

"인간에게 고통 없는 삶이란 없단다. 다만 신은 그들 옆에 함께 있어 줄 뿐이지. 그들의 친구로 말이다. 그러니 걱정하지 말 거라. 내가 네 아이 곁에 친구로 다가가 홀로 설 수 있을 때까지 함께 있어 줄 테니 말이다."

옥황상제는 수염을 쓰다듬으며 말했다.

"두 아이가 인연이라면 다시 만나게 될 게다."

선녀는 깜짝 놀라 옥황상제를 뚫어지게 쳐다봤다.

은하수의 저주

"두 아이가 너의 뱃속에서 스쳐 지나갔듯, 그날 그 배에 함께 탔듯, 또 한 번의 우연이 남아있을 것이다."

선녀는 죽음이 연화를 비껴갈 거라는 희망을 가슴에 품었다.

"그건 그렇고, 네가 사랑하는 그자는 어째서 함께 오지 않았느냐?"

"제 남편은 인간이 아니라 이무기였습니다. 저의 옥반지가 필요했던 거였고요."

선녀는 눈물을 닦으며 지난날을 떠올렸다. 사랑하는 남편이 용궁의 이무기라는 걸 알게 된 건 셋째 아이 출산을 앞둔 어느 날이었다. 선녀는 남편이 마당에서 어떤 남자와 대화를 나누고 있는 걸 우연히 엿들었다. 남편의 정체를 알게 된 선녀는 그 자리에 털썩 주저앉았다. 그녀는 사랑하는 남편이 이무기라는 게 믿기지 않았다. 더욱 믿기 어려운 건 그녀를 사랑한다고 믿었던 남편이 그녀가 가진 옥반지를 가져가려고 여태 함께했단 사실이었다. 그날 밤 선녀는 숨죽여 울며 다짐했다. 셋째 아이를 낳고 나면 아무 일도 없었던 것처럼 아이들과 인간 세상을 떠나겠다고.

"그래서 그자가 용이 되지 못했구나. 이무기인 걸 너에게 들켜버려서 말이다."

옥황상제는 수염을 쓰다듬으며 깊은 생각에 잠겼다.

그로부터 3650년 후, 며칠째 밤잠을 설친 옥황상제가 근심 가득한 얼굴로 옥황전에 앉아있었다. 인간 세상에 해가 갈수록 장맛비가 심해져 홍수로 어려움을 겪고 있다는 보고를 받은 탓이었다. 옥황상제가 머리를 싸매고 고심하던 그때, 누군가가 문을 열고 들어왔다.

"부르셨사옵니까?"

용궁에 사는 부원군, 현무였다.

"그대는 벌을 받고 있다고 들었소. 인간들과 함께 사는 건 어떻소? 살만하오?"

옥황상제는 온화한 미소를 지으며 물었다.

"인간의 삶은 너무나 고되기도 하지만, 무엇보다 인간의 감정을 가지게 될까 두렵습니다."

현무의 솔직한 대답에 옥황상제는 박장대소했다. 호탕한 웃음소리가 어찌나 큰지 옥황궁에 쩌렁쩌렁 울려 퍼졌다.

"벌이니 힘든 건 당연하지 않겠소? 그나저나 지금 그곳에는 비가 많이 내려 홍수가 나고 피해가 크다고 들었소."

옥황상제가 얼굴을 찌푸리며 말했다.

"네. 그렇습니다."

현무의 표정도 급격히 어두워졌다. 비를 관장하는 용궁을 꾸짖는 말이었다.

"비가 이리 많이 내리는 연유를, 부원군은 알고 있소?"

옥황상제는 한 손으로 부채를 만지작거리며 물었다.

"용궁에 용으로 승천하지 못한 이무기가 있습니다."

현무는 조심스레 입을 열었다.

"그자라면 잘 알고 있소."

막내 선녀가 사랑했던 이무기였다. 용궁에 마지막 남은 이무기라 들었다.

"이무기 그자는 오래전에 가족을 잃고 용궁으로 돌아온 후로 가족을 잃은 슬픔을 주체하지 못하고 매일 울고 있습니다. 그자의 눈물이 비가 되어 인간 세상에 내리고 있는 거고요."

현무의 말을 들은 옥황상제는 생각에 잠긴 듯 오랫동안 입을 열지 않았다. 그때를 놓치지 않고, 현무는 다시 입을 열었다.

"어리석은 그자는 선녀를 사랑했습니다. 그래서 용이 될 수 있었던 마지막 순간에 선녀의 손을 놓아준 거고요."

옥황상제는 헛기침을 하며 못마땅한 표정을 지었다.

"그래서 그자가 지금 가족이 그리워 매일 울고 있단 말이오?"

은하수의 저주

"그렇습니다."

현무는 망설임 없이 대답했다.

"이무기 그자가 진심으로 선녀를 사랑한다고 생각하오?"

옥황상제는 이무기가 인간의 감정을 갖는다는 게 믿어지지 않았다.

"오랜 시간을 인간들과 함께 살다 보니 인간의 감정을 가지게 된 것 같습니다."

옥황상제는 그제야 현무가 말했던 '인간이 될까 두렵다.'라는 말이 이해되었다. 이무기가 인간의 감정을 갖게 된 걸 지켜보며 현무는 두려웠던 것이다. 무엇보다 옥황상제의 심기를 건드린 건 이무기란 자가 옥황상제의 막내딸인 선녀를 진심으로 사랑했다는 거였다.

현무는 옥황상제의 눈치를 살피며 마지막 말을 덧붙였다.

"그자는 용이 되지 않아도 좋다고 했습니다. 그에게 마지막 꿈이 있다면, 선녀와 그의 아이들을 다시 만나는 거라 했습니다."

현무의 마지막 말이 옥황상제의 마음을 움직였다. 옥황상제는 손에 들고 있던 부채를 '탁' 치며 말했다.

"이무기가 용으로 승천할 수 있는 마지막 기회를 주겠소. 인간 세상에 남아 있는 그자의 딸이 잃어버린 여의주를 찾아 이무기에게로 간다면, 이무기는 용으로 승천해 가족들을 만날 수 있을 거라 전하시오. 그 일을 부원군 당신이 해낸다면, 부원군도 용궁으로 돌아갈 수 있소. 허나 명심하시오. 선녀가 인간 세상을 떠나왔던 그날인 음력 7월 7일 만이 하늘길이 열리니 꼭 그날이어야 하오."

무릎 꿇고 앉아있던 현무는 바닥까지 머리를 숙였다.

"하지만 쉽지는 않을 게오. 선녀 역시 매일 아이를 그리워하며 울고 있어 칠성신께 그 아이를 데려와달라는 부탁을 드렸소."

"그럼… 그 아이의 운명은."

현무의 얼굴에 불안한 기색이 스쳤다.

"그 아이의 운명은 바로 그 아이의 선택에 달린 거지요."

옥황상제는 현무를 바라보며 옅은 미소를 지었다.

"그래도… 인간의 운명은 옥황상제께서 정하는 거 아닙니까?"

현무가 눈썹을 찡그리며 말했다.

"인간은 태어나는 순간 명(命)을 받아, 주어진 운(運)대로 살아가오. 하지만 똑같은 운명을 가진 사람일지라도 저마다 다른 삶을 살아가는 건, 자신의 운명을 대하는 인간의 마음과 의지가 다르기 때문이오."

***

해수가 떠난 지도 39년이 흘렀다. 연화는 옥황상제의 경고대로 39년째 늙지 않았다. 그녀의 딸 해연은 행복한 가정을 이루며 살았고, 재하는 은혜와 결혼해서 두 아이를 낳고 편안한 노년을 보내고 있었다. 그녀는 늙지 않는 모습 때문에 멀리서 재하를 지켜만 볼뿐 더는 찾아갈 수 없었다. 때때로 그녀는 자신이 벌을 받는 게 아닐까 하고 신을 원망했던 적도 있었다. 사랑하는 사람을 잃고, 그나마 마음을 나눌 수 있는 재하에게도 당당하게 나타날 수 없어 세상에 홀로 남겨진 처지가 되니 이게 벌이고, 저주다 싶었다. 어디에도 그녀를 기억하는 사람은 없었고, 누구도 그녀를 찾지 않았다.

그렇게 어디에도 속하지 못한 채 연화는 방랑하듯 떠돌며 살았다. 한 지역에서 짧게는 한 달에서 길게는 일 년 정도 머물다 다음 지역으로 이동했다. 그런 이유로 그녀가 늙지 않는다는 걸 눈치채는 이는 아무도 없었다.

이번에 갈 지역은 어느 섬마을이었다. 섬은 땅끝마을에서 여객선을 타고 한 시간가량 들어가야 했다. 그래도 비교적 큰 섬이라 있을 건 다 있었다. 입도할 때 보니 선착장 앞에 제법 큰 슈퍼마켓과 입원실이 있는 병원도 있었다.

은하수의 저주

그녀는 바다가 한눈에 내려다보이는 빈집에서 한 달간 머물기로 했다. 시원한 바닷바람과 파도 소리가 들려오는 그런 집이었다. 짐을 풀고 마당에 놓인 평상에 눕자 세상이 온통 파란빛으로 보였다. 파란 하늘, 푸른 바다…. 어쩌면 이 섬에선 오래 지낼 수도 있겠다 싶었다.

짐을 내려놓고 평상에 누운 연화는 하염없이 하늘을 바라보다 몰려온 허기에 주방으로 들어갔다. 찬장에는 라면밖에 없었다. 하는 수 없이 그녀는 가스불에 물을 끓였다. 그리고는 또다시 창밖을 바라봤다. 어느새 바다와 하늘이 붉게 물들었다. 해수와 전망대에서 바라보던 풍경이 떠올랐다. 해수에게 내려진 저주와 벌로 고통스러웠던 순간이었지만, 지나고 보니 행복했던 기억이었다.

그녀가 창밖을 바라보며 행복에 젖은 그때, 냄비가 그녀의 옷자락에 걸려 바닥에 떨어지고 말았다. 그 바람에 끓고 있던 물이 그녀의 발에 튀었고, 이내 살갗이 벌겋게 부풀어 올랐다. 얼른 화장실로 달려가 차가운 물에 발을 담가보았지만, 이미 살갗이 벗겨져 있었다. 병원에 가서 치료받아야 할 것 같았다.

연화는 다리를 절뚝이며 병원으로 갔다. 응급실은 인구가 많지 않은 섬마을이라 그런지 환자가 별로 없었다. 그녀가 들어오는 걸 본 남자 의사가 다가왔다.

"어떻게 오셨어요?"

의사가 연화를 보며 물었다.

"뜨거운 물에 발을 데었어요."

그녀의 대답에 의사의 시선이 그녀의 발로 향했다. 의사는 그녀를 처치실로 안내했다. 연화는 환자용 의자에 앉아 발을 내밀었다.

"좀 아플 겁니다. 그래도 최대한 아프지 않게 해볼게요."

의사는 미소를 지으며 자상하게 말했다. 무영등 아래 의사의 하얀 얼굴이 눈부시게 빛났다. 큰 키에 하얀 얼굴, 그리고 빨간 입술…. 어딘가 모르게 해수와 닮은 모습에 연화는 의사의 가슴에 붙어있는 이름표를 보았다.

'최천성'

머리를 흔들었다. 39년 전에 죽은 해수가 섬마을에 있을 리 없었다. 아직도 해수를 잊지 못하다니. 연화는 이제 해수를 향한 그리움은 이곳에 묻어두고 떠나야겠다고 생각했다.

어느덧 치료를 마치고 응급실을 나가려는데 조금 전 그 의사가 그녀를 불러 세웠다.

"저기. 잠깐만요."

연화는 걸음을 멈추고 뒤돌아섰다. 의사는 그녀를 보고 환하게 웃으며 말했다.

"우리, 어디서 만난 적 있죠?"

E p i l o g u e

옥황전의 문이 열리고, 한 남자가 걸어 들어와 옥황상제 앞에 무릎을 꿇었다.

"옥황상제님. 그간 잘 지내셨습니까?"

남자는 옥황상제에게 머리를 조아리며 인사했다.

"부원군. 어서 오시게. 이쪽에 앉게나."

옥황상제를 찾아온 이는 다름 아닌 용궁의 부원군, 현무였다. 현무는 자리에서 일어나 옥황상제 앞에 놓인 의자에 앉았다.

"자네의 임무 완수를 축하하네."

옥황상제가 온화하게 웃으며 말했다.

"제가 옥황상제님의 명령을 어찌 거역할 수 있겠습니까? 시키는 대로 했을 뿐입니다."

현무는 찻잔에 담긴 차를 한 모금 들이켰다.

"이무기가 승천했으니 자네는 이 시간 이후로 용궁으로 돌아가도록 하게."

옥황상제가 만족스러운 얼굴로 말했다.

"저주받은 그자는 이제 어떻게 되는 겁니까?"

"그자를 지금껏 살려둔 이유는 단 한 가지, 의사가 되어 그자 때문에 죽은 사람들의 수만큼 다른 사람을 살리고, 그 또한 사랑하는 세 사람이 눈앞에서 죽는 걸 지켜보는 벌을 내린 거요. 그자의 운명인 게지."

현무는 옥황상제의 말씀을 잠자코 들었다.

"아버지와 누이를 잃었고, 이제 마지막 한 사람만 남았소. 따라서 304명의 인간을 살리는 임무를 완수하고, 마지막 남은 벌마저 받고 나면 염라국 재판이 열

350   은하수의 저주

릴 것이요."

현무는 깜짝 놀라 고개를 들었다. 마지막 남은 별이라면, 사랑하는 세 사람 중 마지막 남은 한 사람, 해수의 죽음이었다.

"그자가 이곳에 온다고요? 죽는단 말입니까?"

현무가 눈물을 흘리며 물었다.

"쯧쯧. 자네도 인간들과 살다 인간이 다 되었구려."